भारत के परम वैभव को जानना और समझना है, तो उसके अध्यात्म की ऊर्जा जानना ज़रूरी है। यह उसी की विराट शक्ति है कि हमारा मूलमन्त्र सदैव वसुधैव कुटुम्बकम् के साकार रूप को चरितार्थ करता है। हमने मिट्टी के कण, वायु के झोंके, जल की बूँद, अग्नि के ताप और आकाश के हर अंश को परमात्मा माना है। इन्हीं पंचतत्त्वों के मेल से हमारा शरीर बना है। अतः हमारे रग–रग में ईश्वर का वास है।

–इसी पुस्तक का एक अंश

“इस पुस्तक के आलेख तथा इंटरव्यू प्रबल आध्यात्मिक जिज्ञासा और आत्म प्रचार की दुनिया से इतर रहने वाले तपस्वियों से मुलाक़ात की निधि हैं। जीवन मर्म समझने की चाहत है। यह ब्रह्माण्ड, सृष्टि, जीव और जगत अनायास हैं या नियोजित (सुचिन्तित)? इस रचना में विलक्षण साधकों की संसार दृष्टि व भक्ति है। हरिवंश के इन आलेखों में अनोखे तपस्वियों से चर्चा की सात्विक आभा व मर्म, मन, मस्तिष्क और दिल को छूते हैं।”

कलश

हरिवंश

वाणी प्रकाशन

वाणी प्रकाशन

4695, 21-ए, दरियागंज, नयी दिल्ली 110 002

फ़ोन : +91 11 23273167 फ़ैक्स : +91 11 23275710

शाखाएँ

अशोक राजपथ, पटना 800 004, बिहार

कॉफ़ी हाउस कैम्पस, महात्मा गांधी मार्ग, इलाहाबाद 211 001, उत्तर प्रदेश

महात्मा गांधी अन्तरराष्ट्रीय हिन्दी विश्वविद्यालय, वर्धा 442 001, महाराष्ट्र

www.vaniprakashan.com
marketing@vaniprakashan.in
sales@vaniprakashan.in

Kalash
by Harivansh

ISBN : 978-93-5518-594-5
Spiritual/Interview

पेपरबैक प्रथम संस्करण 2022

मूल्य : 499

आर. टेक ऑफ़सेट प्रिंटर्स, दिल्ली-110032 में मुद्रित

वाणी प्रकाशन का लोगो मक़बूल फ़िदा हुसेन की कूची से

माँ, देवयानी देवी को, जिनकी ऊँची आवाज़, बड़े आँगन में कभी किसी ने नहीं सुनी। निजी अभाव व दुखद अनुभवों–पीड़ा का, जिन्होंने किसी को अहसास नहीं होने दिया। मौसम जो भी हो, सुबह चार बजे से मिट्टी के चूल्हे पर (लकड़ी से) संयुक्त परिवार का काम। फिर दिन देर तक पूजा–पाठ। यही दिनचर्या रही। हर अतिथि, सन्त, साधु में जिन्हें 'देव–झलक' मिलती थी। अध्यात्म के प्रति सहज आकर्षण उनकी ही देन है।

पीठिका

अध्यात्म अर्थात् एक ऐसा गूढ़ विषय जिसका न आदि है, न अन्त। आकाश और समुद्र की तरह अनन्त और अतल। जब जिस क्षण चाहो वहाँ से शुरू और जितना चाहो उससे कई–कई गुणा और अधिक ...फिर भी शेष। हमारे देश के परम वैभव को जानना और समझना है, तो उसके अध्यात्म को जानना ज़रूरी है। यह उसी की विराट शक्ति है कि हमारा मूल मन्त्र सदैव 'वसुधैव कुटुम्बकम्' के साकार रूप को चरितार्थ करता है। हमने मिट्टी के कण, वायु के झोंके, जल की बूँद, अग्नि के ताप और आसमान के हर अंश को परमात्मा माना है। इन्हीं पंचतत्त्वों के मेल से हमारा शरीर बना है, अतः हमारे रग–रग में ईश्वर का वास है। उसकी असीम भक्ति हमारी शक्ति है। अध्यात्म को कभी हमने एक सब्जेक्ट नहीं माना, यह हमारी जीवन–शैली और आचरण का अटूट हिस्सा है। जन्म से लेकर जीवनान्त तक सभी क्रियाकलापों में अध्यात्म हमारा हमराही बनकर संग–संग चलता है। गौतम बुद्ध का एक सुन्दर उद्धरण है–'जिस प्रकार एक मोमबत्ती बिना आग के नहीं जल सकती, उसी प्रकार मनुष्य आध्यात्मिक जीवन के बिना अधूरा है।' आध्यात्मिक विचारों के बिना व्यक्ति गुमराह हो जाता है। क्योंकि उसे संस्कार, सदाचार, संस्कृति और अध्यात्म के सोपानों से ही मिलती है।

आधुनिकता के आग्रही भले ही इसे रूढ़िवादी कहें, भले ही विज्ञान के ज्ञाता इसे अतार्किक बतायें। लेकिन, वही जन एक वाक्य कहने से कभी नहीं चूकते, वह है–'ओनली गॉड कैन सेव (केवल भगवान ही बचा सकते हैं)।' अन्ततः कोई अदृश्य शक्ति है, जो इस संसार

का खेवैया है। अध्यात्म इसी अदृश्य शक्ति की अनन्त और अपूर्णीय भक्ति भावना का विराट और विपुल रूप है। अनुभवी सीख देते हैं कि यह ज्ञान एक जन्म की बात नहीं है, यह जन्म–जन्मान्तरों का सिलेबस (विषय) है जिसे विराम देना असम्भव है। परमात्मा कहाँ है? यह अभी तक कोई नहीं जान सका। लेकिन, वह है। इस सन्दर्भ में एक रोचक कथा है–एक बार परमेश्वर ने मनुष्य के सिवाय सभी प्राणियों को अपने पास बुलाया। उनसे कहा–'मैं मनुष्य से कुछ छिपाना चाहता हूँ। वह चीज़ है परम सत्य। पर, मैं समझ नहीं पा रहा हूँ कि उसे कहाँ रखूँ?' गरुड़ ने कहा–'वह मुझे दे दो, मैं उसे चाँद में छुपा दूँगा।' परमेश्वर ने कहा–'नहीं, एक दिन वह वहाँ पहुँचकर उसे ढूँढ़ लेंगे।' मछली ने कहा–'मैं उसे सागर तल में गाड़ दूँगी।' 'नहीं, एक दिन वे वहाँ भी पहुँच जायेंगे।' भैंस ने कहा–'मैं उसे चरागाहों में छिपा दूँगी।' परमेश्वर ने कहा–'वह धरती की खाल को उधेड़ देंगे और उसे खोज लेंगे।'

सभी प्राणियों की दादी चींटी, जो हमेशा धरती माँ की छाती से चिपकी रहती थी, उसे कोई कुछ नहीं समझता था। हर कोई उपेक्षा ही करता। वह तुरन्त बोली–'उसे उन्हीं के भीतर रख दो।' परमेश्वर ने ऐसा ही किया। अर्थात् छोटे–छोटे प्राणियों तक में ईश्वर का वास है। वस्तुतः अध्यात्म का सम्बन्ध हमारे अन्तर्मन और आत्मा से जुड़ा है। इस बारे में उक्ति भी है–'जो बाहर की सुनता है बिखर जाता है, जो अपने अन्दर की सुनता है सँवर जाता है। आध्यात्मिकता अन्दर से आती है।' यह इतना व्यापक और विस्तृत विषय है कि इसे बड़े तपस्वी, ध्यानी, ज्ञानी अपना जीवन खपाकर भी पूर्णरूप से पाने का दावा करने में असमर्थ रहे। हाँ! इसमें दैवी प्रभुता के साथ आध्यात्मिकता को जीवन में प्रेरणा और दिशा–निर्देश के एक माध्यम के रूप में अनुभव करने में वह सफल रहे। इसलिए हमारे यहाँ कहावत भी मशहूर है कि 'ख़ूबसूरती दिल और ज़मीर में होनी चाहिए, लोग बेवजह उसे शक्ल और कपड़ों में खोजते हैं।'

अध्यात्म में अनगिनत भाव हैं, फिर भी इसका मूलरूप निम्न है–

अ = आराधना

ध्य = ध्यान और याचना

त्म = त्याग एवं मनःपूर्वक

इसके मनचाहे विस्तार हो सकते हैं, क्योंकि यह बृहत् विषय है। इस पूरे परिप्रेक्ष्य में एक बड़ा सच है–'भगवान भाव के अभिलाषी हैं, न कि आडम्बर के।' आज अध्यात्म के शॉपिंग मॉल्स खुल गये हैं, जो इसकी दुकानदारी कर रहे हैं। इससे मूल तपस्वी, तपी और त्यागी नेपथ्य में चले गये हैं। इन्हें खोज पाना विकट समस्या है। कारण! ढोंगी, छद्म और कथित बाबाई दुकानदारों ने इस पावन धरा पर अपनी सेलिंग शुरू कर दी है। अब आये दिन अध्यात्म के नाम पर फ्रॉड करने वाले बाबा एक्सपोज़ होते रहते हैं, जिससे इस सात्विक सफ़ेद चादर पर काले धब्बे लगते हैं।

फिर भी यह पावन और पुण्य धारा है, क्योंकि इससे जीवन की मानसिक शान्ति और शक्ति जुड़ी हुई है। वैसे आज की दुनिया में जब व्यक्ति एकाकी और अशान्त हो गया है, तब उसका एकमात्र आधार यही है। इसी अदम्य शक्ति की किरणों के तेज़ को देखकर पूर्वी भारत के लोकप्रिय हिन्दी दैनिक 'प्रभात ख़बर' के पूर्व सम्पादक हरिवंश ने बीते 40 वर्षों में भिन्न–भिन्न समयों पर आध्यात्मिक विषयों पर जो आलेख और जेनुइन साधु–सन्तों और योगियों से इंटरव्यू किये हैं, उनमें से कुछेक को इस संकलन 'कलश' में संकलित किया गया है। इन आलेखों के सम्पादन कार्य से गुज़रते हुए यह पाया कि यह विषय उनके हृदय के कितने निकट है। आलेखों के विषयों की गहराई और उसकी इम्पॉर्टेंस (महत्त्व) को समझते हुए उन्होंने सन्तई लेखन को अपनी क़लम से सँजोया है।

इन्हें पढ़ते हुए अहसास हुआ कि इसे उन्होंने वनों, नदी तटों और गुफ़ाओं में बैठकर तो नहीं लिखा! पूछा, तो उत्तर मिला–शुरू से यह मेरा प्रिय विषय रहा है। इस विषय पर उनका स्वाध्याय भी बहुत है। अध्यात्म को सविस्तार और तटस्थ रूप से जानने के लिए उन्होंने कई विदेशी आध्यात्मिक लेखकों और सन्तों की लिखी पुस्तकों का गहन अध्ययन किया है। पुस्तक में कुछ ऐसे

विदेशी आध्यात्मिक जिज्ञासुओं और उनकी भक्ति के उत्स पर पहुँचने के ऐसे सुन्दर आलेख हैं, जो पढ़ते समय ध्यान को बँटने नहीं देते। उदाहरणस्वरूप अंग्रेज़ी पत्रकार पॉल ब्रंटन 20वीं सदी के आरम्भ में महान साधकों, योगियों और आध्यात्मिक पुरुषों की तलाश में भारत आये थे। नगर, गाँव, जंगल भटके। कई अद्‌भुत लोगों से मिले। अनेक चर्चित पुस्तकें लिखीं, जिनमें 'ए सर्च इन सीक्रेट इंडिया' ख़ूब चर्चित हुई। पॉल अगर स्वामी सत्यानन्द से मिले होते, तो उन्हें शायद वैसी ही अनुभूति हुई होती, जो उन्हें तिरुवन्नमलई के रमण महर्षि आश्रम में हुई। कारण, क्योंकि परमहंस की उपस्थिति भी बोलती थी।

पुस्तक में समाहित आलेख और इंटरव्यू अध्यात्म के उन रूपों को प्रकट करते हैं, जो वास्तव में गहन तपस्या के उपरान्त ही अर्जित होते हैं। हर आलेख में समर्पित भक्ति के दर्शन होते हैं–'हीरा बाहर नहीं भीतर तलाश करें', 'संन्यास ले बन गये राधानाथ', 'मानो तो मैं गंगा माँ हूँ', 'भाई श्री से मुलाक़ात' और 'सृष्टि का अनदेखा पक्ष' इत्यादि। कहीं कोई बनावट, दिखावा और मनगढ़न्त बातें नहीं, पूरा भोगा हुआ सच कि ईश्वर के अनुनय–विनय में जीवन को होम कर देना भी कम है। हरिवंश ने इन सभी आलेखों और इंटरव्यू को उसी फीलिंग (भाव) के साथ लिखा है, जिसे जीवन के 'स्प्रिचुअल लेसंस' (आध्यात्मिक सीख) कहते हैं। इस पुस्तक का शीर्षक 'कलश' है, जो समृद्धि और सम्पन्नता का प्रतीक है। यही भारतीय अध्यात्म की अतुल्य शक्ति है, जिसके कुछ अंशों को यह पुस्तक ख़ूबसूरती से प्रस्तुत करती है। कथन है कि 'एक मात्र चिकित्सक हैं–परमात्मा। एक मात्र औषधि है–प्रार्थना। हम इतने ग़रीब हैं कि एक साँस भी हमारी नहीं है। और, इतने अमीर भी कि तीनों लोकों का मालिक हमारा है।' यह उद्धरण, अध्यात्म के गूढ़ स्वरूप को भी परिभाषित करता है। अन्त में वाणी प्रकाशन के अरुण माहेश्वरी जी, उनकी पुत्री अदिति माहेश्वरी जी के प्रति विशेष आभार, जिनके सहयोग, धैर्य और उद्यम से यह पुस्तक आप पाठकों के हाथ में है। साथ–साथ उन साथियों

को विशेष धन्यवाद, जिन्होंने इस पुस्तक को मूर्त रूप देने में अहम भूमिका निभायी। इसके लिए श्री निराला, श्री दीपक और श्री देवेन्द्र के प्रति लेखकीय आभार।

आग्रह! पुस्तक को पाठक, विशेषकर युवा पाठक ज़रूर पढ़ें। आज के समय में हम सेल्फी लेने में अपना समय बिताते हैं, लेकिन स्वयं को जागरूक करना भूल जाते हैं। अध्यात्म को अपनी अन्तरात्मा के साथ जोड़कर आप अपने बाहरी अकेलेपन को दूर कर पाने में सफल हो सकते हैं। यह किताब उसी पथ–शृंगार तथा अपरिमित शक्ति को दर्शाती है, जिसे कहते हैं–'परमानन्द'।

नवम्बर, 2022, हैदराबाद

–अतुल कुमार

अनुक्रम

'मैं कौन हूँ' की खोज में भारत यात्रा

मार्च, 2010 में श्रद्धेय राधानाथ स्वामी को जाना। उनकी आत्मकथा के माध्यम से। पुस्तक का नाम था, 'द जर्नी होम–ऑटोबायोग्राफ़ी ऑफ़ एन अमेरिकन योगी' (योगियों, गुरुओं और साधुओं की अध्यात्म भूमि भारत में एक अद्‌भुत खोज)। पुस्तक, मॉँडला प्रकाशन, अमेरिका से छपी थी। फ़रवरी, 2013 में इसका हिन्दी अनुवाद भी देखा, नाम था– 'अनोखा सफ़र–एक अमेरिकी स्वामी की आत्मकथा'। लेखक राधानाथ स्वामी। अंग्रेज़ी में लिखी यह आत्मकथा कोलकाता की उसी दुकान से पुस्तक ली, जहाँ से पिछले तीस वर्षों से पुस्तकें ख़रीदता रहा हूँ।

दुकान में घुसते ही पहली नज़र इस पुस्तक पर पड़ी। कवर पर पीले रंग की पृष्ठभूमि। नीचे हल्के लाल रंग की पृष्ठभूमि में वृन्दावन स्थित राधा मदन मोहन मन्दिर की तस्वीर। तब से कई बार पढ़ा। पुस्तक पढ़ते ही लेखक से मिलने की प्रबल इच्छा हुई। खोजा, इंटरनेट से मदद लेकर। यह पुस्तक महज़ रिचर्ड से स्वामी राधानाथ बनने की कथा नहीं है, व्यक्तित्व के पूरे बदलाव और अध्यात्म के उत्कर्ष पर पहुँचने का वृत्तान्त है। तप और साधना के बल पर। पल–पल सजग रहकर। इसलिए उन्हें देखने की इच्छा जगी।

मिलना हुआ राधानाथ स्वामी जी से 24 जनवरी, 2013 को मुम्बई में। मूलतः या जन्मना अमेरिकी। पर, भारतीय अध्यात्म के सर्वश्रेष्ठ जीवित सत्त्वों (एसेंस) में से एक। उनकी आभा–प्रभा में अलौकिक शान्ति है। उनकी उपस्थिति का अहसास होता है। शायद उनके अविश्वसनीय तप, त्याग, कठोर साधना के कारण। मृत्यु से कई बार सामना, अनमोल व दुर्लभ अनुभव, हमेशा सीखने की प्रवृत्ति, निरन्तर

आत्मा को नयी ऊँचाई पर ले जाने की भूख। सन्त की असीमित संवेदना, अपरिमित करुणा, अलौकिक–आध्यात्मिक तेज़ ने उन्हें विशिष्ट बना दिया है। वह अपनी आभा, तेज़, करुणा, संवेदना और शब्द से छूते हैं। बिना बोले।

वह भारत, भारतीय संस्कृति, भारतीय अध्यात्म के लिए ही आज प्रेरक नहीं हैं। दुनिया आज उन्हें तलाश रही है। ओबामा उनसे मिलते हैं। ब्रिटेन की संसद उन्हें बुलाकर सुनती है। ऑक्सफोर्ड, कैम्ब्रिज उन्हें आमन्त्रित करते हैं। हार्वर्ड, स्टैनफोर्ड, बर्कले जैसी दुनिया की सर्वश्रेष्ठ संस्थाओं में न्योते जाते हैं। दुनिया जिस नैतिक संकट, मूल्य संकट, सामाजिक संकट, लोभ और भोग की आग में आज जल और तप रही है, उसमें लोग उनकी बातों को ग़ौर से सुनते हैं। क्यों? क्या हैं, राधानाथ स्वामी? क्या है उनकी पृष्ठभूमि?

यह महज़ राधानाथ स्वामी की आत्मकथा नहीं है। एक व्यक्ति की अपने अन्दर निहित असीम सम्भावनाओं की खोज की कहानी है। लगातार उत्कर्ष, ऊपर उठने की कथा। एक सामान्य इनसान से आदर्श बनने का प्रामाणिक वृत्तान्त। पग–पग पर अकल्पित मुसीबतों से जूझते हुए। राधानाथ स्वामी जी का जन्म 1950 में एक अमेरिकी परिवार में हुआ। शिकागो में। उनका मूल नाम रिचर्ड या रिची था। शुरू से ही अत्यन्त संवेदनशील। जीवन के रहस्यों को जानने की प्रबल इच्छा। करुणा से भरे। किसी को ठेस न पहुँचाने की प्रवृत्ति। प्रार्थना और अध्यात्म में जन्मजात रुचि। सामाजिक प्रतिष्ठा, यश और धन अर्जित करने वालों की मुख्यधारा से अलग।

अमेरिकी होते हुए भी उपभोक्तावादी अमेरिकी समाज, देह और भौतिक सुख को ही सर्वस्व मानने वालों से भिन्न। दूसरों की ग़रीबी, परेशानी देखकर ख़ुद बेचैन होने वाले। ग़रीबी, रंगभेद और नशे से पीड़ित, मित्रों के सोल संगीत (आत्मगीत) सुनकर परेशान रहने वाले। अन्तःकरण में उठते सवालों के उत्तर ढूँढ़ने वाले कि जीवन क्यों है? मशहूर गायक जॉर्ज हैरिसन के गीत–'विदिन यू, विदआउट यू' (तुझमें, तेरे बिन) या बीटल्स के 'ए डे इन लाइफ़' जैसे गीतों को सुनकर जीवन का अर्थ ढूँढ़ने वाले, रिचर्ड बचपन में संगीतप्रेमी बने।

जब उन्होंने जॉनी रिवर्स को 'लुक टू योर सोल फॉर द आंसर' (उत्तर के लिए अपनी आत्मा से संवाद) गाते सुना, तो उन्हें लगा कि जीवन का यही अर्थ तो ढूँढ़ रहा हूँ।

रिचर्ड शुरू से ही उस मनःस्थिति से गुज़र रहे थे, जिससे जीवन में हर इनसान गुज़रता है। गाँधी के मन में भी सवाल उठा था, 'जिसने अपने को नहीं पहचाना है, उसने कुछ भी नहीं जाना है।' *(सम्पूर्ण गाँधी वांग्मय, खण्ड–दस, पृष्ठ–148)* उपनिषद् भी बार–बार कहते हैं, 'अपने को जानो' (आत्मानं विद्धि)। रमण महर्षि तो हर जिज्ञासु से यही कहते थे कि स्वयं से पूछो, 'मैं कौन हूँ? (को अहम्?)' गाँधी जी ने तो यहाँ तक कह दिया कि 'मनुष्य को अक्ल इसलिए दी गयी है कि वह ईश्वर को पहचाने, परन्तु मनुष्य ने उसका उपयोग उसे भूलने में किया है।' पर, किशोरवय से ही रिचर्ड को यह सवाल मंथता रहा कि मैं हूँ कौन?

कॉलेज में उनके चैंपियन बनने, टीम का नेतृत्व करने के अवसर आये। एक बार कुश्ती में सर्वश्रेष्ठ प्रदर्शन करने के बाद वह वीतरागी हो गये। क्योंकि यह उनका क्षेत्र ही नहीं था। बचपन में ही अमेरिका के कई हिस्सों में अपने मित्रों के साथ घूमे। गाड़ी धोने की नौकरी की। संगीतकारों से सरोकार हुआ, संगीत में डूबे, गाते भी रहे, पर मन नहीं जमा, मन में विद्रोह था। यथास्थिति के ख़िलाफ़। वह बड़े बाल रखने लगे। उन्होंने अपनी आत्मकथा में लिखा है कि 70 के दशक में (गर्मियों में) लम्बे बाल रखना फ़ैशन नहीं था, बल्कि धन की ताक़त, सत्ता मद और पुरानी पीढ़ी के मूल्यों के प्रति बग़ावत की आवाज़ या अभिव्यक्ति थी। याद रहे, तब तक अमेरिका में हिप्पी आन्दोलन और बीटल्स का दौर शुरू हो गया था।

वहाँ की युवा पीढ़ी एक नये मूल्य, संस्कृति और आदर्श की तलाश में थी। रिचर्ड भी इस धारा से प्रभावित हुए थे। उन्हें मार्टिन लूथर किंग जूनियर के एक कथन में अपने जीवन का मक़सद मिला। यदि मनुष्य के पास ऐसा कोई आदर्श नहीं है, जिसके लिए वह मर–मिट सके, तो उसके पास ऐसा कुछ सार्थक नहीं है, जिसके लिए वह जीवन जिये। यह अमेरिका की बग़ावती पीढ़ी थी।

दुनिया में हिप्पी आन्दोलन के नाम से भी इसे ख्याति मिली। यह पीढ़ी जो सैम कुक के गीत 'ए चेंज इज़ गौन्नाकम' (एक बदलाव आकर रहेगा) और 'वी शैल ओवरकम' (हम होंगे कामयाब) गानेवाली पीढ़ी थी। उन्हीं दिनों लगभग 19 वर्ष की उम्र में अपने कुछ मित्रों के साथ अमेरिकी युवा रिचर्ड भी जीवन के अर्थ की तलाश में निकल पड़े। क़द साढ़े पाँच फुट। वजन लगभग 55 किलोग्राम। एक सुखी अमेरिकी परिवार का ऐशोआराम छोड़कर। अमेरिकी समाज, देश–दुनिया की श्रेष्ठ प्रतिभाओं को लुभाता रहा है। अपनी श्रेष्ठ व्यवस्था के कारण। पर, एक मूल अमेरिकी युवा बग़ावत कर एक नयी राह पर चल निकलता है। बिना पैसे लिये, हिचहाइकिंग (लिफ्ट लेकर चलना) से दुनिया घूमने निकल पड़ता है। अमेरिका से उड़कर यूरोप पहुँचा। पहली रात लक्ज़मबर्ग में गुज़ारी। एक खुले मैदान में। एक मित्र, जिसके पास कुछ धन था, वह रात में लुट गया। धनहीन होकर वह लौट गया। अब दो ही लोग बचे। गैरी लिस्स और रिचर्ड या रिची। गैरी लिस्स, रिची के बचपन के दोस्त थे। दोनों लगभग धनहीन, लेकिन लौटने को तैयार नहीं। न खाने का ठिकाना, न रहने का। बिना धन ख़र्च किये, संसार की यात्रा होनी थी। भूखे पेट फिर हॉलैंड पहुँचे।

अमेरिका–यूरोप समेत दूसरे देशों में तब हिप्पियों की ज़िन्दगी जीनेवाले, धनहीन लोगों के प्रति सरकारें व समाज अत्यन्त क्रूरता से पेश आते। पग–पग पर जीने के लिए मनोबल की ज़रूरत थी। समुद्री नाव पर सवार होकर इंग्लैंड पहुँचना हुआ। ब्रिटिश कस्टम ने बहुत सख्ती की। किसी तरह बच निकले। तभी बीच में उस पीढ़ी के प्रिय गायक हैंडिक्स की मौत की ख़बर मिली। जिस पीढ़ी ने 'सेक्स, ड्रग्स और रॉक–एन–रोल' में सुखी और समृद्ध जीवन–शैली के लक्षण देखे, उसके अग्रणी गायकों में से थे, हैंडिक्स। विद्रोह करनेवाली हिप्पी पीढ़ी के प्रिय गायक। इस मौत ने रिची को हिला दिया कि क्या हम इसी जीवन की तलाश में हैं?

रिची का भी हिप्पी आन्दोलन से मोहभंग होने लगा। उन्हें अनुभव हुआ कि हिप्पी आन्दोलन में वहशी, जंगली और कृतघ्नता की धारा भी है, तब उन्हें अपने माँ–बाप की याद आयी, जिनसे उन्होंने कृतज्ञता

का गुण सीखा था। सिर्फ़ विरोध के लिए विरोध और अपने सुख के लिए कुछ भी करो की धारा से रिची का मन टूटने लगा। वह लिखते हैं कि वह भी इन्द्रिय भोगों की आग में ऐसे कूदनेवाले थे, जैसे पहले कोई न कूदा हो। पर, हैंडिक्स की मृत्यु ने रिची को अन्दर तक स्पर्श किया। अमेरिकी रिची की अब तक कोई महिला मित्र नहीं थी। याद रखिए, वह दौर जब किशोर होते ही अमेरिकी युवा सेक्स में मुक्ति पाने की बात करते थे।

उन्होंने जान–बूझकर एक अलग रास्ता चुना। जीवन का अर्थ समझने के लिए। ख़ुद को पहचानने और 'मैं कौन हूँ' तलाशने के लिए। फिर इटली होकर मोरक्को जाने की योजना बनी। रिची का मन गिरजाघरों और धर्मों में रमने लगा। जंगलों में बैठना और हार्मोनिका (वाद्ययन्त्र, जिसे रिची बजाते थे) बजाना। वह भीड़ से अलग थे। आध्यात्मिक अनुभवों की तलाश में रोम गये। वहाँ के गिरजाघर गये। सन्त फ्रांसिस को समझने असीसी (जहाँ सन्त फ्रांसिस रहते थे) गये। रोम से नेपल्स गये। वहाँ से पोंपई होते हुए ग्रीस के एक द्वीप पर पहुँचे। हिचहाइकिंग या पैदल चलकर दोनों मित्र ग्रीस के एक द्वीप कोफरू पहुँचे।

होमर के महाकाव्य 'द ओडिसी' में इसका उल्लेख है। वहाँ एक पेड़ के नीचे बैठकर रिची 'भगवद्गीता', 'बाइबल' और 'द बुक ऑफ़ ताओ' पढ़ने लगे। वहाँ से एथेंस पहुँचे। पग–पग पर परेशानियों में डूबते–उतराते। कभी पुलिस पकड़ती, कभी कोई और तंग करता। किसी तरह नाव के किराये का जुगाड़ कर गैरी और रिची आइल ऑफ़ क्रीट पहुँचे। भूमध्य सागर के किनारे। वहाँ अनेक गुफ़ाएँ थीं। दिन में दोनों अलग–अलग ध्यान करते। सूर्यास्त के बाद गुफ़ा में मिलते।

एक सादी ब्रेड बाँटकर खाते। सोने के लिए थी, पथरीली ज़मीन। बात करने के लिए दिनभर के ध्यान के अनुभव। वहीं एक सूर्यास्त की वेला में, जब भूमध्य सागर की लहरें सुनहरी हो गयी थीं। पूरा परिवेश सुनहरी छटा से दीप्त था, तब–'अचानक मेरे हृदय से एक मृदुल किन्तु प्रबल स्वर उभरा, भारत जाओ।' आगे राधानाथ स्वामी

लिखते हैं, 'भारत क्यों? मैंने सोचा, वह तो बहुत दूर एक अलग ही दुनिया है। उसके विषय में मैं बहुत कम जानता हूँ। मेरे पास नहीं के बराबर पैसे थे और न ही मुझे विश्वास था कि यह मेरे भगवान की ही पुकार थी।'

(2013)

आत्मपुकार ने भारत आने की प्रेरणा दी

जिस तरह 19 वर्षीय अमेरिकी युवक रिची को एक अज्ञात, अलौकिक आवाज़ ने भारत आने की प्रेरणा दी। उसी तरह उनके मित्र गैरी ने भी उसी शाम इज़रायल जाने की आत्मपुकार सुनी। अब रिची को भारत की यात्रा अकेले करनी थी। बचपन के मित्र का साथ भी छूट रहा था, जिसके साथ मिलकर दुनिया देखने और जीवन का अर्थ ढूँढ़ने निकले थे।

बिना धन, कपड़े, जानकारी के एक अज्ञात संसार में छलाँग जैसा। नाव से वह एथेंस गये। उन्हें न भारत की जानकारी थी, न किसी भारतीय से परिचय। अपने अमेरिकी स्कूल में उन्हें यही बताया गया था कि भारत ग़रीबी, बीमारी और विशाल जनसंख्या वाला, सपेरों से भरा एक गन्दा स्थान है। पर, रिची की भूख तो योगियों, सन्तों, ऋषियों से मिलने की थी। एथेंस में उन्हें पता चला कि भारत जाने का रास्ता तुर्की होकर है। इस्तांबुल होकर जाना ख़तरनाक था।

वहाँ एक लीरा (स्थानीय मुद्रा) के लिए भी हत्या होती थी। उन्हीं दिनों वहाँ हैजे का भीषण प्रकोप भी था। हर कोई हतोत्साहित करता। तुर्की के इमिग्रेशन, कस्टम से लेकर पश्चिम के सभी यात्री या हिप्पी मित्र। पर, तीन दोस्त फिर मिल गये, जो हर जोखिम उठाने को तैयार थे। ज़मीन के रास्ते भारत पहुँचने के लिए एथेंस और तुर्की के बीच का सीमारहित इलाक़ा, फिर तुर्की के अन्दर की यात्रा। पग–पग पर मौत की सम्भावनाएँ थीं। अत्यन्त डरावनी यात्रा। फिर इस्तांबुल में किसी तरह इन लोगों का जीवन बचना, सीमाहीन इलाक़ों के ख़तरों से बच निकलना, यह सब प्रकृति के चमत्कार या ईश्वरीय कृपा ही

थी। संयोगवश जीवन बचा। इस्तांबुल के गन्दे और माफ़ियाओं के होटल में आधी रात पहुँचे ही थे कि घण्टे भर में ही जानलेवा हमले हुए। रातोरात भागना पड़ा। मौत से बचने के लिए।

फिर ट्रकों के साथ, मवेशियों के साथ यात्रा करते मध्य तुर्की के रेगिस्तान और निर्जन पठारों से गुज़रे ये यात्री। यह सुविधारहित यात्रा थी। बस से ईरान के रेगिस्तानों से गुज़रते हुए रिची (रिचर्ड) तेहरान पहुँचे। मशाहाद में रिची ने इस्लाम का अध्ययन किया। फिर बोरियों से लदे ट्रक के पीछे बैठकर अफ़ग़ानिस्तान की सीमा पहुँचे। हेरात गये। पग–पग पर व्यावहारिक परेशानियाँ। पर, यह सवाल उनके मन में बराबर उठता रहा–मैं हूँ कौन? वास्तव में कौन हूँ मैं? अफ़ग़ानिस्तान में हेरात से किसी तरह वह कन्धार गये। कन्धार में फिर मौत का सामना।

हालाँकि स्वामी राधानाथ जी दुनिया के सर्वश्रेष्ठ संस्थानों (शैक्षणिक, कारपोरेट आदि) में सुनने के लिए बुलाये जाते हैं। हार्वर्ड यूनिवर्सिटी, बोस्टन यूनिवर्सिटी, कार्नवेल, स्टैंनफोर्ड, ऑक्सफोर्ड, कैम्ब्रिज समेत कैनेडी स्कूल व दुनिया की अग्रणी कारपोरेट कम्पनियों, मसलन इंटेल, एचएसबीसी जैसी जगहों पर। पर, यहाँ पहुँचने के पहले उनकी जीवन यात्रा पग–पग पर रोमांच पैदा करती है। हिप्पी आन्दोलन से प्रभावित होकर उन्होंने यथास्थिति से विद्रोह किया। हिप्पी आन्दोलन की पहचान थी, नशा।

एक शाम कन्धार में रिचर्ड (अब राधानाथ स्वामी) को जबरन एक कमरे में एक अफ़ग़ानी ने ठेल दिया। कमरे में हसीस का ढेर था। वहाँ के दृश्य देखकर उन्हें नशेड़ियों–शराबियों का जीवन याद आया। वहीं रिचर्ड ने जीवन का बड़ा संकल्प लिया, प्रतिज्ञा के तौर पर। 'हे भगवान! मैं जीवन में कभी नशा नहीं करूँगा।' वहीं उन्हें एक रात बिना हिले–डुले सिर पर एक ख़तरनाक नेवले को लेकर बैठना पड़ा। पूरी रात। ज़रा भी हिलने–डुलने से जान का ख़तरा था।

रिचर्ड के बाल बड़े थे। नेवला भी बालों में पंजा लगाकर सिर पर सो गया। एक अफ़ग़ानी ने हिदायत देते हुए कहा, 'सोते नेवले

को न जगायें, यह जानलेवा होगा।' बाद में स्वामी राधानाथ के रूप में उन्होंने लिखा, 'कन्धार में मैंने एक नेवले से धैर्य सीखा। हसीस के नशेबाज़ों से मद–निषेध और एक अन्धे बालक से गीत सुनकर आध्यात्मिक बोध का अहसास।'

(साभार : अनोखा सफ़र–एक अमेरिकी स्वामी की आत्मकथा)

पर, काबुल में वह और कठिन यात्रा से गुज़रे। वहाँ उन्होंने एक नयी प्रतिज्ञा की, आजीवन ब्रह्मचर्य पालन की। यहाँ भी वह कठिन इन्द्रिय परीक्षा से गुज़रे। फिर उन्होंने भारत पहुँचने की वह राह पकड़ी, जिसने एशिया के इस हिस्से के भूगोल और इतिहास को प्रभावित किया है, बदला है। उनका (रिचर्ड का) इतिहास बोध भी गहरा है।

खैबर पास से जब वह गुज़र रहे थे, तो उन्हें ईसा पूर्व 400 में सिकन्दर की भारत पर चढ़ाई, फिर तेरहवीं सदी में चंगेज़ खाँ का क्रूर हमला, फिर मुग़ल सेना का इसी रास्ते आना और अंग्रेज़ी सेनाओं का वाटर–लू बना, यह भू–भाग याद आया। वह कहते हैं, 'इन रास्तों से गुज़र रहा था। पर, मैं भारत के लिए तरस रहा हूँ।' तीन महीने में वह तीन हज़ार मील की यात्रा कर चुके थे। हिचहाइक करते हुए। वह हुसैनीवाला सीमा चौकी पहुँचे, भारत में प्रवेश करने के लिए। पर, वहाँ बैठी महिला इमिग्रेशन अधिकारी ने उन्हें धनहीन देखकर प्रवेश नहीं दिया। कहा, कँगाल हमारे यहाँ बहुत हैं, हमें एक और नहीं चाहिए।

बार–बार वह कोशिश करते रहे, लेकिन हर बार इनकार और सुरक्षाबलों की धमकी ही मिलती। शाम में एक नये अधिकारी आये, उन्हें भी रिचर्ड के न घुसने की सूचना दे दी गयी। पर, रिचर्ड पहुँचे और कहा, 'मैं भारत में भगवान को पाने आया हूँ।' उन्होंने अनुरोध करते हुए कहा, 'मुझे एक मौक़ा दें, एक दिन मैं भारत के लोगों के लिए कुछ अच्छा करके दिखाऊँगा।'

(साभार : अनोखा सफ़र–एक अमेरिकी स्वामी की आत्मकथा)

उस सिख अधिकारी की आँखों में आँसू आ गये। कहा, कभी–कभी व्यक्ति को अपने दिल की बातें भी सुननी चाहिए। सिख अधिकारी ने कहा, 'मुझे तुम्हारे शब्दों पर यकीन है।' यह

अनहोनी घटना थी। बिल्कुल अप्रत्याशित। यह रिचर्ड के अन्दर भारत के लिए तड़प, बेचैनी और प्रबल इच्छा का ही परिणाम था या ईश्वर द्वारा निर्धारित नियति! रिचर्ड भारत में दाख़िल हो गये।

वहाँ से वह दिल्ली पहुँचे। विषम परिस्थितियों में। पग–पग पर कठिनाई झेलते हुए। दिल्ली में एक सपेरे ने उन्हें ख़तरे में डाल दिया। एक बड़े भयानक साँप ने उन्हें जकड़ लिया। सपेरा पैसा माँग रहा था, लेकिन रिचर्ड के पास धेला भी नहीं था। उन्होंने ईश्वर से प्रार्थना की। अचानक भीड़ में से एक व्यक्ति आया। उसके चेहरे पर झुर्रियाँ थीं और हाथ में माला। उसने सपेरे से मोल–भाव किया। उसे दस रुपये दिये और रिचर्ड को साँप से मुक्त कराया।

(2013)

कनॉट सर्कस में कृष्ण का चित्र देखा

रिचर्ड कई दिनों के भूखे थे। कोई दूसरा व्यक्ति मिला, जो उन्हें खाने के लिए अपने साथ ले गया। एक मामूली दुकान पर दोनों खाने बैठे। खाना शुरू करते ही उनके साथी ने उन्हें बताया कि खाने की थाली में क्या–क्या व्यंजन हैं? खाने में मांस के कुछेक टुकड़े थे। यह सुनते ही रिचर्ड ने खाना बन्द कर दिया।

उनके मन में पशुओं के प्रति संवेदना जगी और वह रोने लगे। एक अत्यन्त गन्दी जगह में वह टिके थे। वहाँ पहुँचे, तो उबकाई आयी। पूरा खाना बाहर। वहाँ उन्होंने एक और नया संकल्प लिया कि जीवन में कभी मांस नहीं खाऊँगा। रिचर्ड जब दिल्ली पहुँचे, तो सर्दियों के दिन थे। संयोग से तभी दिल्ली में विश्व योग सम्मेलन का आयोजन था। आठ सौ से अधिक योगी भाग लेने आये थे। रिचर्ड की वहाँ अनेक आध्यात्मिक लोगों से मुलाक़ात हुई। स्वामी राम, स्वामी सच्चिदानन्द, श्री जे. कृष्णमूर्ति आदि।

इस तरह दिल्ली में उन्होंने एक–एक पल भारतीय योग, अध्यात्म और साधना को जानने–समझने में लगाया। शाम को कनॉट सर्कस में घूमते हुए उन्होंने चित्रों के ढेर में एक चित्र देखा, जो उनकी आत्मा में समा गया। रंग नीला, मुकुट में मोरपंख, नदी के किनारे खड़े होकर बाँसुरी वादन। बग़ल में एक सफ़ेद गाय। पूर्णिमा की रात। रिचर्ड नहीं जानते थे कि यह चित्र किसका है? लेकिन उनके पास जो कुछ भी था, वह देकर उन्होंने चित्र ख़रीदने की इच्छा की। चित्र की क़ीमत से काफ़ी कम रिचर्ड ने मूल्य दिया। पर, दुकानदार ने उन्हें वह चित्र सौंप दिया। यह भविष्य का एक गहरा संकेत था।

आनेवाले वर्षों में उजागर हुआ कि इस चित्र में अंकित छवि ने रिचर्ड का जीवन ही बदल दिया।

दिल्ली में योग का सम्मेलन ख़त्म हुआ। यह 1970 का अन्त था। रिचर्ड की उम्र बीस साल की थी। वहाँ से रिचर्ड ऋषिकेश–हिमालय चले गये। एक शाम वह ऋषिकेश में गंगा के किनारे ध्यानमग्न बैठे थे। कुछ देर बाद उन्हें दूर से कोई आता दिखा, एक साधु। सुनहरा रंग, सफ़ेद दाढ़ी, कन्धों तक लम्बे बाल और हवा में लहराते वस्त्र। रिचर्ड उस धीर–गम्भीर व्यक्तित्व से प्रभावित हुए। उनकी आँखें बड़ी–बड़ी थीं। भाव गहरे। उन्होंने कहा, 'तुम नहीं जानते कि मैं कौन हूँ? लेकिन मैं तुम्हें जानता हूँ। मैंने तुम्हारी दृढ़ता का निरीक्षण किया है। तुमने जो वस्त्र पहने हैं, उन्हें अब गंगा को अर्पित कर दो। मैं तुम्हें साधु के कपड़े दूँगा।' रिचर्ड ने पूछा, 'साधु क्या चीज़ है?' बताया गया, 'साधु भ्रमणशील भिक्षु होता है, जो दिव्य जीवन की प्राप्ति के लिए सांसारिक आसक्तियों को त्याग देता है।' तुम उसे एक 'मॉन्क' भी कह सकते हो। उन्होंने रिचर्ड को दो पतले सूती कपड़े दिये। एक की लुंगी और दूसरे हिस्से को लपेट कर चादर। साथ में लँगोट के लिए दो सूती पट्टियाँ दीं, जिन्हें कौपीन के रूप में हम जानते हैं। उसी तट पर रिचर्ड ने अपनी कमीज़ और जींस गंगा में बहा दिये। हमेशा के लिए! रिचर्ड की पहचान बदलने की यह शुरुआत थी। उस सन्त ने उनके कान में कुछ शब्द बोले। कहा, 'गंगा तुम्हारी माँ होंगी। आनेवाले समय में वह ख़ुद अपना रहस्य बतायेंगी।' रिचर्ड सूर्योदय से सूर्यास्त तक गंगा के किनारे बैठते। रात को गुफ़ा में लौटते। रास्ते में उन्हें एक बूढ़ा आदमी मिलता, जो गाजर बेचता था। वह रोज़ रिचर्ड को एक गाजर देता था। रिचर्ड ने तय किया कि रोज़ एक गाजर और गंगाजल, तीस दिनों तक यही मेरा भोजन होगा। निर्जन वन, कहीं कोई और दिखायी नहीं देता था। रिचर्ड उस बियाबान जंगल में अपनी साधना में रम गये। वह गंगा की बहती लहरों से जीवन के पाठ पढ़ने लगे।

गंगा की लहरें कैसे ऊँचाई से गिरती हैं। असंख्य बाधाएँ पार कर सागर में जा मिलती हैं। बीच–बीच में ऐसे प्रसंगों को जीवन के बड़े फलक से जोड़कर स्वामी राधानाथ अपनी कवित्व–सम्पन्न भाषा

में कहते हैं–'गंगा माता हमें सिखाती हैं कि यदि हमें अपनी सागर तुल्य अभिलाषाओं तक पहुँचना है, तो हमें अपने लक्ष्य की प्राप्ति में दृढ़ रहना चाहिए और मार्ग में आनेवाली अपरिहार्य बाधाओं से हतोत्साहित नहीं होना चाहिए। नदी रूपी जीवन में ये सारी बाधाएँ चट्टान के समान हैं।'

(साभार : अनोखा सफ़र–एक अमेरिकी स्वामी की आत्मकथा)

गंगा के बारे में पण्डित नेहरू के उद्‌गार अद्‌भुत और अविस्मरणीय हैं। स्वामी जी के भाव और अभिव्यक्ति भी गंगा के बारे में न भूलनेवाले हैं। एक दिन गंगा के तट पर बैठे–बैठे वह सोचते हैं कि कैसे इन्हीं कगारों के किनारे लाखों वर्षों का इतिहास दफ़न है? कभी यहाँ आध्यात्मिकता पल्लवित–पुष्पित हुई। महान सिकन्दर आया, मुग़लों ने जीतकर सदियों तक राज किया। अंग्रेज़ों ने उन्हें मिटाया। अन्ततः आज़ादी की लड़ाई ने अंग्रेज़ों को बाहर किया। फिर वह कहते हैं, 'गुलामी और आज़ादी, युद्ध और शान्ति, राजनीतिक जीत और हार, यह सब ऋतुओं के समान आये और चले गये। इन सबके बीच कालातीत गंगा माँ, धैर्य के साथ सागर की ओर बहती रहीं।'

फिर वह निष्कर्ष निकालते हैं, इसी तरह सच भी अपरिवर्तनशील है। इस सृष्टि में चाहे कुछ भी हो जाये। कितना भी नाटकीय, पर सत्य के प्रवाह में अन्ततः विघ्न नहीं पड़ता।

रिचर्ड के पास अपनी पुरानी पहचान के नाम पर सिर्फ़ एक चीज़ थी, हार्मोनिका। कभी–कभी वह अपना प्रिय संगीत बजाते। एक दिन उन्हें लगा, उनका ध्यान मूल विषय से भटक रहा है और उन्होंने हार्मोनिका को गंगा की लहरों में प्रवाहित कर दिया। इसके साथ ही पश्चिम से आयी पहले की सभी पहचानों जींस, शर्ट और हार्मोनिका को पानी में बहा कर रिचर्ड अपनी पुरानी पहचानों से मुक्त हो गये। काया स्तर पर। मन के स्तर पर, तो वह रोज़ ही नये हो रहे थे।

गंगा के तट पर उन्हें हुए अलग–अलग अनुभव छूनेवाले हैं। वहीं उन्हें एक शाम अद्‌भुत अनुभव हुआ। नदी के कल–कल स्वर से उच्चारण हुआ, ओऽम्। उनका मन अभिभूत हो गया। इसका अर्थ

वह नहीं जानते थे, पर वह भाव में डूब गये। इसी तरह एक और शाम, सूर्यास्त हो रहा थी। प्रकृति सजीव थी। पेड़, पौधे और ख़ामोश माहौल के बीच चहचहाते तरह–तरह के पक्षी। स्वामी जी को लगा, 'मैं किसी असाधारण घटना के कगार पर खड़ा हूँ।' हज़ारों दिव्य ध्वनियों में एक मधुर शब्द उभरा–

हरे कृष्ण हरे कृष्ण कृष्ण कृष्ण हरे हरे।
हरे राम हरे राम राम राम हरे हरे।।

रिचर्ड इस बोल का अर्थ नहीं जानते थे, पर वह डूब गये। अपनी प्रिय हार्मोनिका, जिससे वह पश्चिम के मधुर और प्रिय संगीत गाते थे, दिल के भाव और कशिश की अभिव्यक्ति का वह यन्त्र, उन्होंने गंगा को सौंप (बहा कर) दिया था। उन्हें लगा शायद इसके बदले ही उन्हें नदी की लहरों से संगीत के रूप में यह गीत मिला। रिचर्ड के उपवास के दिन ख़त्म हो गये थे। एक माह हो गया था। उन्हें ललक थी, आज भरपेट खाऊँगा। किसी ने उन्हें एक रुपया दिया था। उन्होंने जाकर मूँगफली ख़रीदी। उसे लेकर वह अपनी गुफ़ा में लौट ही रहे थे कि एक बन्दर ने पूरी मूँगफली छीन ली। वह कठोर व्रत से होकर गुज़रे थे। फिर उन्हें उपवास करना पड़ा।

(स्वामी राधानाथ से बातचीत और उनकी पुस्तक 'अनोखा सफ़र–एक अमेरिकी स्वामी की आत्मकथा' पर आधारित)

(2013)

संन्यास ले बन गये राधानाथ

वहीं शरद ऋतु की एक दोपहर की घटना के बारे में रिचर्ड अपनी आत्मकथा में उल्लेख करते हैं। 'मैं दर्द से बुरी तरह पीड़ित था, मैं भागकर झाड़ियों के पीछे शौच के लिए गया। रोग और बुखार से मैं बुरी तरह थक चुका था, तभी मेरी नज़र गयी कि एक विशाल साँप मेरी ओर रेंग रहा था।

पीले रंग का वह साँप लगभग छह फुट लम्बा, दो इंच मोटा और हरे धब्बों से भरा था। उसके त्रिकोणीय सिर से मैं समझ गया कि वह विषैला था। साँप ने अपनी पथरीली निगाहें मुझ पर टिका दीं। फिर रेंगते हुए मेरे नंगे पैरों पर चढ़ गया और अपने ठण्डे शरीर को मेरे पैर पर लिटा दिया। मैंने हिलने की हिम्मत भी नहीं की। साँस रोके मैं सोचने लगा, मृत्यु सर्वाधिक अनपेक्षित क्षण में आ सकती है। क्या मेरी मृत्यु इस लज्जाजनक स्थिति में होगी? रमेश बाबा के विपरीत, जिन्हें मृत्यु से भय नहीं था, मैं अब भी मृत्यु से डर रहा था। ज़ोर से धड़कता मेरा हृदय और भयग्रस्त मन, मुझे दिख रहा था कि भगवान को पूर्णतः समर्पित होने के मार्ग पर मुझे अभी कितना आगे जाना है।'

(साभार : अनोखा सफ़र–एक अमेरिकी स्वामी की आत्मकथा)

साँप के साथ रिचर्ड का यह प्रसंग पढ़ते हुए मुझे पॉल ब्रंटन के संस्मरण याद आये। पॉल ब्रंटन थे तो ब्रिटिश पत्रकार, पर उन्हें अध्यात्म जिज्ञासु या एक अर्थ में सन्त कहना ही सही होगा। गुलाम भारत में वह (1920–30 के दशक में) भारत आये। जंगलों, पहाड़ों, हिमालय की कन्दराओं में घूमे। भारतीय सन्तों, योगियों, साधकों से मिलने

के लिए। अध्यात्म पर उनकी अनेक पूर्ण पुस्तकें हैं। भारत के सन्तों पर भी। 'गुप्त भारत की खोज' (अंग्रेज़ी से अनुवाद) उनकी चर्चित पुस्तकों में से है। महर्षि रमण के आश्रम का उनका एक संस्मरण है।

महर्षि रमण के आश्रम में ही दूर एक पथरीली और ऊबड़–खाबड़ जगह पर बनी एक कुटिया में पॉल ब्रंटन रह रहे थे। तालाब के निकट, जंगल–झाड़ी से भरी। एक शाम धुँधलके में वह कमरे में घुसे। फुँफकार सुनी। यह फुँफकार किसी साँप की थी। वह चौकी पर चढ़ गये और चिल्लाने लगे। पास से दो–तीन लोग दौड़े। उनमें एक सिर्फ़ तेलुगु जाननेवाले अत्यन्त पहुँचे हुए योगी थे। पॉल ब्रंटन चौकी पर खड़े थे। साँप फन निकालकर पूँछ पर खड़ा होकर उन पर हमला करने की मुद्रा में था कि वह योगी अचानक उनके कमरे में घुसे। पॉल ब्रंटन चिल्लाये। सावधान किया, पर वह योगी रमय्या अविचलित धीरे–धीरे उस साँप की ओर बढ़ते गये। उन्हें पास देखकर साँप फन नीचे कर सिमट गया। उन्होंने उसे उठाया और झाड़ियों में छोड़ दिया।

पॉल ब्रंटन स्तब्ध। यह कैसे सम्भव है। एक विषैला, ख़तरनाक साँप, जो आक्रामक मुद्रा में बिल्कुल फुँफकारता और हमलावर स्थिति में था। कैसे वह इस योगी को देखकर मौन और शान्त हो गया?

पॉल ब्रंटन, योगी रमय्या से बहुत कुछ पूछना चाहते थे। पर भाषा और संवाद की समस्या थी। पॉल ब्रंटन जब भी योगी रमय्या को आश्रम में देखते, उन्हें उनकी आँखों में एक अद्‌भुत करुणा, गहराई और तेज़ दिखता। विशाल सागर में डगमगाती नाव पर बैठे इनसान को भी उन आँखों को देखकर सुरक्षा का बोध होता। ब्रह्माण्ड का बोध होता। पॉल ब्रंटन को लगा कि भारतीय अध्यात्म सही कहता है, 'चींटी, पशु, पक्षी और इनसान वग़ैरह सब में एक ही आत्मा हैं।'

रिचर्ड के अनुभव और पॉल ब्रंटन के संस्मरण से यह साफ़ होता है कि जग यानी सृष्टि, वही नहीं है, जो हम देखते हैं। इसके परे भी है। हमारी काया (शरीर) की सीमा है। इन्द्रियों की सीमा है। पर, इस सृष्टि और ब्रह्माण्ड की सीमा कौन देख सका है?

रिचर्ड के मन में विचारों का प्रवाह उठा। पहले जब–जब वह मौत को छूकर निकले थे, वे पल एक–एक कर आँखों के सामने

झिलमिलाने लगे। 'मैं गंगा के उस प्रबल प्रवाह के विषय में सोचने लगा, जिसमें डूबकर मैं मरने ही वाला था। अभी फिर से वही स्थिति थी। हृदय की पूरी गहराइयों से मैंने धीमे स्वर में जपना आरम्भ किया—हरे कृष्ण हरे कृष्ण कृष्ण कृष्ण हरे हरे। हरे राम हरे राम राम राम हरे हरे... तभी ठीक उसी दिन के समान जब मैं गंगा की लहरों में डूब रहा था, मन्त्र की अचिंत्य शक्ति से धीरे—धीरे मैं शान्ति का अनुभव करने लगा। मुझमें एक वैराग्य जग उठा। अब मैं साँप को एक शत्रु की भाँति नहीं, अपितु एक बन्धु की भाँति देख रहा था।'

'भगवान के इस नाम की उपस्थिति में सारे भय छितरा गये। मैं आनन्दित हो उठा। कई मिनट बीत गये। साँप ने मेरी आँखों में घूरा। फिर धीरे से सिर घुमाते हुए झाड़ियों में घुस गया। लज्जित मैं सोचने लगा कि आज भगवान ने मुझे दिखा दिया कि आध्यात्मिकता के पथ पर मैं कितना छोटा बालक हूँ। जब एक बालक ख़तरे में होता है, तो अपने माता—पिता को पुकारना ही रक्षा का एकमात्र साधन होता है और आज इस छोटे बालक के माता—पिता ने अपने पवित्र नाम के रूप में आकर उसे आश्रय दिया है।'

(साभार : अनोखा सफ़र—एक अमेरिकी स्वामी की आत्मकथा)

भारत में रहते हुए रिचर्ड को एक वर्ष हो चुका था। वीजा खत्म होने की समस्या थी। रिचर्ड बड़ी कठिन मुसीबत में फँसे। अत्यन्त पीड़ादायक अनुभव से गुज़रे। इसी बीच एक रात उन्हें एक पागल जानवर (कुत्ता या सियार) ने काट लिया। उन्हें रेबीज़ का ख़तरा हो गया। वहाँ बड़ी पुरानी व्यवस्था थी।

मोटी सूई को डॉक्टर ने रेती से घिसा। बड़ी क्रूरता से सूई दी। सूई अन्दर पेट में नहीं घुस रही थी। बहुत कठोरता से सूई घोंपी गयी। रिचर्ड लगभग मूर्छित। पेट में असहनीय दर्द। हरे और नीले रंग की सूजन। फिर भी लगातार सूई के डोज लेते रहे। यह वेदना मौत से होकर गुज़रने जैसी ही थी। उन्हीं दिनों (जो नवम्बर के अन्तिम दिन थे), सर्दी की एक रात यमुना तट पर कदम्ब के पेड़ के नीचे बैठे रिचर्ड, जीवन का मर्म तलाश रहे थे। कहते हैं, 'यादों की

किरणें नदी की लहरों पर चमचमा रही थीं। वहाँ बैठे–बैठे अब तक के जीवन दृश्य, चलचित्र के समान उनके सामने घूम गये।

उन्हें हिमालय में मिले ऋषियों, योगियों, तपस्वियों, सिद्धों और लामाओं का स्मरण हुआ, जिनसे रिचर्ड ने आतुरता से ज्ञान सीखा। उन्हें पटना में मिले रामसेवक स्वामी की बात याद आयी कि यह युवक कृष्णभक्त है और वृन्दावन इसकी आराध्य भूमि होगी। तब रिचर्ड को यह सही नहीं लगा था। उन्हें पाँच माह हो गये। कहते हैं, मेरे अन्दर सम्पूर्ण समर्पण की भावना जाग गयी थी और मैंने अन्ततः श्रीकृष्ण भक्ति को अपने आध्यात्मिक मार्ग के रूप में स्वीकार कर लिया। वृन्दावन की यह ठण्डी मिट्टी का नदी तट मुझे अपने देश में बनी राजसी हवेलियों से कई गुणा अधिक प्रिय है।'

(साभार : अनोखा सफ़र–एक अमेरिकी स्वामी की आत्मकथा)

रिचर्ड वृन्दावन में ही अपने जीवन में आये उस मोड़ को याद करते हैं, जब श्रील प्रभुपाद पूरी दुनिया में वृन्दावन के राजदूत बनकर अपनी यात्रा से फिर वहीं लौट रहे थे। श्रील प्रभुपाद ने 1959 में संन्यास लिया। 69 वर्ष की उम्र में। 1965 में वह वृन्दावन से अपना मिशन पूरा करने निकल पड़े।

उनके पास था, एक मुफ़्त समुद्री जहाज़ का टिकट और चालीस रुपये। वे अमेरिका जा रहे एक मालवाहक जहाज़ 'जलदूत' में सवार हुए। समुद्री यात्रा में ही उन्हें दो बार दिल का दौरा पड़ा। यात्रा में ही अपना सत्तरवाँ जन्मदिन भी मनाया। बोस्टन होते हुए वह न्यूयॉर्क पहुँचे। उन्होंने हिप्पी आन्दोलन के गम्भीर जिज्ञासुओं को अपनी ओर खींचा। रिचर्ड कहते हैं, 'वह महज़ पाँच फ़ीट पाँच इंच के थे।'

क़द में छोटे, पर उनकी उपस्थिति बहुत प्रबल थी। उनके प्रवचनों ने रिचर्ड को गहराई से प्रभावित किया था। एक दिन रिचर्ड से उनकी बातचीत हुई। उस मुलाक़ात के बाद उन्हें लगा कि उन्हें (रिचर्ड को) एक शाश्वत मित्र, कृपालु पिता और भगवान का प्रेम प्राप्त हुआ। अमेरिका में हिप्पी आन्दोलन के जो हीरो रहे। एलन गिंसबर्ग, टिमोथी लियरी और केन जैसे हिप्पी हीरो भी वहाँ आये थे। बहुत बाद में

श्रील प्रभुपाद ने टिप्पणी भी की, 'मैंने हिप्पियों को हैप्पी बना दिया।'

श्रील प्रभुपाद का जीवन भी प्रभावित करता है। कैसे अकेले, ढलती उम्र में श्रील प्रभुपाद अध्यात्म में उतरे? अकेले अमेरिका गये। विश्वभर के हिप्पियों के घर 'हेट स्परी' में रहे। उन नशेड़ियों, मादक पदार्थ विक्रेताओं, पर्यटकों, जीवन का अर्थ ढूँढ़ने वाली बेचैन पीढ़ी को, चमचमाती हार्ले डेविडसन मोटरसाइकिलों को ऊपर–नीचे दौड़ाते हेल्स एंजिल्स गैंग से भरी जगह पर या इनके बीच रहकर वृन्दावन के श्रील प्रभुपाद ने चमत्कार किया। उन्होंने बीटल्स (1960 के दशक में दुनिया के सर्वाधिक मशहूर संगीत बैंड) के अग्रणी लोगों का दिल जीता। घर से दस हज़ार मील दूर बैठे रिचर्ड को श्रील प्रभुपाद के व्यक्तित्व ने स्पर्श किया।

इस तरह श्रील प्रभुपाद की बातों और चेतना ने रिचर्ड को एक नयी दृष्टि दी। वह कहते हैं, 'एक भूकम्प की भाँति इनके शब्दों ने मेरे संसार को झकझोर दिया। मैंने सोचा, यह सिद्धान्त क्रान्तिकारी है।' एक शाम एक टीले पर बैठे (जिसके शिखर पर प्राचीन मदन मोहन मन्दिर है)। बहती यमुना के सामने श्रील प्रभुपाद की प्रार्थना पढ़ रहे थे। यह प्रार्थना उस समय लिखी गयी, जब उनकी विदेश यात्रा हो रही थी।

इस यात्रा के समय प्रभुपाद जी सत्तर वर्ष के थे और उन्हें दिल के दो दौरे पड़े। उनके पास केवल चालीस रुपये थे और भारत के बाहर वे किसी को भी नहीं जानते थे। तीस दिन की समुद्री यात्रा के बाद वह बोस्टन, अमेरिका पहुँचे, जहाँ उन्होंने श्रीकृष्ण पर एक निजी प्रार्थना लिखी। अनेक वर्षों के पश्चात उनके अनुयायियों ने उस प्रार्थना को एक पुराने सन्दूक़ में पाया। वह प्रार्थना मर्मस्पर्शी है।

इस तरह वृन्दावन में रहते हुए उन्हें अनेक आध्यात्मिक अनुभव हुए। वृन्दावन उनका घर हो गया। वह एक जगह लिखते हैं, 'मैंने अतीत में हुए सुख–दुख, मान–अपमान, हार–जीत के समय को देखा और पाया कि कैसे वे सभी मुझे उस मार्ग पर आगे लेकर आये थे। मुझे कैलासबाबा जैसे लोग स्मरण हो आये, जिन्होंने मुझे स्नेह से सराबोर कर दिया था। इस्तांबुल के हमलावर लोग व अन्य लोग भी, जो मुझसे घृणा कर रहे थे, वे सभी एक सुनियोजित योजना के

ही भाग थे। जिस तरह नदी का जल अन्ततः सागर में स्थान पाता है, उसी प्रकार मेरे जीवन की पुकार, अन्ततः मुझे मेरे कृष्ण और मेरे प्रिय गुरु के चरणों तक ले आयी।' कृतज्ञता और आँसुओं के साथ मैंने भगवान को याद करते हुए अनुभव किया, 'मैं यहीं हूँ। मैं तुम्हें यहाँ लाया हूँ और ये हैं, तुम्हारे गुरु।'

(साभार : अनोखा सफ़र–एक अमेरिकी स्वामी की आत्मकथा)

रिचर्ड गुरु की तलाश में बहुत भटके थे। उन्हें अलग–अलग अहसास और अनुभूति हुई। अत्यन्त रोमांचक। मौत को स्पर्श करने वाले अनुभवों से गुज़रते हुए उन्होंने अनुभव किया कि–'यमुना की लहरों में अपने मन की आँखों से खोजते हुए मैंने गेट्टिसबर्ग की नदी, लक्ज़मबर्ग के झरने, एमस्टर्डम की लहरें, लंदन की थेम्स, रोम के केबर और हिमालय की सुन्दर गंगा को देखा। उनमें से प्रत्येक ने संकट भरे मोड़ पर आवश्यकताओं की घड़ियों में मुझसे बातें की थीं।'

रिचर्ड तय कर चुके थे कि अब मुझे वृन्दावन में ही रहना है। श्रील प्रभुपाद को वृन्दावन से गये चार महीने हो गये थे। रिचर्ड शान्त वनों में साधना में डूबे थे। कुछ समय लोगों से मिलते। उन मन्दिरों–सन्तों के पास जाते, जिनसे उन्हें प्रेम हो गया था। उन्हें लगा कि उस बात को वर्षों बीत गये हैं, जब हिमालय की ओर जाते हुए रहस्यमय तरीक़े से जन्माष्टमी के दिन मैं वृन्दावन पहुँच गया था। 'मैं जिसके लिए लालायित था। मेरा आध्यात्मिक मार्ग और प्रिय गुरु, दोनों मुझे यहाँ मिल गये।' पर वीजा ख़त्म हो रहा था। वृन्दावन छूटना था। वृन्दावन छोड़ने के एक दिन पहले रिचर्ड गोवर्धन पर्वत गये। उन जगहों पर घूमे, जो उन्हें सर्वाधिक प्रिय थे।

सभी प्रिय जगहों की धूल एकत्र कर छोटी थैली में बाँध ली, ताकि नियति में जहाँ भी जाना लिखा था, वहाँ वृन्दावन साथ रहे। उन्होंने श्रीकृष्ण से प्रार्थना करते हुए कहा, 'नियति मुझे जहाँ भी ले जाये, कृपया मुझे अनुमति दीजिए कि मैं आपको सदैव अपने हृदय में सँजो कर रखूँ। उस रात यमुना के तट पर तारों के प्रकाश के नीचे बैठकर जप करते रहे। चले, तो साथ में वृन्दावन का अपना प्रिय

भोजन, ब्रज की रोटी और गुड़ बाँध लिया। वृन्दावन छोड़ते समय उनकी आँखों से आँसू बहने लगे। उन्हें लगा कि यह वही स्थान है, जहाँ श्रीकृष्ण ने मेरी सारी प्रार्थनाओं का उत्तर दिया था। फिर वह काठमाण्डू गये। वहाँ एक सप्ताह निर्जन वन में पहाड़ की एक गुफ़ा में रहे। सूर्योदय से सूर्यास्त तक साधना करते रहे।

फिर वहाँ से निकले तो अचानक अपने प्रिय मित्र गैरी से मुलाक़ात हुई। जिनसे वर्षों पहले उन्होंने हरिद्वार में मिलने का तय किया था। यह नियति थी या संयोग, कौन जानता है? बचपन के मित्र गैरी ने पूछा, अब तुम क्या हो? मोंक या रिचर्ड? जवाब दिया, लोग अब मुझे कृष्णदास कहते हैं। दोनों ने मिलकर बचपन से अब तक के अपने दिनों, गिरजाघरों में तथा ध्यान के लिए गुज़ारे समय, गुफ़ा और पर्वतों के दिन स्मरण किये। स्मरण किया कि कैसे क्रीट की एक गुफ़ा से भारत जाने की पुकार आयी।

रिचर्ड या कृष्णदास, एयर इंडिया से बेल्जियम के लिए उड़े। वह बदल गये थे। साधु की वेशभूषा थी। सामान के नाम पर कपड़े की एक थैली। लोहे का एक भिक्षापात्र। विदेशी पर्यटकों के बीच अजूबा और अचरज भरा दृश्य। फिर बेल्जियम से हिचहाइक कर वह हॉलैंड में अपने पुराने मित्रों से मिलने गये। फिर महसूस किया कि मैं कितना बदल गया हूँ? एमस्टर्डम में वह मूँगफली और दही खाकर रहे। क्योंकि वह शाकाहारी हो चुके थे। एमस्टर्डम में ही उन्हें दिलचस्प अनुभव हुए। संयोग से एक कृष्णभक्त का मकान भी मिला। वहाँ से वह लंदन गये।

लंदन से न्यूयॉर्क। न्यूयॉर्क एयरपोर्ट पर उन्हें कस्टम के बड़े अफ़सरों ने पकड़ लिया। क्योंकि वह अफ़ग़ानिस्तान–पाकिस्तान होकर भारत गये थे। अमेरिकी कस्टम अफ़सरों ने कहा कि वह (रिचर्ड या कृष्णदास) नशीले पदार्थों की तस्करी करने के आरोप में पकड़े जा रहे हैं। कृष्णदास (रिचर्ड) को यह भी प्रस्ताव मिला कि स्वेच्छा से समर्पण करो, तो सज़ा कम हो जायेगी। कृष्णदास बदल चुके थे। उन्होंने शालीनता से कहा, 'मेरे पास कुछ भी नहीं है। अफ़सरों ने सख्ती बरती। पूरे सामान की छानबीन हुई। वृन्दावन की धूल की पोटली या थैली देखकर अफ़सर ख़ुश हुए। उन्हें लगा कि यह नशीले

पदार्थ की पोटली है। पूछा, 'क्या है यह?' बताया गया कि 'यह पवित्र स्थल की धूल है।' फिर तलाशी शुरू हुई।

कौपीन की गाँठ देखकर कहा, 'इसमें माल छिपा है।' उन्होंने कौपीन छोड़कर सब वस्त्र उतार दिये। उनके बदरंग कौपीन की भी तलाशी हुई। अन्ततः कुछ मिला नहीं। अमेरिकी कस्टम अफ़सरों ने क्षमा माँगी। कहा, 'असुविधा के लिए खेद है। आप यह समझें कि अमेरिका की रक्षा करना हमारा कर्तव्य है।' उन्होंने पासपोर्ट लौटाया और कस्टम दरवाज़े तक छोड़ने भी आये। राधानाथ जी के अनुभव पढ़ते हुए सोचा कि अगर भारत में ऐसा होता, तो क्या होता? क्या हमारे अफ़सर यह भूल स्वीकार करते? या अपने अहं के तहत झूठे मुक़दमे लादते?

अब रिचर्ड न्यूयॉर्क की धरती पर थे। वह कहते हैं, 'जब मैंने घर छोड़ा, एक किशोर छात्र था। गर्मियों की छुट्टियाँ बिताने यूरोप जा रहा था और अब दो वर्ष बाद मैं एक प्राचीन आध्यात्मिक पथ का अनुगमन करनेवाले साधु के रूप में लौट रहा था। मेरे पास एक पुराने सूती थैले और धातु के भिक्षापात्र के अलावा कुछ भी नहीं था। घर के लोगों ने देखा, तो वे भावविह्वल हो गये।

पर वह घर पर बहुत दिन रहे नहीं। अमेरिका के एक आश्रम में रहने लगे। साधना और तप में रत। कृष्णदास (रिचर्ड) कहते हैं, 'आगामी छह वर्षों तक मैं एक निर्जन पर्वत पर तपस्या के लिए आश्रम में रहा, जहाँ तक पहुँचने के लिए जंगल के बीच से कीचड़ भरा तीन मील लम्बा मार्ग तय करना पड़ता था। सर्दियों में चारों ओर बर्फ़ जमी रहती थी और हमारे पास रहने की कोई व्यवस्था नहीं थी।

स्नान के लिए हम पत्थर से बर्फ़ की सतह तोड़ते और बर्फ़ीले पानी में डुबकी लगाते। शौच के लिए हम बेलचा लेकर पहाड़ से नीचे उतरते और गड्ढा खोद कर मल उसमें दबा देते। इस स्थान पर मैंने स्वयं को घनश्याम बाबा जैसे जीते पाया। दिन–रात भगवान के विग्रहों की सेवा, आध्यात्मिक अनुशासन का कठोरता से पालन करने का प्रयास और गायों की सेवा।'

(साभार : अनोखा सफ़र–एक अमेरिकी स्वामी की आत्मकथा)

इसके बाद रिचर्ड को लगा अपने अनुभव दूसरों से साझा करूँ। फिर आगामी आठ वर्षों तक उन्होंने ओहियो और पश्चिमी पेंसिलवेनिया के महाविद्यालयों और विद्यालयों में व्याख्याता के रूप में काम किया। दर्शन, धर्म, समाजशास्त्र, अन्तःधार्मिकता, भगवद्गीता और शाकाहारी पाक कलाओं की शिक्षा दी। 1982 में संन्यास आश्रम स्वीकार करने का प्रबल आग्रह आया। रिचर्ड ने संन्यास लिया। फिर उनका नाम राधानाथ स्वामी हुआ। 11 वर्षों बाद 1983 में फिर वह भारत आये। कहते हैं, 'मैं लंदन से नयी दिल्ली की उस यात्रा को, जिसे मैंने हिचहाइक कर छह महीने में पूरा किया था, इस बार विमान से नौ घण्टे से भी कम समय में पूरा कर लिया।' राधानाथ स्वामी जी वृन्दावन गये। उन सन्तों से मिलने, जिन्होंने उनका जीवन बदल दिया था।

बड़ा मार्मिक वर्णन है, पुराने सन्तों से मिलने का। फिर वह अमेरिका लौटे, तो दशकों बाद अपने प्रिय मित्र गैरी को खोजकर उनसे मिले। पर इन सबके बीच युवक रिचर्ड के वे शब्द राधानाथ स्वामी को याद थे, जो उन्होंने भारत में प्रवेश करते समय कहे थे। एक सिख इमिग्रेशन अफ़सर को। वह कहते हैं, 'भारत की सीमा पर एक धनहीन, हताश युवक था। मैंने वचन दिया था, एक दिन आपके लोगों के लिए (भारतीयों के लिए) कुछ अच्छा करूँगा।' 1986 से स्वामी जी भारत में रहने लगे। मुम्बई के मध्य भाग में, जहाँ उन्होंने मन्दिर और आश्रम बनवाया। इस मन्दिर और आश्रम में शुद्ध जीवन–शैली सिखायी जाती है। आध्यात्मिक शिक्षा दी जाती है। एक अस्पताल की स्थापना भी हुई, जहाँ शरीर, मन और आत्मा का आधुनिक और परम्परागत ढंग से उपचार होता है।

निःशुल्क चिकित्सा शिविरों का आयोजन होता है। आतंकवादी हमलों, भूकम्प और सूनामी पीड़ितों की सेवा के लिए काम होते हैं। हर साल वृन्दावन में नेत्र शिविर का आयोजन होता है, जिसमें छह–सात सौ निःशुल्क ऑपरेशन होते हैं। ऐसे विद्यालय विकसित हुए हैं, जहाँ शैक्षणिक, नैतिक और आध्यात्मिक शिक्षा दी जाती है। साथ ही, ग़रीब बच्चों के लिए अनाथालय, गो–रक्षा, पर्यावरण के अनुकूल

खेती पर भी कार्यक्रम चलाये जाते हैं। ग़रीब बस्तियों के डेढ़ लाख कुपोषित बच्चों को दोपहर का पौष्टिक भोजन दिया जाता है। रोज़ बढ़ती कटुता और द्वेष के बीच अनेक प्राथमिक और उच्च विद्यालयों में हिन्दू, मुसलिम, सिख, ईसाई, यहूदी, जैन, बौद्ध और पारसी पन्थों के छात्रों को एक साथ बैठाकर नैतिक शिक्षा के पाठ्यक्रम पढ़ाये जाते हैं। इस क्षेत्र के लगभग तीस विश्वविद्यालयों में साप्ताहिक सांस्कृतिक कार्यक्रम होते हैं।

1989 में राधानाथ स्वामी के पिता और माँ भी भारत आये। भारत के लिए उनकी असीम श्रद्धा और प्रेम देखकर वे अभिभूत हो गये। 2003 में स्वामी जी की माँ का शिकागो में निधन हुआ। वह उनकी अस्थियों को भारत लाये और दो हज़ार भक्तों के बीच गंगा में विसर्जित किया। उन्हें याद आया कि 33 वर्ष पहले उन्होंने गंगा को अपनी माँ माना था। वह कहते हैं, अस्थियाँ बहते जल में विलीन होने लगीं और अश्रुपूरित नैनों से मैंने प्रार्थना की, 'आज मेरे शरीर को जन्म देनेवाली माता और आध्यात्मिक जन्म देनेवाली माता का मिलन हो गया है।'

स्वामी राधानाथ जी ने भारत में जैसा कार्य किया, वह अद्‌भुत है। एक विदेशी धरती पर रिचर्ड के रूप में अमेरिका में जन्मे स्वामी राधानाथ, अपनी तप, साधना और जीवन यात्रा में जिन अनुभवों से गुज़रे, वे मानव समुदाय की धरोहर हैं। आज की बेचैन युवा पीढ़ी या बेचैन समाज के लिए पथ–प्रदर्शक। एक नये मानवीय समाज के बनने की सम्भावनाओं से भरपूर। आज दुनिया में जो नैतिक और सामाजिक संकट हैं, उनके उत्तर स्वामी जी के अनुभवों में हैं। यह विलक्षण आत्मज्ञान है। हर एक को बहुत कुछ सीखने की प्रेरणा देनेवाला है। जीवन बदल देनेवाला है।

स्वामी राधानाथ अपनी आत्मकथा नहीं लिखना चाहते थे। इसके पीछे भी एक मार्मिक कथा है। एक बार 2005 में उनके आजीवन मित्र रहे श्री भक्ति तीर्थ स्वामी ने उन्हें बुलाया। वे मृत्यु के कगार पर थे। उनकी इच्छा थी कि वह (रिचर्ड) उनके साथ रहें। भक्ति तीर्थ स्वामी, अश्वेत अमेरिकी थे, जो क्लूलैंड की बस्तियों से निकलकर

एक विश्वस्तरीय आध्यात्मिक शिक्षक बने। उनके प्रसंशकों में नेल्सन मंडेला, मोहम्मद अली और एलिन बोल्ट्रेन भी थे। वह कैंसर की अन्तिम अवस्था में थे। रहस्य और चमत्कारों के विषय में बतियाते। भक्तिशास्त्रों की कथाओं का आनन्द लेते।

भक्ति तीर्थ स्वामी, नोमा कैंसर से पीड़ित थे। उनकी इच्छा थी कि मैं तुम्हारी (रिचर्ड की) बाँहों में शरीर छोड़ूँ। स्वामी राधानाथ जी लिखते हैं, 'मुझे भक्ति तीर्थ स्वामी से बेहतर कोई नहीं जानता था। वे मेरे इस सफ़र की सब बातें जानते थे। यह भी जानते थे कि उन वृत्तान्तों को लिखने के लिए मैं हिचकिचा रहा हूँ। एक दिन भक्ति तीर्थ स्वामी ने मेरे हाथ थाम लिये और मेरी आँखों में झाँकते हुए कहा, 'यह तुम्हारी कथा नहीं है। यह भगवान द्वारा ऐसे युवक के पथ–प्रदर्शन की कथा है, जो अपने हृदय में छिपे आन्तरिक रहस्यों की गवेषणा कर रहा था। ऐसे रहस्य, जो हम सबके अन्दर छिपे हैं। कृपण मत बनो। तुम्हें जो प्राप्त हुआ है, उसे सबके साथ बाँटो।' उनकी आवाज़ भर गयी और एक आँसू उनके गाल पर टपक पड़ा। उन्होंने कहा–'मुझे मेरी मृत्युशय्या पर वचन दो कि तुम इस कथा को लिखोगे। यह पुस्तक उनकी अभिलाषा पूरी करने के लिए स्वामी राधानाथ जी ने लिखी, जो मानव समुदाय की धरोहर है।'

(2013)

जाना था अमरनाथ, पहुँच गये वृन्दावन

सृष्टि के शुरू से ही शायद मनुष्य की सबसे बड़ी तलाश ईश्वर की रही है। एक दिन वह जंगल की पगडण्डी से गुज़र रहे थे कि एक आदमी आया। उसने कहा, 'तुम मुझे नहीं पहचानते, पर मुझे तुम्हारे पास आने के लिए भेजा गया है। पास ही एक गुफ़ा में एक महान सन्त रहते हैं। मेरा मिशन तुम्हें उन तक पहुँचाना है।' वहीं रिचर्ड की मुलाक़ात टाटवाले बाबा से हुई। एक अत्यन्त मशहूर योगी और सन्त। सिर्फ़ जंगली जड़ी–बूटी और फलों पर ही जिन्होंने कई दशकों तक साधना की। पूरी रात बिना हिले बैठकर साधना में डूबे सन्त। रिचर्ड जब भारत आये, तो उनकी अभिलाषा थी, भारत के सन्तों से मिलने और पवित्र धामों की यात्रा करने की। टाटवाले बाबा के साथ हुए अनुभवों के बारे में स्वामी राधानाथ जी ने लिखा है–'उनके सान्निध्य में ध्यान करते हुए मुझे शब्दातीत अनुभव हुए। अन्ततः जब मैं अपने विचार उन्हें बताने गया, वे मेरे बारे में पहले से ही अवगत थे। इससे पहले कि मैं अपना मुँह खोलता, उन्होंने वे शब्द कह दिये, जिन्हें कहने की मैं योजना बना रहा था। सौम्यता से उन्होंने मेरी आँखों में देखा और अपना हाथ उठा दिया। जाओ भगवान तुम्हारी सहायता करे। ओऽम् तत् सत्।'

(साभार : अनोखा सफ़र–एक अमेरिकी स्वामी की आत्मकथा)

फिर रिचर्ड ऋषिकेश से आगे, उत्तर हिमालय में और ऊँचाई पर भागीरथी और अलकनन्दा के संगम पर पहुँचे। इस संगम के बाद ही गंगा, गंगा कहलाती हैं। वह नहाने उतरे। तेज़ प्रवाह था। बहने लगे

कि एक बलशाली इनसान ने उन्हें पकड़ा और तट तक पहुँचाया। फिर उस रक्षक ने रिचर्ड के सिर पर दाहिनी हथेली रखी और मन्त्रों का सुन्दर पाठ किया। रिचर्ड की यह पहली मुलाक़ात थी, कैलासबाबा से। उनकी सम्पत्ति थी एक त्रिशूल, जिसमें एक बड़ा डमरू बँधा था। लोहे का एक भिक्षापात्र और एक पुराना कम्बल। कैलासबाबा के साथ रिचर्ड यायावर हो गये।

वह कहते हैं, 'ठण्डी रातों में नदी को निहारते–परखते हम पहाड़ों के किनारे सो जाते। वह एकमात्र कम्बल बाबा रिचर्ड को ओढ़ा देते थे। जंगल के कन्द–मूल, फल और पत्ते ही उनके भोजन और औषधि थे। उन्होंने भिक्षा माँगना सिखाया।' रिचर्ड कहते हैं कि 'उन्होंने कठोर तपस्या सीखी।' कहते हैं, कैलासबाबा हमारे पितातुल्य बन गये। मानो मैं उनका एकमात्र पुत्र हूँ। वह कहते हैं कि हमने कभी बात नहीं की। क्योंकि भाषा की समस्या थी। पर, जहाँ हृदय में परस्पर स्नेह–संवाद है, वहाँ भावनाओं की अभिव्यक्ति भाषा की सभी सीमाएँ लाँघ जाती है।

जो भी सादा भोजन मिलता, बाबा पहले रिचर्ड को भरपेट खिलाते, फिर खाते। बाबा से रिचर्ड ने और बहुत कुछ सीखा–नीम की दातून से दाँत माँजना और नदी की मिट्टी से शरीर को रगड़ कर नहाना। खाने और स्वच्छ रहने की शिक्षाओं के अतिरिक्त उन्होंने मुझे न केवल पवित्र नदियों, मन्दिरों, वृक्षों, सूर्य, चन्द्र और यज्ञाग्नि का अपितु साँप, बिच्छू एवं सभी जंगली जानवरों का भी आदर करना सिखाया। रिचर्ड कहते हैं, 'वे अंग्रेज़ी नहीं बोलते थे, लेकिन उनमें अपने विचार मुझ तक सम्प्रेषित करने की एक जादुई शक्ति थी।'

विशेषतः यह विचार कि भगवान सभी जीवों के हृदय में निवास करते हैं। उदाहरणतः उन्होंने मुझे एक विषैले साँप के हृदय में स्थित आत्मा को देखने और उसे चले जाने का रास्ता देकर उसका सम्मान सिखाया। एक दिन रिचर्ड को लगा कैलासबाबा अब एकान्त चाहते हैं। बिछुड़ने के समय रिचर्ड कहते हैं कि उनकी कोमलता और विरक्ति की दृढ़ता ने मुझे छू लिया। हम एक–दूसरे को एक पिता और एक पुत्र के समान प्रेम करते थे। किन्तु हम समझ गये कि विचरते साधु होने के कारण हम अब कभी नहीं मिल पायेंगे।

इसके बाद के अनुभव के रूप में वह अपने घर पत्र लिखते हैं। अध्यात्म, तप–त्याग या साधना के दौरान रिचर्ड ने अपने घर के नाम जो भी पत्र लिखे, वे अलग मार्मिक दस्तावेज़ हैं। जीवन का अर्थ जानने के लिए। जीवन का मक़सद पहचानने के लिए। उनकी जीवन–शैली बदल चुकी थी। त्वचा शुष्क और कठोर, होंठ फट गये थे। बाल उलझकर जटाएँ बन गयी थीं। साधुओं का जीवन, महज़ एक जोड़ा कपड़ा पास में। नदियों, झरनों, तालाबों और मटमैले पानी में धोने के कारण कपड़े भी मटमैले। पैर मिट्टी में भूरे हो चुके थे। एड़ियों में बिवाई फट गयी थीं। साधुओं का यह जीवन उनके स्वास्थ्य पर प्रतिकूल असर डाल रहा था। इसी दौरान देवप्रयाग में उन्हें एक अद्‌भुत योगी मिले। अचानक जंगल से आये। योग के बल पर निष्प्राण बनकर साबित किया, फिर जीवित हो उठे। अनेक डॉक्टरों एवं जानकारों ने परीक्षण किया। सच पाया। तब तक रिचर्ड योगानन्द परमहंस की प्रसिद्ध पुस्तक 'योगी कथामृत' पढ़ चुके थे। भारतीय योगियों–साधकों को जान चुके थे। वहीं उन्हें माँ आनन्दमयी से मिलने का भी मौक़ा मिला। वहाँ उन्होंने पाया कि औरतों से दूर रहनेवाले वैरागी, स्वामी, बड़े योगी भी उनके चरणों में बैठकर आशीर्वाद की अभिलाषा कर रहे थे।

रिचर्ड ने कठिन जीवन चुना था। आरामदेह अमेरिकी जीवन–शैली और सुख–मोह छोड़कर। बिना गर्म कपड़ों के कड़ाके की ठण्ड को सहना। नदी के तट पर रहना। जंगल या गुफ़ाओं या ख़ाली मैदान में सोना–जागना। अकेले रहना। साधना, ध्यान और तप में मगन। लगातार कीड़ों, पशुओं और जंगली जानवरों के बीच जीना। बीमारी में भी कोई मददगार नहीं। सिर्फ़ नदी का साथ। सबसे अधिक बोझिल अकेलापन। पर रिचर्ड का संकल्प रत्तीभर नहीं डिगा। वह साधुओं की घाटी के रूप में मशहूर उत्तरकाशी पहुँचे। एक पर्वत की ऊँचाई पर रहने के लिए एक गुफ़ा मिली।

वह वहीं रहने लगे। वहाँ उनकी एक और रमते साधु बालशिवयोगी से भेंट हुई। एक दिन हिमालय की एक निर्जन पगडण्डी पर वह बैठे थे कि बीस लोगों का एक झुण्ड पहुँचा। उनके हाथों में लोहे के त्रिशूल थे। त्रिशूलों के ऊपर मानव खोपड़ियों का मुकुट। सिरों

पर भारी जटाएँ, दाढ़ियों में गाँठ। जटा और पूरी देह भस्म की मोटी परत से ढँकी। गले में रुद्राक्ष की माला। माथे पर त्रिपुण्ड। ठिठुरती सर्दी में भी महज़ कौपीन पहने।

ये लोग नागा साधु थे। रिचर्ड को उत्सुकता हुई कि वह इनके साथ रहकर कुछ सीखें। अंग्रेज़ी जानने वाले एक नागा से उन्होंने पूछा। आपसी परामर्श के बाद 'जय भोले शंकर' की चीत्कार के साथ उन्होंने सहमति दी। नागा साधुओं के साथ रिचर्ड के अनुभव पग–पग पर स्तब्ध करते हैं। एक नये संसार, एक नये परिवेश का बोध कराते हैं। नागाओं ने गाँजे से भरा चिलम लिया। प्रसाद के तौर पर। यह महाप्रसाद इनकार करना खतरनाक था। पर, रिचर्ड ने कहा, 'मैंने आजीवन नशा नहीं करने की प्रतिज्ञा की है।' नागाओं का पद्मासन करना, धरती से एक फुट ऊपर उठना, हवा में तैरना। रिचर्ड कहते हैं कि इन साधुओं के लिए आम बात थी।

याद रखिए, रिचर्ड अमेरिकी दृष्टि के इनसान। वैज्ञानिक सोच–समझ वाले। तार्किक और पश्चिमी मानस लिए, जो किसी भी बात पर, कहीं भी कुछ यकीन नहीं करता। नागा समुदाय के प्रमुख गुरु से रिचर्ड की मुलाक़ात और उनका वर्णन अत्यन्त रोचक और भारतीय अध्यात्म की ऊँचाई की झलक है।

अब रिचर्ड हिमालय से नीचे उतर कर मैदानी इलाक़ों में जा रहे थे। हिमालय में ही स्वामी चिदानन्द ने एक शाम रिचर्ड के अतीत और भविष्य की सारी बात कह दी थी। वह स्तब्ध रह गये।

हिमालय से बहुत कुछ सीखकर वह भारत के मैदानी इलाक़ों में उतर रहे थे। हिमालय में उन्हें अपने जीवन का नया अर्थ मिला, इसने जीवन को सम्पन्न बनाया, इसका बड़ा मार्मिक उल्लेख उन्होंने किया है। वह आगरा होते हुए बनारस की ओर निकल पड़े। आगरा में ताजमहल देखने उतरे। रिचर्ड का इतिहास–बोध अद्भुत है। उन्होंने लिखा है कि '22 वर्षों के कड़े परिश्रम के बाद बीस हज़ार कारीगरों–मज़दूरों के श्रम का परिणाम था ताजमहल, 1648 में इसका निर्माण हुआ था।

पर क्या हश्र हुआ? आगे चलकर उस राजा के एक पुत्र ने राज हड़प लिया। अपने भाइयों को या तो मार दिया या देश निकाला

दे दिया। अपने पिता को जेल में डाल दिया। रिचर्ड के मन में वहाँ बैठे–बैठे सवाल उठा, भव्य महलों–क़िलों, मस्जिदों और ताजमहल का निर्माण करानेवाले इस राजा को उसके ही लड़के ने बन्दी बना लिया। जेल के अन्दर बादशाह अनेक यातनाएँ सहता रहा और बाहर उसके परिजन एक दूसरे को मारने–काटने में लगे थे।

लोग समझते हैं बादशाहों की ज़िन्दगी बड़ी सुखी रही होगी, पर उनका सच रिचर्ड के मन को छू गया। फिर वह कहते हैं, अपने हृदय की ईर्ष्या, काम और लोभ पर विजय पाना ही सच्चा स्मारक है।

ट्रेन में तीसरी श्रेणी से भटकते–घूमते वह बनारस पहुँचे। मणिकर्णिका घाट के दृश्य ने उन्हें विचलित किया। पूरब के संसार का यह उनके लिए एक नया ज्ञान था। उन्होंने तय किया कि सूर्योदय से सूर्यास्त तक मणिकर्णिका घाट पर मृत्यु के अटल सत्य पर चिन्तन करूँगा। नदी के किनारे या पेड़ों के नीचे सोना, सस्ता भोजन या भिक्षा माँगकर खाना, यही उनकी जीवन–शैली थी।

ऋषिकेश से मिले कपड़े, बदरंग और जर्जर हो चुके थे। बाल लम्बे। साथ में सम्पत्ति थी–लोहे का एक भिक्षापात्र, एक लाठी और पुस्तकों से भरा एक थैला। और अन्तिम बची धनराशि से दिल्ली में ख़रीदा गया एक धार्मिक चित्र। पर, रिचर्ड के अन्दर कुछ था, जो उन्हें जीवन के विद्यालय में एक जिज्ञासु विद्यार्थी के रूप में सीखने को प्रेरित कर रहा था। फिर ट्रेन से या कभी ट्रक से 250 मील चलकर वह नेपाल के काठमाडू पहुँचे।

अगले दिन पशुपतिनाथ से दो सौ मील चलकर वह बोधगया आये। बुद्ध को प्राप्त हुए ज्ञान की धरती पर। ज्ञान पाने। बोधगया में उनकी दिनचर्या थी, बोधिवृक्ष के नीचे बैठकर हर दिन सूर्योदय से सूर्यास्त तक बौद्ध ग्रन्थों का अध्ययन करना। ध्यान लगाना। उसी पावन धरती पर ध्यान के दौरान उन्हें लगा कि कोई ओजस्वी शक्ति, शरीर और मन से अलग कर उन्हें अन्तरिक्ष में ले जा रही है।

कुछ गुरुओं के उन्हें कटु अनुभव भी हुए। वहाँ से रिचर्ड मदर टेरेसा से मिलने कोलकाता गये। मदर से उनकी मुलाक़ात मर्मस्पर्शी अनुभव है। मदर ने उन्हें कहा, 'अगर आप विनम्र हैं, तो कुछ भी आपको

स्पर्श नहीं कर पायेगा। न मान, न अपमान। क्योंकि आप जानते हैं कि आप कौन हैं?' वहाँ से वह बम्बई पहुँचे, ढाई दिनों में रेल से।'

वहाँ क्रॉस मैदान में एक आध्यात्मिक महोत्सव का विज्ञापन देखा। उन्हें दिल्ली में मिली बाँसुरी बजा रहे नीले बालक की तस्वीर बीच–बीच में बार–बार आकर्षित करती रही, पर अब तक वह जान न सके थे कि यह कौन है? जब वह क्रास मैदान पहुँचे, तो एक पुस्तक के कवर पर इसी तस्वीर को देखकर वह चौंक गये। वहाँ पहली बार उस तस्वीर का रहस्य जाना, जो पिछले कई महीनों से उनके दिल में था। पहली बार श्रीकृष्ण का नाम पढ़ा पुस्तक पर। वह अंग्रेज़ी की पुस्तक पढ़ रहे थे कि अचानक एक व्यक्ति ने उनका चेहरा देखकर पूछा, 'क्या आप अंग्रेज़ी जानते हैं?' तब रिचर्ड को ध्यान आया कि मैं तो मूलतः अमेरिकी (गोरा) हूँ। फिर पहचान में यह भ्रम क्यों? तब लगा लम्बे समय से उन्होंने आईना नहीं देखा था। लम्बी जटाओं और मटमैले कपड़ों और धूल–गर्द में डूबे उनमें एक घुमन्तू भारतीय साधु की झलक मिलने लगी थी।

शाम होते–होते लगभग 25 हज़ार लोगों की भीड़ इस महोत्सव में आयी। भीड़ के बिल्कुल पीछे थे, रिचर्ड। उस भीड़ में दूर मंच पर बैठे श्रील प्रभुपाद का भेजा एक भक्त आया। वह विशाल भीड़ में से किसी को ढूँढ़ रहा था। पहले उसने मंच से ही संकेत किया, पर कोई नहीं पहुँचा। तब वह मंच से उतरकर, भीड़ में सबसे पीछे खड़े रिचर्ड के पास पहुँचकर रुक गया।

रिचर्ड लिखते हैं, 'एक मोहक मुस्कान के साथ उस भक्त ने कहा, श्रील प्रभुपाद चाहते हैं कि आप उनके साथ मंच पर बैठें।'

रिचर्ड हतप्रभ। उन्हें आश्चर्य हुआ, वे मुझे कैसे जानते हैं?' हज़ारों की भीड़ में यह आदमी मेरे पास ही क्यों आया? बग़ैर किसी पूर्व–परिचय के रिचर्ड को लगा कि भारत में उनके साथ अनेक चमत्कारिक और अनहोनी चीज़ें हो रही हैं। वहाँ अच्छे वस्त्र पहने, सजे–सँवरे, कीर्तन और नृत्य में डूबे कई लोग थे। रिचर्ड के कपड़े पुराने और नदियों की मिट्टी से धुलते–धुलते मटमैले हो गये थे।

बाल बढ़े हुए थे। न कंघी, न बाल की सुध, न देह की सुध। निर्जन वन से वह मुम्बई की इस सजी–सँवरी भीड़ के सामने थे। रिचर्ड को असहज लगा।

मंच से वह भागना चाहते थे कि श्रील प्रभुपाद ने करुणा भरी दृष्टि से देखा। स्नेह और सान्त्वना के साथ रिचर्ड में एक नयी आध्यात्मिक ऊर्जा उठी। वहीं रिचर्ड ने कीर्तन में वह पंक्ति सुनी, जो गंगा के किनारे निर्जन वन में कई महीनों पहले साधना के दौरान उन्हें प्रकृति की गोद में सुनने को मिली थी।

हरे कृष्ण हरे कृष्ण कृष्ण कृष्ण हरे हरे।
हरे राम हरे राम राम राम हरे हरे।।

रिचर्ड अवाक्। गंगा की लहरों में उन्होंने यही मन्त्र सुना था। तब वह इसका अर्थ नहीं जान पाये थे, पर बिना जाने वह इसे गाते थे। वह कहते हैं–'अर्थ और रहस्य तब समझा, जब मुम्बई की इस बैठक में श्रील प्रभुपाद ने कहा कि–हमलोग यह महामन्त्र गा रहे हैं, अर्थात् मुक्ति के लिए महामन्त्र।'

इतने गुरुओं–सन्तों से मिलने के बाद भी रिचर्ड तय नहीं कर पा रहे थे कि गुरु किसे बनाया जाये? अनेक बड़े सन्त–योगियों ने संकेत दिया। पर, उनका पश्चिमी मन सब कुछ परखकर निर्णय लेना चाहता था। वहीं उन्हें अहसास हुआ कि श्रीकृष्ण उनके मन में बस गये हैं। उनके पास श्रीकृष्ण पर पुस्तक ख़रीदने के पैसे नहीं थे।

रिचर्ड ने भिक्षाटन शुरू किया, ताकि किताब ख़रीद सकें। पर, इस बीच श्रील प्रभुपाद को यह सूचना मिली। उन्होंने रिचर्ड को बुलाया और एक पुस्तक भेंट की। अत्यन्त करुणा, स्नेह और ममता के साथ।

रिचर्ड फिर हिमालय की ओर निकल पड़े। रास्ते में वह मुम्बई पहुँचे। वहाँ से गणेशपुरी गये नित्यानन्द बाबा के आश्रम में। वहाँ स्वामी मुक्तानन्द थे। यहाँ भी उन्हें अलौकिक अनुभूति हुई। उन्हें दीक्षा पाने का प्रस्ताव भी मिला, पर अपनी बात साफ़ बताकर वह आगे बढ़ गये, गोवा की ओर। गोवा में वह बिल्कुल नितान्त, निर्जन और एकान्त में चले गये। समाधि के लिए। समाधि में उन्हें गणेशपुरी

का स्मरण आया। समाधि में बैठे ही थे कि उन्हें नित्यानन्द बाबा की भावविह्वल कर देनेवाली उपस्थिति का अहसास हुआ (याद रखिए, इस अनुभूति के दस वर्ष पूर्व नित्यानन्द बाबा ने अपना भौतिक शरीर छोड़ दिया था)।

गोवा में यह स्मरण आया, पर सामने देखा कि गोवा के तट पर पश्चिम का दृश्य है–एक–दूसरे का चुम्बन करते स्त्री–पुरुष, खुलेआम आलिंगन, 'रॉक–एन–रोल' का शोर। वह और नितान्त निर्जन जगह चले गये। उनके मन में विचार उभरा कि मैं तो इनसे भिन्न हूँ। अलग हूँ। उसी क्षण लगा कि ऐसा सोचना अहंकार है। रिचर्ड प्रार्थना करने लगे कि मैं, दूसरों में दोष देखने के इस अवगुण से मुक्त हो सकूँ।

गोवा में रिचर्ड कैसे रहे? यह उन्हीं के शब्दों में पढ़ना बेहतर है। इससे उनके संकल्प और मानस का संकेत मिलता है। जीवन को जानने की कितनी गहरी प्रतिबद्धता रिचर्ड में थी? किसी भी इनसान के दिल को छूनेवाली। उन्हीं के शब्दों में–'सात दिन तक मैं नारियल के एक पेड़ के नीचे बैठकर ध्यान, साधना, अध्ययन और प्रार्थना करता रहा। कुछ ग़रीब मछुआरों को छोड़कर, जो प्रतिदिन प्रातः समुद्र में अपनी नौकाएँ लेकर जाते थे, वह स्थान निर्जन था। प्रतिदिन भोजन के लिए मैं झुके हुए नारियल के पेड़ पर चढ़ कर उसे हिलाते हुए एक नारियल गिराता और उसे बार–बार एक चट्टान पर पटककर तोड़ लेता। स्नान के लिए सामने विशाल सागर था और बिस्तर के लिए सितारों से भरे आकाश के नीचे खुला रेतीला तट, जिस पर मैं पसर जाता।'

(साभार : अनोखा सफ़र–एक अमेरिकी स्वामी की आत्मकथा)

गोवा से रिचर्ड मैक्लॉडगंज गये। दलाईलामा और उनके लोगों की परम्परा जानने–समझने। दलाईलामा से उनकी मुलाक़ात प्रेरक रही। उन्होंने रिचर्ड को कहा, 'ध्यान, अध्ययन और पूजा हमें आन्तरिक ताक़त देते हैं। दयालु और ज्ञानवान बनाते हैं।' वहाँ भी वह घने पेड़ों से घिरे पहाड़ों की एक गुफ़ा में रहने लगे, जहाँ फन काढ़े साँप

रेंगते थे। एक रात एक बड़ा बिच्छू गुफ़ा से नीचे गिर पड़ा, बिल्कुल पास में, रिचर्ड चुप, अचल बैठे रहे। वह कहते हैं, वहाँ बैठे–बैठे मुझे पितातुल्य कैलासबाबा का स्मरण आया।

उनकी सोहबत में रिचर्ड ने साँप और बिच्छुओं के निकट सही चेतना के साथ रहना सीखा था। ऐसी स्थिति में निर्विकार बैठे वे प्रार्थना करते, 'हे ईश्वर! ईर्ष्या, भय और दूसरों के प्रति ग़लत धारणा बनाने की प्रकृति से ऊपर उठने में मदद करें।'

रिचर्ड लिखते हैं–'कभी–कभी अकेलापन लगता है। वह मौन प्रार्थनाएँ करते। ऐसे ही एक क्षण चुप बैठे एक साधु के मन में मुश्किल घड़ियों में, जब वह थका–हारा होता है। असमंजस में कि वह कहाँ जा रहा है और क्या पीछे छोड़ आया है, वह नहीं जानता कि उन वस्तुओं को थामे रखे या सदा के लिए छोड़ दे, जो अभी भी उसके पास हैं। क्या गन्तव्य स्थान है उसका, जिसने अपना घर और मित्रों को त्याग दिया है? उसके पास करने के लिए क्या है, जो अकेला घूमता है, अपनी तनहाई के वीराने में? क्या वह इन दीवारों को तोड़ दे, जो उसने अपने इर्द–गिर्द खड़ी की हैं या उन्हें और ऊँचा एवं मज़बूत कर दे? वह याचना करते हैं, हे भगवान! क्या कोई मार्गदर्शक है, जो मुझे आप तक आने का मार्ग दिखा दे? उस बेघर व्यक्ति को कहाँ रहना चाहिए, जो यह मानता है कि उसका घर इस नश्वर संसार में नहीं है।'

(साभार : अनोखा सफ़र–एक अमेरिकी स्वामी की आत्मकथा)

इसी बीच रिचर्ड की मुलाक़ात मिस्र से आये एक योगी से हुई। वह भी धर्मशाला के इस इलाक़े में गुफ़ा में रहते थे अकेले। एक दिन उन्होंने रिचर्ड के बारे में भविष्यवाणी की–'तुम्हारे गुरु स्वयं तुम्हारे पास आयेंगे। यही तुम्हारी नियति है।' और आगे ऐसा ही हुआ। पठानकोट होते हुए रिचर्ड फिर हरिद्वार पहुँचे। उनके पास अब एक झोला था। एकमात्र सम्पत्ति। साथ में एक भिक्षापात्र और एक लकड़ी, जिसे वह लाठी के रूप में प्रयोग करते थे। झोले में पुस्तकें थीं–'भगवद्‌गीता', 'उपनिषद्', 'बाइबल', 'योगी कथामृत', 'बौद्ध धर्म

के ग्रन्थ', शंकराचार्य लिखित पुस्तक और श्रील प्रभुपाद द्वारा दी गयी श्रीकृष्ण पर एक पुस्तक। एक ट्रैफ़िक सिग्नल पर वह खड़े थे। कोई उनका यह झोला भी ले भागा।

पुस्तकों के जाने से रिचर्ड बहुत उदास और निराश हुए। वह अयोध्या गये। रात में सरयू नदी के बालू पर सोये। सुबह स्नान कर राम जन्मभूमि गये। फिर इलाहाबाद गये। एक दोपहर वह गंगा में तैरते–तैरते मौत के चंगुल में फँस गये। ईश्वरीय चमत्कार से ही वह बचे। फिर पटना पहुँचे। गंगा के किनारे कलक्टरी घाट पर सो गये। तब वहाँ से गंगा, विशाल दिखती थी। सुबह–सुबह भजन–कीर्तन करते सैकड़ों लोग नहाने आये। उनकी आवाज़ से रिचर्ड की नींद खुली। वहाँ उन्हें सफ़ेद दाढ़ी वाले एक धीर–गम्भीर और अत्यन्त प्रभावकारी व्यक्तित्व के साधु मिले। हाथ जोड़कर प्रणाम किया। उन्होंने रिचर्ड को पास के मन्दिर में आने के लिए न्योता।

वहाँ एक दूसरे साधु भी मिले, जो लगभग 85 वर्ष के थे। वेदी के सामने बैठकर भजन गा रहे थे। अंग्रेज़ी जाननेवाले उस व्यक्ति ने कहा, ये मेरे गुरु रामसेवक स्वामी हैं। बहुत बड़े भक्त, योगी। पटना में भी रिचर्ड को अद्भुत अनुभव हुए। खाने में, मच्छरों के बीच सोने में और रोज़ बग़ैर जाने–समझे प्रवचन सुनने में। रिचर्ड को लगा कि अब उन्हें वीजा बढ़वाना होगा। वह पटना पासपोर्ट कार्यालय गये।

वहाँ बैठे एक व्यक्ति ने कहा, 'तुम्हारा वीजा नहीं बढ़ेगा।' रिचर्ड हतप्रभ। तब उन्होंने कहा कि 'मैं आपके देश में अध्यात्म सीखने आया हूँ।' फिर वीजा मिला। पटना में हर दिन सुबह रामसेवक स्वामी के आश्रम में पाँच साधु जुटते। रामायण पाठ होता। कृष्ण की भी चर्चा होती। रोज़ शाम को अंग्रेज़ी जाननेवाले नारायण प्रसाद से रिचर्ड पूछते कि आज के प्रवचन का सार बतायें? एक दिन लगा कि नारायण प्रसाद जी रोज़–रोज़ एक ही प्रसंग दोहराते हैं।

तब एक शाम उनकी आँखों में आँसू आ गये। उन्होंने नारायण प्रसाद से कहा, 'क्या मैं इतना पतित हूँ कि मुझे सुनने का भी अधिकार नहीं?' तब नारायण प्रसाद ने रिचर्ड को रहस्य बताया कि जिस दिन

आप यहाँ आये, उसी रात रामसेवक स्वामी जी को यह सपना आया कि यह युवक कृष्ण भक्त है। किन्तु अभी इसे यह मालूम नहीं है। वृन्दावन इसकी पूजा स्थली होगी। यदि इसे यह अभी बताया गया, तो वह विश्वास नहीं करेगा। लेकिन, एक दिन वह इसे समझ जायेगा। यह बिल्कुल सटीक भविष्यवाणी थी, लेकिन यह प्रसंग बाद में।

पटना में कई सप्ताह ठहरने के बाद रिचर्ड वहाँ से निकले। नेपाल की ओर निकलने के पहले स्वामी रामसेवक जी से आशीर्वाद लेने गये। रामसेवक जी ने कहा कि 'वे कुछ देना चाहते हैं।'

किन्तु उस अकिंचन महात्मा के पास देने के लिए था ही क्या? इधर–उधर देखते हुए उन्हें एक लाठी दिखी। रिचर्ड कहते हैं कि आँसू भरी मुस्कान के साथ उन्होंने वह लाठी मुझे सौंप दी और कहा, 'शास्त्र कहते हैं कि भक्तों की कृपारूपी लाठी हमें बड़े–बड़े ख़तरों से बचा सकती है?' उनकी यह बात भविष्यवाणी थी। इस लाठी ने ही रिचर्ड को नया जीवन दिया।

पर, यह प्रसंग आगे। ट्रक–ट्रेलर पर यात्रा करते वह नेपाल की सीमा तक पहुँचे। बकरियों और मुर्गियों के बीच। आधी रात में ट्रक ने उन्हें काठमाण्डू के ठीक बाहर उतार दिया। वह थके थे। भूखे भी। अँधेरी रात थी। कुछ ही दूरी पर कुत्तों की भयानक आवाज़ें थीं। उन्हें पुरानी चेतावनी याद आ गयी कि रात को जंगली कुत्ते झुण्ड बनाकर शिकार तलाशते हैं। शिकार दिखा नहीं कि सब घेरकर हमला कर देते हैं। बोटी–बोटी नोचकर चिह्न तक मिटा देते हैं।

इधर, रिचर्ड के मन में यह विचार उभरा, उधर, सफ़ेद झाग गिराते कुत्ते आ गये। सिर उठाकर उन्हें देखकर चीख़ने लगे। कुछ ही क्षणों में अनेक भयावह कुत्तों की टोली ने धावा बोल दिया। ये पागल कुत्ते थे। रेबीज़ रोग से भरे। उनके मुँह से सफ़ेद झाग निकल रहा था। रिचर्ड के होश उड़ गये। उन्हें लगा कि यह जीवन का अन्तिम पल है। तभी उन्हें पटना में रामसेवक स्वामी की दी लाठी याद आयी। वह लाठी भाँजते हुए पीछे हटने लगे। वृत्ताकार समूह बनाकर कुत्ते उन्हें घेर रहे थे। वे लाठी भाँजते पीछे हट रहे थे।

उन्हें लगा कि अब कुत्तों का भोजन बनना ही मेरी नियति है। वह प्रार्थना करने लगे और लाठी भाँजते हुए पीछे हटने लगे। पीछे हटते–हटते अचानक एक झोपड़ी के दरवाज़े से टकराये। तेज़ी से पीछे धक्का लगा। दरवाज़ा खुल गया। उन्होंने घुसकर दरवाज़ा बन्द कर लिया। कुत्तों का हमला जारी था। उधर घर में शोर हुआ, तो सोनेवाले जगे। चोर समझकर तलवार लेकर हमला करने के लिए तैयार थे। घुटनों पर गिरकर रिचर्ड दया की याचना करने लगे।

यहाँ भाषा से संवाद नहीं था। महज़ भावों से। तब तक बाहर के चिल्लाते खूँखार कुत्तों की आवाज़ की ओर रिचर्ड ने संकेत किया। धीरे–धीरे घरवालों ने हालात समझे। कहते हैं, 'मेरी निःशब्द प्रार्थना उन तक पहुँची। उन्होंने तलवार रखी।' फल और दूध रिचर्ड को दिया। उधर रातभर चौखट पर पागल कुत्ते भौंकते रहे।

इसके (काठमाण्डू के) बाद रिचर्ड जनकपुर की ओर निकले। वहाँ एक भारतीय साधु मिले। पढ़े–लिखे। अंग्रेज़ी में पारंगत। वह श्रद्धालुओं को आशीर्वाद दे रहे थे। जब रिचर्ड ने उनसे आशीर्वाद और ज्ञान की बात की, तब उन्होंने दिलचस्प बातें कीं। यह रिचर्ड के लिए आँख खोलनेवाली स्थिति थी।

साधु ने कहा, 'मैं तीस साल से साधु की तरह जी रहा हूँ। जानते हो मुझे क्या मिला? कुछ नहीं। साधु के मेरे पूरे जीवन में मुझे सड़े–गले दाल–चावल मिले हैं।' एक महिला ने अपने नवजात शिशु को आशीर्वाद के लिए आगे किया। बाबा ने अंग्रेज़ी में कहा, 'अमेरिका धन और ऐश्वर्य से भरा देश है।' शिशु के सिर पे हाथ फेरते हुए फिर मुझ पर चिल्लाये–'अमेरिका में भोग करने के लिए सुन्दर स्त्रियाँ हैं। अमेरिका में बड़े–बड़े आरामदेह घर और गाड़ियाँ हैं। अमेरिका में अच्छे कपड़े और खाना–पीना है। अमेरिका में सबसे अच्छे टेलीविज़न और सिनेमा है।' आँख बन्द कर उसने आह भरी, 'ओह! काश मेरे पास अमेरिका के मज़े होते।' तब उसकी आँखें मुझ पर अंगारे उगलने लगीं। 'लेकिन तुमने वह सब छोड़ दिया। किसके लिए? दाल–चावल के लिए? तंग आ गया हूँ मैं दाल–चावल से। तुम इस ग़रीबी से भरी घटिया जगह पर भगवान ढूँढ़ने आये हो।

मूर्ख हो तुम। कोई भगवान–वगवान नहीं है। सुन रहे हो तुम। कोई भगवान नहीं है। अपने महान देश लौट जाओ। यदि तुम मेरी बात नहीं मानोगे, तो तुम्हें ज़िल्लत भरी ज़िन्दगी जीनी पड़ेगी और दुख ही दुख भोगोगे।'

(साभार : अनोखा सफ़र–एक अमेरिकी स्वामी की आत्मकथा)

एक भारतीय साधु के ऐसे शब्द सुनकर रिचर्ड को मुम्बई में श्रील प्रभुपाद से सुनी बात याद आयी। उन्होंने कहा था कि गली में झाड़ू लगानेवाला एक ईमानदार भंगी, एक ढोंगी साधु से बेहतर है। जनकपुर में ही एक शाम उन्हें एक दूसरे साधु मिले। अच्छी ब्रिटिश अंग्रेज़ी बोलनेवाले। उनके साथ भी रिचर्ड के अनुभव बड़े दिलचस्प और जानकारीपूर्ण हैं। तन्त्र की ताक़त के बारे में उन्हें पता चला।

जनकपुर में ही उन्हें एक युवा नेपाली छात्र मिला, विष्णु प्रसाद। एक धार्मिक पश्चिमी युवक को साधु के रूप में देखकर वह प्रभावित हुआ। रिचर्ड को अपने घर ले गया। सम्मान के साथ रखा।

रिचर्ड ने यहाँ के अनुभव के सम्बन्ध में एक अनूठी बात लिखी–'1960 के दौर में अमेरिका में पलने–बढ़ने के दौरान मैंने (रिचर्ड ने) यह पाया था कि हमारी युवा पीढ़ी अपने बड़े–बूढ़ों से विद्रोह करती थी। पर, नेपाल में किशोर बच्चों में घर में बड़ों के प्रति सम्मान देखना, मेरे लिए एक अत्यन्त मधुर अनुभव था।' वह कहते हैं, 'इन भले लोगों से मैंने पूरब के पारिवारिक संस्कारों के विषय में सीखा।'

दुर्भाग्य है कि यह पूरब अब अपने ही संस्कारों से वंचित हो रहा है। स्वामी जी का यह अनुभव पढ़ते हुए पश्चिमी इतिहासकार अर्नाल्ड टायनबी याद आये, जिन्होंने भारत की आज़ादी के पहले भविष्यवाणी करते हुए कहा था कि भारत से एक नयी संस्कृति निकलेगी, जो पूरी दुनिया को नयी रोशनी देगी। पर, आज भारत भी पश्चिमी राह पर है।

नेपाल में रिचर्ड एक एकान्तवासी सन्त सीताराम बाबा से भी मिले। काफ़ी प्रभावित हुए। इसी क्रम में वह नेपाल के अन्दरूनी इलाक़ों में

घूम रहे थे। खेतों से गुज़रते हुए। कीचड़ से गुज़रते हुए। अचानक एक बड़ा तूफ़ान आया। तूफ़ान थमने के तुरन्त बाद रिचर्ड ने देखा कि आगे गैरी हैं। दोनों बचपन के मित्र, अमेरिका से साथ निकले। यूरोप आये। आइल ऑफ़ क्रीट में एक–दूसरे से बिछुड़े। लगभग एक वर्ष बाद अचानक आमने–सामने हुए। यह संयोग भी अद्‌भुत था। फिर वहाँ से अमरनाथ जाने की योजना बनी। ट्रक में सवार होकर रक्सौल होते हुए दोनों पटना पहुँचे। बनारस भी। वहाँ के काशी विश्वनाथ मन्दिर गये।

काशी के विश्वनाथ मन्दिर में उन्हें यह अहसास हुआ कि मेरी नियति में अब कुछ बेहतर होना है। रिचर्ड लिखते हैं, 'हे भगवान! मैं आपको जानने और प्रेम करने के लिए लालायित हूँ। कृपया मुझे मेरा मार्ग दिखाइए।' आगे रिचर्ड कहते हैं, 'उसी क्षण मुझे कुछ अहसास हुआ। आशा की भावना ने मुझे अभिभूत कर दिया। मुझे लगा यदि मैं भगवान के सम्मुख विनीत हो जाऊँगा, तो सब कुछ स्वयं प्रकट हो जायेगा। मुझे लगा कि उनका हाथ मुझ तक पहुँच रहा है और मेरे जीवन में कुछ विशेष घटनेवाला है।'

(साभार : अनोखा सफ़र–एक अमेरिकी स्वामी की आत्मकथा)

बनारस से ट्रेन में सवार होकर दोनों (रिचर्ड और उनके बचपन के मित्र गैरी) निकल पड़े। अमरनाथ पहुँचने के लिए। ट्रेन में भारी भीड़ थी। बरसात अलग। लगभग दो दिनों की यात्रा के बाद ट्रेन एक अनजान जगह रुकी। डिब्बे में ठसाठस भीड़ थी। गैरी और रिचर्ड पानी पीने और खुली हवा में साँस लेने के लिए खिड़की से नीचे उतरे। उन्हें राहत मिली। उनके उतरते ही ट्रेन चल पड़ी। दोनों ने बहुत कोशिश की, दौड़कर खिड़की से अन्दर जाने की। पर, वे छूट गये।

अगली ट्रेन की प्रतीक्षा में बैठे थे। वहीं साधुओं का एक झुण्ड था। रिचर्ड पूछने गये कि यह कौन–सा स्थान है? एक साधु ने बताया, 'यह मथुरा है। श्रीकृष्ण का जन्मस्थान। आज जन्माष्टमी है। श्रीकृष्ण का जन्मदिन।' फिर वृन्दावन में ही रिचर्ड कई महीने ठहरे। यहाँ हुए

आध्यात्मिक उत्थान, तप, साधना और कुछ कटु अनुभव की बातें भी हैं उनकी आत्मकथा में। हर विपरीत परिस्थिति में रिचर्ड के अन्दर एक अद्भुत संकल्प–उत्साह था। ऐसा लगता है कि उनकी ज़िन्दगी का रास्ता उनके होने के पहले ही प्रकृति ने तय कर रखा था। हर पग पर बड़ी–बड़ी कठिनाइयाँ। मौत से साबका। खुले आसमान के नीचे सुविधाविहीन जीवन। ख़तरनाक जंगली जानवरों के बीच जीना। बिना खाये रहना। फिर भी अपने संकल्प के प्रति एक अद्भुत प्रतिबद्धता, समर्पण और अनूठी निष्ठा। वृन्दावन के उनके अनुभव अद्भुत हैं। सच्चे और सही सन्तों के बारे में बतानेवाले। सही निष्ठा हो तो प्रकृति (ईश्वर) कैसे राह आसान करती है, रिचर्ड के अनुभव बताते हैं। आज की भौतिक दुनिया इस भाव, मानस और समर्पण को नहीं समझ सकती। यह बाज़ार की दुनिया है। यह बेमक़सद जीवन ढूँढ़ने की दुनिया है। पर, रिचर्ड का पूरा जीवन अपने होने का अर्थ जानने में लग रहा था।

रिचर्ड को मालूम नहीं था कि वृन्दावन में ही उन्हें जीवन का रहस्य मिलेगा। हिमालय की तलहटी में गंगा की लहरों में जो संगीत सुना (हरे कृष्ण...हरे राम), मुम्बई के क्रॉस मैदान में (क्रॉसफोर्ड) आध्यात्मिक अधिवेशन के दौरान जिस कृष्ण ने उन्हें खींचा तथा भारत में आते ही दिल्ली में कनक प्रेस की जिस तस्वीर ने उन्हें बाँध लिया या पटना के रामसेवक दास जी के यहाँ, जिस कृष्ण कथा को सुनकर वह आत्मविभोर हो गये, उसका अर्थ और मूल मर्म, तो उन्हें वृन्दावन में ही पता चलनेवाला था।

पर यह सब भविष्य के गर्भ में था। रिचर्ड को अचानक ट्रेन ने एक ऐसी जगह उतार दिया, जो उनके लिए अनजानी थी। बिना योजना के वह यहाँ पहुँचे थे। जाना था अमरनाथ, पहुँच गये वृन्दावन। ट्रेन के डिब्बे से ऑक्सीजन और पानी लेने नीचे उतरे कि ट्रेन चल पड़ी। पर, यह वृन्दावन उनकी नियति थी।

क्या यह संयोग था या पूर्व निर्धारित या भाग्य का खेल या तय नियति? यह भला कौन जान सका है? विकास, वैज्ञानिकता और

आध्यात्मिकता के इस उत्कर्ष पर पहुँचकर भी ऐसे सवालों के उत्तर मनुष्य या विज्ञान ढूँढ़ पाने में विफल हैं।

वृन्दावन में आठ मील दोनों साथी पैदल चले। फिर एक आदमी ने प्रणाम कर उनका स्वागत किया। उन्हें विनम्रतापूर्वक एक आश्रम पहुँचाया और फिर वह चला गया। पता चला कि आज कृष्ण जन्माष्टमी है, हर अतिथि का स्वागत इस मिट्टी की परम्परा है।

(स्वामी राधानाथ से बातचीत और उनकी पुस्तक 'अनोखा सफ़र—एक अमेरिकी स्वामी की आत्मकथा' पर आधारित)

(2013)

हीरा बाहर नहीं, भीतर तलाशें

अमेरिका मूल के स्वामी राधानाथ जी से हुई बातचीत के अंश–

आप तो कई महान भारतीय साधकों के साथ रहे और बड़े साधक हो गये। भारतीय सन्तों के बारे में आपका अनुभव कैसा रहा?

अध्यात्म और ज्ञान की खोज में मैंने पूरी दुनिया की यात्रा की। मेरी यात्रा भारत में आकर पूरी हुई। जहाँ मैं भारतीय सन्तों और आम लोगों से मिला, जिन्हें अध्यात्म और ईश्वर की गहरी समझ थी।

उन संन्यासियों की अपनी–अपनी परम्पराएँ हैं। उनमें से हर कोई या कहें कि अधिसंख्य करुणा और संवेदना से भरे हुए हैं। उन्होंने मुझे माँ–बाप की तरह स्नेह दिया। उनकी जीवन–शैली और उनके बेहतर ज्ञान ने मेरे हृदय को बहुत बदल दिया। मेरे गुरु वैदान्तिक स्वामी श्रील प्रभुपाद हैं। उनके मार्गदर्शन और उनकी उपस्थिति में ही मैं अपने लक्ष्य की प्राप्ति कर सका।

मौजूदा भारत को देखते हुए क्या आपको लगता है कि भारत अपना आध्यात्मिक पक्ष खो रहा है?

मेरा जो अनुभव है, उस आधार पर यह कह सकता हूँ कि खोना और पाना दोनों एक ही सिक्के के दो पहलू हैं। लोग अब यथार्थ चीज़ों की ओर मुड़ रहे हैं। पश्चिम से कई चीज़ें आ रही हैं। इससे हम सभी ख़ुद को दोराहे पर खड़ा पाते हैं। लेकिन, वास्तव में हम उन चीज़ों को नहीं देख पाते, जिन्हें देखने की ज़रूरत है। इसे एक बहुत सुन्दर उदाहरण से समझा जा सकता है।

हम सभी ने हिमालय में पाये जाने वाले कस्तूरी मृग के बारे में सुना है। उसके पूरे शरीर से एक मोहक सुगन्ध निकलती है। यह अत्यन्त मादक होती है। मन–मस्तिष्क पर छानेवाली। कस्तूरी मृग इस सुगन्ध की तलाश में इधर–उधर दौड़ता है। वह उस मादक पदार्थ की तलाश में अपने जीवन को भी दाँव पर लगाने से बाज़ नहीं आता। उसका पूरा जीवन कस्तूरी की तलाश में बीतता है। उसकी यह तलाश कभी पूरी नहीं होती। क्योंकि उसे जिस चीज़ की तलाश है, वह तो उसके भीतर है। भारत के समूचे अध्यात्म का सार यही है। बाहर की तलाश बेकार है।

आत्मा की भी यही स्थिति है। हम सभी के भीतर आत्मा है, जिसके कई नाम हैं। भारत में विज्ञान और संस्कृति की ऐसी समृद्ध परम्परा रही है, जिसके ज़रिये आप ख़ुद की पहचान कर पाते हैं। दुर्भाग्य यह है कि लोग पश्चिम के विज्ञान–तकनीक की चकाचौंध की तरफ़ आकर्षित हो रहे हैं, जबकि ज्ञान वह है, जो भीतरी तत्त्व की खोज करता हो। हम हीरे की तलाश बाहर कर रहे हैं, जो हमारे भीतर है। पर, हम उसे काँच के टूटे हुए टुकड़ों में खोजने की कोशिश करते हैं। मैं देख रहा हूँ कि भारत में भी ये चीज़ें हो रही हैं। अधिक–से–अधिक भारतीय इस ओर मुड़ रहे हैं।

आज विज्ञान कृत्रिम जीवन की बात करता है। कृत्रिम ज्ञान, बुद्धिमता आदि। क्या जीवन वरदान है या भगवान या प्रकृति की बनायी हुई रचना या साधारण शब्दों में कहें, तो महज़ इत्तेफ़ाक़?

जीवन सबसे बड़ा उपहार है। यह तो सूरज की किरणों के समान है, जो ग्रह से आती हैं। यह तो एक बीज है। इसी तरह हमारा जीवन भी बहुत सुन्दर है। हमारी आत्मा भी। आत्मा ने इस शरीर को जीवन दिया है और इस मानव जीवन के महान लक्ष्य हैं। हम कर्म करने के लिए स्वतन्त्र होते हैं। हम उन कर्मों को चुनते हैं, जिससे हमारे मन–मस्तिष्क में चेतना का संचार होता है और हम वास्तविक ख़ुशी प्राप्त करते हैं।

हम सभी अपने–अपने तरीक़े से कर्म करते हैं। चाहे हम पत्रकार हों, स्वामी हों, व्यवसायी हों या किसान, माता, शिक्षक कुछ भी।

हम सभी बाहरी दुनिया के प्रलोभन से बँधे होते हैं। तब हम सभी महज़ शरीर होते हैं। इसलिए कृष्ण ने कहा है कि कर्म से कुछ भी नहीं होता। सभी चीज़ों के मूल में कारण है।

डार्विन ने कहा था, 'सरवाइवल ऑफ़ द फिटेस्ट।' संघर्ष करनेवाले ही जीवन की रेस में कामयाब होते हैं। क्या यही जीवन का सच है?

इसे इस रूप में समझ सकते हैं, जीव जीवस्म जीवनं। हमारे इर्द–गिर्द जो चीज़ें हैं, दरअसल वे चीज़ों की उसकी समाप्ति तक बने रहने की कहानी है। बाघ, हिरण को खाते हैं। बड़े जानवर, छोटे जानवरों का शिकार करते हैं। यह पशु जीवन है। कीड़े–मकोड़े का जीवन या मछलियों का जीवन देखें।

बड़ी मछलियाँ, छोटी मछलियों को खा रही हैं। लेकिन, मानव जीवन इन सबसे बहुत ऊपर है। भिन्न है। मानव जीवन का मतलब है, अपने आसपास के लोगों को सम्मान और प्रतिष्ठा देना। अध्यात्मवाद का उद्‌भव। चेतना का उद्‌भव। मानवता का उद्‌भव। लालच से आगे ज्ञान का उद्‌भव, घृणा से आगे प्रेम का उद्‌भव। अज्ञानता से आगे ज्ञान का उद्‌भव। अँधेरे से आगे प्रकाश का उद्‌भव। यही वास्तविक विकास है। हम मनुष्यों के पास चयन के लिए कई चीज़ें हैं।

मुझ जैसे साधारण व्यक्ति के लिए कर्म का सिद्धान्त बड़ा जटिल है। क्यों अच्छे लोगों के साथ बुरी चीज़ें होती हैं? कर्म तो उस प्रक्रिया का हिस्सा है, जिसके तहत हम जानते हैं कि क्रिया–प्रतिक्रिया का अन्तरंग सम्बन्ध है। यदि आप किसी को चोट पहुँचाते हैं, तो आप भी इस चोट से बच नहीं पायेंगे। वास्तव में यह समझना बहुत आसान है। पर इसकी चर्चा बड़ी व्यापक है। (स्वामी जी ने एक प्रसंग सुनाया। यह सन्दर्भ, अर्थ साफ़ करने के लिए) एक उक्ति या उदाहरण से समझें–किसान पहले गाँवों में बड़े छोड़ या खाद में (अनाज रखने के मिट्टी के बर्तन या मिट्टी में गड्ढा कर परत–दर–परत अनाज रखने का सिस्टम) अनाज रखते थे। एक तह पर एक अनाज, दूसरे पर दूसरा। इस सीढ़ीनुमा व्यवस्था में ऊपर या नीचे अच्छे–बुरे अनाज दोनों होते थे।

उसे निकालने पर पहले अच्छा अनाज (जो पहले रखा था) निकलता था, फिर पीछे रखा ख़राब अनाज। इसी तरह अच्छे या बुरे कर्मों का संयोग है। कभी बुरे कर्मों का परिणाम, तो कभी अच्छे कर्मों का परिणाम। यह संसार की रीति है। हाँ! भक्ति, कर्म के आगे है। अध्यात्म ही अनन्त, शाश्वत व अनादि है। नित्य और निरन्तर। अपरिवर्तनीय। आत्मा के साथ भी यही स्थिति है। जब हम आत्मा को इस बेहतरीन शरीर के परिप्रेक्ष्य में देखते हैं, तो हमारी समझ काफ़ी गहरी होती है। जैसे हमारे पास एक रेखा है। मैं एक बिन्दु बनाता हूँ। किसी रेखा की शुरुआत कई बिन्दुओं के बनने से होती है। यदि मैं सोचता हूँ कि ये बिन्दु ही सब कुछ हैं, तो मुझे दूसरे भिन्न–भिन्न आकारों को भी खींचना होगा। आत्मा भी इसी तरह है और हम लोग भी इस रेखा की तरह हैं।

आत्मा उस रेखा की तरह है, जो कभी ख़त्म नहीं होती (यहाँ स्वामी जी ने काग़ज़ पर आकृति बनाकर इसे और अच्छी तरह से प्रस्तुत किया)। आप जीवन को यहाँ देख सकते हैं। हम लोग उस पूरी रेखा में हैं। हम लोग जब जीवन को इस परिदृश्य में देखते हैं, तो पाते हैं कि हम इस आध्यात्मिक संसार में ईश्वर के लिए, कृष्ण के लिए जन्म ले रहे हैं। हमें बस इस सुन्दर जीवन को देखना होता है (जो पहला बिन्दु मैंने बनाया था)। लोगों के साथ घट रही चीज़ों का नाम ही जीवन है। हम इसे अपने ज्ञान से समझ सकते हैं। पर एक निश्चित दौर या कालक्रम में अच्छे लोगों के साथ अच्छी चीज़ें घटित होती ही हैं।

70 के दशक में जब आपकी पीढ़ी ने पैसा, पावर और पूर्वग्रह के ख़िलाफ़ पश्चिम में विद्रोह किया, जैसा कि आपकी पुस्तक में है, तब से लेकर आज तक दुनिया में किस तरह अध्यात्म का फैलाव हुआ है? आज भी पैसा, पावर और पूर्वग्रह का आधिपत्य है। लेकिन कोई विद्रोह नहीं है। आज आपके जैसे लोग नहीं दिख रहे हैं?

मुझे लगता है कि लोग अपने तक सिमटे हुए हैं। अज्ञानता से घिरे हुए हैं। लोग हमेशा बेहतर अनुभव की चाह में आगे बढ़ते हैं।

यथास्थिति या हालात के ख़िलाफ़ खड़े होते रहे हैं। विद्रोह करते रहे हैं। जब '50 के दशक में मेरा जन्म हुआ, तब टेलीविज़न का आविष्कार हो चुका था।

ब्लैक एंड व्हाइट ट्यूब्स। टेलीफ़ोन (तारवाले)। उस समय के लोगों के लिए हवाई जहाज़ बड़ी चीज़ थी। आज विज्ञान और तकनीक बहुत एडवांस हो गये हैं। हम प्रायः नयी तकनीकों के बारे में सुनते हैं। लेकिन, साथ ही नयी बीमारियों, अपराध, आतंकवाद, आत्महत्या आदि की ख़बरें आती हैं। कई सारे ऐसे नये शब्द हैं। पर मैं यह बताना चाहता हूँ कि वास्तविक आविष्कार तो हमारे शरीर के भीतर ही है। सच्चाई यह है कि आन्तरिक विकास तो दुर्लभ है। दरअसल, मानव मूल्यों का विकास ही अध्यात्म की बुनियाद है। यदि हम अपने शिक्षा तन्त्र, विज्ञान–तकनीक आदि को इस रूप में तैयार कर सकें कि ये मानव के आध्यात्मिक मूल्यों का आधार तैयार कर सकें, तो इस प्रकार समूची मानव जाति के विकास के लिए यह प्रयास बड़ा प्रभावकारी होगा। दुर्भाग्य से इसी चीज़ का दुनिया में अभाव है। विकास या प्रगति की नींव आध्यात्मिक आधार या मूल्यों पर हो, तो बात बनेगी।

व्यक्तिगत रूप से आपसे मिलना मेरे लिए सौभाग्य की बात है। आपकी अमर कृति 'द जर्नी होम' ने समाज में बड़ा योगदान दिया है। यह किताब दिल और आत्मा को छूती है। यह निरन्तर आगे बढ़ने की प्रेरणा देती है। इसे पढ़ने के बाद व्यक्ति जीवन, उसके मन्तव्य, उद्देश्य, लक्ष्य आदि के बारे में सोचने–विचारने को विवश हो जाता है। लेकिन, मुझ जैसे गृहस्थ व्यक्ति को जीवन में मुक्ति को किस रूप में लेना चाहिए?

श्री चैतन्य कहते हैं कि आप चाहें गृहस्थ हों, ब्रह्मचारी हों, संन्यासी हों या फिर शिक्षक, राजनीतिज्ञ, व्यवसायी, उद्योगपति या आम आदमी हों या जो भी आपका पेशा हो, समाज में जो भी स्थान हो, वस्तुतः पूरी व्यवस्था इवोल्यूशन या ज्ञान की ओर सक्रिय है। आपका किसी भी पेशे से ताल्लुक़ हो, लेकिन आप समाज के प्रति, व्यक्ति के प्रति,

संस्था के प्रति पूरी ईमानदारी और निष्ठा के साथ काम करते हैं, तो यही इवोल्यूशन है। यही बोध है। आप किसी संगठन या कम्पनी में काम करते हैं और उसे अपना मानते हैं, आप समझते हैं कि यही मेरा परिवार है और आप इस परिवार की देखभाल करने की भूमिका में हैं, यह भगवान का काम है।

तब कृष्ण की भी आप पर कृपा रहेगी। अपने परिवार की देखभाल और सम्पोषण करना ही सनातन धर्म है। यह अपने काम को बेहतर तरीक़े से पूरा करने की कला है। यह आपका प्रोफ़ेशन है। यही बोध है। आपके अन्दर सेवा का बोध होता है। दूसरों के लिए कुछ करने का बोध। वस्तुतः चेतना का संचार ही बोध का सार है। आपके भीतर सेवा का भाव होना चाहिए। यह कलियुग एक ऐसा महासागर है, जिसमें लोग गिरते चले जाते हैं। पर, ऊपर उठने और परमसत्ता का आशीर्वाद लेने का मार्ग है, कृष्ण नाम का स्मरण।

आप चाहें गृहस्थ हों या स्वामी, क्या फ़र्क़ पड़ता है? हर कोई, जो बोध चाहता है, ज्ञान के मार्ग पर चलना चाहता है, वह हरिनाम ले। हरिनाम लेने से आप वैसी ख़ुशी से दूर होंगे, जो क्षणभंगुर है। आप उस ओर मुड़ेंगे, जहाँ अनन्त ख़ुशी है। सभी अपने भीतर की मिठास और स्वाद चख सकेंगे। यही सही मायनों में मुक्ति है।

करीब 42 वर्ष पहले आपके मित्र गैरी ने एक बार आपसे पूछा था (सम्भवतः इटली में) कि आप इस बारे में क्या राय रखते हैं कि जीवन में सभी चीज़ों के पीछे कुछ कारण हैं? यहाँ तक कि छोटी–छोटी घटनाएँ भी आपके जीवन में पूर्व निर्धारित हैं, आज इतने वर्षों बाद, क्या अनुभव करते हैं?

हर चीज़ के पीछे कारण है। हर परिस्थिति बनने के पीछे कारण इसलिए है कि आप सीख सकें। विकसित–प्रस्फुटित हो सकें। आगे बढ़ सकें। उन चीज़ों की ओर मुड़ सकें, जो आपको बेहतर दिशा में ले जा सकें। किसी भी चीज़ के लिए यह एक पूर्ण कारण होता है। ज्ञान–बोध की दिशा में बढ़ना, भक्ति मार्ग पर चलना, विनम्र होना, भक्ति का उदय, यही सन्देश है।

जब मेरी 'द जर्नी होम' की शुरुआत हुई, तब मैं यह जानने–समझने की कोशिश कर रहा था कि ये चीज़ें मेरे साथ ही क्यों हो रही हैं? तब मैंने पाया कि यह ईश्वर के साथ मेरे जुड़ाव के कारण हैं। कारण यह था कि मैं ईश्वर की तरफ़ झुक रहा था। आज जब मैं पीछे मुड़ कर देखता हूँ, तो पाता हूँ कि सारी परिस्थितियाँ इस तरह बनीं कि मैं ईश्वर की ओर खिंचता चला जाऊँ। इसलिए यह जो संसार बना है, उसका कारण यह है कि आप अनन्त ख़ुशी की तलाश कर सकें, जो आपको ईश्वर की भक्ति, उसके प्रति निष्ठा से मिल सकती है।

जब आप अपने भीतर मन की आँखों से देखेंगे, तो आप उस अतिरेक आनन्द की अनुभूति कर सकेंगे। उस दर्द और पीड़ा की संवेदना को भी जान पायेंगे। जन्म–मृत्यु के भेद को जान पायेंगे। ज्ञान बोध यह है कि यह आपको चीज़ों के चयन में मदद करे।

हर क़दम पर हम सीखने के दौर से गुज़रते हैं। 'बाइबल' कहता है कि सकारात्मक चीज़ों की तलाश हमें बेहतर दिशा में ले जाती है। हम हर परिस्थिति में एक अवसर प्राप्त करते हैं, वह अवसर है, ईश्वर के साथ एकबद्ध होने का। यहाँ तक कि जब हमारा पूरा शरीर भी साथ न दे रहा हो, तब भी हम ईश्वर के साथ जुड़ सकते हैं। आप इस अवसर का इस्तेमाल आगे बढ़ने के लिए कर सकते हैं या फिर नीचे गिरने के लिए।

जानी–अनजानी चीज़ों से भय, सुरक्षा, भविष्य व परिवार के भरण–पोषण की चिन्ता, ये सब चीज़ें एक आम व्यक्ति की गतिविधियों को नियन्त्रित करती हैं। इन चीज़ों से कैसे छुटकारा सम्भव है?

मैं आपको फ़ाउंडेशन (नींव) के एक उदाहरण से बताना चाहता हूँ कि इसका फ़ाउंडेशन क्या है? यदि किसी इमारत की नींव कमज़ोर होगी, वह बालू या रेत पर आधारित होगी, तो इमारत का गिरना तय है। यदि लोगों की बुनियाद (फ़ाउंडेशन) मज़बूत होगी, तो कोई

भी तूफ़ान नींव या बुनियाद पर चोट नहीं कर सकेगा। वह मुश्किल परिस्थितियों में भी डटकर खड़ा रह सकेगा।

चाहे परिस्थितियाँ उसके अनुकूल हों या फिर विपरीत। यह फ़ाउंडेशन तैयार होता है, सत्संग से, सामाजिक जिम्मेदारियों के निर्वहन से, साधना से, आध्यात्मिक क्रिया–कलापों से, भगवद्गीता के बताये मार्ग पर चलने से, सन्तों–भक्तों के साहचर्य से, ध्यान से, ईश्वर के नाम का स्मरण (जाप) करने से। ये कुछ रास्ते हैं, जिन पर चलकर व्यक्ति अपने जीवन की बुनियाद को मज़बूत कर सकता है। अपने जीवन के आध्यात्मिक पक्ष को उभार सकता है। बिना जुनून के आप ऐसा नहीं कर सकते हैं। इस तरह आप स्वार्थ की भावना से ऊपर उठ जायेंगे। सांसारिक बन्धनों का जो जाल है, वह आप पर कभी हावी नहीं होगा। मज़बूत बुनियाद स्वतः नहीं आती। इसे हमें प्राप्त करना होता है।

यह हम तभी प्राप्त करते हैं, जब हमारा चयन सही होता है। नियमित आध्यात्मिक गतिविधियाँ, ध्यान, कीर्तन, सत्संग, ईश्वर के नाम का जाप, जब हम अपने जीवन में गम्भीरता से इन्हें उतारते हैं, तो हमारी नींव मज़बूत होती जाती है। ऐसा होने पर हम आध्यात्मिक ऊँचाई का अनुभव करते हैं, जो हमारी आत्मा को ओत–प्रोत (इटरनिटी ऑफ़ द सोल) करते हैं और यह अनुभव ही आपको वह मज़बूती प्रदान करता है, ताकि किसी भी स्थिति में आप खड़े रह सकें। आज के सन्दर्भ में इनसान ठीक इसके विपरीत है। ऐसी स्थिति में नींव कमज़ोर हो सकती है। हमें यह जानना–समझना होगा कि अध्यात्म के बल पर हम अपने फ़ाउंडेशन को मज़बूत कर सकते हैं।

मन पर नियन्त्रण के रास्ते क्या हैं? मन, तो बड़ा चंचल है?

हाँ, इस रास्ते मन पर नियन्त्रण भी किया जा सकता है। बशर्ते मन को थोड़ी ख़ुराक दी जाये। यदि आप किसी बच्चे को दवा खाने को दें और दूसरे बच्चे को प्रसाद दें, तो निश्चित रूप से दूसरा बच्चा प्रसाद खाने में दिलचस्पी दिखायेगा। इसी तरह दर्शन, अध्यात्म,

सत्संग, पवित्र नामों का उच्चारण आपके मन–मस्तिष्क को सन्तुष्टि देते हैं। आपको बोध (एनलाइटेनमेंट) का अहसास कराते हैं। मन पर नियन्त्रण पाना बहुत कठिन है। पर यह पाया जा सकता है, जब आपके हृदय में ईश्वर के प्रति निःस्वार्थ प्रेम बसा हो। साधना–सत्संग, आन्तरिक मूल्य ही सब कुछ हैं।

पाँच हज़ार सालों से भारतीय सभ्यता फल–फूल रही है, कैसे और क्यों? क्या इसके सरवाइवल (टिकने) में आध्यात्मिक तत्त्वों ने अधिक भूमिका निभायी है?

आप इतिहास देख सकते हैं। भारत में सदियों से ऋषियों, महात्माओं में ज्ञान की परम्परा रही है। भारत की असल ताक़त यही रही है। यहाँ कई विदेशी शासकों का आधिपत्य रहा। दो सौ सालों तक ब्रिटिश साम्राज्य रहा। एक बार मेरे गुरु श्रील प्रभुपाद लंदन में थे। उनसे किसी ने पूछा कि आप भारत से यहाँ क्यों आये हैं?

प्रभुपाद जी ने कहा कि आप अंग्रेज़ लोग भारत में दो सौ साल तक रहे। आपने भारत से सारी बेशक़ीमती चीज़ें लेकर लंदन भेज दीं। जो भी चीज़ आपके उपयोग लायक थी, आपने उसे छीन लिया। लेकिन, भारत में जो सबसे क़ीमती चीज़ थी, आध्यात्मिक तत्त्व, उसे ले जाना आप भूल गये।

उन्होंने कहा कि आप इसे ले जाना भूल गये थे, इसलिए मैं यही देने लंदन आया हूँ। सबसे पूर्ण बात यह है कि भारत के लोग अपने आध्यात्मिक मूल्यों के बारे में जानते हैं, समझते हैं। एक चीज़ हमें जानना–समझना या याद रखना चाहिए कि चाहे पूरी दुनिया हो या भारत के लोग, आप पश्चिम के अर्थशास्त्र का अनुसरण करें, तकनीक का इस्तेमाल करें, जो भी चीज़ें नये आविष्कार से पैदा हुई हैं, उनका इस्तेमाल करें, पर आपको अपने फ़ाउंडेशन को नहीं भूलना चाहिए। मूल्य, धर्म ही तो भारत की धरोहर या नींव हैं। भारत पूरी दुनिया में इस परिप्रेक्ष्य में बहुमूल्य योगदान दे सकता है। आज पूरी दुनिया में भारत के लोगों ने अपनी छाप छोड़ी है।

भारतीय सॉफ्टवेयर इंजीनियर, डॉक्टर, उद्योगपति, राजनीतिज्ञों ने अपनी पहचान बनायी है। उन्होंने बड़े ओहदे हासिल किये हैं, अपनी प्रतिभा के बलबूते। ऐसा इससे पहले कभी नहीं हुआ था। इस भारतीय प्रतिभा की नींव में भारत के सनातन मूल्य रहे, यह आज दुनिया की ज़रूरत है। भारत के पास उसकी वास्तविक शक्ति या ताक़त अध्यात्म है। पूरे विश्व को आज इसकी ज़रूरत है। अविलम्ब। भारत के पास, तो इसका ख़ज़ाना है। इस ख़ज़ाने को पूरी दुनिया में लुटाया जाना चाहिए। चैतन्य महाप्रभु कहते हैं कि यदि आपका जन्म भारत में हुआ है, तो आपकी सबसे बड़ी ज़िम्मेदारी है कि आप अपनी संस्कृति को समझें और पूरी दुनिया के साथ इसे साझा करें।

स्वामी जी, आपने कई बार मौत का सामना किया है या मौत बार–बार आपको छूकर निकल गयी। इस्तांबुल में जानलेवा हमला, इलाहाबाद में तैरते समय डूबते–डूबते बच जाना, नेपाल में कुत्तों के हमले के समय और कई दूसरे मौक़ों पर भी आप बच निकले। क्या यह प्रार्थना का प्रभाव या चमत्कार था?

हाँ, ये सब चीज़ें हुई थीं। मेरे पास कोई विशेष शक्ति नहीं थी। मेरे पास कोई प्रभावी शारीरिक बल नहीं था। मेरी बुद्धिमत्ता तीक्ष्ण नहीं थी। मेरे पास बस ईश्वर का आशीर्वाद था। जब आपके पास ईश्वर का आशीर्वाद हो, तो आप किसी भी परिस्थिति में रहें, उससे उबर सकते हैं।

हमारे निजी जीवन में बहुत सारी समस्याएँ हैं, जिनका हम सब सामना करते हैं। आप हमें कौन–सा रास्ता बताना चाहेंगे? हमारे लिए क्या सन्देश है, जिससे हम भी जीवन का मर्म जान सकें? मुक्ति पा सकें?

आप पहले से ही इन लोगों को जानते हैं। उनके प्रवचनों को सुनें। 'गीता' के उपदेशों का अनुसरण करें। ईश्वर को महसूस करें, उनके प्रति अपने प्रेम को मन में बसायें।

स्वामी जी संस्कृत में एक मोहक–सुन्दर मन्त्र का उच्चारण करते हुए बातचीत ख़त्म करते हैं।

(2013)

12 वर्षों में कई जन्मों के काम : स्वामी प्रभुपाद

पहली बार इस्कॉन (हरे कृष्ण हरे राम आन्दोलन) को बम्बई नौकरी के दिनों (1977–1981) में जाना। 'टाइम्स ऑफ़ इंडिया' समूह के सहकर्मी साथियों ने बताया कि जुहू में इस्कॉन का भव्य मन्दिर है। सुरुचिपूर्ण शुद्ध–शाकाहारी भोजन मिलता है। तभी विदेशी भक्तों को भजन गाते देखा–सुना। पर, हमारी पीढ़ी वामपन्थ, समाजवाद और जे.पी. आन्दोलन के विचारों की आभा में बढ़ी थी। तब हमारे मन में हिप्पी आन्दोलन को लेकर ख़राब धारणा थी। बिना पढ़े–जाने। बनारस हिन्दू विश्वविद्यालय में भी छात्र आन्दोलन से जुड़े लोग, हिप्पी आन्दोलन को हेय दृष्टि से देखते। व्यंग्य के तौर पर। उनके वर्जनाहीन जीवन, उन्मुक्त सम्बन्ध, धारा के विरुद्ध जीवन–शैली (नियमित नहाने–खाने, दाँत साफ़ करने वग़ैरह में विश्वास न होना, महीनों एक ही वस्त्र पहने रहना वग़ैरह) चर्चा के विषय थे। इस तरह इस आन्दोलन के प्रति एक पूर्वग्रह था। यह टूटा, पिछले कुछेक वर्षों में। हिप्पी आन्दोलन के उद्‌गम को जानकर। यह एक तरह से अपने समय की यथास्थिति के ख़िलाफ़ युवाओं का विद्रोह था। परम्परागत जीवन–शैली, व्यवस्थागत पारिवारिक जीवन, बनी–बनायी लीक पर चलने वाली ज़िन्दगी के ख़िलाफ़, पश्चिम के युवाओं की बग़ावत। इन युवाओं ने नशे में ही मुक्ति देखी। उन्हीं दिनों महेश योगी के साथ हिप्पी आन्दोलन और बीटल संगीत के अनेक प्रवर्तक भारत आये। यह भी चर्चा का विषय रहा। यह पीढ़ी जीवन का अर्थ ढूँढ़ना चाहती थी। होने (बीइंग) का मर्म जानना चाहती थी। ये सवाल इतने आसान नहीं हैं। इसलिए

अधिसंख्य हिप्पी आन्दोलन के प्रवर्तकों ने हशीश, अफ़ीम, एलएसडी, चरस, गाँजा, भाँग वग़ैरह में मुक्ति खोजी। खुले सेक्स में परमगति की बात की। इसी बीच विदेश घूमना हुआ। 1994 से अब तक दुनिया के मुख्य हिस्सों को देखने का अवसर मिला। इस्कॉन के समर्पित विदेशी युवाओं को देखा, जो धुन, लगन और समर्पण से लंदन, यूरोप, अमेरिका वग़ैरह में कीर्तन करते। भले ही दो आदमी हों, पर वे अपनी अलग वेशभूषा में सिर मुड़ाये, गेरुआ या पीला भारतीय संन्यासी वस्त्र पहने, कीर्तन की धुन में डूबे रहते। पुस्तक बेचते या कीर्तन गाते बढ़ते जाते। धारा के विरुद्ध अलग चलने के इस साहस ने आकर्षित किया। फिर इस आन्दोलन को समझा, स्वामी राधानाथ जी की पुस्तक 'द जर्नी होम : ऑटोबायोग्राफी ऑफ़ एन अमेरिकन स्वामी' से। पर यह विषयान्तर है।

स्वामी राधानाथ जी की पुस्तक से प्रेरित होकर इस आन्दोलन के प्रवर्तक श्री श्रीमद् ए.सी. भक्तिवेदान्त स्वामी प्रभुपाद को समझने की कोशिश की। उनका आध्यात्मिक योगदान भूल जायें, तब भी वह विलक्षण इनसान हैं। इस्कॉन आन्दोलन से आगे उनको पहचाना नहीं गया। किन परिस्थितियों में मामूली परिवार में जन्मे एक साधारण इनसान ने अकेले वह चमत्कार किया, जिसके समान दूसरा उदाहरण शायद ही मिले। वह बाद में श्रील प्रभुपाद कहलाये। 1 सितम्बर, 1896 को कोलकाता में जन्मे थे। उनका नाम था, अभय चरण डे। उनके जीवन संघर्ष की कथा हरेक भारतीय युवा को पढ़नी चाहिए। उनके विचार, धर्म जानने के लिए नहीं, बल्कि इसलिए कि एक इनसान अपने संकल्प, पौरुष, कर्म, प्रतिबद्धता से कैसे चमत्कार कर सकता है? असम्भव से सम्भव? पिछले सौ वर्षों में जो मुट्ठीभर भारतीय हुए, जो आने वाली शताब्दियों तक भारतीय समाज को प्रेरित करते रहेंगे, उनमें से श्रील प्रभुपाद भी हैं। पिता कपड़े के व्यापारी थे। वैष्णव संस्कार के। माँ भी धार्मिक थीं। अभय डे से कक्षा में एक वर्ष आगे थे, नेताजी सुभाषचन्द्र बोस। अभय डे भी राष्ट्रवादी विचारों के समर्थक थे, पर गाँधी में उनकी रुचि अधिक थी। गाँधी की तरह वह भी भगवद्गीता रखने लगे। गाँधी, 'गीता' को अपनी माँ मानते थे।

नशा, मांसाहार, मैथुन वग़ैरह से वर्जित जीवन–शैली। अभय डे को तभी लगा कि गाँधी की आध्यात्मिकता को उन्हें कर्म क्षेत्र में उतारना है। 1920 में कॉलेज के चौथे वर्ष की पढ़ाई पूरी की। परीक्षा पास की, लेकिन डिग्री लेने से मना कर दिया। क्योंकि तब गाँधी जी ने छात्रों से पढ़ाई छोड़ने का आह्वान किया था। अभय डे के पिता इस क़दम से असहमत थे। बाद में अभय को एक प्रयोगशाला में मैनेजर के रूप में नौकरी मिली। पिता ने उनकी शादी भी कर दी। व्यापार करने के मक़सद से वह सपरिवार इलाहाबाद चले गये। इसके पहले कोलकाता रहते हुए 1922 में उनकी एक सन्त, सरस्वती ठाकुर से पहली बार भेंट हुई। अभय डे अपने एक मित्र के साथ गये थे। अभय ने सफ़ेद खादी पहनी थी। सन्त ने कहा, 'तुम पढ़े–लिखे युवा हो। भगवान चैतन्य के सन्देश को पूरी दुनिया में क्यों नहीं फैलाते?' गाँधी से प्रभावित अभय ने उसी भाव में कहा, 'आपके चैतन्य का सन्देश कौन सुनेगा? हम पराधीन देश हैं। प्रथम, भारत को स्वतन्त्र होना चाहिए। ब्रिटिश शासन में रहते हुए, हम भारतीय संस्कृति का किस तरह प्रसार कर सकते हैं?'

स्वामी सन्त सरस्वती ठाकुर ने कहा, 'सरकारें अस्थायी हैं। उनसे बदलाव सम्भव नहीं। शाश्वत तो आत्मा है, कृष्ण भावना है। कोई राजनीतिक प्रणाली मनुष्य की मदद नहीं कर सकती।'

(साभार : प्रभुपाद, भारत के आध्यात्मिक राजदूत, सत्यस्वरूप दास गोस्वामी, भक्ति वेदान्त बुक ट्रस्ट)

आज़ादी की लड़ाई से निकले अनेक बड़े नेताओं के मन में भी आगे चलकर ऐसा ही द्वन्द्व खड़ा हुआ। हर तरह की राजनीतिक प्रणाली, व्यवस्था या विचार मनुष्य ने देख लिया, पर बदलाव क्यों नहीं हो रहा है? मनुष्य और समाज बदल क्यों नहीं रहे हैं? अभय के मन में भी यह संशय उठा। उन्होंने इस आन्दोलन से जुड़ने का फ़ैसला किया।

इलाहाबाद में 1932 में स्वामी सरस्वती के शिष्य बने। पर, लगा पारिवारिक ज़िम्मेदारियों और कृष्ण भावना के प्रचार–प्रसार में आपसी मेल नहीं है। दवा विक्रेता के रूप में उनकी यात्रा काफ़ी होती थी।

बीच–बीच में अपने गुरु से जाकर मिलते थे। 1935 में वह वृन्दावन में अपने गुरु से मिले। स्वामी सरस्वती ने उन्हें कलकत्ता (अब कोलकाता) स्थित गौड़ीय मठ के विवाद के बारे में बताया, पर साथ ही इच्छा व्यक्त की कि कृष्ण भावना के प्रसार के लिए पुस्तकें छपनी चाहिए। कहा, धन हो तो तुम यह काम करना। 1936 में उनके गुरु स्वामी जी नहीं रहे। उनके न रहने के बाद अभय डे को अपने गुरु का लिखा पत्र मिला। इसमें उन्होंने जो लिखा, उसका आशय था कि कृष्ण भगवान के विचारों और तर्कों को अंग्रेज़ी में दुनिया को बताने के लिए सबसे अच्छे प्रचारक तुम हो सकते हो। फिर तो धुन के रूप में अभय डे ने अपने गुरु की बात मानी। उन्होंने 'बैक टू गॉडहेड' पत्रिका शुरू की। पास में न धन था, न भक्त, न कोई सहारा। पर, उन्हें अपने गुरु और भगवान कृष्ण पर भरोसा था। इस पत्रिका को छापना और चलाये रखना अद्‌भुत प्रेरक प्रसंग है। जैसे–जैसे वह लिखने और प्रचार कार्य में लगे। व्यापार बैठता गया। परिवार क़र्ज़ में डूबा और परिवार बिखर गया। अन्त में उन्होंने घर छोड़ दिया और व्यापार भी। झाँसी में जहाँ पर काम शुरू किया था, 1950 में वह जगह भी छोड़नी पड़ी। वह वस्तुतः सड़क पर थे। अपने कपड़े ख़रीदने के लिए भी धन न था। न रहने की जगह। उनके पास दिल्ली की कड़ाकेदार सर्दी से बचने के लिए कपड़े नहीं थे। अपनी पत्रिका का प्रूफ़ पढ़ने पैदल प्रेस जाते। एक बार प्रकाशक ने पूछा–इतने अभाव में आप क्यों यह पत्रिका चलाना चाहते हैं? उनका जवाब था–यह मेरे जीवन का लक्ष्य है। प्रेस से पत्रिका लेकर पैदल घूम–घूम कर बेचते। चाय की दुकान पर बैठ जाते। चाय पीने वालों को प्रति ख़रीदने के लिए कहते। अनेक अच्छे और कटु अनुभव हुए। अपने तिक्त अनुभवों के बारे में उन्होंने एक लेख लिखा–'नो टाइम, ए क्रॉनिक डिज़ीज़ ऑफ़ द कॉमन मैन' (समय नहीं है, आम आदमी का एक पुराना रोग)। लोग उन्हें कटु जवाब देते, पर वह विचलित नहीं हुए। 1950 में 54 वर्ष की उम्र में वह वानप्रस्थ में गये। दिल्ली में रहना मुश्किल हुआ। एक बार दिल्ली की लू में पत्रिका बेचते–बेचते सड़क पर गिर पड़े। एक व्यक्ति ने कार से डॉक्टर के पास पहुँचाया। एक बार गाय ने

सींग मार दी, तो सड़क किनारे पड़े रहे। उन्हें कभी–कभी लगता, समृद्ध घर–परिवार सब छोड़ा, कृष्ण भावनामृत मिशन के लिए। पर कुछ हो नहीं रहा। बाद में उन्होंने लिखा, उस समय मैं समझ नहीं सका, लेकिन अब मुझे अनुभव होता है कि वे सारी कठिनाइयाँ मेरी सम्पदा थीं। ये सब कृष्ण की कृपा थी।

दिल्ली में दिक्क़त हुई, तो वृन्दावन चले गये। बंसी गोपाल जी मन्दिर में एक सस्ता, साधारण कमरा लिया। वहीं बैठकर जमुना (यमुना) को ताकते। उसकी हवा का आनन्द लेते। कृष्ण को याद करते। वह कृष्णधाम में थे। कृष्ण के दास थे। पर उनका सपना दूर था। ख़ुद पर कुछ ख़र्च नहीं था, पर पास में एक धेला नहीं। 'बैक टू गॉडहेड' पत्रिका के बारह अंक निकलने के बाद पैसा ख़त्म हो गया। प्रकाशक ने मना भी कर दिया। इसी दौरान उन्होंने बहुत मार्मिक कविता लिखी–

वृन्दावन धाम में बैठा हूँ मैं अकेला,
हो रही हैं, इस मुद्रा में अनुभूतियाँ अनेक।
हैं मेरी स्त्री, पुत्र–पुत्रियाँ, नाती सभी,
किन्तु धन नहीं, अतः है सारा वैभव निष्फल।
भौतिक प्रकृति का नग्न रूप दिखाया श्रीकृष्ण ने मुझे,
उनकी कृपा से हुआ मैं आज वितृष्ण।
यस्याहं अनुगृहामि हरिष्ये तद्धनं शनैः
(करता हूँ मैं अनुग्रह जिस पर, हरता हूँ धन क्रमशः उसका)
कैसे समझूँ मैं कृपामय की इस कृपा को?
जानकर धनहीन, छोड़ दिया सबने मुझे,
पत्नी, कुटुम्ब, मित्रजन, और भाई सभी ने।
है दुख, किन्तु आती है हँसी, बैठा अकेला हँसता हूँ।
इस माया संसार में, प्रेम करूँ मैं किससे?
गये कहाँ मेरे स्नेही माता–पिता?
कहाँ गये बुजुर्ग, थे जो मेरे स्वजन,
देगा मुझे कौन ख़बर उनकी, बताओ तो कौन?
रह गयी है, इस पारिवारिक जीवन के नामों की मात्र एक सूची।

दरअसल, वह एकाकी हो गये थे। न धन बचा था, न पुराना रिश्ता। उम्र भी बढ़ रही थी। सब कुछ, पूरा संसार ख़ाली और सूना था। तब एक इनसान ने अपने कर्मों व हौसले से सफलता का नया अध्याय लिखा। उन्हीं दिनों एक रात उन्होंने सपना देखा, जिसमें उनके गुरु सामने खड़े थे। उन्हें पीछे चलने के लिए पुकार रहे थे। इसका संकेत उन्होंने समझा कि अब संन्यास ग्रहण करना है। 1959 में संन्यास लिया और कृष्ण भावनामृत पुस्तकें लिखना तय किया। फिर दिल्ली पहुँचे। किसी ने एक मन्दिर में मुफ़्त कमरा दिया। नये उत्साह के साथ उन्होंने 'बैक टू गॉडहेड' पत्रिका शुरू की। आज यह पत्रिका उनके शिष्यों द्वारा चलायी जा रही है और तीस से अधिक भाषाओं में छप रही है। साथ ही श्रीमद्भागवत का अनुवाद कर इसे साठ खण्डों में लिखने का विचार किया। सोचा कि पाँच से सात वर्ष स्वस्थ रहा, तो यह सब कर लूँगा। इसके बाद इन पुस्तकों को विदेश में प्रचार करने व बेचने की योजना थी। दिन–रात वह फ़र्श पर बैठकर टाइप करते। भोजन–नींद भूलकर। उनका यकीन था कि श्रीमद्भागवत से गुमराह सभ्यता में एक नयी क्रान्ति आयेगी। लेखन के बाद प्रकाशन की चुनौती अलग थी। कोई प्रकाशक नहीं मिला। कहीं से व्यवस्था की, तो ख़ुद प्रूफ़ पढ़ा, संशोधन किया, पैदल आना–जाना किया। प्रेस पहुँचने का रास्ता कठिन और जटिल था। इस तरह अनेक कष्टों के बाद उन्होंने एक खण्ड श्रीमद्भागवत छपवाया। फिर दूसरे खण्ड पर काम करने लगे। किसी तरह दो वर्ष में तीन खण्ड छप सके। अब अमेरिका जाने की धुन थी। पासपोर्ट, वीजा, पी–फार्म और एक स्पांसर (जामिन या जमानतदार) चाहिए था। किसी तरह ये सब भी किया। पानी के जहाज़ के टिकट की कोशिश की। तब सिंधिया जहाज़ की मालकिन ने अपने सहयोगी के माध्यम से मना किया कि स्वामी जी वृद्ध हैं, वहाँ जायेंगे, तो मृत्यु भी हो सकती है। तब स्वामी जी सिंधिया स्टीम–शिप लाइन की अध्यक्षा सुमति मोरारजी से ख़ुद मिले। किसी तरह उनको राज़ी किया। साथ में उस पैंफ्लेट की पाँच सौ प्रतियाँ छपवा लीं, जिसमें भगवान चैतन्य के लिखित आठ

श्लोक थे और श्रीमद्भागवत का एक विज्ञापन। इस तरह मालवाहक 'जलदूत' जहाज़ से स्वामी जी कोलकाता से अमेरिका रवाना हुए। कुछ सब्ज़ी, फल और धन लेकर। स्वामी जी जहाज़ पकड़ने मुम्बई से कोलकाता आये थे। लेकिन अब उस कोलकाता में उनका कोई अपना या स्वजन नहीं था। किसी तरह कहीं ठहरे। एक छाता, एक सूटकेस, कुछ धन और उबले आलू लेकर वह अपने बचपन के शहर से कोलकाता बन्दरगाह के लिए निकले। साथ में पुस्तकों से भरे कई बक्से थे। यही उनकी पूँजी थी। उम्र थी 69 वर्ष। उनका टिकट निःशुल्क था। 35 दिनों के बाद स्वामी जी बोस्टन पहुँचे। उन्हें दो दिनों में दो बार दिल के दौरे पड़े। समुद्री जहाज़ पर। उनके पास भारतीय मुद्रा में सिर्फ़ 40 रुपये थे। कहीं कोई परिचित नहीं। यही पूँजी, परिचय और सम्बन्ध लेकर प्रभुपाद जी 1959 में अमेरिका पहुँचे। 1966 में अन्तरराष्ट्रीय कृष्ण भावना संघ (इंटरनेशनल सोसाइटी फॉर कृष्ण कांशसनेस यानी इस्कॉन) की स्थापना की।

दरअसल, उन्होंने 69 वर्ष की उम्र में वह काम शुरू किया, जिसे लोग अपने युवा दिनों में करने का ख़्वाब देखते हैं। चमत्कारिक ढंग से ऐसी उपलब्धियाँ हासिल कीं, जो कई जन्म लेने पर भी शायद कोई न कर सके। 69 वर्ष की उम्र में अमेरिका जाकर ही वह विश्वविख्यात हुए। 1965 में भारत छोड़ने से पहले उन्होंने तीन किताबें लिखी थीं। 70 से 82 की उम्र में यानी अगले 12 वर्षों में उन्होंने 60 से अधिक पुस्तकें लिखीं। भारत छोड़ने के पहले सिर्फ़ एक शिष्य को मन्त्र दिया था, अगले 12 वर्षों में 4000 से अधिक शिष्यों को दीक्षित किया। कृष्ण भक्तों की विश्वव्यापी संस्था बनायी। रूस में भी अविश्वसनीय कामयाबी मिली। दुनिया के एक–से–एक बड़े लोग इनके संगठन से जुड़े। 1965 में पानी के जहाज़ से भारत से बाहर जाने के पहले (यानी 69 वर्ष की उम्र तक) वह कभी भारत के बाहर नहीं गये थे। अगले 12 वर्षों में उन्होंने विश्व के कई चक्कर लगाये। सैकड़ों मन्दिर स्थापित किये। बारह वर्षों में छह महाद्वीपों की चौदह परिक्रमाएँ कीं। श्रील प्रभुपाद की रचनाएँ 50 से अधिक भाषाओं में अनूदित हैं। 1972 में केवल श्रील

प्रभुपाद की पुस्तकों के प्रकाशन के लिए बना भक्ति वेदान्त बुक ट्रस्ट, भारतीय धर्म और दर्शन के क्षेत्र में दुनिया का सबसे बड़ा प्रकाशक है। एक अकेले व्यक्ति ने आध्यात्मिक आन्दोलन का सूत्रपात किया जिसकी हवा पूरी दुनिया में बहने लगी। अमेरिका में उनके आरम्भिक दिनों के संघर्ष अद्भुत और भारत से भी कठिन थे। पग–पग पर चुनौतियाँ। अमेरिका के पश्चिमी वर्जीनिया में दो हज़ार एकड़ में नव वृन्दावन बसाया। वहाँ गुरुकुल बनाया। आज दुनिया में इस संघ के तीन सौ से भी अधिक मन्दिर, कृषि क्षेत्र, गुरुकुल व विशेष योजनाएँ हैं। करोड़ों भक्त हैं। हिप्पी आन्दोलन के श्रेष्ठ व सिरमौर लोगों से सीधे संवाद किया। लाखों सिर मुड़ाये, भक्तों का नया संसार बनाया। उन्होंने पश्चिम को कहा कि तुम्हारे पास यौवन, यश, धन, स्वास्थ्य सब कुछ है, पर यही पर्याप्त नहीं है। उन्होंने एलएसडी और अन्य मादक द्रव्यों के ख़िलाफ़ आह्वान किया। हिप्पी आन्दोलन व बीटल्स का सूत्रपात करने वाले जॉर्ज हैरिसन, रिंगो स्टार, जॉन लेनन, पॉल मकैर्टने, पॉल मैकार्थी और उनकी पत्नी लिंडा वग़ैरह उनसे जुड़े। इनमें से कुछ पश्चिम के सर्वश्रेष्ठ गायक थे। इन्होंने स्वामी जी के लिए गीत रिकॉर्ड कराये। स्वामी जी ने यौन उन्मुक्तता और नशे के ख़िलाफ़ अभियान चलाया। उन्हीं के बीच जाकर उन्हीं की संस्कृति (नशा, उन्मुक्त यौन सम्बन्ध वग़ैरह) के ख़िलाफ़ बात की। बुराइयों के बीच बुराई छोड़ने–त्यागने की बात। रथयात्रा की परम्परा, जुलूस, कीर्तन वग़ैरह की शुरुआत भी पश्चिम में की। उन्होंने कहा कि पूर्व पश्चिम से मिल रहा है। स्वामी जी के जीवन के काम बड़े और व्यापक रहे। उनको एक जगह (लेख में) समेटना मुश्किल है। किसी काम के प्रति सच्चा समर्पण हो, यात्रा कितनी भी कठिन और अकेली क्यों न हो, सफलता मिलती ही है। प्रभुपाद का जीवन इसका उदाहरण है। किसी मंज़िल के लिए संघर्षरत भारतीय युवा पीढ़ी स्वामी प्रभुपाद के जीवन से बहुत कुछ सीख सकती है।

(2013)

स्वामी सत्यानन्द जी के साथ ढाई घण्टे

सीता कल्याणम् व शतचण्डी महायज्ञ में पिछले साल आना हुआ था। स्वामी सत्यानन्द सरस्वती जी को सुनने का प्रबल लोभ (आकर्षण) था। 40 देशों के लोग, हर धर्म, मज़हब और क़ौम के लोग। देवघर के पास एक गाँव रिखिया में। यह देखना–जानना भी न भूलने वाला अनुभव है।

उन्हें जब–जब सुनता हूँ, डूब जाता हूँ। यह कहना सही होगा, मन खो जाता है। सुध–बुध से परे। कल भी ऐसा ही हुआ (2 नवम्बर, 2008)। सुनकर उठा, तो पॉल ब्रंटन याद आये। पॉल ब्रंटन ब्रिटिश पत्रकार थे। बाद में भारतीय अध्यात्म के 'अध्येता या पुजारी' हो गये। अनेक उल्लेखनीय किताबें लिखीं। 'गुप्त भारत की खोज' जैसी अद्‌भुत किताब के लेखक भी वही हैं।

रमण महर्षि के बारे में अपना अनुभव बताते हुए पॉल ब्रंटन ने लिखा है–'हर जिज्ञासु की तरह महर्षि के सामने मैं भी प्रश्नों और शंकाओं से भरा हुआ पहुँचा था। बहुत से सवाल मैंने आते हुए ट्रेन में तैयार किये थे। किन्तु महर्षि के सान्निध्य में पहुँचकर मेरी हालत बदल गयी। जिस समय उन्होंने आँखें गड़ाकर मुझे देखना आरम्भ किया, मुझे महसूस होने लगा, मैं महाशान्ति के समुद्र में डूब रहा हूँ। मेरे भीतर कोई भी शंका शेष नहीं है...।'

यही हाल अंग्रेज़ी के प्रसिद्ध उपन्यास लेखक और ग्रन्थकार सामरसेट मॉम का हुआ। महर्षि ने सामरसेट मॉम को देखा, मॉम का हृदय शान्ति और आनन्द से भर गया। फिर सामरसेट मॉम अचानक बोल पड़े–'मुझे तो कुछ प्रश्न करना था, मगर अब सूझता ही नहीं कि क्या पूछना चाहिए।'

(साभार : पण्डित नेहरू और अन्य महापुरुष, रामधारी सिंह 'दिनकर')

अनेक जाने–माने लोगों के ऐसे अनुभव हैं। रेशनलिस्ट, समझदार, पढ़े–लिखे विद्वान लोगों के। कुछ–कुछ ऐसी ही स्थिति स्वामी सत्यानन्द जी को सुनते हुए हर बार होती है। नहीं जानता 'कैसे और क्यों'? न जानना चाहता हूँ। स्वामी जी का दर्शन 'रेयर' (दुर्लभ) है।

अनेक महान और अकल्पनीय बड़े काम पूरा करने के बाद वर्षों से वह साधना, ध्यान और तप में लीन हैं। कभी–कभार दर्शन देते हैं। सन्तों को अपने ढंग से निर्विघ्न रहने देने की मान्यता है, हमारी परम्परा में। सत्यानन्द जी के बारे में सुनता हूँ, उन्हें किसी संस्था–जगह से लगाव नहीं। वह कभी भी कहीं जा सकते हैं। पहले भी उन्होंने महान और विश्वव्यापी संस्थाएँ बनायीं। पल भर में सब छोड़ दिया।

इसलिए उनकी साधना में ख़लल डालने (मिलने के लिए समय माँगकर) से भय लगता है। पर, उन्हें देखना और सुनना, एक दुर्लभ अनुभव है। पूर्व सांसद पुतुल भाभी (पूर्व सांसद व मन्त्री दिग्विजय सिंह जी की पत्नी) ने पहली बार उन्हें देखा–सुना। स्वामी जी से मिलकर निकलने के कुछ देर बाद उनके अनुभव पूछता हूँ। उनका जवाब सम्पूर्ण है, 'गूँगे से गुड़ के अनुभव पूछने जैसा।'

एक आश्रम की उपस्थिति ने कैसे गाँव का, ग़रीबों का, युवाओं का चेहरा बदल दिया है, वर्षों से यह देख रहा हूँ। चुपचाप काम करते हुए। स्वामी सत्संगी जी के प्रबन्धन की कला, सुरुचिपूर्ण काम और दृष्टि देखकर हैरानी होती है। अविश्वास जैसा। ग़रीब बच्चे–बच्चियों को परफ़ेक्ट प्रशिक्षण। अंग्रेज़ी, कम्प्यूटर वग़ैरह का। इससे बढ़कर जीवन जीने की पद्धति और कला में निपुण बनाने का।

जेएनयू के एक प्रोफ़ेसर ने ऐसी आध्यात्मिक संस्थाओं के उल्लेखनीय और सामाजिक योगदानों पर काम पूर्ण किया है। क्या सरकारें, स्वयंसेवी संस्थाएँ, ऐसे काम करेंगी! अद्‌भुत और अविश्वसनीय। पर, प्रचार की ज़रा भी इच्छा नहीं।

रिखियापीठ, बिहार योग विद्यालय, योगदा आश्रम जैसी संस्थाएँ या स्वामी श्रद्धानन्द जी, स्वामी निरंजनानन्द जी, स्वामी निष्ठानन्द जी, 'भाई श्री' जैसे लोग हैं, जो जेनुइनली प्रचार–प्रसार से दूर रहना

चाहते हैं। अपने काम में डूबे हुए सन्त–संस्थाएँ। स्थितिप्रज्ञता यही है, मन पूछता है? कामनाओं से परे। निरासक्त। फिर भी लगातार कर्म व सेवा।

स्वामी सत्यानन्द जी को देखता हूँ, तो बंगाल के परमहंस रामकृष्ण और दक्षिण के रमण महर्षि याद आते हैं। बंगाल समेत देश के पुनर्जागरण, उदारता, एक लिबरल समाज बनाने में परमहंस का कितना बड़ा योगदान है? दक्षिण में रमण महर्षि के होने से समाज, माहौल पर ऐसा ही असर हुआ। स्वामी सत्यानन्द जी की उपस्थिति कुछ ऐसी ही है। योगियों से, संन्यासियों से, सन्तों से अतीत और उम्र नहीं पूछते। अन्दाज़ है। स्वामी जी 100 के आसपास होने चाहिए। वह बर्मा, रंगून, पाकिस्तान, अफ़ग़ानिस्तान, श्रीलंका, ल्हासा, मानसरोवर सब घूमे हैं। पैदल। युवा दिनों में। फिर योग को दुनिया में स्थापित किया। योग पुनर्जागरण के एकल केन्द्र बने। वैज्ञानिक दृष्टि से योग पर अध्ययन और अपार साहित्य उनकी देन है। रिखिया के एकान्त में रहकर दुनिया की एक–एक ख़बर। किसी विषय पर जब वह बोलते हैं, बताते हैं, तो स्तब्ध होने का भाव उपजता है। हर भेंट में। एक व्यक्ति के पास ज्ञान का यह भण्डार अतीत से लेकर अधुनातन तक। पर सन्तों व फ़क़ीरों का रहस्य किसने जाना?

आज के हालात पर सुनने की इच्छा है। स्वामी जी कहते हैं। इतिहास से सीखो–जानो। काल ने हर चीज़ का 'एक्सपायरी डेट' (उम्र–अवधि) तय कर रखा है। मसलन, कहते हैं कुत्ता, 12 वर्ष जीता है। हाथी 50 वर्ष। इनसान की उम्र 100 वर्ष। इसी तरह सभ्यताएँ 5000 वर्ष अधिकतम।

बुद्ध से आनन्द ने पूछा, 'आपने भिक्षु संघ बनाया। भिक्षुणी संघ की अनुमति दें।' बुद्ध ने कहा, 'बनाओ, बौद्ध धर्म की आयु कम हो जायेगी।' उनके इस कथन से भी स्पष्ट है। हर चीज़ की उम्र होती है। ईसाई धर्म 2000 साल पहले जन्मा, औद्योगिक क्रान्ति हुई। उसकी गहरी चोट ईसाई धर्म पर हुई। पर पुरानी धर्मान्धता गयी।

धर्म में हिंसा का रूप आ गया। हिन्दू धर्म शब्द सही नहीं है। यह सनातन धर्म है। पर, एक सीमा बाद 'आउटलेट' चाहिए। किसी

भी धर्म या समाज को। क्योंकि परिवर्तन या बदलाव ही सृष्टि के नियम हैं। सार्वभौम सच। इसी सनातन समूह से निकलकर लोग बौद्ध, ईसाई, मुसलमान, जैन वग़ैरह बने। ये निर्गम द्वार थे। लोग इससे निकले। धर्म बदला।

स्वामी जी, धर्म परिवर्तन पर रोक लगाने के क़ानून बनाने के सख़्त ख़िलाफ़ हैं। इसके पीछे उनके ठोस और अकाट्य तर्क हैं। यह शाश्वत प्रक्रिया है। जो यथार्थ, व्यावहारिक और सच है। धर्म और अध्यात्म, दो अलग–अलग चीज़ें हैं। सुन्दर ढंग से दोनों का फ़र्क़ वह बताते हैं। धर्म, कर्तव्य–बोध कराता है। सोसाइटी के प्रति। पिता, पत्नी, सन्तान, समाज, देश, दुनिया, चर–अचर के प्रति। अध्यात्म अलग है। वह बताते हैं वैदिक धर्म 'इवोल्यूशनरी सिस्टम' (विकासोन्मुख पद्धति) है।

इसलिए वह टिका है। धर्म, अर्थ, काम और मोक्ष, चार चीज़ें हैं। अर्थ और काम के मोर्चे पर 'वैदिक पद्धति' में रिसेशन (मन्दी) चल रहा था। भारत ने धर्म और मोक्ष पर ज़ोर दिया। अर्थ, काम की उपेक्षा की। यह सही नहीं था। सन्तुलन बिगड़ा, पर कठोर यथार्थ यह भी है कि दीर्घकालीन स्थायित्व के लिए अर्थ और काम को बेलगाम नहीं छोड़ा जा सकता। इन पर संयम और सीमा ज़रूरी है। वह एक और तथ्य कहते हैं। जिस देश या राष्ट्र में कठोर शासन चलते हैं, वहाँ अवनति तय है। क़ानून सरल और सहज होने चाहिए। सस्टेंड ग्रोथ (सतत प्रगति) यानी 10, 20, 30 हज़ार साल की प्रगति के लिए यह ज़रूरी है। वह कहते हैं ग्रोथ (विकास) स्लो (धीमा) और रिस्ट्रिक्टेड (सीमा के तहत) हो, तो वह सस्टेंड (दीर्घकालीन) करेगा। अतिरेक न हो।

समाजवाद या पूँजीवाद के मध्य कोई 'बीचवाद' हो। उनकी यह बात सुनकर रूस के सर्वसत्तावादी प्रणाली (टोटेलिटेरियन सिस्टम) के बिखरने का स्मरण हो आता है। इन्दिरा गाँधी की इमरजेंसी याद आती है। दुनिया के बड़े–बड़े डिक्टेटर और निरंकुश राजा याद आते हैं।

सबके सपने, आतंक और निरंकुश इरादे इतिहास की धूल में मिल गये। गाँधी भी याद आते हैं। जिनका मानना था, मनुष्य या समाज ख़ुद अन्दर से बदलें। अन्दर का बदलाव, ख़ुद का बदलाव स्थायी होता है, यह संकेत मिलता है। स्वामी जी कहते हैं, समाज

की बुनियादी आकांक्षा शान्ति की है। बुद्ध को याद करें। जब वह हुए, तो सभी राजा–रजवाड़े आपस में लड़ रहे थे। वैर से वैर का समाधान नहीं होता।

शैव–वैष्णव विवाद याद है आज? लोग भूल गये। क्योंकि यह भूलना ही था। ख़त्म होना ही था। यही स्वाभाविक क्रम है। आज लोग भागवत, रामचरितमानस दोनों पढ़ते हैं। शंकराचार्य बद्रीनाथ गये। वहाँ नारायण को प्रतिष्ठित किया, बदरीकाश्रम में। इसकी कथा है।

फिर तुलसीदास हुए। उन्होंने शंकर से ही पार्वती को रामकथा सुनवा दी। भेद, दूरी ख़त्म। आज कहाँ है, शैव–वैष्णव विवाद? भावना को क़ानून ठीक नहीं करता। शैव, शिव पूजते थे। वैष्णव, विष्णु भक्त थे। जैन, अर्हत तीर्थंकर को। बौद्ध, बुद्ध को। पर याद रखिए, अर्जी (प्रार्थना) एक के पास ही जाती है। इसलिए इसी तरह सभी धर्मों का यह भेद–दूरी ख़त्म होना चाहिए। सब कुछ कहने–लिखने के बाद शिष्यों ने क्या कहा? 'नेति–नेति' यानी हमने जो कहा है, इसके अलावा भी बहुत कुछ है।

ऋग्वेद के अन्त में एक प्रार्थना है। स्वामी जी संस्कृत का वह श्लोक कहते हैं। जिसका आशय है, 'अपनी विचित्रता के बावजूद हम साथ रहें–जियें।' यह सुनकर गाँधी के सपने याद आते। सभी धर्मों का गुलदस्ता बने भारत। अलग–अलग भाषाएँ, धर्म, जीवन पद्धति। सब साथ रहें। स्वामी जी से श्लोक या उनकी बातें सुनकर अच्छा लगता है। उनकी बोलने की शैली, ओजस्वी आवाज़, मधुर कण्ठ। चुम्बक की तरह है सब। वह बताते हैं ज्ञान स्थिर वस्तु का नाम नहीं है।

यह सतत विकासशील (एवर ग्रोइंग) है। ज्ञान के लिए सम्भावनाओं के सभी द्वार खोलकर रखने पड़ते हैं। सनातन धर्म में ब्रेक नहीं है। चेंज हमेशा होता रहा। पहले कहा गया, 33 करोड़ देवी–देवता हैं। सवाल उठा? फिर 33 हज़ार कहा गया। फिर तीन पर बात आयी। ब्रह्मा, विष्णु और महेश। फिर बदला, एक मान्य हुआ। वह भी तेरे अन्दर है, कहा गया।

दर्शनशास्त्र की सीमाएँ हैं। विचार, धर्म, दर्शन, संस्कृति वग़ैरह सब कपड़े की तरह हैं। 'मैं', सबसे अलग है। अहं अस्मि, कोई नकार सकता

है? अहं ब्रह्मस्मि, कहा गया। कबीर ने कहा, 'मुझे कहाँ ढूँढ़ते हो, मैं तो तेरे पास में।' माना जाता है कि बॉडी (शरीर) मैटर (पदार्थ) है, चेतना उसमें निहित है। 'नियरर दैन योर माइंड एंड ब्रेथ' (मस्तिष्क और साँस से भी नज़दीक)। यह चेतना मनुष्य के साँस/मन/मस्तिष्क से भी पास है। शास्त्र भी कहते हैं। पर, इसे पकड़ना मुश्किल है।

बुद्धि से पकड़ा नहीं जा सकता है। यह आस्था–विश्वास से सम्भव है। श्रद्धा और विश्वास के प्रतीक हैं, शिव और पार्वती। प्रतीक के माध्यम से ही आगे जाना होगा। पर, मान्यता है कि श्रद्धा, विश्वास की दुश्मन है, बुद्धि। हर धर्म एक आइडिया (विचार) है। हर विचार के मूल में है, कॉज ऑफ़ एक्शन (कार्य का कारण)।

स्वामी जी के कथन का मर्म है, सभी धर्मों के लोग राष्ट्रीय परिवार के सदस्य हैं। टेररिज़्म (आतंकवाद) को मुसलमानों या किसी एक के साथ जोड़ना ग़लत है। उस क़ौम में ग़रीबी है। पिछड़ापन है। वे डिप्रेस्ड हैं। उनके इस मानस को समझिए। हमारा यह राष्ट्रीय परिवार है। इसके जीने–रहने का सन्देश होना चाहिए–एक साथ जियें, रहें हम। कुछ तू सह ले, कुछ मैं सह लूँ, कुछ तू कह ले, कुछ मैं कह लूँ। 2007 में शतचण्डी महायज्ञ में 40 देशों के लोगों की भारी भीड़ के सामने स्वामी जी की कही बातें याद आती हैं–

'आज तक हमने कभी किसी को हिन्दू, मुसलमान या ईसाई के रूप में नहीं देखा है। यह सवाल अच्छा भी नहीं लगता है। हम ऐसा सोचते हैं कि योग की दृष्टि में, साधु की दृष्टि में, आश्रम की दृष्टि और संन्यास की दृष्टि में, सब हमारे चेले हैं। अगर हमारे पास शक्ति है, रोगी का रोग दूर करेंगे। ग़रीब की ग़रीबी दूर करेंगे। क्या हिन्दू, क्या मुसलमान। बहादुर शाह ज़फ़र की एक कविता याद आती है–

तुमसे हमने दिल को लगाया, जो कुछ है सो तू ही है।
एक तुझको अपना पाया, जो कुछ है सो तू ही है।।
क्या मलया, क्या क्रिस्तान, क्या हिन्दू, क्या मुसलमान।
जैसा चाहा सबको बनाया, जो कुछ है सो तू ही है।

आख़िर उसी ने तो सबको बनाया है। ऐसी एक समान दृष्टि हमारे देश में लोगों की होनी चाहिए। ज़्यादा से ज़्यादा लोगों को समभाव से रहने की कोशिश करनी चाहिए। मन्दिर, मस्जिद तथा चर्चों ने जो ग़लतियाँ की हैं, उनको सुधारने की भी कोशिश करनी चाहिए। साधु ग़लत बोलता है, तो उसको भी ठीक करना चाहिए।'

इसी समागम में स्वामी जी ने बताया था–'मुझे, (स्वामी सत्यानन्द जी को) उन्नीस सौ अड़सठ से उन्नीस सौ अट्ठासी (1968–1988) तक, बीस साल जितना ईसाई देशों में समर्थन मिला, जितना ईसाई मिशनरियों ने मेरा सम्मान किया, सहयोग दिया, हिन्दुस्तान में उतना नहीं मिला। हिन्दुस्तान में जितना सम्मान मुझे बिहार में मिला, उतना कहीं नहीं। ईसाइयों के दो चर्च होते हैं, एक प्रोटेस्टेंट और दूसरा कैथोलिक। इंग्लैंड में जो प्रोटेस्टेंट चर्च है, उसको 'चर्च ऑफ़ इंग्लैंड' कहते हैं। वहाँ के पादरी ने हमको रखा, हमने सबको योगनिद्रा करायी।

मुसलमान देशों में भी बहुत मदद मिली। ईरान के शाह ने बहुत मदद की। सऊदी अरब के अख़बार में ख़ूब स्पेस (स्थान) मिलता था। पूरा का पूरा पेज। इसलिए यह जो धर्मान्तरण का झंझट चल रहा है, यह नहीं होना चाहिए। इस देश में सबको किसी भी धर्म को स्वीकार करने की स्वतन्त्रता है। किसी भी गुरु को किसी को भी चेला बनाने की स्वतन्त्रता है।

क्षेत्रीयता, मानव स्वभाव, अच्छाई–बुराई के उद्‌गम, सभ्यताओं के संघर्ष वग़ैरह के बारे में अनेक तथ्यपरक, मौलिक और नयी बातें स्वामी जी बताते हैं। पर कहते हैं–'आज युवा ऊपर उठना चाहते हैं। वे पोज़िशन (समाज में जगह) चाहते हैं। शिक्षा से यह सम्भव है। यह काम आज बड़े पैमाने पर होना चाहिए।' ख़ुद रिखिया में ग्रामीण बच्चों को अंग्रेज़ी, कम्प्यूटर सिखाने से लेकर बदलती दुनिया की बातें बतायी जाती हैं।

ढाई घण्टे सुनने के बाद भी इच्छा होती है, स्वामी सत्यानन्द जी बोलते रहें। पर, उन्होंने शुरू में ही कहा था, हर चीज़ की 'एक्सपायरी डेट' (अन्त) है। सो, इस मुलाक़ात का अन्त भी होना

ही था। पर, उठते–उठते स्वामी जी ने कहा–'इस देश में सभी धर्मवालों को एक साथ रहने, एक स्तर पर रहने की बात होनी चाहिए। यही रास्ता है। क्योंकि सोसायटी का फंडामेंटल हाइपोथिसिस (बुनियादी आकांक्षा, मान्यता) है, 'शान्ति'। हर आदमी पीस (शान्ति) में रहना चाहता है।'

(2008)

ख़ामोशी से समाज के हो जानेवाले ही असली नायक

भारतीय अध्यात्म के छिपे पहलुओं और आश्रमों की सकारात्मक और सामाजिक भूमिका पर स्वामी सत्यानन्द जी टिप्पणी करते हैं। उन्होंने कहा–'भारत के सारे आश्रमों–मठों की गणना करो, उसमें रहनेवालों की संख्या देखो, वहाँ आकर सीखने–जाननेवालों की भीड़ पर ग़ौर करो, तब आँक पाओगे कि आश्रमों की कितनी सार्थक–सकारात्मक भूमिका है। समाज सुचारु रूप से चले, इसमें आश्रमों की परोक्ष, पर निर्णायक भूमिका को आज लोग कहाँ देख रहे हैं? नैतिक मर्यादा रहे, सामाजिक अनुशासन रहे, समाज अराजक न हो, इसमें साधु–सन्तों–आश्रमों की बड़ी भूमिका है।' फिर हँसते हुए कहते हैं कि 'इस अर्थ युग में, शुद्ध आर्थिक ढंग से देखो, सारे आश्रमों में आनेवाले विदेशियों से कितनी विदेशी मुद्रा की आय हो रही है? भारत में आज 100 बिलियन डॉलर के विदेशी मुद्रा भण्डार पर फील गुड की स्थिति है, तो इसमें से कुछ बिलियन डॉलर तो आश्रमों–भारतीय अध्यात्म की ही देन है।'

देश के लगभग सभी प्रमुख आश्रमों के नाम वह गिनाते हैं, उनके कार्यों की मुक्त कण्ठ से सराहना करते हैं। फिर पूछते हैं कि राँची में हो, तो योगदा मठ जाते हो? सिर्फ़ हाँ, बोल पाता हूँ। बता नहीं पाता कि योगदा मठ, वहाँ के स्वामी श्रद्धानन्द, योगदा का साहित्य प्राणवायु सदृश है। हर शरद संगम (योगदा का मशहूर आध्यात्मिक वार्षिक समारोह) की मुझे प्रतीक्षा रहती है। स्वामी सत्यानन्द जी, स्वामी योगानन्द जी के उल्लेखनीय कामों का हवाला देते हैं। यूरोप, ख़ासतौर से अमेरिका में योग–अध्यात्म के प्रचार का जो अकल्पनीय काम योगानन्द जी ने किया, उसकी ऐतिहासिक भूमिका

बताते हैं। 21वीं शताब्दी की दुनिया, ख़ासतौर से यूरोप–अमेरिकी समाज के लिए योगासन, ध्यान, प्राणायाम और योगनिद्रा, जीवन के हिस्से बन रहे हैं। फिर मुस्कुराते हुए टिप्पणी करते हैं कि आधुनिक दुनिया (21वीं शताब्दी) में हमारी दुकानों (अध्यात्म) से सबसे अधिक माँग इन्हीं चार चीज़ों की है।

पुरुषार्थ कैसे इगो (अहं) से जुड़ा है। इंडिविजुअल एप्रोच (निजी दृष्टि) इसका स्रोत है। फिर वह इंडिविजुअल शब्द का मूल उद्गम बताते हैं। डेस्टिनी (भाग्य) और पुरुषार्थ में फ़र्क़ की व्याख्या करते हैं।

फिर कहते हैं–भारत की समस्या क्या है? यहाँ के लोग सन्तुष्ट हैं। यूरोप–अमेरिका के लोग असन्तुष्ट। जिसके पास सन्तोष होगा, वह सक्रिय नहीं रहेगा। बेचैन नहीं रहेगा। सक्रियता–बेचैनी को सकारात्मक दिशा देकर ही कोई क़ौम–समाज प्रगति करता है। यूरोप–अमेरिका में भारी असन्तोष रहा है। पश्चिमी देश, सम्पन्नता के बावजूद असन्तुष्ट हैं। यह असन्तोष ही हमेशा कुछ नया करने के लिए लोगों को प्रेरित करता रहा है। एक्सीलेंस (सर्वश्रेष्ठ) का बोध जगाता है। परफ़ेक्शन (पूर्णता) की भूख पैदा करता है। ये अवस्थाएँ प्रगति की सीढ़ियाँ हैं। यह राष्ट्र का काम है कि वह अपने नागरिकों को सुरक्षा–समृद्धि दे।

भारत में क्या है? शादी हो गयी। नौकरी मिल गयी। इसके बाद, सब पा लिया का बोध आता है। यहाँ मींस (साधन) इंड (साध्य) बन गया है यानी साधन ही साध्य हो गये हैं। इसके बाद जीवन में कुछ करने की भूख ख़त्म हो जाती है, जबकि नौकरी या शादी, जीवन में श्रेष्ठ पाने की दिशा में सीढ़ियाँ हैं। पश्चिम में शादी के बाद पति–पत्नी साथ मिलकर या अलग–अलग कुछ नया करना–पाना चाहते हैं। सालभर नौकरी की, तो दो माह घूमने निकल पड़े। हमेशा जीवन में उत्साह, कुछ नया करने की बेचैनी! क्या ऐसा गतिशील समाज–देश आगे नहीं बढ़ेगा? या स्थिर–जड़–सन्तोषी बन चुका, समाज–देश आगे बढ़ेगा? ख़ुद से असन्तुष्ट, समाज से असन्तुष्ट, काम से असन्तुष्ट आदमी ही अपनी प्रगति के रास्ते तलाशता है।

धर्म, भाषा, सम्प्रदाय से राष्ट्र नहीं बनते। लोगों की बेचैनी से नये

राष्ट्र का सृजन होता है। नयी बुनियाद पड़ती है। भारत की दरिद्रता से हम सन्तुष्ट हैं, यह हमारी समस्या है।

इस बातचीत के क्रम में ही स्वामी सत्यानन्द ने बुद्ध, महावीर, विवेकानन्द और अशोक वग़ैरह की मौलिक व्याख्या की। कहा कि जब इन लोगों ने देखा कि समाज में लोग लड़–कट रहे हैं, तो उसका रास्ता ढूँढ़ा। नये रास्ते खोजे। उनमें करुणा, अहिंसा का पुट डाला। कहा, युवाओं, आओ, गेरुआ वस्त्र पहनो, एक शाम खाओ और अहिंसा–करुणा वग़ैरह की बात करो। इन्होंने समाज की गम्भीर बीमारियों की दीर्घकालीन प्रभावी औषधि खोजी। महापुरुष अपने समय–समाज (देश–काल) की चुनौतियों का ऐसे ही हल खोजते हैं।

चेतना फैलाने के हाल के आध्यात्मिक प्रयासों के अगुआ विवेकानन्द थे। स्वामी जी कहते हैं कि ये सारे लोग मूलतः सामाजिक समस्याओं के समाधान के रास्ते ही खोजते रहे हैं। यह सब सुनते हुए मुझे डॉ. राममनोहर लोहिया की मशहूर उक्ति याद आती है कि 'राजनीति, अल्पकालीन धर्म है। धर्म, दीर्घकालीन राजनीति।'

लड़कियों की पढ़ाई–स्त्रियों की जागरूकता पर स्वामी जी का साफ़ मत है। भारत के पतन का एक मुख्य कारण है, इसका बायाँ अंग टूटा है। स्त्री पक्ष को लकवा है, पक्षाघात है। हमारी स्त्रियाँ क्या करती हैं? ख़ाली गोबर उठाओ, झाड़ू दो, बर्तन माँजो, बच्चा पैदा करो, मार खाओ। और तुम क्या करते हो? पान खाओ, शराब पिओ, किसी के पीछे भागो, छेड़खानी करो...।

भारत के ताने–बाने, सामाजिक समरसता का अद्‌भुत ज्ञान है, स्वामी सत्यानन्द को। वह कहते हैं–'तुम चाहे ईश्वर, जेहोवा, अल्लाह, मोहम्मद, बुद्ध, ईसा मसीह किसी की भी उपासना करो, इससे कोई फ़र्क़ नहीं पड़ता। ईश्वर हमेशा अचल और सनातन है, अन्तर केवल नाम में है। व्यक्ति चाहे हिन्दू, मुसलमान, ईसाई या बौद्ध कोई भी हो, सर्वशक्तिमान ईश्वर एक है, एक था और एक रहेगा।'

स्वामी सत्यानन्द सिर्फ़ व्यावहारिक साधना की ही बात नहीं करते। उन्होंने ऐसे लोगों की एक जमात खड़ी की है, जिन पर कोई गर्व

कर सकता है। स्वामी निरंजनानन्द जी ऐसे ही प्रतिभाशाली और तेज़ सम्पन्न युवा स्वामी हैं। पहली बार राँची के भव्य आईआईसीएम हॉल में योग पर बोलते हुए उन्हें सुना। प्रभावी व्याख्यान। मोहक उच्चारण, गहरी जानकारी। पिछले वर्ष शिवरात्रि के दिन हम रिखिया गये। स्वामी सत्यानन्द के दर्शनार्थ। ट्रेन विलम्ब से पहुँची। नहीं मिल पाये। स्वामी निरंजनानन्द जी भी रिखिया आश्रम आये थे। हमें उनका प्रवचन सुनने को मिला। मिलने का अवसर भी। बिहार योग विद्यालय, मुँगेर के वह प्रधान संरक्षक हैं, जहाँ दो बार राष्ट्रपति कलाम हो आये हैं। युवा स्वामी निरंजनानन्द जी ने बहुत कम समय में अपनी अलग छाप छोड़ी है।

स्वामी सत्संगी को भूल नहीं पाता। जब भी रिखिया जाना हुआ, स्वामी सत्संगी मिलीं। वह इस आश्रम की मूविंग स्प्रिट (आत्मा) लगीं। अत्यन्त विनम्र। नपी–तुली बातें। आश्रम के सोशल वर्क की इंचार्ज। एक–एक काम पर ध्यान। नेतृत्व की कसौटी है कि वह ख़ुद पीछे रहकर, दूसरों को श्रेय देता है। आगे बढ़ाता है। स्वामी सत्संगी ऐसी ही हैं। स्वामी जी ने अपनी बातचीत में एक जगह कहा है–मैं यहाँ (रिखिया) 1989 में आया। 23 सितम्बर को मैंने सारे दरवाज़े बन्द कर दिये। मैंने एक संकल्प के साथ शुरुआत की कि मैं पंचाग्नि करूँगा। मैंने शुरू किया। स्वामी सत्संगी जो यहाँ की कारोबारी हैं, रोज़ बोलती थीं, किस तरह का जीवन ये लोग (रिखियावासी) जीते हैं यहाँ? मुझे समझ नहीं आता, मैं इसे स्वीकार नहीं कर सकती। यह बैचेनी रिखिया पंचायत के लोगों के लिए थी। इससे ही रिखिया में नया प्रयोग शुरू हुआ।

आप जानते हैं। स्वामी सत्संगी कौन हैं? दिल्ली विश्वविद्यालय से पढ़ी–लिखीं। एयर इंडिया में काम करनेवाली। सब छोड़कर 1981 में संन्यास ले लिया। योग, तन्त्र, परम्परा, आधुनिक विज्ञान, दर्शन में पैठ। व्यावहारिक–आधुनिक दृष्टि से सम्पन्न।

स्वामी सत्यानन्द, स्वामी निरंजनानन्द, स्वामी सत्संगी...कैसे लोग हैं? परमार्थ के लिए कार्यरत। सत्यानन्द जी की कसौटी है, अपना पड़ोसी जब तक दुखी है, तब तक तुम्हारी साधना सफल नहीं

हो सकती... जो संन्यासी अपने लिए जीता है, वह संन्यासी नहीं हो सकता। परहित के लिए कार्यरत। संन्यासी का आदर्श, स्वामी सत्यानन्द जी ने बताया है, कामये दुख प्राणिनाम आर्तिनाशनं। दुनिया में आग लगी है, पड़ोस में आग लगी है और बगल में आप वातानुकूलित कमरे में बैठे हैं। कितने दिनों तक एसी में बैठोगे? तुम्हारा भी घर जल जायेगा। दुनिया को ठण्डा करो, तुम्हें वातानुकूलन की ज़रूरत नहीं होगी।

दुनिया ठण्डा करने में लगे लोग, दूसरों के लिए जीनेवाले लोग, चुपचाप अपने काम में डूबे लोग...किसी समाज के असली नायक—सम्मान व आदर पात्र तो ये ही हैं न!

(2004)

आश्रम, उम्मीद की किरण हैं

रिखिया आश्रम (देवघर) से लौटे लगभग 20 दिन हो गये। इस बीच जमशेदपुर–कोलकाता, फिर मुम्बई–दिल्ली आना–जाना हुआ। पर, रिखिया आश्रम की सात्विक परत नहीं उतरी। आश्रम रिखिया हो या राँची योगदा मठ, खींचते हैं। इन आश्रमों के माहौल–परिवेश में कुछ है, जो बाँधता है, बुलाता है और बहुत कुछ देता है, ख़ुद को निहारने–परखने और आँकने के लिए।

रिखिया में देश–दुनिया के कोने–कोने से युवक–युवतियाँ और साधक, प्रवाह की तरह आते हैं। ख़ुद ख़र्च कर। बार–बार सोचता हूँ कि अब भीड़, तो सत्ता केन्द्रों (नेता, मन्त्री, उद्यमी, अपराधी वग़ैरह) के पास उमड़ती है। यहाँ क्यों पहुँचती है? बिन बुलाये। आश्रम में दो दिन रहने पर उत्तर मिलता है। स्वतः। आश्रम का अत्यन्त सादा–सात्विक स्वादिष्ट भोजन नहीं बुलाता। आश्रम में न पंखा है, न कोई अतिरिक्त सुविधाएँ। एकदम सामान्य अनुशासित जीवन। तड़के उठना, जल्दी सोना।

खाने–नाश्ते के समयबद्ध अलग नियम। सफ़ाई, मुग्ध करनेवाली। पाँच सितारा होटलों में भी वह सफ़ाई–आकर्षण नहीं, जो आश्रम के अतिथिवासों में है। एक–एक चीज़ बिल्कुल 'परफ़ेक्शन' के साथ अपनी जगह है। सफ़ाई–कमरों के रखरखाव में सादगी भरा सात्विक सौन्दर्य है। पर, पंखाविहीन इन कमरों की मुग्ध करने वाली सफ़ाई भी रिखिया नहीं बुलाती। हालाँकि स्वामी सत्संगी जी से पूछता हूँ कि यहाँ की सफ़ाई का राज़ क्या है? वह काम और सेवा का अन्तर

बताती हैं। काम (ड्यूटी), बड़ी तनख़्वाह, सुविधाओं वग़ैरह से संचालित होता है।

सेवा अन्दर की स्वतःस्फूर्त प्रेरणा है। इसलिए इसमें 'परफ़ेक्शन और एक्सीलेंस' (पूर्णता–श्रेष्ठता) अपने–आप आते हैं। नौकरी को सेवा मानकर कोई 'इनवॉल्व' हो, तो स्वतः पूर्णता और श्रेष्ठता प्राप्त कर लेता है। मुझे स्मरण हो आता है, दुनिया के इस दौर की सबसे पॉपुलर विधा, 'मैनेजमेंट' का। मैनेजमेंट के टॉप एक्सपर्ट्स (विशेषज्ञ) 'भगवद्गीता' के आधार पर मैनेजमेंट स्किल्स (प्रबन्धकीय हुनर–कौशल) की श्रेष्ठ पुस्तकें लिख रहे हैं।

कृष्ण के उपदेश 'कर्म बनाम फल' की व्याख्या कर रहे हैं। इस कर्म फल के रहस्य की झलक, रिखिया आश्रम की सफ़ाई के सन्दर्भ में सत्संगी जी की बातों में मिलता है। रिखिया आश्रम के परिवेश में संवेदना, मानवीय आग्रह, स्वार्थहीन जीवन और मानवीय सम्बन्ध हैं। आश्रम के युवा–युवती और संन्यासी, बिना परिचय, प्रेमपूर्वक स्वागत करते हैं आश्रम, इस अर्थ में उम्मीद की किरण हैं...।

विदेशी साधक और संन्यासी आत्मीयता से मिलते हैं। साथ रहते हैं। मानवीय सम्बन्धों की जो ऊष्मा यहाँ मिलती है, शायद मानव समूह के सुखद भविष्य के बीज इसी में निहित हैं। जहाँ ठहरा हूँ, देखता हूँ, विदेश से आया एक पच्चीस वर्षीय युवक सफ़ाई–पोंछा में लगा है। अपने काम में मग्न। अनेक युवक–युवतियाँ मिलते हैं, देश के भिन्न–भिन्न कोनों से आकर आश्रम में रह रहे हैं। काम कर रहे हैं। सफ़ाई से लेकर तरह–तरह के काम। जीवन को अनुभव समृद्ध बनानेवाले काम। यहाँ कोई किसी से जाति, धर्म, देश, समुदाय नहीं पूछता। ग्लोबल बनती दुनिया में, जो नया ग्लोबल क्लास–मानव समूह उभर रहा है, इन्हीं आश्रमों में उसकी नींव पड़ रही है।

यहाँ जीवन जीने की नयी शैली मिलती है। इसलिए सम्पन्न घरानों के लोग भी देश–विदेश से सुविधाएँ छोड़कर सामान्य खाना खाने, पंखाविहीन आश्रम में रहने पहुँचते हैं, ताकि मानवीय परिवेश मिले। ज़िन्दगी की रफ़्तार–व्यस्तता ने हर एक के जीवन के मूल सवालों को

ढँक दिया है, उन सवालों से आत्म साक्षात्कार करने और दरस–परस करने लोग यहाँ आते हैं। ख़ुद से ख़ुद की मुलाक़ात के लिए।

आश्रम में रह रहे लोगों से मिलता हूँ। कोई आईआईटी में टॉपर रहा है। कोई फ़िल्म में शीर्ष पर था। छोड़ आया। सब कुछ यश, लिप्सा, भोग, वैभव का जीवन। अतीत की वह गठरी नहीं खोलना चाहता। इस प्रचार युग में प्रसार की भूख नहीं। अपना अनुभव ज़रूर बताते हैं, यहाँ नया जीवन मिला है। आन्तरिक प्रसन्नता है। ईर्ष्या, द्वेष, जलन से दूर हैं।

आश्रम के परिवेश में अनेक पढ़े–लिखे युवा–युवती आते हैं। स्वावलम्बन, स्ट्रेस मैनेजमेंट से मुक्ति जानने (तनावमुक्त जीवन) और श्रम करने। आधुनिकता ने युवापन में ही, जो तनाव, रोग, माहौल दिया है, उस परिवेश में बच्चों को आश्रम में 4–6 माह रहना अनिवार्य कर दें, तो उनका भविष्य निखर जायेगा। सोचता हूँ, अभिभावक के तौर पर दायित्व है, शैक्षणिक योग्यता के साथ–साथ जीवन जीने की दृष्टि देना। यह आश्रमों में ही सम्भव है। पहले के आश्रमों में भी राजा–रंक (कृष्ण–सुदामा) साथ रहते थे, आज भी रिखिया–योगदा जैसे आश्रमों में सब साथ रहते–खाते हैं। सामाजिक समरसता के केन्द्र हैं, ये आश्रम।

ये आश्रमवासी किसी दूसरे आश्रम की आलोचना नहीं करते। ख़ूबियाँ गिनाते हैं। प्रतिस्पर्द्धा ने हमारा लोक जीवन कितना श्रीहीन बना दिया है कि हम कार्यालयों में, घर में, समाज में परनिन्दा और परचर्चा में ही मगन रहते हैं। रस लेकर अफ़वाहें सुनते–सुनाते हैं। ठीक इस माहौल के विपरीत आश्रम जीवन है, इसलिए आश्रम बार–बार बुलाते हैं।

आश्रम जीवन देखकर कबीर का कथन याद आता है–'मैं तो बिगड़ गया, तुम नहीं बिगड़ना। हरा भरा पेड़ था, चन्दन के संग चन्दन होकर बिगड़ गया। निर्मल जल था, गंगा के संग गंगा होकर बिगड़ गया। लोहा था, पारस के संग सोना होकर बिगड़ गया।'

(2005)

सेवा से स्वर्ग

वर्षों बाद श्रद्धेय स्वामी निरंजनानन्द जी से मिलना हुआ। परमहंस सत्यानन्द जी के न रहने के बाद पहली मुलाक़ात। वह परमहंस के योग्य उत्तराधिकारी हैं। उनका तेज़ और मुखर हुआ है। आभा में चमक है। प्रताप भी बढ़ा है। यह सब उनके तप का चमत्कार है।

हालाँकि उनके लेख, प्रवचन और विचारों से कभी दूर नहीं रहा। ख़ासतौर से 'आराधना' (रिखिया पीठ, देवघर) और 'योगविद्या' (बिहार योग विद्यालय, गंगा दर्शन फोर्ट, मुँगेर) पत्रिकाओं के कारण। संस्कार गढ़ने के लिए ये दोनों पत्रिकाएँ और आश्रम की पुस्तकें बेमिसाल हैं।

आश्रम का साहित्य, इस स्पर्धात्मक दुनिया में संजीवनी है। घर–घर के लिए अनिवार्य। आज बिहार योग विद्यालय के पचास वर्ष हो रहे हैं। स्वर्ण जयन्ती का अवसर। मुँगेर में 23 से 27 अक्टूबर, 2013 के बीच विश्व योग सम्मेलन का आयोजन हुआ। देश के लगभग पाँच सौ शहरों से योग प्रचारक आये। उत्तर–पूर्व के सभी राज्यों से लेकर देश के लगभग हर प्रमुख शहर से।

1963 में वसन्त पंचमी के दिन 'बिहार स्कूल ऑफ़ योगा' की नींव पड़ी। तब स्वामी सत्यानन्द जी ने कहा था, 'योग भविष्य की संस्कृति है।' सोचिए उनकी दूरदृष्टि या भविष्य समझने की क्षमता। मुँगेर आश्रम में तब से यानी 1963 से वह ज्योति जल रही है। जिस चौकस निष्ठा, आस्था और सजगता से आश्रमवासी इस जलती ज्योति को प्रकाशमान व प्रज्वलित रखते हैं, वह प्रेरक है, अद्भुत है। सवेरे

मुँगेर आश्रम में इस ज्योति की सेवा होती है। तेल बदलना। बाती से बाती जलाना। जिस पवित्रता और सात्विक बोध से आश्रमवासी इस पावन ज्योति की लौ 1963 से जलाये हुए हैं, वह श्रद्धा और समर्पण से ही सम्भव है।

मुँगेर शहर पहली बार जाना हुआ। आश्रम भी। अफ़सोस हुआ कि यहाँ आने में इतना विलम्ब हुआ। यह बोध कुछ खोने जैसा है। हिन्दी इलाक़े का मानस, रग–रग, सब जानते हैं। वह भी मुँगेर का इलाक़ा। हवा में ही तनाव की गन्ध। अपराध की पृष्ठभूमि। सृजन के सपने कभी भी अराजकता के बीच नहीं फलते–फूलते। न किसी क़ानून से ऐसे इलाक़े में हालात बदलते हैं। गहरी आस्था और श्रद्धा दो ही चीज़ें हैं, जिनसे बुनियादी बदलाव सम्भव है। पचास वर्षों से इसी बिहार में रहकर योग विद्यालय, शाब्दिक अर्थ में स्वर्ग लगता है। चेतना, साधना, तप वग़ैरह की बात अलग है। यह सब तो आश्रम की बुनियाद में है। पर, पूरे आश्रम की सफ़ाई, बिहार योग विद्यालय का सात्विक सौन्दर्य, एक–एक चीज़ करीने से रखी हुई।

परिसर में जगह–जगह गोबर से लिपाई। पूरे माहौल में एक पवित्र सात्विक गन्ध। यह सब एक बेचैन इलाक़े और प्रदेश में। यहीं देश–दुनिया के लोग एक साथ। एक जगह। संयोग से जिस दिन आश्रम में था, स्वामी धर्मशक्ति सरस्वती (1924–2013, श्रद्धेय स्वामी निरंजनानन्द जी की माँ) की स्मृति में षष्ठी कार्यक्रम था। पूजा–पाठ के बाद प्रसाद वितरण। प्रसाद वितरण में हज़ारों लोग। मुँगेर के छोटे–छोटे बच्चे, सबको अनुशासित करने, पंक्तिबद्ध चलने का रास्ता दिखाते। कैसे जायें? कहाँ जूते रखें, बताते बच्चे। नितान्त ग़रीब औरतें–पुरुष भी बड़े–बड़े संन्यासियों के साथ एक जगह बैठ कर एक साथ प्रसाद पाते। एक ही पंक्ति में। गाँधी का सबसे अन्तिम आदमी, औरत–पुरुष, बड़े लोग, पढ़े–लिखे, यहाँ सब एक समान।

कोई शोरगुल नहीं। खुद स्वामी निरंजनानन्द जी और स्वामी सूर्यप्रकाश सरस्वती एक–एक व्यक्ति की देखभाल करते रहे। न कहीं शोर, न कहीं अनुशासन भंग करने की कोशिश। पूरे माहौल में एक गरिमा और मर्यादा।

मन बार–बार भटकता। किसी सरकारी, ग़ैर–सरकारी कार्यक्रम में

या निजी कम्पनियों के कामकाज में पग–पग पर अराजकता, असन्तोष और अनुशासन न मानने के दृश्य। समाज, राज्य या हिन्दी इलाक़ों के इसी रेगिस्तान में यह आश्रम नख़लिस्तान (भिन्न, सर्वश्रेष्ठ) कैसे है? इसी तरह बग़ल में देवघर के पास रिखिया धाम है।

इन आश्रमों के पास धन नहीं है। स्वेच्छया लोग देते हैं। स्वामी जी द्वारा लिखित अद्‌भुत पुस्तकों से आय होती है। पिछले पचास वर्षों से इस परम्परा में भटकाव नहीं है। योग को दुनिया में फैलाने, उस पर वैज्ञानिक दृष्टि से काम करने का श्रेय सिर्फ़ बिहार योग विद्यालय को है। इस परम्परा को है। यह परम्परा अपने मूल मक़सद के प्रति साफ़ है। इसके साधन और साध्य में टकराव या भटकाव नहीं है। साध्य है, मानव की मुक्ति। चाहे वह किसी भी धर्म या क्षेत्र का हो। आध्यात्मिक श्रेष्ठत्व की प्राप्ति। पूरे समर्पण से काम। इसलिए आज संसार में सच्ची आध्यात्मिकता के प्रति श्रद्धा है। लोग बाज़ार में हो रहे धर्म के खेल और चेहरे को समझते हैं। इसलिए बिहार योग विद्यालय जैसी संस्थाएँ भीड़ में भिन्न दिखायी देती हैं।

स्वामी सत्यानन्द जी यहाँ आये। अपने गुरु, स्वामी शिवानन्द जी का आदेश पाकर। योग को द्वारे–द्वारे, तीरे–तीरे प्रचारित करने का मिशन लेकर। योग, व्यवहार और तन्त्र के व्यावहारिक पक्षों को मिलाकर बिहार योग परम्परा की शुरुआत हुई। योग के प्रकाश को वह दुनिया के कोने–कोने में ले गये। 80 से अधिक दुर्लभ ग्रन्थों की रचना की। 1988 में उपलब्धियों के शिखर पर पहुँचकर सत्यानन्द जी ने सब छोड़ दिया। फिर वह मुँगेर नहीं लौटे। रिखिया पीठ में एकान्तवास किया। कठिन साधना और तप। फिर दिसम्बर, 2009 में स्वेच्छया महासमाधि में लीन हो गये।

उन्होंने अपना कामकाज बहुत पहले स्वामी निरंजनानन्द जी को सौंपा और कहा, 'स्वामी निरंजनानन्द के बारे में क्या कहा जाये। वह तो मेरे लिए ईश्वर का उपहार है। ईश्वर ने उसको मेरी झोली में डाल दिया। वह मेरे एकदम उल्टा है। वह मेरी कार्बन–कॉपी नहीं है। वह मेरी प्राप्ति है, मेरी पूर्णता है। स्वामी निरंजन जन्म से ही मेरे साथ है। उसने मुझे सब कुछ दिया, अपनी जवानी, अपना भविष्य, अपना

सारा जीवन। उसकी कोई पत्नी नहीं, बच्चा नहीं है। बैंक बैलेंस नहीं है, कोई सम्पत्ति नहीं, कोई आकांक्षा नहीं। अगर कुछ है, तो सिर्फ़ सेवा की भावना। उसके भीतर हमेशा से यही भावना रही–आप मुझे जो करने को कहेंगे, मैं वही करूँगा।

'मैं सदा एक कठोर गुरु रहा हूँ। पर, स्वामी निरंजन ने मुझे वैसा ही स्वीकारा, जैसा मैं हूँ। मुझे पूरा विश्वास है कि वह तुम्हें अन्धकार से मुक्ति दिलाने का पथ बतलायेगा। जब भी तुम्हारे जीवन में अँधेरा हो और तुम रास्ता भूल रहे हो, तब वही तुम्हें दिशा–निर्देश देगा। मुझे पूरा विश्वास है कि वह तुम्हारे आध्यामिक जीवन में नैसर्गिक आलोक बनकर आयेगा।'

1983 में परमहंस सत्यानन्द जी ने अपने योगाचार्य और गुरु पद के सभी दायित्व स्वामी निरंजनानन्द जी को हस्तान्तरित कर दिये। फिर एक कठोर जीवन–शैली अपनायी। हर चीज़ से पूर्ण विरक्त होकर, पंचाग्नि साधना की। तक़रीबन 12 वर्षों तक। अत्यन्त कठिन और अकल्पनीय। अन्य उच्च वैदिक साधनाएँ कीं। उन्होंने 2009 में तीन बातें कहीं। पहली, रिखिया पंचायत के सभी बच्चों को प्रतिदिन एक समय का पौष्टिक आहार उपलब्ध कराना। दूसरी, संन्यास पीठ की स्थापना और तीसरी, रिखिया में वयोवृद्धों के लिए आवास–गृह का निर्माण। रिखिया पीठ की पीठाधीश्वरी स्वामी सत्यसंगानन्द (स्वामी सत्संगी) इस काम में लगी हैं।

उधर, निरंजनानन्द जी अपने गुरु के संकल्पों को और ऊँचाई दे रहे हैं। 2008 में उन्होंने योग विद्यालय की बागडोर स्वामी सूर्यप्रकाश सरस्वती (1982 में अमेरिका के सैनफ्रांसिस्को शहर में एक भारतीय परिवार में जन्मे) को सौंप दी। अपने गुरु के पदचिह्नों पर चलने के लिए।

अब वह कठोर साधना का जीवन जीते हैं। इस बार निरंजनानन्द जी पहली बार पंचाग्नि साधना में बैठे। अत्यन्त कठिन साधना। 14 जनवरी (मकर संक्रान्ति) से 11 फ़रवरी को पूर्णाहुति तक। चौतरफ़ा आग के बीच बैठकर। तापमान 50–55 डिग्री के बीच। आगामी नौ वर्षों तक वह ऐसी साधना करेंगे। लगातार और कठोर रूप से। वह 11 फ़रवरी को इस कठिन साधना से उठे। 12 फ़रवरी को उनकी माँ ने शरीर त्यागा।

मुँगेर, रिखिया की परम्परा भिन्न है। मनुष्य अपने होने का अर्थ जाने। अधिक–से–अधिक ऊँचाई पर जाये। यहाँ किसी को पद से लगाव नहीं है। स्वामी निरंजनानन्द जी की उम्र बमुश्किल 52 वर्ष है, पर वह अपने सब दायित्वों से मुक्त हैं। इनके सरोकार के मूल में समाज है। योग से शरीर और मन बदलने का लक्ष्य है। इनका मानना है कि स्वस्थ शरीर और मस्तिष्क को ध्यान वग़ैरह की विधियों से अनुशासित कर कोई भी सामान्य इनसान बेहतर बन सकता है। वह इसके वैज्ञानिक और मेडिकल कारण बताते हैं। योग की और गहराई में उतरकर इनसान ईर्ष्या, द्वेष, जलन, अहंकार वग़ैरह से न्यूनतम प्रभावित रह सकता है।

यह जीवन जीने की एक विधि सिखाता है। एक बेहतर माहौल, तनावरहित आबोहवा, इसी रास्ते सम्भव है। ऐसे केन्द्र ही धरती पर जीवित स्वर्ग हैं। मुँगेर आश्रम में पहली बार जाना हुआ। शाम में पहुँचा। पाया कि पेड़ों के नीचे दीये जलाये गये हैं। बचपन के दिनों का गाँव याद आया, जब पेड़ों की पूजा देखी थी। शाम को दीप जलाकर। फिर शाम को भजन–कीर्तन, प्रवचन का संक्षिप्त कार्यक्रम रहा। पूरे माहौल में एक प्रेम, आत्मीय संवाद। देश–विदेश के कोने–कोने से लोग एक साथ इकट्ठा। ये सब मिलकर ही ऐसी जगहों को स्वर्ग बनाते हैं।

सेवा से स्वर्ग की रचना, यह बात समझ में आयी। मुँगेर आश्रम को देखकर लगा कि सेवा के पीछे श्रद्धा है और गहरी आस्था। इसी चरित्र, अनुशासन, श्रद्धा और सेवा से ही हम देश, समाज, संस्था या घर को स्वर्ग बना सकते हैं। बिहार योग विद्यालय के पचास वर्ष के होने के अवसर पर यह सूक्ति हम सबके मन में उतरे, तो एक नये समाज का उदय सम्भव है। आश्रम क्या है? सात्विक–सादा भोजन। नियमित अनुशासित जीवन। न धनलिप्सा, न पद चाह। स्वामी शिवानन्द, स्वामी सत्यानन्द, स्वामी निरंजनानन्द, अब स्वामी सूर्यप्रकाश सरस्वती।

अगली पीढ़ी तैयार करना, पद सौंपना। यह परम्परा शीर्ष से है। बाहर के समाज में पद ही सब कुछ है। हैं, मृत्युशय्या पर, लेकिन पावर, पद चाहिए। यह बाहर का संसार है। यहाँ है, 'मैं कौन हूँ' जानने की लगातार उत्कण्ठा। मिले दान से आश्रम व समाज का

काम। याद रखिए, मुँगेर आश्रम या रिखिया आश्रम आवागमन की दृष्टि से आसान नहीं हैं। अब बिहार की सड़कें बहुत अच्छी हैं, पर पहले क्या हाल था? फिर भी उद्योगपति वाडिया, उद्योगपति अनिल अंबानी का परिवार, फ़िल्म उद्योग के शीर्ष लोग संसार के कोने–कोने से यहाँ पहुँचते हैं।

कैसे? क्योंकि यहाँ काम बोलता है। प्रचार नहीं। आश्रम की संस्कृति, काम से खिंचे आते हैं, लोग। यहीं मिले वह अमेरिकी, जो आईबीएम में शीर्ष पर थे। दुनिया में कम्प्यूटर बनानेवालों की पहली पाँच सदस्यीय टीम में से एक। ब्रिलिएंट मैथेमेटिशियन (उम्दा गणितज्ञ)। चाँद पर अपोलो की लैंडिग की जगह तय करनेवालों में से एक। पर, आश्रम में सब भूलकर सेवा–साधना में रत साधक। इसलिए पूर्व राष्ट्रपति अब्दुल कलाम जैसे लोग यहाँ पहुँचकर इसका बार–बार उल्लेख करते हैं।

स्वामी निरंजनानन्द जी की परिकल्पना है 'सत्यम वाटिका' अपने गुरु सत्यानन्द जी की स्मृति में। यहाँ लिखी एक–एक चीज़, उद्‌गार मन को स्पर्श करनेवाले हैं। प्रथम योग विश्वविद्यालय के पचास वर्ष होने का गौरव–फ़ख्र, आज भारत को है। छोटी जगह से दुनिया में प्रकाश फैलाता आश्रम।

(2013)

जीवन ईश्वरीय वरदान है

स्वामी निरंजनानन्द जी, परमहंस सत्यानन्द की परम्परा–धारा के संन्यासी हैं। समाज को केन्द्र में रखकर लगातार मौलिक ढंग से सोचनेवाले। निजी मुक्ति के लिए नहीं, बल्कि सांसारिक परमार्थ के लिए। वह मानते–कहते हैं कि संसार छोड़ना संन्यास नहीं है। त्याग और वैराग्य इसके दो चरण हैं, पर समाज में रहते हुए वासना (जिस चीज़ में भी आसक्ति हो) का त्याग ही वैराग्य है। कर्म, कर्तव्य, धर्म, आदर्श छोड़कर कोई व्यक्ति या समाज कैसे टिक सकता है? जीवन–समाज से जुड़े अनेक पहलुओं पर स्वामी निरंजनानन्द जी से विस्तृत बातचीत के प्रमुख और सम्पादित अंश–

जीवन दुर्घटना है या वरदान या किसी बड़े काम के लिए नियत। एक सामान्य व्यक्ति की दृष्टि से इसका क्या अर्थ है?

निश्चित रूप से यह ईश्वरीय वरदान है। कोई दुर्घटना नहीं। अब मूल सवाल यह है कि इस ईश्वरीय वरदान को सिद्ध करने के लिए हमें कितने अवसर मिलते हैं? मनुष्य का काम ही होता है कि जीवन में अवसरों को खोजकर अपनी प्रतिभा को अभिव्यक्त करें। यही मनुष्य जीवन का उद्देश्य है। सही अवसर पर, सही अभिव्यक्ति। चाहे हम विद्यार्थी हों, व्यवसायी हों, गृहस्थ हों, साधु हों, किसी भी रूप में हों, जब सही अभिव्यक्ति होती है, तो उससे बहुतों को सुख मिलता है। इस दृष्टि से कह सकते हैं कि जीवन ईश्वरीय वरदान होता है, यदि

हम इसका सही उपयोग कर सकें तो। अगर सही उपयोग नहीं हुआ, तो फिर दुर्घटना का चिन्तन होगा।

हमारा जीवन फेट (भाग्य) से संचालित है या हमारे कर्म से? पश्चिमी कॉन्सेप्ट (मान्यता) है, फ्री–विल (मुक्त इच्छा) का। क्या एक आदमी अपने संकल्प से अपना भविष्य गढ़ सकता है? आप क्या कहते हैं?

मैं एक कथा दृष्टान्त सुनाता हूँ। आपके पास एक बकरी है। बकरी को आप तीस फ़ीट लम्बी रस्सी से एक खूँटे से बाँध देते हैं। बकरी स्वतन्त्र है, तीस फ़ीट की परिधि में घूमकर अपना चारा खाने के लिए या घास चरने के लिए। इस निश्चित परिधि में वह कहीं भी खा–चर सकती है। यही निश्चित परिधि उसका फ्री–विल है। पर बियांड दिस लिमिट देयर इज़ नो लिमिट (इस सीमा या बन्धन के बाद कोई सीमा नहीं। बन्धन नहीं)। अगर हम (इनसान) भी देखें, तो हम भी काफ़ी कोशिश करते हैं, काफ़ी कुछ करना चाहते हैं, इसकी प्राप्ति के लिए। हमें बार–बार सफलता नहीं मिलती। यह हमारे नसीब (डेस्टिनी) में नहीं है। लेकिन कभी–कभी अनायास ही ऐसा हो जाता है कि हम स्क्वेअर पेग इन स्क्वेअर होल, की तरह एकदम फ़िट हो जाते हैं।

मतलब दिस वाज डेस्टिनी। जो डेस्टिनी है, उसको सुधारने के लिए, उसको सुन्दर बनाने के लिए हम कर्म करते हैं। दोनों का समन्वय है, यहाँ पर। डेस्टिनी इंडिकेट्स द बाउंड्री ऑफ़ योर प्रॉपर्टी एंड कर्म इंडिकेट्स द हाउस, द गार्डन एंड द डेकोरेशन (नियति आपकी सम्पदा की सीमा का संकेत है और कर्म घर का, बाग़–बगीचे और सजावट का)।

प्रायः लगता है कि हम परिस्थितियों की लहरों या थपेड़ों में बह रहे हैं। चीज़ें हमारे हाथ में नहीं हैं। हम तिनके की तरह समय की लहरों में बह रहे हैं। कई बार यह अहसास जीवन में होता है। यह क्या है?

यह अहसास तब होता है, जब हमारे वश में कुछ नहीं होता। हम जिसे अपने वश में समझते थे, अब वह चीज़ हमारे वश से बाहर हो रही है। मेरे स्वामी जी इस बात को हमेशा कहा करते थे कि जब तुम फेट (भाग्य) को साथ लेकर चलते हो, तब तुम्हें लगेगा कि चीज़ें

वश से बाहर जा रही हैं, क्योंकि तुम अपने को उस समय का केन्द्र बना लेते हो। कर्मों का, इच्छाओं का, पुरुषार्थों का, घर–परिवार का, समाज का। उस समय यू आर ट्राइंग टू होल्ड ऑन टू योरसेल्फ़ इमेज, सेल्फ़–प्रेस्टीज (आप अपनी आत्मछवि को पकड़े रहना चाहते हैं, आत्म प्रतिष्ठा को भी), जो भी आपसे जुड़ा हुआ भाव है। जब कोई उसको सम्मान नहीं देगा, तब चोट लगती है।

दूसरी चीज़, स्वामी जी (निरंजनानन्द जी के गुरु) कहते थे कि हमारे यहाँ इसलिए कहा गया है कि दो चीज़ें साथ लेकर चला करो। पहला, यह सिद्धान्त लेकर चलो कि जैसा भगवान चाहेंगे, वैसा ही होगा–जाहि विधि राखे राम, ताहि विधि रहिए। दूसरा, कि जिस परिस्थिति में हम रहें, उसे हमेशा अपने अनुकूल बनाते हुए आगे चलें। इसके लिए पहले आत्मशिक्षा की आवश्यकता है। क्योंकि यह तो मन की अभिव्यक्ति है। जब मन सजग, सहज और रचनात्मक रहेगा, तो आपको हर परिस्थिति का समाधान नज़र आयेगा।

बचपन में स्वामी जी ने हमको एक सूत्र दिया था, देयर इज़ नो सिंपल सॉल्यूशन इन लाइफ़। ओनली इंटेलीजेंट च्वायस (जीवन में किसी भी समस्या का सरल समाधान नहीं है। केवल जो विकल्प है, उसमें से हमें बेहतर को चुनना है)। अपने विकल्पों की ओर देखो। किसी एक का चयन कर यह मत कहो कि यह परिस्थिति के अनुकूल नहीं है या मुझसे नहीं होगा। ऐसा मत कहो। क्योंकि तुम केवल एक ही बन्द दरवाज़े को देख रहे हो, बाक़ी जो खुले हैं, उनकी ओर तुम नहीं देख रहे हो।

बचपन में स्वामी जी ने एक कहानी सुनायी थी। एक बार एक अन्धा आदमी थियेटर (सिनेमाघर) में गया। उसे कोई वहाँ ले गया होगा। उस अन्धे आदमी ने एक व्यक्ति से पूछा कि बाहर जाना है, कैसे जाऊँ? उस आदमी ने उस अन्धे व्यक्ति से कहा कि दीवार पकड़कर आगे बढ़ते जाओ, जहाँ यह दीवार ख़त्म होगी, वहीं दरवाज़ा है। वह अन्धा व्यक्ति दीवार पकड़कर आगे बढ़ने लगा। जैसे ही वह दरवाज़े के पास पहुँचनेवाला था, उसके सिर में खुजली होने लगी, हाथ सिर के ऊपर रखकर वह सिर खुजलाते हुए आगे बढ़ा और दरवाज़े से

आगे निकल गया। इस तरह फिर उसे एक और चक्कर काटना पड़ा। जीवन में प्रायः हम लोग देखते हैं कि अच्छे लोग दुख झेलते हैं?

मैंने यही सवाल गुरु जी से किया था कि ऐसा क्यों होता है? दुष्ट लोग आराम की ज़िन्दगी जीते हैं। अच्छे लोग कष्ट झेलते हैं या कष्ट भरी ज़िन्दगी जीते हैं। गुरु जी ने उत्तर देते हुए कहा कि जो अच्छे लोग हैं, उनके द्वारा अच्छे काम इसलिए होते हैं, क्योंकि उनका कर्म अच्छा है। जब कर्म अच्छा है, तो वह बढ़ता नहीं है, घटता है।

अच्छे कर्मों से मनुष्य मोक्ष को प्राप्त करता है। जैसे–जैसे हम अच्छे कर्म करेंगे, वैसे–वैसे बुरे कर्मों का बन्धन कटेगा। उनके कटने से जब दूसरी समस्याएँ आती हैं, परिस्थितियाँ आती हैं, तो कष्टप्रद स्थिति हावी होती है। जो अच्छा आदमी है, वह उसके प्रति रिएक्ट नहीं कर रहा है। दुख आया, तो ठीक है आया। घर में खाने को नहीं है, तो ठीक है। भगवान के भरोसे रहेंगे। उसकी प्रकृति ऐसी ही है और दूसरे लोगों को लगता है कि दुख उन पर हावी हो रहा है। आरम्भ में स्वामी जी की यह बात मुझे समझ में नहीं आयी, लेकिन फिर कालान्तर में जैसे–जैसे अच्छे–बुरे लोगों के साथ पाला पड़ा। अच्छे और बुरे लोगों के जीवन को देखने का मौक़ा मिला कि वे कैसे परिस्थितियों से झेलते–जूझते हैं या सामना करते हैं या स्वीकार कर लेते हैं या नकारात्मक हो जाते हैं या आस्थावान रहते हैं या निराश हो जाते हैं।

तब इस स्थिति में हमने उनकी बातों को समझा कि जो अच्छा है यदि उसके यहाँ डाका पड़ा है, तो वह कहेगा कि ठीक है, जो लेना है वो ले लो। लेकिन जो बुरा है, वह तो बन्दूक़ लेकर कहेगा कि तुम्हारी हिम्मत कैसे हुई अन्दर आने की? हो सकता है, वह डाकुओं को गोली मार दे। जो रिएक्टिव नेचर वाला होता है, वो सामान्यतः इस संसार में अपना रास्ता बना लेता है। साम, दाम, दण्ड, भेद से।

दूसरी तरफ़ जो शान्त प्रवृत्ति का है, वह सब चीज़ों को स्वीकार कर लेता है और परिस्थिति के अनुरूप ढल जाता है। तुलसीदास जी इस परिस्थिति को स्वीकार करते हैं, तो समाज कहता है

कि तुलसीदास आप झेलें। कबीर इस परिस्थिति को स्वीकार करते हैं, तो समाज कहता है कि इनके पास खाने को अन्न का एक दाना भी नहीं है। बहुत दुख झेल रहे हैं। इन्हें काफ़ी तकलीफ़ हो रही है। अच्छे लोगों को तकलीफ़ होती है, यह हमारी मानसिकता में है।

लेकिन अच्छे लोग जिस भाव में बह रहे हैं, वो तो अलग ही है। स्वामी जी के पंचाग्नि का दृश्य आपको याद होगा। लोग स्वामी जी को कहते थे कि हम आपके पास एसी–पंखा लगा देते हैं। तब स्वामी जी कहते थे कि मेरे पड़ोसियों को नहीं है, तो मैं क्यों लगाऊँ? उनके शिष्य तो कभी नहीं कहते थे कि स्वामी जी दुख झेल रहे हैं। कष्ट सह रहे हैं। बाक़ी लोग कहते थे कि स्वामी जी दुख झेल रहे हैं। हम मानते थे कि यह तो उनकी ही इच्छा है। ऐसा वो करना चाहते हैं और इसमें ही वो रम गये हैं।

हम या हमारी आत्मा जन्म के समय अपने माँ–बाप, अपना परिवेश चुनते हैं या यह एक वैज्ञानिक प्रक्रिया है?

यह वैज्ञानिक प्रक्रिया तो नहीं हो सकती। जो चिन्तन रहा है, उसके आधार पर, आत्मा किसी शरीर को धारण करती है, अपने विकास के लिए। शास्त्रों का ऐसा मानना है। जब आत्मा शरीर को धारण करती है, तो इस धरातल पर आकर कुछ शिक्षाओं को प्राप्त करती है, ताकि वो इस पदार्थमय या भौतिकता के जीवन से अपने आपको मुक्त कर सके और अन्तरात्मा से सम्बन्ध को जोड़ सके।

इस क्रम में एक ऐसा वर्ग होता है, आत्माओं का, जो अपने आपको अन्य सामाजिक अभिव्यक्तियों से अलग कर लेता है। वो कहलाते हैं, महात्मा। एक है आत्मा और एक है महात्मा। महात्मा का अर्थ होता है, जो अपने आपको सामाजिक परिवेश, दुनिया के आकर्षण से मुक्त कर लेता है। चाहे 10–15–20 फ़ीसदी तक ही क्यों न हो। आदिगुरु शंकराचार्य ने जन्म लिया। अवतार हुए या नहीं, यह अलग बहस का विषय है। लेकिन जब जन्म हुआ, तो वह एक सामान्य इनसान ही रहे होंगे। लेकिन उनके भीतर आत्मा की जो अवस्था थी, अलग

थी अन्य लोगों से। उनको पूर्व का अनुभव रहा और उन संस्कारों ने उनके जीवन की दिशा निश्चित की। वो चीज़ दूसरों को क्यों नहीं हुई। छह करोड़ में और अन्य को क्यों नहीं?

चाहे वह स्वामी शिवानन्द जी रहे हों। उन्होंने भी तो नौकरी की थी। लेकिन उनके जीवन में एक मोड़ आया, जब किताब पढ़कर उनमें विरक्ति आ गयी। वह सब कुछ छोड़कर भारत चले आये। उनकी लाइफ़ में एक कैटलिस्ट हुआ (मोड़ आया), एक ट्रिगर हुआ, जिसने किसी पुरानी एक्टिविटी (काम) को एक्टीवेट (सक्रिय) कर दिया। स्वामी जी बचपन में बेहोश होकर गिर जाते थे। लोग या डॉक्टर सोचते थे कि टेस्ट कराने से कुछ बीमारी का पता चलेगा। कुछ नहीं निकलता था। साधु–सन्त कहते थे कि यह समाधि है। परिवारवाले कहते थे कि यह बेहोशी की बीमारी है। आनन्दमयी माँ को बीच में आना पड़ा। उन्होंने कहा कि लड़का बीमार नहीं है। समाधि की स्थिति में है। तब जाकर साधु–सन्तों से सम्पर्क किया गया।

इस तरह जीवन में कहीं एक ट्रिगर प्वाइंट (मोड़) आता है, जो मनुष्य को उसके सामान्य जीवन से हटाकर एक नये दृष्टिकोण, एक नयी दिशा की ओर ले जाता है। चाहे वो ज्ञान के रूप में क्यों न हो। हमारे पास आश्रम में भी कई बार सिविलियन (आम आदमी) आते हैं, जो संन्यासी नहीं होते। कभी–कभी उनकी सोच, उनकी मानसिकता धीरे–धीरे बदलने लगती है (आश्रम का प्रभाव)। अगर हम इनसे या आपसे ही पूछें कि दस साल पहले आप क्या थे और आज क्या हैं, तो क्या जवाब होगा? इस दौरान इनकी सोच, व्यवहार, कार्य, चिन्तन में आध्यात्मिकता का प्रवेश हुआ। विज्ञान का प्रवेश हुआ। पहले से अधिक चौकन्ने और सजग हो गये हैं, तो कहीं पर इनके लिए भी एक ट्रिगर प्वाइंट हुआ है। आपके साथ भी हुआ होगा, जिसके चलते आप स्वामी जी से इतना प्रेम करते हैं।

नहीं तो पहले आपके लिए भी साधु–संन्यासी एक ही प्रकार के थे। लेकिन यहाँ यह जानना है कि वह कौन–सा ट्रिगर था, जिसने एक सामान्य व्यक्ति में नयी दिशा, नयी चेतना प्रदान की। जब ऐसा परिवर्तन हमारे जीवन में आता है, तो हमें बहुत शान्ति मिलती है।

आत्माओं का सम्बन्ध बिल्कुल वैसा ही जैसे कई बच्चे एक साथ प्राथमिक विद्यालय में नामांकन लेते हैं।

विद्यार्थियों में कुछ प्रतिभाशाली होते हैं, जो तुरन्त आगे की कक्षा में चले जाते हैं। कुछ तेज़ नहीं होते है, तो एक ही कक्षा में चार–पाँच साल तक रहते हैं। ऐसे विद्यार्थियों को ज़बरदस्ती दूसरी कक्षा में बैठाना पड़ता है। लेकिन प्रवेश के समय तो सब विद्यार्थी एक समान हैं। वैसे ही जन्म लिये, तो सब एक समान। जन्मना जायते सुग्रह। आप–हम सब बराबर हैं। संस्कार मिला, तो कुछ आप बने, कुछ हम बने।

जीवन में अहंकार, लोभ, ईर्ष्या, द्वेष, घृणा, क्रूरता भी मानव इतिहास को आकार देते रहे हैं। अब लोग कहते हैं कि दुनिया एक नये मुक़ाम पर है। ख़ासतौर से जो योग से संस्कारों का विकास हो रहा है, भारत जैसे मुल्क में। यहाँ क़ानून विफल होते दिखाई देते हैं। आपको क्या लगता है कि संस्कार, मनुष्य–मन को बदलने की क्षमता रखता है?

यह निश्चित है कि दुनिया में सभ्यता का विकास पावर (शक्ति) के चलते हुआ है। जिसके पास अच्छे अस्त्र–शस्त्र हैं, वह हमेशा दूसरों पर हावी रहा है। ट्राइबल समय (आदिकाल) से लेकर अब तक, यही स्वरूप है। हमारे पास आपसे अधिक शक्ति है, तो हम आप पर हावी होंगे। आपके पास हमसे अधिक शक्ति है, तो आप हम पर हावी रहेंगे। आपके पास बन्दूक़ है, तो आप हम पर हावी हैं।

मेरे पास अणु बम है, तो मैं आप पर हावी रहूँगा। दुनिया के विकास के पीछे निश्चित रूप से हथियारों, महायुद्धों की भूमिका रही है। समाज में जो दिखता है, वो उसका एग्रेसिव (आक्रामक) रूप है। लेकिन हम इसे दो तरह से लेते हैं–पहला, समाज निर्माण में। हम मानते हैं कि हमको भौतिक स्तर पर आगे बढ़ना है। दूसरा, व्यक्तिगत स्तर पर। यहाँ पर जो भौतिक स्तर है, वह समाज का दिन है। जो व्यक्तिगत स्तर है, वह समाज की रात है। दिन में आप कर्मों में संलग्न हैं और रात्रि में आप अपने में समाहित। अध्यात्म रात्रि है। रात में जो काम होता है, वह दूसरों को मालूम नहीं पड़ता।

दिन में होनेवाले काम, तो सब देखते हैं। सबकी नज़रों में हैं। तुलनात्मक रूप यह है कि अगर हम लोगों का कर्ममय जीवन दिन है, तो आध्यात्मिक जीवन रात है। अगर हम लोगों का कर्ममय जीवन रात है, तो आध्यात्मिक प्रयास, व्यक्तिगत उत्थान हेतु है। दोनों का समन्वय हो रहा है। इसलिए स्वामी शिवानन्द जी या स्वामी जी ने कहा कि तुम प्रतिदिन सुबह दस मिनट योग करो। सब्ज़ी में नमक की तरह। सब्ज़ी में पालक की तरह नहीं कि एक किलो डाला और खाने के समय सौ ग्राम मिला। यह नमक की तरह हो। चुटकी भर में काम हो जाये। स्वाद आ जाये। हम अपने आसपास के बच्चों को देखते हैं या जो रिखिया में ही हैं, ये वे लोग हैं या बच्चे हैं, जिन्होंने ज़िन्दगी में पहले से ही कुछ पाया है। कुछ प्राप्त कर लिया है।

अनुशासन, सजगता और चिन्तन। इनका ज्ञान इन्हें इतना बेहतर बना चुका है कि कभी–कभी अपने माँ–बाप को भी वे करेक्ट (समझाना, सही करना) करते हैं। पिता से प्रश्न करते हैं कि आप शराब पीकर क्यों आते हैं? आप रात में देर से क्यों आते हैं? सुबह मुझे स्कूल जाना होता है। जल्दी क्यों नहीं आते? ऐसे प्रश्नों से बच्चों के अभिभावक को दुख होता है कि हम अपने ही बच्चों के आदर्श क्यों नहीं हैं? उन्हें विचार आता है कि मुझे भी कुछ अच्छा करना चाहिए।

मुँगेर बहुत कठिन और एक अर्थ में बहुत टिपिकल प्लेस रहा है। वहाँ इस तरह का फूल खिलना या संस्था का उदय होना, अपने आप में अद्‌भुत है। आप अपने दो अनुभव सुना रहे थे कि कैसे यहाँ हर नवरात्रि पर उपद्रव हो जाते थे। फिर किस तरह लोगों में बदलाव आया। एक गाँव की बात आप बता रहे थे कि 17 गाँवों में जो काम हुआ, तो वहाँ कैसे लोगों ने हथियार सौंपे। दोनों ही घटनाएँ मामूली नहीं हैं। मुँगेर को जाननेवालों के लिए असाधारण चीज़। आज भारत में भी लगता है कि रोज़ सिर्फ़ क़ानून बन रहे हैं। दिल्ली में घटना हुई, क़ानून बना। फिर भी घटनाएँ नहीं रुक रहीं। लेकिन एक मन बदलने से मुँगेर जैसी जगह में यह चीज़ हुई।

आरा में हमारे संन्यासी प्रशिक्षण दे रहे थे। देर रात किसी ने गेस्ट हाउस का दरवाज़ा खटखटाया। खोला, तो देखा तीन–चार लोग खड़े थे। पूछा, 'आप लोग कौन हैं?' एक कहता है कि मैं इस क्षेत्र का एमएलए हूँ। आपसे कुछ बात करनी है। संन्यासियों ने पूछा, 'क्या बात है?' कहा कि आप जेलों में जो योग सिखा रहे हैं, मत सिखायें। संन्यासियों ने पूछा, 'क्यों?' क्योंकि आपके योग सिखाने के बाद ये लोग हमारी बात नहीं मानेंगे। संन्यासियों ने हाथ जोड़कर कहा, 'भाई, अब तो कार्यक्रम शुरू हो गया है। एक बार ख़त्म कर लेने दीजिए। फिर आपको जो करना है, कर लीजिएगा।' वो निकल गये। लेकिन यह कार्यक्रम जेलों में हुआ, उसका अनुभव बड़ा सकारात्मक रहा। हम लोगों ने वहाँ हज़ारों क़ैदियों को प्रशिक्षण दिया। फिर उनका परीक्षण किया। योग से पहले और योग के बाद। इस मनौवैज्ञानिक परीक्षण में पाया कि उनके भीतर एक गिल्ट (पश्चात्ताप) की भावना जगी। घर–परिवार के प्रति संवेदना थी। जो लोग जेलों में उत्पात मचाते थे, मारपीट करते थे, तनावों के कारण बीमार रहते थे, इन सबमें परिवर्तन आया। तीन महीने बाद जब दोबारा इनका परीक्षण किया, तो अपराध और आक्रोश की भावना लगभग शून्य हो गयी। क्षमा की भावना जाग्रत हुई।

मादक द्रव्यों का सेवन लगभग ख़त्म। कुछ होगा, क्योंकि पूरी तरह तीन महीने में तो नहीं हो सकता। रात में जिन्हें नींद नहीं आती थी, वहाँ अब लोग रातभर सो रहे हैं। स्वास्थ्य के लिए कभी कोई कार्यक्रम नहीं होता था। क़ैदी बीमार रहते थे। उनकी दवाइयों पर भारी ख़र्च होता था। अब उनका स्वास्थ्य पहले से काफ़ी बेहतर था। दवाइयों का ख़र्च भी बहुत कम हो गया था। जहाँ पहले दवाई पर साठ–सत्तर हज़ार रुपये महीना ख़र्च होता था, वहाँ अब पाँच–साढ़े पाँच हज़ार का ही ख़र्च होता है। लगभग 55–60 हज़ार तक की बचत होने लगी। इस प्रकार चाहे वह क़ैदियों के बीच हो या अपराधियों के बीच हो, चाहे किसी भी क्षेत्र में हो, जब हम योग करते हैं, तो शरीर में रासायनिक सन्तुलन होता है।

यही रासायनिक सन्तुलन, मस्तिष्क की उग्रता और तीव्रता को शान्त कर देता है। जब हम आसन करते हैं, तो यह रासायनिक परिवर्तन व्यवस्थित हो जाते हैं। इस अवस्था में जो न्यायसंगत है, धर्मसंगत है, वही करने की इच्छा होती है। यह स्वतः होता है। 17 गाँवों में हमने कोई नैतिक शिक्षा नहीं दी थी। सिर्फ़ घण्टेभर के कार्यक्रम में योग सिखाया और योग करने को प्रेरित किया। मन्त्रों के साथ ध्यान करने को प्रेरित किया। उनके लिए तो यही बहुत बड़ी चीज़ थी।

शाम के समय रामचरितमानस के दो–चार दोहे सुनाये। उनका अर्थ बताया। 'गीता' के कुछ दस श्लोक बताये। मात्र इतने से ही उनकी मानसिकता में परिवर्तन हुआ। कोई मोरल (नैतिक) शिक्षा नहीं। कोई नैतिकता का ज्ञान नहीं दिया। केवल उन्हें यही कहा कि जो काम आप अपने लिए करते हैं, उसका दसवाँ हिस्सा दूसरों के लिए भी किया करें। लेकिन सबसे बड़ी बात जो हमने की, वह यह कि उन्हें महसूस कराया कि उनके आगे–पीछे कोई है। उन्हें भरमाया नहीं जा रहा है। विश्वास का एक केन्द्र उनके बीच विकसित किया। उस विश्वास ने उनका जीवन बदला है, हमने नहीं। हमने तो सिर्फ़ एक माध्यम बनकर उनका मार्गदर्शन किया।

ख़ासतौर से भारत में, युवा पीढ़ी के बारे में जो ख़बरें आती हैं वे डिस्टर्बिंग (परेशान करनेवाली) हैं या जिस तरह मोबाइल से लेकर इंटरनेट की सारी चीज़ों का इस्तेमाल हो रहा है, उस अध्ययन पर जो रिपोर्ट आ रही है, वह बता रही है कि बहुत ही परेशान–दिग्भ्रमित पीढ़ी भी हमारे सामने आ रही है। आपके अनुसार इस नयी पीढ़ी को संस्कार के रास्ते ले चलने के रास्ते क्या हैं?

युवा पीढ़ी और बच्चे लोग हैं, वो किसी भी सोशल इनपुट से मुक्त तो नहीं हैं। आजकल मीडिया के चलते दुनिया में जहाँ कुछ हो रहा है, तत्काल जानकारी मिल जाती है। पहले तो अमेरिका में क्या हो रहा है, हमें पता भी नहीं चलता था। लेकिन अब वहाँ जो हो रहा है, हम यहाँ तुरन्त टीवी पर लाइव देख सकते हैं। विज्ञान को सही

रूप में जानें, तो यह चाकू है। इसका सदुपयोग भी किया जा सकता है और दुरुपयोग भी। हर वैज्ञानिक उपलब्धि के, दर्शन के, सिद्धान्त के, धर्म के या चिन्तन के तीन गुण होते हैं। अवगुण, रजोगुण और सद्‌गुण। मीडिया और टीवी पर कुछ हद तक कंट्रोल भी है। लेकिन इसके अवगुणों से भी हम मुक्त नहीं हैं।

हमें भी यह चिन्ता रहती है कि जिस पीढ़ी ने संघर्ष नहीं देखा, जो पीढ़ी चवन्नी की क़ीमत नहीं जानती, उससे हम भविष्य में क्या अपेक्षा कर सकते हैं? करोड़ों ख़र्च करती है। लेकिन हमें जो सिल्वर लाइन (उम्मीद की किरण) दिखायी देती है, बादल के पीछे का जो सूर्य है, वो यही कि अगर सब लोग मिलकर (आप, हम, दिल्ली वग़ैरह) कोशिश करें, तो अगली पीढ़ी को मज़बूत बनाने के लिए हम कुछ कर सकते हैं। मुझे लगता है कि नये ढंग से चीज़ों को समझने की ज़रूरत है। अब सोचिए कि सभी इंजीनियर ही बन जायेंगे, तो खेती कौन करेगा?

हम बाहर से किसान मँगायेंगे क्या? आज देखिए न, किसानों के पास काफ़ी ज़मीन है, लेकिन बेकार। पीढ़ी–दर–पीढ़ी उसमें खेती हुई। लेकिन आज देखिए, बच्चों को बाहर भेज दिया है, एमबीए पढ़ने, ताकि बड़े होकर कुछ करें। बच्चा पढ़ा, लेकिन नौकरी नहीं मिली, तो गाँव वापस लौटा। लेकिन खेती में उसका रुझान नहीं है। अब उसे दस हज़ार के काम से सन्तुष्टि नहीं है। उसे पचास हज़ार चाहिए। उसकी आकांक्षा बड़ी है। कौन रोकेगा इसे? कौन समझायेगा उसे?

अगले पचास सालों में हमारे सामने जो मुसीबत आनेवाली है, उसकी ज़िम्मेदारी आज कौन ले रहा है? मेरे विचार से भारतीय समाज को इस विषय पर गम्भीरता से सोचना चाहिए। केवल पश्चिम ऐसा कहता है और उनका अनुकरण करने से ऐसा नहीं होगा। हमारे समाज और पाश्चात्य समाज में काफ़ी अन्तर है।

क्या चाइल्ड लेबर (बालश्रम) को भारतीय समाज से ख़त्म करना सम्भव है?

कहाँ से होगा? पिता खेती कर रहा है, तो कोई बेटा बीडीओ कार्यालय में खड़ा है, तो दूसरा राशन की लाइन में खड़ा है। कैसे पढ़ेगा? कब

पढ़ेगा? जब यहाँ पर व्यवस्था ही नहीं है, तो बदलने की बात होगी कैसे? कैसे हम कह दें कि चाइल्ड लेबर ख़त्म हो गया या ख़त्म हो जायेगा?

हमारे यहाँ मुम्बई–दिल्ली की अराजकता के अनुसार क़ानून बनते हैं। आप बताइए कौन–सा ऐसा क़ानून है, जो गाँवों को ध्यान में रखकर बनाया जाता है या बना। हमारा क़ानून निश्चित रूप से 10–15 शहरों को छोड़कर पूरे देश को अनदेखा करके ही बनता है।

तेलंगाना को देख लीजिए। क्यों वह अलग होना चाहता है? क्योंकि वह व्यवस्था चाहता है। जब कोई सरकार राज्य को उसके अनुकूल व्यवस्था नहीं दे सकती है, तो वह उससे अलग होना चाहता है। हम अलग होंगे, तो अपना अलग और बेहतर ख़याल रख सकेंगे। उस भावना से अभी दो–तीन स्तर पर काम करने की ज़रूरत है। पहला, प्रॉपर थिंक–टैंक होना चाहिए। भारत के शहरों की इकोनॉमी या तड़क–भड़क न देखकर, ग्रामीण भारत के विषय में सोचना चाहिए। ग्रामीण क्षेत्र में वो सुविधाएँ मिलें, जिससे ग्रामीण आबादी बाहर न जाये। वह गाँवों में ही केन्द्रित रहे। दूसरा है, शिक्षा। भारत के सन्दर्भ में आज सुपर स्पेशिएलिटी के युग में कम्प्लीट पिक्चर किसी के पास नहीं है। कुछ ऐसे लोग चाहिए, जिनके पास इसकी पूरी रूपरेखा हो। शिक्षा के क्षेत्र में विशेष ध्यान देने की ज़रूरत है।

हाल में भोपाल गया था। एक योग कार्यक्रम में। मेरी बारी आयी, तो मैंने एक चुटकुला सुनाया। वहाँ के योग सिलेबस को देखकर मैंने प्रश्न किया कि यह किसने तैयार किया है? जैसे–तैसे यह सिलेबस तैयार किया गया था। हमने उन्हें कहा कि देश में मान्यता प्राप्त तीन–चार ही योग विद्यालय हैं, उनसे परामर्श लेकर आपको यह सिलेबस तैयार कराना चाहिए था। उत्तर में शिवानन्द आश्रम। पूर्व में बिहार स्कूल ऑफ़ योगा। दक्षिण में विवेकानन्द केन्द्र। पश्चिम में कैवल्यधाम, लोनावाला। वर्ष 2000 में भारत सरकार ने इन्हीं चार संस्थानों को मान्यता प्रदान की थी।

अब आप इन चारों से कहिए कि मिलकर सिलबेस बनाकर आपको दें। हमने उनकी लगभग सभी ग़लत योजनाओं को काटा।

हमने उनसे कहा कि ऐसा काम कीजिए, जिससे बच्चे प्रोत्साहित हो सकें। बच्चों में सकारात्मक गुण आयें। वह बड़ा होकर कहीं जाये, तो अपने साथ संस्कार–चिन्तन साथ ले जाये। चाहे वहाँ वह छोटी जगह या छोटे पद पर ही क्यों न हो?

आपकी सोमनाथ यात्रा और कैलास–मानसरोवर यात्रा के प्रसंग हाल में मैंने पढ़े। एक सामान्य व्यक्ति को जो अनुभव नहीं होता है, वैसे कई अनुभव आपने बताये हैं। क्या इसका यह अर्थ निकलता है कि जो चीज़ें या जिनके बारे में हमारी संस्कृति में कहा गया है, वे बिल्कुल सत्य हैं?

दस वर्ष पहले तो मैं यह नहीं कह सकता था। लेकिन अब मैं कह सकता हूँ, पूरी दृढ़ता के साथ कि यह सौ फ़ीसदी सही है।

इन प्रतीक स्थलों पर जाने से क्या लाभ मिलता है, एक सामान्य आदमी को?

गर्मी के दिनों में ठण्डी हवा के झोंकों से जो सुख मिलता है, यह उसी तरह का लाभ है, जो चिन्ता या तनावग्रस्त लोगों को तीर्थों में जाकर मिलता है।

योग विद्या केन्द्र में एक विदेशी (बुल्गारियाई या हंगेरियन) लड़की का मैंने एक संस्मरण पढ़ा। काफ़ी मर्मस्पशी था परिवार बिखरने के बाद कैसे मन्त्रों के बल पर सारी चीज़ें बदल गयीं, इस सन्दर्भ में मन्त्रों में वो क्या शक्ति है? कैसे उनका पाठ किया जाये, ताकि जीवन में परिवर्तन आये या दिखायी दे?

मन्त्र, बुद्धि का विषय नहीं है। उदाहरणस्वरूप–ॐ नमः शिवाय। इसका अर्थ होता है, मैं शिव को नमस्कार करता हूँ। अगर आप सोचते हैं कि मैं शिव जी को नमस्कार करता हूँ, तो आपका मन बार–बार नमस्कार में जायेगा। लेकिन विदेशों में तो लोग नहीं जानते कि शिव कौन हैं, नारायण कौन हैं, देवी कौन हैं? वे जब मन्त्रोच्चारण करते हैं, तो उनका ध्यान स्पन्दन में होता है, शब्दों पर होता है। स्पन्दन का वही रूप होता है, जो मरा...मरा...राम...राम का होता है।

क्या मरा...मरा उच्चारण करते समय रत्नाकार सोचते थे कि राम कौन हैं? या राम क्या हैं? किसी राजा का नाम मुझसे क्यों लिवाया जा रहा है, तो फिर वे वाल्मीकि बनते? जैसे उन्होंने मरा...मरा...कह कर राम–राम...कह डाला, उसी तरह विदेशों में भी ॐ नमः शिवाय कहकर शिव को प्राप्त कर लेते हैं। जब वो ध्यान लगाते हैं तो मन्त्र द्वारा उत्पन्न ऊर्जा में, स्पन्दन में उनका ध्यान जाता है।

अगर हम ध्यान लगायेंगे, तो ॐ नमः शिवाय का मन्त्रोच्चारण करते समय शिव का स्वरूप सामने आने लगता है। इस तरह हमारी भावना, भक्ति में बदल जाती है। यहाँ मैं नमस्कार करता हूँ कि श्रद्धा नहीं रहती। विदेशों में इसका शिवजी से कोई सम्बन्ध नहीं होता। बस आँखें बन्द करके शब्दों पर ध्यान दिया जाता है। इसकी तरंगों पर। इसके स्पन्दन में ध्यान किया जाता है। जैसे ही मस्तिष्क की तरंगें बदलती हैं शरीर शान्त और मन शान्त होने लगता है।

मन्त्र का असर पड़ता है। मन्त्र तो अक्षर हैं। कुण्डलिनी योग के अनुसार मन्त्र के अक्षर शरीर के विभिन्न नसों–नाड़ियों को संवेदनशील बनाते हैं। मन्त्रों से कई गम्भीर बीमारियाँ ठीक हो जाती हैं। शरीर की चंचल तरंगों पर मन्त्र का प्रभाव पड़ता है। विश्राम और एकाग्रता आने लगती है। मन्त्रोच्चारण के तीन तरीक़े हैं–उच्चारण करना, बुदबुदाना और मन से कहना। सबसे बेहतर है मानसिक मन्त्रोच्चारण करना।

(2013)

जीवन तप का मर्म!
(स्वामी निरंजनानन्द जी से साक्षात्कार)

भौतिक सुखों को पाने के बाद भी मनुष्य मानसिक रूप से तृप्त नहीं हो पाया है। सुकून की तलाश उसे अब भी है। वह काम, क्रोध, लोभ, मद और मोह का त्याग नहीं कर पाया है। भारत में कई ऐसे साधक–सन्त हैं, जो प्रचार की चकाचौंध से दूर रहते हैं और जिन्हें इन व्याधियों से मुक्ति की राह अध्यात्म में दिखती है। ऐसे ही एक विलक्षण साधक, सन्त और तपस्वी हैं, स्वामी निरंजनानन्द जी। जीवन और अध्यात्म के विविध पहलुओं पर उनसे लम्बी बातचीत का सम्पादित अंश–

स्वामी जी, आप अत्यन्त कठिन पंचाग्नि साधना से अभी उठे हैं। सत्तर डिग्री से अधिक तापमान में तप, ध्यान कर। परमहंस सत्यानन्द जी की समाधि के बाद आपका ज़्यादा समय ध्यान, साधना, तप में गुज़रता है। इस अनुभव से हम सांसारिक लोग मौजूदा स्थिति में क्या सीख सकते हैं?

2009 में जब स्वामी जी थे, तब उन्होंने मुझे कहा कि अब तुम अपनी यात्रा स्थगित करो और भारत में स्थिर हो जाओ। उन्हें आभास हो गया था कि उनका समय आ रहा है और वो कभी भी स्वेच्छा से जायेंगे। उन्होंने उसी समय मुझे आदेश किया कि तुम अब स्थायी हो जाओ और यात्रा कम करो। चालीस साल तक बहुत भ्रमण किये, अब स्थिर हो जाओ और योग और संन्यास–साधना में अपने आपको डाल

दो। उन्होंने यह भी कहा कि अपने देश में साधुओं में विद्वता बहुत है, सामर्थ्य बहुत है, सेवा–भाव बहुत है, कुछ साधना भी अच्छे से करते हैं, लेकिन, हमारे देश में तपस्या की जो परम्परा है, वह लुप्त हो गयी है। तपस्या की परम्परा पुनःजाग्रत करनी है। हमने उनसे प्रश्न किया कि आपने तो पंचाग्नि की।

प्रश्न पूरा करने के पूर्व ही उन्होंने कहा कि उसी परम्परा को तुम लोग आगे बढ़ाओ और समझो कि भारत का अध्यात्म वास्तव में क्या है। 2012 से हमने पंचाग्नि आरम्भ की। हमने जैसे अपने गुरु जी को करते हुए देखा था, वैसा ही अभ्यास हमने आरम्भ किया। अभी चार साल हो चुके हैं, इसमें पहला अनुभव व्यक्तिगत है। दूसरा अनुभव है सामाजिक। व्यक्तिगत अनुभव यह कि शरीर और मन की जो ऊर्जाएँ हैं, शक्तियाँ हैं, मन में जो संकल्प शक्ति है या चिन्तन शक्ति है, वह बहुत ही प्रगाढ़ और स्पष्ट हो रही है। जो बात सीधी है, सीधा बोलना है। पंचाग्नि के बाद अब डिप्लोमेसी का मन बिल्कुल नहीं करता है। दूसरी चीज़ हमने नोटिस की है कि चार अग्नियों के बीच और सूर्य के नीचे जब महीनों तक बैठते हैं, तो शरीर में गर्मी आती है। जैसे आग जलने के पश्चात भी अगर हम पानी डाल दें, तो भी अंगार ठण्डा नहीं होता है, उसी तरह अपने शरीर की गर्मी को भी बाहर निकालने में कम से कम दो–तीन ॐ (ओंकार) की पंचाग्नि की पूर्णाहुति के समय हमने कुछ ऐसे कार्यक्रमों को आरम्भ किया, जो अभी तक कलियुग में सम्पादित नहीं हुए हैं, सम्पन्न नहीं हुए। हमने सोचा कि पंचाग्नि के समय हम किस प्रकार का यज्ञ–हवन–आराधना करें। पंचाग्नि पाशुपात्य दर्शन का अन्त है।

पाशुपात्य दर्शन में पंचाग्नि विधि आती है और पाशुपात्य दर्शन में शिव की शक्ति पाशुपतास्त्र का आह्वान होता है। पंचाग्नि के अन्तिम पाँच दिनों में पाशुपतास्त्र यज्ञ हम लोग ने सम्पन्न किया। यह जो मन्त्र हैं महाभारत काल के बाद पुनः इस धरती पर अब सुनायी पड़े। महाभारत काल के बाद इन मन्त्रों का कहीं पर कोई उपयोग नहीं हुआ था। लेकिन इस आराधना को अस्त्र–शस्त्र की आराधना हम

नहीं मान रहे हैं, जिससे विश्व या राष्ट्र या समाज का संहार होता है। बल्कि अपने भीतर की गड़बड़ियों का संहार होता है।

पाशुपतास्त्र का उपयोग त्रिपुर–भेदन के लिए हुआ था। वही एक बार है जब भगवान शिव ने अपने अस्त्र का सन्धान किया। उसके बाद उन्होंने दिया लोगों को, लेकिन किसी ने उसका प्रयोग नहीं किया। क्योंकि वह तो सबसे अन्तिम शस्त्र है। उसका तोड़ कुछ नहीं है। इसलिए उसका प्रयोग किसी ने नहीं किया। अर्जुन ने भी महाभारत में इसका उपयोग नहीं किया। हम लोगों ने संकल्प लिया कि हमारे जीवन में जो तीन ग्रन्थियाँ हैं, जो हमें भौतिकता और माया के सम्मोहन में बाँधे रखती हैं, उनसे मुक्ति के लिए इसका उपयोग हो। ब्रह्म ग्रन्थि, विष्णु ग्रन्थि, रुद्र ग्रन्थि। हमारे शरीर के ये तीन पुर हैं और हमारे उत्थान में बाधक हैं। अवरोध हैं, तो वह एक कार्यक्रम पंचाग्नि के समय सम्पन्न हुआ। संन्यासपीठ के दूसरे कार्यक्रम के रूप में प्रतिवर्ष लक्ष्मीनारायण महायज्ञ सम्पन्न होता है। इस यज्ञ को सम्पन्न करने का आदेश गुरु जी ने ही दिया था। जैसे रिखिया पीठ में चण्डी यज्ञ की स्थापना हुई है, वैसे संन्यासपीठ में लक्ष्मीनारायण यज्ञ की स्थापना हुई है।

वह भी 2011 से हमने यहाँ पर प्रारम्भ किया, जब से संन्यासपीठ का रजिस्ट्रेशन व स्थापना हुई है। पिछले वर्ष इसी लक्ष्मीनारायण यज्ञ में हमने नारायण की शक्ति का, नारायण अस्त्र का आवाहन किया। नारायणास्त्र का भी प्रयोग महाभारत काल में कौरवों की ओर से हुआ था। सभी दौड़कर कृष्ण जी के पास गये थे और पूछा था कि इसकी काट क्या है, तो श्रीकृष्ण बोले कि इस अस्त्र की काट है कि अपने सभी अस्त्र–शस्त्रों को डाल दो, कवच को निकाल दो, मुकुट को निकाल दो। एकदम असहाय नग्नावस्था में हो जाओ। मतलब अहंकाररहित होने से, दम्भ के नहीं होने से वो अस्त्र निष्फल हो जाता है। तो अहंकार को मारने के लिए, अहंकार को निशस्त्र करने के लिए नारायणास्त्र का संकल्प लिया गया।

इस साल गुरु पूर्णिमा के पूर्व तीसरे अस्त्र का आवाहन कर रहे हैं। वह है ब्रह्मास्त्र। लेकिन मज़ेदार बात यह कि पाशुपतास्त्र शिव जी का है, नारायणास्त्र नारायण का है, ब्रह्मास्त्र ब्रह्मा जी का नहीं है, नाम है। लेकिन ब्रह्मास्त्र

है दशमहाविद्या की आराधना, शक्ति आराधना का। इन तीन यज्ञों के लिए, जो अपने देश के लिए नवीनतम परम्परा और आराधना हैं, हम लोगों ने यहाँ आरम्भ किया है। एक बार जब पण्डित लोग इसमें सक्षम हो जाते हैं, तब फिर इसका प्रचार समाज के कल्याण के लिए होगा। तब तक हमलोग कुछ और भी शोध करेंगे, देखेंगे कि और हमारे ऋषि–मुनियों की आध्यात्मिक या सामाजिक देन क्या रही है।

योग को दुनिया में प्रतिष्ठित करने, वैज्ञानिक अध्ययन करने और अत्यन्त प्रतिकूल परिस्थितियों में भी बिना साधन–सुविधा के गाँव–गाँव, घर–घर व स्कूलों तक पहुँचाने का काम परमहंस जी, आपने और मुँगेर योग स्कूल ने किया। आज योग दिवस दुनिया में स्थापित सच है। यह अरबों का रोज़गार बन गया है। मगर, आप सबने मुँगेर स्कूल में शुरू से पवित्र स्थापित साधन रहने दिया। प्रचार से दूर रहकर मुँगेर स्कूल ने जो भी किया, वह अद्भुत है। आपका काम पूरी दुनिया में स्थापित हो गया। इसे आप कैसे देखते हैं?

जब प्रथम विश्व योग दिवस 21 तारीख़ को मनाया जा रहा था, तो यहाँ पर कार्यक्रमों की व्यवस्था कर हमने मुँगेर छोड़ दिया। हमने कहा कि प्रथम विश्व योग दिवस हम अपने गुरु जी की समाधि के पास मनायेंगे। 1964 में उन्होंने घोषणा की थी कि योग एक दिन एक संस्कृति के रूप में उभरेगा। हमारे लिए प्रथम विश्व योग दिवस उनके इस संकल्प और उद्घोषणा का परिणाम रहा है।

प्रथम दिवस में हम रिखिया में ही थे। समाधि के पास बैठे। जो भी हो रहा था, चारों तरफ़ से ख़बर मिल रही थी। स्वामी जी को बता रहे थे कि ऐसा–ऐसा हो रहा है। आपने जो उद्घोषणा की थी, वह संकल्प, वह दृष्टिकोण आज सत्य साबित हुआ है। यह हमारे लिए हर्ष और भारत के लिए गौरव की बात है कि यूनाइटेड नेशन के 177 देशों ने एक स्वर में इस प्रस्ताव का अनुमोदन किया। विश्व की जनता ने भी बड़े धूमधाम से इस योग दिवस को हर्षोल्लास से मनाया। निश्चित रूप से भारत के लिए यह ऐतिहासिक क्षण रहा है। गौरव का क्षण रहा है। हम लोग भी गौरवान्वित

अनुभव करते हैं। इस व्यापक प्रचार से अब लोग योग के आर्थिक पक्ष को भी देखने लगे हैं।

मात्र अमेरिका में योग की इंडस्ट्री सत्ताइस बिलियन डॉलर है। यूरोप को छोड़ दीजिए, उसका आँकड़ा हमें नहीं मालूम है। साउथ–ईस्ट एशिया का आँकड़ा हमें नहीं मालूम है। अगर सबको एक कर दिया जाये, तो सौ बिलियन डॉलर आराम से हो सकता है। यह लोगों के लिए एक बहुत बड़ा आर्थिक आधार है। हमारे देश में तथा बाहर बड़ी संख्या में लोग योग सीखने, योग शिक्षक बनने के लिए, इसका आर्थिक फ़ायदा भी उठाने के लिए आते हैं। उसमें कोई दोष नहीं है। हम भी उसका सर्मथन करते हैं। हमारा चिन्तन केवल एक है।

योग हमारे लिए एक विद्या है। भले ही लोग कहें संस्कृति है, ऋषि–मुनियों की देन है, यह सब लोगों के कहने के लिए अलग–अलग वाक्य और शब्द हो सकते हैं, लेकिन वास्तव में यह विद्या है। इस विद्या का उद्देश्य है–जीवन में पूर्णता। शारीरिक स्वास्थ्य, मानसिक स्पष्टता और प्रतिभा और आध्यात्मिक सजगता। आध्यात्मिक सजगता का अर्थ होता है, अपने जीवन में जो अच्छाई है, उस अच्छाई को अपने व्यवहार में प्रकट करना और व्यवहार की, जो संकीर्णता है या जो व्यवहार में दुर्बलता है, उससे अपने आपको अलग करना। जो अच्छाई को जीवन में अपनाकर चलता है, वह आध्यात्मिक कहलाता है।

आध्यात्मिक का मतलब यह नहीं कि आप ईश्वर के बारे में ही चौबीस घण्टा सोचें, बल्कि आध्यात्मिक वह है जो अपने कर्मों से, व्यवहारों से, विचारों से सभी का कुछ–न–कुछ कल्याण और उत्थान करता रहे। भौतिकता में जिस प्रकार हम अपने उत्थान और कल्याण पर ज़्यादा ध्यान देते हैं, उसी प्रकार आध्यात्मिकता में हम दूसरों के कल्याण और उत्थान में ज़्यादा ध्यान देते हैं। हर मनुष्य के जीवन में अपना ख़याल करना और योग दूसरों का ख़याल करना, यह भौतिक बात और अध्यात्म बात में सन्तुलन है और इस विचार को योग समाज के सामने प्रस्तुत करता है। आसन तो योग का बहुत छोटा–सा पक्ष है। जितने योग हैं, अगर उनमें हम आसनों को खोजें, तो आसन की

चर्चा दो–तीन योग में ही होती है। जैसे हठयोग, राजयोग, मुख्यतः इन्हीं दो पर चर्चा होती है। बाक़ी योगों में आसन–प्राणायाम की चर्चा नहीं है। वे तो मानसिक, भावनात्मक और आध्यात्मिक चिन्तन को प्रेरित करते हैं। सन्तुलन को प्राप्त करने के लिए प्रेरित करते हैं।

शुरू से ही बिहार योग विद्यालय का, स्वामी जी का यह प्रयास रहा कि हम जीवन के सर्वांगीण विकास के लिए मस्तिष्क, बुद्धि, हृदय, भावना, हाथ, कर्म और व्यवहार को सन्तुलित करने के लिए एक ऐसी योग पद्धति का अभ्यास करें, जिसमें सभी योगों का समावेश हो। सभी योगों का समावेश, हठ–योग, राज–योग, कर्म–योग, ज्ञान–योग, मन्त्र–योग, लय–योग, क्रिया–योग, भक्ति–योग और अपनी दिनचर्या में इन सभी का अभ्यास कैप्सूल रूप में कहीं–न–कहीं हो जाता है।

समाज में निश्चित रूप से आसनों के प्रति आकर्षण अधिक है, क्योंकि यह देखा गया है और वैज्ञानिकता से जाँच की गयी है कि आसनों के अभ्यास से शरीर रोगमुक्त होकर ऊर्जा को प्राप्त करता है। आज हम समाज में योग के पीछे लोगों की जो दौड़ देख रहे हैं, उसका एक ही प्रयोजन है। हम अपने जीवन की दुर्बलता और रोग को किस प्रकार ठीक कर पायें। कोई बुरा न माने, तो मैं कहूँ कि आज सबका अधिक ध्यान चिकित्सा पर है, इसके बाद व्यवसाय पर है। इसके बाद परिवार पर है। उसके बाद समाज पर है। कोई भी व्यक्ति समाज में स्वस्थ नहीं है। नॉट इवेन वन पर्सन। नाइनटी नाइन प्वाइंट वन परसेंट पीपुल गो टू थेरेपी, टू डॉक्टर, टू मेडिकल इंस्टीट्यूटस। चाहे उनको सर्दी हो, जुकाम हो, आर्थराइटिस हो या कैंसर हो। लेकिन हर व्यक्ति की प्राथमिकता आज उपचार और स्वास्थ्य है। यही एक कारण है कि इतनी बड़ी संख्या में लोग योग सीखना चाहते हैं।

अपने उपचार के लिए, दूसरों के उपचार के लिए और उससे थोड़ा–बहुत कमाई भी। इसमें कोई दोष नहीं है। लेकिन जो योग शिक्षक योग की शिक्षा लोगों को दे रहे हैं, उनसे हमारा निवेदन है कि वह योग को, योग साधना को, विद्या को अलग नहीं करेंगे। योगाभ्यास को विद्या से अलग नहीं करेंगे। जब किसी को योग सिखाते भी हैं

तो विद्या का रिफ़रेंस हमेशा देना चाहिए, ताकि जो हमारे नवीन योग शिक्षक तैयार हो रहे हैं, वह हमेशा अपनी विद्या से, अपनी संस्कृति से और कम–से–कम विचार से तो जुड़े रहें।

स्वामी जी, एक तरफ़ यह प्रगति, भौतिक सुख, विज्ञान के चमत्कार दिखायी देते हैं। दूसरी ओर, लगातार वर्षा का न होना, पानी संकट, पर्यावरण संकट। हमारे यहाँ भविष्य पुराण की बातें इस पृष्ठभूमि में दुनिया–संसार को बहुत कुछ बताती हैं। आप इन चीज़ों को कैसे देखते हैं?

लालच का कोई निदान नहीं है। इसे दूर करने के लिए कोई दवाई नहीं है, कोई उपाय नहीं है। लालच के कारण ही मनुष्य स्वयं को मारता है, समाज को भी मारता है। संसार को भी मारता है।

हम सब जानते हैं कि अपनी धरती का शोषण हो रहा है। हम सब जानते हैं कि इस कारण ग्रीनहाउस इफ़ेक्ट हो रहा है। हम सब जानते हैं कि हमारे जो उद्योग हैं वह प्रदूषण फैला रहे हैं, कम नहीं कर रहे हैं। लेकिन विकल्प के होते हुए भी हम इन विकल्पों को अपने समाज में स्थान नहीं दे पा रहे हैं। न उस कार्यक्रम को लागू कर पा रहे हैं। क्योंकि अर्थ का उपार्जन उससे बाधित हो जायेगा। विज्ञान भले ही आपके जीवन में सुख–सुविधा भर दे, विज्ञान आपके जीवन में लालच को शान्त नहीं कर पायेगा। जब तक लालच शान्त नहीं होता है, हम लोग पतन के मार्ग पर चलते रहेंगे। अभी विश्व की जो परिस्थिति है, वह हमारे पतन का मार्ग है। आज नहीं, पाँच पीढ़ी पश्चात हमारी सन्तानों को जो कष्ट झेलना होगा–प्राकृतिक और सामाजिक, उसकी कल्पना आप और हम नहीं कर पा रहे हैं।

इसलिए जिस प्रकार हम अपने आपको स्वस्थ रखने और अपनी परिस्थितियों से संघर्ष करने का प्रयास करते हैं, उसी प्रकार एकजुट होकर अपने संसार की जो समस्याएँ हैं, जो हमारे जीवन के विरोध में उत्पन्न हो रही हैं, उनका समाधान खोजना और उनका निराकरण अत्यन्त आवश्यक है। इसके लिए केवल समाज को ही नहीं, सरकार को भी जाग्रत होकर, चिन्तन कर, समाज के लिए एक नयी दिशा

का निर्माण करना आवश्यक होगा। इसमें हर व्यक्ति का संगठित योगदान होना आवश्यक है। जब तक हर व्यक्ति का संगठित योगदान नहीं होगा, तब तक हम अपनी धरती की इस परिस्थिति को बदल नहीं पायेंगे।

ऐसा लगता है जीवन में इनसान को भय से मुक्ति नहीं मिलती है। कभी भविष्य का भय, अस्वस्थ होने का भय, किसी अनागत का भय। इससे समाज या व्यक्ति कैसे मुक्ति पाये? क्या रास्ता है?

इसको आप भय कहेंगे या पराजय की भावना। यदि 'गीता' को देखें, तो इसमें इस चीज़ को पराजय की भावना कहा गया है। हम हार जायेंगे। हम यह नहीं कर पायेंगे। वह हमारा यह काम नहीं करेगा। तो जिस स्थिति में हम अपने आपको देखना चाहते हैं, उस स्थिति में नहीं होने पर स्वयं को पराजित देखते हैं। भय उसके कारण होता है। आपको याद होगा कि स्वामी शिवानन्द जी ने अपने अब्दुल कलाम जी को क्या कहा था। पराजय की भावना को पराजित करो–डिफ़ीट द डिफ़ीटेस्ट टेंडेंसीज़। यह सम्भव है। लेकिन उसके लिए हर व्यक्ति को पन्द्रह मिनट प्रतिदिन रात्रि को आत्मविश्लेषण करके अपने भीतर की नकारात्मकता को, मानसिक रूप से ब्लैकबोर्ड से साफ़ करके निश्चिन्त होकर सोना चाहिए। यह एक मनोवैज्ञानिक सत्य है। हमारा सुझाव है–जब आप रात्रि विश्राम के लिए जाते हैं, तो निश्चित रूप से विचार आते ही हैं। अपने कार्य के बारे में, परिवार के बारे में। अब ये जो सौ प्रकार के विचार आ रहे हैं, क्या आप सोते समय इनसे मुक्ति पाते हैं? अनकांशस में वह चलते रहते हैं, तो दूसरे दिन जब उठते हैं, थकान लगती है, फ्रेशनेस नहीं महसूस होती है।

एक सरल उपाय है। सोते समय अपने दिन का परीक्षण कर ब्लैकबोर्ड–डस्टर को हाथ में लेकर अपने मन के पूरे ब्लैकबोर्ड को साफ़ कर देना है। पाँच मिनट का समय है। लेकिन यह जो एक चेतन प्रक्रिया जो आप कर रहे हैं कि यह जो मैं अपने ब्लैकबोर्ड के लिखे हुए शब्दों को मिटा रहा हूँ और कल सवेरे मेरा ब्लैकबोर्ड ख़ाली रहेगा, उस पर मैं कल फिर कुछ अच्छी चीज़ लिखूँगा। इस विचार से

आपका जो साइकोलॉजिकल स्ट्रेस है, वह एक दिन में पचास प्रतिशत कम होगा। एक सप्ताह में नब्बे प्रतिशत कम होगा। एक महीने में नो स्ट्रेस और आप उस पराजय को पराजित कर चुके होंगे।

आज़ादी की लड़ाई में दो चीज़ें दिखाई देती हैं। जैसे गाँधी में या फिर महर्षि अरविन्द में। गाँधी भी अध्यात्म की तरफ़ चले, बात की। 'गीता' पर अलग से टिप्पणी लिखी। महर्षि अरविन्द ने इतनी चीज़ों के बाद अध्यात्म का रास्ता ही चुन लिया। बिहार में एक पण्डित रामनन्दन मिश्र हुए। वह भी इसी रास्ते पर चले गये। कहा कि राजनीति यह सब चीज़ें नहीं बदल सकती। मैंने जेपी को भी नज़दीक से देखा था। वह भी मानते थे कि राजनीति से सब चीज़ें नहीं बदल रही हैं। सचमुच आज लगता है कि राजनीति, लोगों का चरित्र, एटिट्यूड, चिन्तन आदि नहीं बदल पा रही हैं। एक उम्मीद दिखायी देती है, अध्यात्म से। आप अध्यात्म के शिखर पर हैं। इस बारे में क्या सोचते हैं?

पिछले तीन सालों से हमने कुछ ऐसे कार्यक्रम आरम्भ किये हैं, जिनमें आसन–प्राणायाम, जप–ध्यान के अतिरिक्त, यम और नियमों की भी शिक्षा देनी शुरू की है। पूरी दुनिया में जब से यह अन्तरराष्ट्रीय योग दिवस मनाया जा रहा है, हम बहुत लोगों से बात करते हैं और पूछते हैं कि योग क्या है। वह हमको हाई फ़िलॉस्फ़ी देता है कि समाधि है, मोक्ष है, मुक्ति है। फिर हम उससे पूछते हैं–तुमने हमको इतनी सुन्दर बात बतायी, हमको बताओ कि तुम योग की कौन–सी किताब पढ़े हो। आदमी लड़खड़ा जाता है। वह कहता है–'महर्षि पतंजलि का योग–सूत्र।' हम उससे पूछते हैं कि क्या आपने चार सौ सूत्रों का अध्ययन किया है। वह कहता है–नहीं, हम दो–चार सूत्र ही जानते हैं। हम तीसरा प्रश्न पूछते हैं–तुमने एक फ़िलॉस्फ़ी बतायी।

एक किताब का नाम तुमने लिया। स्वयं नहीं पढ़े हो लेकिन, उसका रिफ़रेंस दे रहे हो। अब हमको बताओ कि आप कौन–सा योगाभ्यास करते हैं, उस लक्ष्य को पाने के लिए, जिसके बारे में आपने मुझे लेक्चर दिया। फिर वह जवाब देता है कि 'मैं तो दो–चार आसन

करता हूँ।' रोज़ करते हो क्या? 'नहीं, सप्ताह में एक–दो बार।' 'अच्छा सप्ताह में एक–दो बार आसन करके क्या तुम उस हाई फ़िलॉस्फ़ी को प्राप्त कर पाओगे? कभी नहीं।' यह जो एक गैप है समझ में, सोच में, बहुत कुछ बोलते हैं, व्यवहार में इंप्लीमेंट नहीं कर पाते हैं। इसको कम करना है। यह हम लोगों के लिए बहुत आवश्यक है। यह एक बहुत बड़ा प्वाइंट है। लोग अब समझ रहे हैं। दूसरा प्वाइंट कि इस योग के अभ्यास में अगर हम कहें कि अध्यात्म के शिखर पर हमें पहुँचना है, तो अध्यात्म के शिखर पर हम क्या बनते हैं, पहले उसको समझा जाये। एक बार किसी ने एक सन्त से प्रश्न किया कि आप कौन हैं? सन्त ने कहा कि मैं कौन हूँ, यह मेरे वस्त्रों को देखकर जानने का प्रयास मत करो। मेरे रहन–सहन को देखकर जानने का प्रयास मत करो। मैं क्या सोचता हूँ, मैं क्या करता हूँ, मैं क्या चाहता हूँ, उसको जानो, तब जानोगे कि मैं कौन हूँ। हम लोग बाहर की परिस्थिति को देखकर सोचते हैं कि यह एक व्यक्ति है।

लेकिन, वह व्यक्ति बाहर की परिस्थिति के अनुसार नहीं है। हम जिसको सर्वोच्च शिखर कहते हैं, वहाँ पर कोई पहुँचे, तो उसकी स्थिति क्या बनी है? सबसे पहली चीज़, सबसे बड़ा गुण है जीवन की समझ। प्रेम–करुणा गुण नहीं है। अगर समझ नहीं, तो प्रेम कहाँ? अगर समझ नहीं, तो करुणा कहाँ? इसलिए हम प्रेम, सौहार्द, करुणा को गुण नहीं मानते हैं। वह अभिव्यक्ति है समझ की। समझ सम्बन्ध की। सम्बन्ध की, समझ की अभिव्यक्ति है–प्रेम, करुणा या सेवा। जब तक यह समझ नहीं है, किसी को, वह किसी भी प्रकार से गुणात्मक परिवर्तन नहीं कर पाता है। न अपने आपको चेंज कर पाता है और न अपने आपको सुधार सकता है। यह पहला क्वालिफ़िकेशन है, अध्यात्म के शिखर का क्वालिफ़िकेशन। आख़िर कोई एक बेंचमार्क, तो होना चाहिए। यह पहला बेंचमार्क है। यह है समझ। दूसरा अहंकार का अभाव। मैं कर्ता–नहीं। मैं–माध्यम। वास्तव में देखा जाये, तो हम सब माध्यम हैं। हम सोचते हैं कि कर्ता हैं। लेकिन हम तो अपनी डेस्टिनी को जीते हैं। जब हम अपने भाग्य को जी रहे हैं, तो 'मैं कर्ता'। यह पहले से निश्चित था कि आपके जीवन में ऐसी परिस्थिति

आयेगी। अगर आप इसका फ़ायदा उठायेंगे, तो ये बनेंगे, फ़ायदा नहीं उठायेंगे, तो ये नहीं बनेंगे। जब परिस्थिति आयी, तो आपने देखा कि हम सक्षम हैं, उठाने के लिए, तो उठायेंगे, नहीं सक्षम हैं, तो नहीं उठायेंगे। प्रयास, तो आप कर रहे हैं, लेकिन अन्त में आप वही जी रहे हैं, जो आपके प्रारब्ध में लिखा है। अहंकार को कम करने से प्रारब्ध परिवर्तित हो सकता है। अहंकार के नहीं रहने से प्रारब्ध बदल सकता है। यह अहंकार का नहीं होना, अड़ियलपना का नहीं होना, कठोरता का नहीं होना, यह दूसरा बेंचमार्क है–अध्यात्म का। तीसरा बेंचमार्क–कर्मपरायण नहीं, कर्तव्यपरायण। कर्म अपने लिए है। जहाँ हम पूर्ण रूप से जुड़ जाते हैं, वहाँ कर्तव्य होता है।

गाँधी जी राज्यसभा, लोकसभा या मन्त्रिमण्डल के सदस्य कभी नहीं रहे, लेकिन समाज और राष्ट्र के प्रति उन्होंने जो कर्तव्य निभाया, कोई राजनीतिज्ञ आज तक वैसा कर्तव्य नहीं निभा सका। सब कर्म कर रहे हैं, कर्तव्य नहीं निभा रहे हैं। कर्तव्यपरायणता, यह तीसरा बेंचमार्क है। चौथा बेंचमार्क–प्रसन्नता। अगर आप प्रसन्न हैं, तो दुख से कभी परेशान होंगे ही नहीं। परिस्थितियों से कभी पराजित नहीं होंगे। प्रसन्नता जीवन के दुखों को और संघर्ष को दूर रखती है। उसके प्रभाव से आपको मुक्त रखती है। आपको अवसाद में, चिन्ता में जाने की आवश्यकता नहीं है, अगर आपके पास प्रसन्नता है। इस प्रकार निश्चित रूप से अध्यात्म शिखर के बेंचमार्क होते हैं। यह कहना उचित नहीं कि हम वहाँ पर पहुँचे कि नहीं। हम तो मात्र एक छोटे–से साधक हैं। बहुत ही बड़े–बड़े दिग्गज लोग हैं, इस देश में। लेकिन हाँ, जो समझ आ रही है, अब उसको एक शिक्षा के रूप में, एक साधना के रूप में, एक यम के रूप, एक नियम के रूप में, हम लोगों ने सिखाना आरम्भ किया है। जिन लोगों ने उसको दृढ़ता से अपनाया है वो लोग, तो एक प्रकार से यह मानकर चलें कि उनका बेड़ा पार हो गया। उनके जीवन में जो तकलीफ़ें थीं, समस्याएँ थी, आक्रोश था, चिन्ता–परेशानी, सब समाप्त हो गये। इस प्रकार के कार्यक्रमों को और भी विकसित कर रहे हैं, क्योंकि अन्त में हमको, तो अपने समाज के उत्थान के लिए परिश्रम करना है। संस्कृति को अपने

समाज में जीवित रखना है। बाहर में भले ही प्रचार हो, लेकिन, हमको अपने यहाँ जीवित रखना है। और उसके लिए हम प्रयत्नशील हैं।

आपने अध्यात्म के बारे में बहुत सुन्दर बताया। धर्म और अध्यात्म में क्या अन्तर है? असल अध्यात्म क्या है, जो एक मनुष्य को सत्य से भी अति कठोर लगता है?

धर्म मान्यता है। धर्म श्रद्धा है। धर्म आराधना है और कर्मकाण्ड है। उपासना है। अध्यात्म ज्ञान का अन्त है। उसमें उपासना और कर्मकाण्ड का कोई स्थान नहीं है। कर सकते हैं, लेकिन, अनिवार्य नहीं है, स्वैच्छिक है। अध्यात्म आत्मशोध, आत्मचिन्तन, आत्मपरिवर्तन का मार्ग है। यही मूल अन्तर हम देखते हैं। अध्यात्म में स्वयं को तामसिकता से हटाकर सात्विकता में स्थापित करने का प्रयास है। हमारे जीवन की जो कमियाँ हैं, हमारे जीवन के जो दुर्गुण हैं, उनको हम सामर्थ्य, शक्ति और सद्‌गुण में परिवर्तित कर दें। धर्म में, आप विश्वास रखिए और जैसा हम रहना चाहें रहें, यह अन्तर है।

आज की दुनिया बिल्कुल कटथ्रोट कॉम्पिटीशन की दिखती है। युवकों के बारे में कहते हैं–एवरीथिंग नाउ जनरेशन। लगातार युवाओं में आत्महत्या, निराशा और अवसाद और मामूली बातों पर डिप्रेशन। इसको आप कैसे देखते हैं? इस चुनौती का क्या रास्ता है?

भारतीय समाज का एक बहुत बड़ा अंग शिक्षित नहीं है। भारतीय समाज का जो शिक्षित वर्ग है, वह बहुत कम संख्या में है। शिक्षित वर्ग का मतलब केवल स्कूल की डिग्री नहीं बल्कि दुनिया का अनुभव, जीवन का अनुभव। जो अशिक्षित वर्ग है, वह चाहता है उसी प्रकार के सुख–सुविधा को प्राप्त करना, जो शिक्षित वर्ग के पास है या समृद्ध वर्ग के पास है। अपने देश में एक विचार बहुत ही प्राचीन है, लेकिन, उसकी पकड़ बहुत कड़ी है। इतना कमाओ कि सात पीढ़ी तक किसी को काम करने की आवश्यकता नहीं पड़े। मानस में आज भी है। इसका कारण ट्राइबलिज़्म है। क्योंकि हमारे यहाँ ज़मींदार रहे हैं, उनके यहाँ लोग नौकरी करते थे, खेती करते थे, झाड़ू लगाते

थे, काम करते थे, सब कुछ करते थे। हम उनके और उनके परिवार को देखते रहे हैं।

तीन–चार पीढ़ी आराम से बैठे हैं। उनको अँगुली भी हिलाने की आवश्यकता नहीं है, तो निश्चित रूप से हमारे मन में ऐसा विचार आयेगा कि काश मैं भी ऐसा होता। वह समृद्धि अब हमारे लिए बेंचमार्क हो गयी है। आज समृद्धि के लिए भारत की जो दौड़ है, उसके लिए अमेरिका, बेंचमार्क बना हुआ है। हर व्यक्ति की चाह है कि जैसे अमेरिकियों के पास पैसे हैं, उतने हमारे पास भी हो जायें। जो सुविधा वहाँ पर है, वह हमको यहाँ उपलब्ध हो जाये। यह जो मानसिकता है, वह पुरानी मानसिकता के चलते आज इस दौड़ में एक रोग को प्रदर्शित कर रही है। लेकिन, हमें विश्वास है कि अपनी भारतीय संस्कृति में कुछ ऐसे चेक्स एंड स्टॉप्स लगे हैं, जो बाद में हमें सोचने के लिए विवश करेंगे कि अपने जीवन के चैन और शान्ति का त्याग करके, जो मैं कर रहा हूँ, क्या मुझे शान्ति और समृद्धि दिला रही है। तब एक सेचुरेशन प्वाइंट पर आकर हम लोग अपने मोल को जानने का प्रयास करेंगे। अभी भारत के लिए यह एक एडवेंचर है। पश्चिम के लोग इस एडवेंचर की प्रक्रिया से गुज़र गये। सेचुरेशन हो गया। व्यवस्था हो गयी। एक सामाजिक व्यवस्था का निर्माण हो गया। भारत में यदि उस प्रकार की एक व्यवस्था का निर्माण हो जाये, तो यहाँ भी एक सन्तुलन की स्थापना हो जायेगी। क्योंकि अभी हमारा समाज समृद्ध नहीं है। अपने देश के छोटे–छोटे शहरों में या गाँवों में कौन–सी सुविधा समाज के लिए उपलब्ध है। अगर भागलपुर में कोई बीमार पड़ता है, तो उसे उपचार के लिए पटना जाना पड़ता है। मुँगेर में कोई बीमार पड़ता है, तो उपचार के लिए पटना जाना पड़ता है। जब तक सामाजिक व्यवस्था और सुविधा सभी के लिए समान रूप से उपलब्ध नहीं, तब तक यह दौड़ चलेगी। और जब सुविधा समान रूप से व्यक्ति के लिए उपलब्ध हो जायेगी तब हम लोग स्थिर होकर अपने भविष्य का निर्णय लेंगे।

मन्त्र, तप, नाम, स्मरण वग़ैरह की एक सामान्य आदमी के जीवन में क्या उपयोगिता है, सार्थक ढंग से?

तप की उपयोगिता शायद एक सामान्य आदमी के लिए उतनी नहीं है, जितनी एक साधु के लिए है। किन्तु मन्त्र और जप की उपयोगिता निश्चित है। पहले यम और नियम के रूप में हम प्रसन्नता और जप पर ज़ोर देते हैं। जप और मन्त्र पर इसलिए, क्योंकि वही एक तरीक़ा है, जिससे पाँच मिनट के लिए अपने विचारों को संसार से कटऑफ़ कर अपने–आप में स्थिर कर सकते हैं। बहुत बार आपका विचार पुनः संसार में जायेगा। लेकिन, अपने मन को वापस मन्त्र और जप पर लौटायें। कम–से–कम पाँच मिनट ही सही, जो सेनसोरियल बमबार्डमेंट हो रहा है, उससे आपको पाँच मिनट के लिए मुक्ति मिलेगी। उसी में फिर आप शान्ति का अनुभव करेंगे। ऊर्जा का अनुभव करेंगे। मन्त्र और जप का, केवल धार्मिक दृष्टिकोण ही नहीं है कि हम भगवान का नाम ले रहे हैं। केवल आध्यात्मिक दृष्टिकोण ही नहीं कि ध्यान लगाये हैं। अपने आराध्य का, बल्कि एक मनोवैज्ञानिक दृष्टिकोण से ही सही, साइकोलॉजिकल प्रेशर्स हम पर बाहर से अज्ञात, अचेतन स्तर पर आ रहे हैं। उससे हम अपने आपको, अपने मन को डायवर्ट करके एक स्पन्दन से जोड़कर, मन को स्थिर और शान्त बनाये रहें। मन्त्र को, जप को धार्मिक प्रक्रिया के रूप में नहीं, बल्कि मनोवैज्ञानिक विश्राम की प्रक्रिया के रूप में हम समझें, तो ज़्यादा उपयोगी होगा।

स्वामी जी इधर मृत्यु पर अपार साहित्य लिखा जा रहा है या शोध हो रहा है। ख़ासतौर से पश्चिम में। हांगकांग में भारतीय मूल की एक महिला, जो कैंसर के लास्ट स्टेज में थी, ने 'नियर डेथ एक्सपीरिएंस' लिखा कि कैसे शरीर से परे जाकर अनुभव होता है। फिर वह स्वस्थ हो गयी। उसी अनुभव पर किताब है, जिसकी बड़ी चर्चा है। अपने पौराणिक धार्मिक साहित्य में पहले से ही परकाया प्रवेश की बात है। मृत्यु को हमारा समाज कैसे देखता रहा है?

हमारा समाज हमेशा दो भागों में बँटा रहा। एक भाग जो कॉमन व्यक्ति का था, आम आदमी द्वारा निर्मित। वह वर्ग मृत्यु से भयभीत,

सामाजिक परिस्थितियों से भयभीत, प्राकृतिक परिस्थितियों से भयभीत, एक सामान्य मनुष्य की तरह अपना जीवन व्यतीत करता था। दूसरा वर्ग चिन्तनशील और शिक्षक वर्ग था। वह वर्ग, चिन्तन करता था–समाज के विकास के लिए हम क्या कर सकते हैं? क्या नयी चीज़ सिखा सकते हैं, क्या नया कार्यक्रम लागू कर सकते हैं? हमेशा यह दो वर्ग हमारे समाज में रहे हैं।

मृत्यु पर भी, जो चिन्तनशील वर्ग था उसकी सोच अलग रही और जो आम आदमी था उसकी सोच अलग। योगी के लिए मृत्यु और आम आदमी के लिए मृत्यु की परिभाषा में बहुत बड़ा अन्तर है। ये दो विचारधाराएँ हमेशा साथ–साथ चली हैं। अशिक्षित वर्ग जो मृत्यु से भयभीत और दूसरा शिक्षित वर्ग जो मृत्यु को आत्मसात कर जीवन के एक क्रम के रूप में देखता है। अब पूछा जाये कि मृत्यु क्या है? जब आप रात को सोते हैं, आप अनकांशस स्थिति में चले जाते हैं। अगर आप दूसरे दिन सवेरे नहीं उठे, मृत्यु है। रात को जब आप सोते हैं, वह मृत्यु की स्थिति है। जिसे आप निद्रा कहते हैं, वह मृत्यु है। योगी लोग कहते हैं, जिसको तुम निद्रा कहते हो, वह योगियों के लिए समाधि है। तब मृत्यु को ही समझाने के लिए यहाँ पर जोड़ा गया कि निद्रा ही मृत्यु है, जहाँ पर मनुष्य को अपना कोई ख़याल नहीं, आभास नहीं। शरीर के किसी सुख–दुख से मतलब नहीं। जब तक आपको गहरी चोट नहीं लगती है। दर्द नहीं होता है।

अगर एक मच्छर गहरा काटे, तो नींद खुल जाती है। लेकिन बहुत बार नींद नहीं खुलती है, क्योंकि उतना गहरा नहीं काटता। मालूम भी नहीं पड़ता। हम लोग ऐसे ही सोये होते हैं। तो–एबसेंस ऑफ़ कांशसनेस यानी चेतनता का अभाव मृत्यु है। उसी में हम सो रहे हैं। कोई गला काट दे, तो सोशल मृत्यु है। लेकिन, हमारे लिए वह निद्रा ही है। क्योंकि हम तो सो रहे थे। हमको मालूम ही नहीं। जिस स्थिति में थे, उसी स्थिति में अब भी हैं। यही अन्तर है कि हम कल नहीं उठेंगे। पता नहीं किस जन्म में आँख खुलेगी। 'बट इट इज़ स्लीप ऑल द थ्रू।' इसी चीज़ को जिसे आप कहते हैं–'आउट

ऑफ़ डेथ एक्सपीरिएंस।' 'कल्चरल इनपुट' के हिसाब से लोगों ने अलग–अलग अनुभव किया है। भारत में भी बहुत लोगों का नियर डेथ एक्सपीरिएंस हुआ है। इसको हम लोग दादी माँ की कहानियों के रूप में सुनते थे कि यमदूत आये, तो देवी प्रकट हुईं कि अभी नहीं ले जा सकते हो। फिर हमारी आँखें खुलती हैं कि एक महीना और जीवित रहे। वह सब तो 'नियर डेथ एक्सपीरिएंस' ही है।

लेकिन, यहाँ पर 'कल्चरल इनपुट' हुआ है। टनल और व्हाइट लाइट के बदले हम यमदूतों को देखें। पश्चिम के लोग यमदूतों और एंजल में टनल और व्हाइट लाइट देखेंगे। यह साइकोलॉजिकल प्रोग्रामिंग है, जो 'नियर डेथ एक्सपीरिएंस' होता है, वह मनुष्य के साइकोलॉजिकल प्रोग्रामिंग से जुड़कर होता है। अभी तो हम लोग केवल ईसाई और हिन्दुओं की बात कर रहे हैं। क्योंकि दूसरे लोगों ने अपना अनुभव नहीं बताया है। लेकिन, उनका 'आउट ऑफ़ बॉडी एक्सपीरिएंस' सुनेंगे, तो न 'टनल ऑफ़ लाइट' होगा और न यमदूत होंगे। 'कल्चरल इनपुट एंड द इफ्लूएंस ऑफ़ साइकोलॉजी' का महत्त्व बहुत ही बड़ा होता है, एक अनुभव के विश्लेषण के लिए। चाहे कोई टनल देखे, लाइट देखे या यमदूत देखे, उसको आप कल्चरल इनपुट मानकर चलें। 'दैट इज़ नॉट फैक्ट।' अब अगला प्वाइंट। मृत्यु जब होती है, तब कुछ अनुभव कॉमन हैं। यह चाइनीज़ को, अमेरिकन को, इंडियन को, अफ्रीकन को, रशियन को, जापानी आदि को समान रूप से होंगे। वह सब फैक्टर है, जो सबको ऑब्ज़र्व करता है।

इसमें फिज़िकल सेंसेशन क्या है? फ्लोटिंग। मैं उड़ रहा हूँ। वह जो फ्लोटिंग सेंसेशन है... जैसे लोग कहते हैं न कि अस्पताल में अपने शरीर को देखा तो नीचे था, डॉक्टरों को देखा तो चारों तरफ़ खड़े थे, ऑपरेशन हो रहा था। फ्लोटिंग एक्सपीरिएंस। फ्लोटिंग एक्सपीरिएंस योग में ऐस्ट्रल बॉडी है। आपकी चेतना फिज़िकल को छोड़कर ऐस्ट्रल में आ गयी। ऐस्ट्रल ऊपर से क्या हो रहा है, वह देख रहा है। अगर आप ऐस्ट्रल या ऐस्ट्रल एक्सपीरिएंस के अनुभवों को पढ़ें, तो एक कॉमन प्वाइंट हर जगह मिलेगा–एम्बलिकल कॉर्ड। आपकी नाभि से एक नाल निकली है। ऐस्ट्रल बॉडी की नाभि में वह

नाल गयी है। यह संकेत है कि हमारी ऐस्ट्रल बॉडी है, जो फिज़िकल बॉडी को, परिस्थिति को, लोगों को देखती है। एक बार जब ऐस्ट्रल बॉडी का नाल कट जाये तो शरीर की मृत्यु। जब तक नाल नहीं कटे फिर वापस। यह एक कॉमन एक्सपीरिएंस है। फ्लोटिंग लाइटनेस। दूसरा अनुभव आउट ऑफ़ बॉडी या अज्ञात शान्ति। इनडिफ़ाइनेबल पीस। स्वाभाविक है क्योंकि उस समय आपकी चेतना इन्द्रियों से मुक्त हो गयी है।

जब आपकी चेतना इन्द्रियों से मुक्त हो जाये, तो कोई इन्द्रिय अनुभव नहीं हो रहा है, मनोनुभव तो हो नहीं रहा है, चंचलता का अनुभव तो हो नहीं रहा है, विचारों का भी नहीं हो रहा है। शान्ति, पूर्ण शान्ति का अनुभव। तीसरा ऑफ्टर डेथ एक्सपीरिएंस। परमात्मा का अनुभव। ईश्वर अंश जीव अविनाशी। परमात्मा का अनुभव अनेक तरीक़ों से होता है। जैसे आनन्द के सागर में डूब रहे हैं और अपने आपको विलीन कर दिया। वह एक अनुभव। ज्योति में हम प्रवेश कर रहे हैं और उसी में एकाकार हो गये, वह एक अनुभव। जैसे हम लोग सुनते हैं–मीराबाई और अनेक योगियों के बारे में कि सशरीर उस विग्रह में विलीन हो गये। जितने भी अभी तक मृत्यु से जुड़े 'आउट ऑफ़ बॉडी एक्सपीरिएंस' रहे हैं, उनमें सबका जो अनुभव रहा, वह फ्लोटिंग एंड पीस है, वह एक्युरेट है। बाक़ी कल्चरल इनपुट है। मुझे थोड़ा मालूम है कि मैंने स्लीप रिसर्च किया था अमेरिका में रहने के दौरान। ख़ुद भी सोया था और औरों पर प्रयोग भी किया था, यौगिक दृष्टिकोण से। निद्रा और उसकी विभिन्न स्थितियाँ और फिर उसको हमने रिलेट किया था ध्यान, धारणा समाधि इन स्थितियों से, तो थोड़ा–बहुत अन्दाज़ है।

आम आदमी की दृष्टि से आपने बताया कि कई चीज़ों में मन्त्र का उपयोग है... वैसे ही ईर्ष्या, द्वेष, लाभ, लोभ अहंकार से सामान्य ढंग से एक सामान्य व्यक्ति कैसे मुक्ति पा सकता है?

योग में एक शब्द आता है जिसका बहुत प्रयोग करते थे–प्रतिपक्ष भावना। प्रतिपक्ष भावना का मतलब होता है उलटी सोच। हम यहाँ

पर बैठे हैं। अब कुछ अनर्गल विचार आ गया कि फलाँ व्यक्ति ऐसे हैं। हमारे भीतर की सजगता कहती है कि तुम निगेटिव सोच रहे हो। ईर्ष्या है, द्वेष है। उस चीज़ को आइडेंटीफाई कर दिया। अब जब वह चीज़ आइडेंटीफाइ कर दी गयी, तो उसको अब हम उलटी सोच में बदलते हैं। हम बुरा सोच रहे थे, अब हम उसके बारे में अच्छा सोचें। यह एक चेन ऑफ़ थॉट है, उसको कट करते जायें। आप निगेटिव चेन ऑफ़ थॉट को जितना कट करेंगे, उतना धीरे–धीरे उसकी प्रबलता कम होती जायेगी। जितना आप पॉज़िटिव थॉट को कंस्ट्रक्ट करेंगे, उसकी दृढ़ता धीरे–धीरे बढ़ती जायेगी। स्वामी शिवानन्द जी प्रतिपक्ष की भावना के मार्ग को लोभ, घृणा, द्वेष, छल–कपट के निराकरण के लिए हमेशा बताया करते थे। 'गेट आउट ऑफ़ दिस फियर ऑफ़ निगेटिव इंफ्लूएंस। मेक दैट एफर्ट।' अगर हम उस निगेटव स्फीयर के इंफ्लूएंस में रहेंगे, तो चाहते हुए भी हम स्वयं को नहीं बदल पायेंगे। पानी में तैरकर हम सोचें कि हम शरीर को कैसे सुखाएँ, यह कैसे सम्भव होगा? उसके लिए पानी से बाहर निकलना है। हम लोग जो निगेटिव फील्ड में हमेशा रहते हैं, किसी का बुरा सोचते रहते हैं, किसी से घृणा करते रहते हैं, किसी से ईर्ष्या करते हैं, किसी से द्वेष करते हैं। अपने आपको इसी गन्दे तालाब से बाहर निकालना है। वह मनुष्य का वास्तविक पुरुषार्थ है। श्रम तो कोई भी कर सकता है। श्रम को पुरुषार्थ नहीं कहते हैं। पुरुषार्थ उसको कहते हैं, जो आपके जीवन को अधिक सुन्दर बनाये। श्रम उसको कहते हैं कि एक कार्य को पूरा करे।

हाल में वृन्दावन गया। कुछ समय पहले ऋषिकेश भी गया था स्वामी जी के आश्रम में। हर जगह इतनी भीड़ दिखायी देती है, इतना शोर है। मानसरोवर में भी मैंने देखा लगातार शोर, व्यवसाय और बढ़ती भीड़। वह पवित्रता–सात्विकता नहीं मिलती। आपकी यात्रा से स्मरण हुआ मानसरोवर का, सोमनाथ का, अनुभव अद्भुत है, तो क्या हम सब लोगों को, सामान्य लोगों को अनुभूति होती है कि तीर्थस्थल पर कुछ दिखायी नहीं देता?

हमको लगता है कि यहाँ पर भावों की ओर थोड़ा ध्यान देना चाहिए। क्योंकि जब हम तीर्थयात्रा पर जाते हैं, तो बहुतों को कहते–सुनते हैं कि बहुत गन्दा है, कोई व्यवस्था नहीं है। कितनी देर तक लाइन में खड़े हैं। कोई पूछने वाला नहीं है। जब ऐसी चीज़ों को हम सुनने लगेंगे, तो हमारा मन डिसिपेट हो जाता है। फिर शोरगुल का अनुभव होने लगता है कि कौन क्या बोल रहा है। जैसे आँखों के बग़ल में घोड़े को परदा लगा दिया जाता है कि सीधा देखे, वैसे ही हम जब जाते हैं, तो दिल में परदा लगा लेते हैं, ताकि किसी को हम नहीं देखें। केवल जिस संकल्प को लेकर चले हैं, वही हमारे सामने रहे। शोरगुल निश्चित रूप से रहता है, गन्दगी रहती है। लेकिन, उसमें हमको न गन्दगी दिखायी देती है, न ही शोरगुल। बल्कि शान्ति और दिव्यता का अनुभव होता है। क्योंकि मन उस वक़्त विक्षिप्त नहीं है। दूसरे लोग क्या कह रहे हैं, वह नहीं सुन रहे हैं, जो संकल्प है और जिस प्रयोजन को लेकर हम निकले थे वही। यही मार्ग है। देखो कितना सुन्दर मार्ग है। भगवान के यहाँ जा रहे हैं। चल रहे हैं कीचड़ में, लेकिन मार्ग अत्यन्त सुन्दर है। जैसे कोई प्रेमी अपनी प्रेमिका से मिलने जाये, तो वह एक भाव में बह रहा है। वह थोड़े ही यह देखता है कि कहाँ है, कैसे जा रहा है, कौन है, क्या है।

मनुष्य और मशीन का रिश्ता दुनिया में बड़ी विचित्र अवस्था में पहुँच रहा है। जैसे, स्टीव जॉब्स जिन्होंने आईपैड बनाया, घर–घर पहुँच गया। पर, वह अपने घर में इन चीज़ों के प्रयोग की इज़ाज़त नहीं देते थे। घर में बच्चों से डाइनिंग टेबल पर वैल्यूज़–एथिक्स की बातें करते थे। सिलिकॉन वैली, जहाँ से टेक्नोलॉजी निकलकर दुनिया को नियन्त्रित कर रही है, वहाँ के बहुत सारे सीईओ अपने घरों में इसकी इज़ाज़त नहीं देते। भारत में युवाओं और बच्चों को देखता हूँ। चलते हुए मोबाइल पर बात कर रहे हैं, गाड़ी चला रहे हैं और बात कर रहे हैं। यह एक चुनौती बन गयी है। भीड़ में भी मनुष्य एलिनिएट हो रहा है। घर में बच्चे अलग हो गये हैं। टीवी से चिपककर बैठ गये हैं। यह क्या है?

एक बहुत बड़ी समस्या है, जो हमारी भविष्य की पीढ़ी को समझनी होगी। कुछ दिन पूर्व हम एक रिपोर्ट पढ़ रहे थे लंदन से। लंदन के साइकोलॉजिस्ट, साइकेट्रिस्ट लोगों ने एजुकेशन डिपार्टमेंट को सलाह दी है कि आप अलग–अलग आयु के हिसाब से स्कूल का टाइमिंग चेंज करें। क्योंकि उन्होंने पाया कि एवरेज एक विद्यार्थी दस घण्टों की नींद खोता है। सोता नहीं है, खोता है। एक सप्ताह में। इसका कारण उन्होंने बताया है कि युवा कमरे में बैठकर फेसबुक पर बारह–एक बजे तक बात करते रहते हैं या कोई मूवी देखता रहता है। बच्चा हो या बड़ा सभी कोई। उससे सोना लेट होता है। उससे उठना भी लेट होता है। माता–पिता में दम नहीं कि अपने बच्चे को बोल सकें कि दस बजे बत्ती बन्द करो और सो जाओ।

सामाजिक व्यवस्था बदलने के लिए लोग तैयार हैं, लेकिन अपने बच्चों को ठीक करने के लिए कोई तैयार नहीं है। स्कूल का टाइम ऑफ़िशियली बदलने के लिए पार्लियामेंट तैयार है, लेकिन अपने बच्चों को आठ बजे सुलाने के लिए कोई तैयार नहीं हैं। जब अभिभावक के रूप में हम इतने कमज़ोर हो जाते हैं कि अपने बच्चे को नहीं बोल पाते हैं कि तुम्हारे लिए क्या उचित है और क्या अनुचित है, तो अभिभावक का कर्तव्य हम कहाँ निभा रहे हैं। दूसरी बात काम के चलते या सामाजिक परिवेश के कारण अभिभावकों का बच्चों से मिलना कम हो गया है। जब बच्चों से मिलते हैं, पैसा ले लो, तुमको जो चाहिए ख़रीद लो। वह जाता है, आईपैड ख़रीदता है। क्या कोई अभिभावक चाहे व दिल्ली–मुम्बई हो या मुँगेर–भागलपुर हो, बच्चों के साथ बैठकर उनको कल्चरल एजुकेशन देता है। कह देंगे, पैसा लो, खेलो अपने मित्रों के साथ। बड़े शहरों में गो टू मार्केट, बाय एनिथिंग इलेक्ट्रॉनिक। समाज में अनुशासन कैसे, जब घर में ही अव्यवस्था है। आपका कहना भी सत्य है कि जितने भी बड़े–बड़े सीईओ हैं अपने घरों में इसका प्रयोग नहीं करने देते क्योंकि उन्हें मालूम है कि इसका परिणाम क्या है।

लेकिन बाहर के लोग, तो सुविधा को देख रहे हैं। इसके दूरगामी परिणाम को नहीं देख रहे हैं। अगर आज इंग्लैंड की

पार्लियामेंट पास कर दे कि ठीक है, बच्चों की सुविधा के हिसाब से स्कूल का टाइमिंग–इज़ दैट जस्टिस टू एजुकेशन। इज़ दैट जस्टिस टू चिल्ड्रेन। इज़ दैट जस्टिस टू द सोसाइटी। इज़ दैट जस्टिस टू द कॉन्सेप्ट ऑफ़ सोसाइटी। फिर तो सब कोई समाज में अपनी मनमर्ज़ी से करे। जिसको स्कूल जाना है जाये, जिसको नहीं जाना है न जाये। अगर एक व्यवस्था है, तो सब पर समान लागू होनी चाहिए। उस व्यवस्था को कायम रखने के लिए समाज का योगदान होना चाहिए। यह परिस्थिति आ चुकी है। पाश्चात्य देशों में लोग लिखना भूल रहे हैं।

क्योंकि बचपन से ही कम्प्यूटर में ही उनको सिखाया जा रहा है। हैंडराइटिंग भूल गये। आपने और हमने चार लाइन की कॉपी में अपनी हैंडराइटिंग बनाकर नम्बर लिए। आजकल इंग्लैंड में लोग लिखना भूल रहे हैं। बच्चे लोग गणित भूल रहे हैं। बिना केलकुलेटर के मन में वो दो और दो जोड़ चार नहीं कर सकते हैं। हमारे एक परिचित अमेरिका अपने परिवार के साथ गये थे। बड़ा परिवार था। छह–सात बच्चे, तीन–चार युवक घूम रहे थे। भूख लगी। एक बड़े मॉल में गये। जूस–ब्रेड लिया। काउंटर पर गये। काउंटर पर हाई स्कूल की एक लड़की थी–कम्प्यूटर इज़ नॉट वर्किंग, कम लेटर। वहाँ एक दूसरा आदमी था, वह उठा। पाँच डॉलर, दो डॉलर, तीन डॉलर, फिफ्टी सेंट, केलकुलेट किया और उतना पैसा रख दिया। लड़की कहती है–'हाउ डिड यू काउंट विदाउट कैलकुलेटर?' यह सत्य घटना है।

बूढ़ा आदमी, जो वहाँ पर घूम रहा था आया, कहा कि 'दैट इज़ द एक्यूरेट एमाउंट।' लड़की बूढ़े को कहती है–'हाउ डिड यू नो?' बूढ़े ने कहा–'ब्रिंग मी पेपर एंड पेन।' वह सब लिखा और केलकुलेट किया। लड़की कहती है–'आई हैव टू वेरीफाई विद केलकुलेटर।' दिस इज़ अमेरिका। निश्चित रूप से विज्ञान ने उन्नति की है और समाज को विज्ञान की तरक़्क़ी को साधुवाद देना चाहिए। लेकिन, समाज को यह चिन्तन करना चाहिए कि विज्ञान ने जो उपलब्धि हमें दी है, उसका उपयोग हम कैसे करें? चाहे वह रोबोट हो, आर्टिफ़िशियल इंटेलीजेंस हो, उसका उपयोग कैसे करें? किस प्रयोजन से कर रहे

हैं और फिर उस प्रयोजन से हम भटकें नहीं। आज सब कोई अपनी आयु बढ़ाना चाहते हैं। क्रायोजेनिक चैंबर्स बन रहे हैं। आदमी को डीप फ्रिजर में रख दिया जाये। पचास साल बाद जब उपचार होगा, उसको जीवित कर उपचार किया जायेगा। लेकिन, ये सब उपाय फेल हो जायेंगे। विज्ञान चाहे कुछ भी कर ले, डस्ट पार्टिकल का निर्माण नहीं कर सकता है।

(2017)

क्या है पंचाग्नि साधना?

पंचाग्नि साधना तप का वह रूप है, जिसमें साधक जीवन के काम, क्रोध, मद, लोभ एवं मोह का नाश कर परमसत्ता को प्राप्त करता है। यह साधना अत्यन्त ही कठिन व संयमित होने के साथ ही अनूठी है। जिसे सिर्फ़ सिद्ध व समर्पित सन्त, परमज्ञानी ऋषि–मुनि व नागा साधु करते रहे हैं। मान्यता है कि तपस्या पूर्ण होने पर साधक को अद्‌भुत फल की प्राप्ति होती है, जो जनकल्याण को समर्पित होता है।

इस साधना में साधक, सूर्य के अधिकतम तापमान के बीच एक निर्धारित साधना स्थल पर खुले आसमान में बैठते हैं और उनके चारों ओर चार अग्निकुण्ड होते हैं, जिनकी ऊष्मा के बीच साधना की जाती है। मनुष्य का शरीर अग्नि, जल, वायु, पृथ्वी व आकाश तत्त्व से बना माना जाता है, जिसे साधना के माध्यम से तपाया जाता है। लगातार पाँच वर्षों से पंचाग्नि साधना कर रहे परमहंस स्वामी निरंजनानन्द सरस्वती का कहना है कि हमारे शास्त्रों में दो मार्ग बताये गये हैं–एक है, उत्तर मार्ग और दूसरा है, दक्षिण मार्ग। इन्हें उत्तरायण और दक्षिणायण भी कहते हैं।

पंचाग्नि की पाँच अग्नियाँ दक्षिणायण से सम्बन्ध रखती हैं, लेकिन इनका प्रयोजन है आपको उत्तरायण की ओर ले जाना। पंचाग्नि साधना की यही विचित्रता

है। पंचाग्नि का एक अग्नि सूर्य है, जिसे स्वर्ग में माना जाता है। इससे साधक अपने आपको मद–मुक्त एवं अहंकार–मुक्त करता है। वह फिर दक्षिण मार्ग का त्याग करते हुए उत्तर मार्ग पर चल पड़ता है। इसमें फिर 'पुनरपि जननि पुनरपि मरणं पुनरपि जननी जठरे शयनं' की बात नहीं होती।

स्वामी जी, खुद आप सन्त हैं और अपने समय के एक बड़े सन्त के साथ रहे हैं। हमारे पुराने सन्तों के बारे में भी बहुत कुछ लिखा गया है। हिमालय के सन्तों के बारे में, स्वामी योगानन्द ने लिखा, योगी राम ने लिखा मेरा सौभाग्य था कि मैंने स्वामी जी (परमहंस सत्यानन्द जी) को सुना। वह ख़ुद बहुत घूमे हुए थे, अफ़ग़ानिस्तान से लेकर बर्मा तक। आप तो उनके साथ रहे हैं। उनके जीवन की कौन–सी ख़ास बात हमें बताती है कि ईश्वर है? वो कुछ विलक्षण हैं या कुछ ऐसा है, जिसे आज की भौतिक दुनिया नहीं समझ सकी?

मैं कहूँगा, उनका दृष्टिकोण। बहुत ही ग्रासरूट लेवल पर, भौतिक स्तर पर मैं यह बात कह रहा हूँ। हम लोग, स्वामी जी के पास कोई समस्या लेकर जाते थे तो वह पूछते थे कि इसका निदान कैसे करोगे? हम लोग बताते थे कि हमारा यह विचार है। क्योंकि हम लोगों का चिन्तन हमेशा रंगा हुआ रहता था। आक्रोश से, घृणा से, ईर्ष्या से, द्वेष से, लोभ से, मोह से, मद से। वह हमारी सभी बातों को सुनते थे। कहते थे कि तुम्हारा जो सोच–विचार है, वह किसी एक चीज़ से प्रभावित हुआ है। उस मोड से बाहर निकलो। रिथिंक (पुनर्विचार) करो। हम लोग माथा–पच्ची करके फिर उनके पास जाते और उनसे कहते कि स्वामी जी कुछ समझ में नहीं आ रहा है। फिर वह ऐसा समाधान देते कि हमें लगता था कि हम लोग मूर्ख हैं। हमने ये आसान बातें क्यों नहीं सोचीं। उनका जो दृष्टिकोण था, वह हमेशा सकारात्मक था। उन्होंने मेरे एक प्रश्न पर बताया था, जब मैंने पूछा कि स्वामी जी, साधुओं के पास हमेशा बुरे लोग क्यों ज़्यादा आते हैं? अच्छे लोग कम ही आते हैं, लेकिन जो बुरे हैं, दुष्ट हैं,

नकारात्मक प्रवृत्ति वाले हैं, वे लोग ज़्यादा आते हैं। उन्होंने कहा था कि देखो उनको (बुरे लोगों को) विश्वास है कि तुम उनके भीतर से कुछ अच्छाई निकाल सकते हो, इसलिए वे आते हैं। हमने भी उनके जीवन में देखा कि जो व्यक्ति दोषों से घिरा हुआ है, उसमें भी स्वामी जी एक अच्छाई देखते थे। उसकी सौ बुराइयों को माफ़ करते थे। कहते थे कि यही अच्छाई है, जिसको देखने या बाहर निकालने से यह व्यक्ति चमक जायेगा और समाज जो बुराइयाँ इसमें देख रहा है, धुल जायेंगी। उनका मानना था कि हर प्राणी के भीतर भगवान है। यह उनकी सोच थी, हमारी सोच नहीं है।

ऐसा आप मानते हैं कि उनमें दूर तक देखने की क्षमता थी। हम सामान्य लोग ऐसा नहीं देख पाते। बाहर के लोग मानते हैं कि आप में भी क्षमता है। आपका क्या अनुभव हुआ है? क्या वह चीज़ साधना या ईश्वर से एकाकार होने के कारण मिलती या कुछ अन्य कारण हैं?

मेरा मानना है कि कई लोगों को यह उपहारस्वरूप मिला है। एक विशेष प्रयोजन से उनका प्रादुर्भाव होता है। हमारे परमगुरु स्वामी शिवानन्द जी के अनेक दिग्गज शिष्य रहे। स्वामी सच्चिदानन्द जी, स्वामी विष्णुदेवानन्द जी, स्वामी वेंकटेशानन्द जी, स्वामी चिदानन्द जी, स्वामी नागब्रता जी आदि सैकड़ों दिग्गज शिष्य रहे। लेकिन गुरु को प्रतीक्षा सिर्फ़ एक शिष्य की होती है। रामकृष्ण परमहंस ने जब नरेन्द्र (विवेकानन्द जी का बचपन का नाम नरेन्द्रनाथ था) को देखा, तो रामकृष्ण परमहंस ने उनसे कहा कि मैं तुम्हारी प्रतीक्षा कर रहा हूँ। रामकृष्ण परमहंस ने उन्हें पहचाना। स्वामी शिवानन्द जी भी स्वामी सत्यानन्द जी से मिले, तो बताया कि अपनी योजना के अनुसार काम करना है। मतलब भूतकाल में कोई योजना बनी होगी, चाहे वह अदृश्य जगह पर रही हो या दृश्य जगह पर या किसी पूर्व जीवन में। यह बात उन्होंने स्वामी जी को दो–तीन बार कही। ऋषिकेश में कही, फिर ऋषिकेश छोड़ते समय कही और फिर समाधि के बाद जब स्वामी जी को अनुभूति हुई थी, तब यह आदेश मिला, तो इन सब चीज़ों को देखने के बाद हमें लगता है कि कुछ विशेष आत्माएँ हैं,

जो एक प्रयोजन–उद्देश्य को लेकर इस धरती पर आती हैं। दोनों का संयोग जब बनता है, तो विश्व में क्रान्ति आती है। रामकृष्ण परमहंस और विवेकानन्द जी का संयोग हुआ, तो विश्व में आध्यात्मिक क्रान्ति आयी। ख़ुद भारत में सभी बदलावों का सूत्रपात वहीं से हुआ।

मसलन योग भी स्वामी सत्यानन्द जी के बाद ही हुआ?

बिल्कुल। योग में भी जो मूवमेंट हुआ है, बदलाव हुआ है, स्वामी जी के बाद ही हुआ है। हमें लगता है कि यह योजना आगे भी चलेगी।

पूर्व राष्ट्रपति कलाम जी ने अपने जीवनवृत्त में लिखा है कि जब मेरा चयन एयरफोर्स पायलट में नहीं हुआ, तब मेरे लिए बड़ी निराशा की घड़ी थी। फिर वह शिवानन्द जी के आश्रम आये। वहाँ उनसे मुलाक़ात की। स्वामी शिवानन्द जी ने उनसे सिर्फ़ इतना ही कहा कि जीवन में तुम्हें कुछ और बनना है। इसके बाद कलाम कहते हैं कि अद्‌भुत अनुभूति और शान्ति जीवन में मिली। जीवन की निराशा ख़त्म हो गयी। वैसे ही जब परमहंस सत्यानन्द जी की ऑस्ट्रेलिया में भयावह दुर्घटना हुई, फिर महाराष्ट्र आकर त्र्यम्बकेश्वर में उन्हें लगा कि हमें अब यह करना है। उसकी झलक हुई। क्या यही ईश्वर की अनुभूति है?

एक बात है कि हमें संकेत मिलते हैं। संकेत सभी को जीवन में मिलते हैं। हम उसको इंटरप्रेट (समझ) नहीं कर पाते। बहुत बार हमें लगता है कि यह हमारे अपने मन की उपज है। लेकिन जो व्यक्ति डेस्टिंड (विशेष) होते हैं, उनको साफ़–साफ़ संकेत मिलता है। जैसे त्र्यम्बकेश्वर में स्वामी जी को रिखिया दिखायी दिया। साफ़ संकेत थे। रामेश्वरम में उन्हें गंगा दर्शन दिखायी दिया। 1956 में स्वामी शिवानन्द के साथ स्वामी जी रामेश्वरम गये थे। रामेश्वरम में जब भगवान के सामने माथा टेका, तो उन्हें वह दृश्य दिखायी दिया। फिर कई वर्षों बाद 1976 में जब वह यहाँ का ब्लूप्रिंट देखते हैं, तो लगता है, यह तो वही जगह है, जो मैंने रामेश्वरम में भगवान के सामने माथा टेकते

हुए देखी थी, रिखिया में भी वही। फिर जो उन्हें ध्वनि सुनायी पड़ी कि उसको वही दो, जो मैंने तुम्हें प्रदान किया है। कई छोटी–छोटी घटनाएँ हैं, लेकिन एक सामाजिक रिवोल्यूशन का सूत्र है। दूसरों को वही दो, जो मैंने तुम्हें दिया। आज उसी वाक्य के प्रताप से कितने परिवारों का पालन–पोषण हो रहा है।

स्वामी जी, धार्मिक स्थल (जैसे–काशी, देवघर, पुरी या अन्य कोई अन्य जगह) पर जाने की इच्छा होती है। लेकिन, वहाँ इतनी भीड़ या स्थानीय पुजारियों का ऐसा व्यवहार होता है कि सोचता हूँ कि क्या वहाँ सचमुच ईश्वर का वास रह गया है, आपकी अनुभूति क्या है?

हम लोग भी बिल्कुल आपकी तरह सोचते थे, जब हम गुरुजी के साथ ऐसे स्थानों पर जाते थे। हमारे गुरुजी कहते थे कि बाहर मत देखो, अन्दर देखो। बाहर की गन्दगी–परेशानी मत देखो। कुछ अलग देखो कि यहाँ पर क्या चीज़ है? हज़ारों वर्षों से लोग यहाँ पर श्रद्धा से युक्त होकर आ रहे हैं, उस श्रद्धा के माहौल का अनुभव करो। पहले हमें भी बहुत अलग–अलग लगता था, लेकिन अब वैसा नहीं लगता है। गुरुजी के वाक्य हमेशा याद आते हैं। लेकिन हाँ, आपने जो बात कही, वह सत्य है। पिछले चार–पाँच वर्षों में कई तीर्थस्थलों पर जाने का अवसर मिला है। वहाँ जाने से लगता है कि इस क्षेत्र में तीर्थों से जितनी आय है, उस आय का इस्तेमाल उसी क्षेत्र के विकास के लिए किया जाये, तो वह देश के लिए बड़ा रेवेन्यू सेंटर बन जायेगा। मैं रामेश्वरम गया था, जहाँ पूरे देश से लोग आते हैं। लेकिन वहाँ एक होटल तक नहीं है, जहाँ पर आप ठीक से रह सकें। देश में इस प्रकार के जो क्षेत्र–केन्द्र हैं, उनके विकास के प्रयास कर हम देश के लिए रिवेन्यू सेंटर, तो बना सकते हैं।

किस हद तक हमारे हाथ में अपनी नियति है? ईश्वर या परिस्थितियों के अधीन हमारा कितना जीवन है? कैसे मनुष्य एलिवेट (ऊपर उठाना) करे ख़ुद को? नीचे है, तो ऊपर कैसे जाये?

जीवन आपको दिया गया, वह ईश्वर की देन है। जीवन का निर्माण करना, खाना–रहना–पहनना आपकी इच्छा है। आप जन्म लिये, आपकी मृत्यु निश्चित है, यह भगवान ने आपको दिया है। लेकिन आप जन्म लेने के पश्चात कैसे रहते हैं? कहाँ रहते हैं? क्या खाते–पीते हैं? यह मनुष्य के कर्म और जीवन का प्रारब्ध निश्चित करता है। आप इस देश में जन्म लिये। आप इस माता–पिता और संस्कार से युक्त हुए। भाषा–दर्शन–चिन्तन से युक्त रहे, वो रहा आपका भाग्य। आपका जो कर्म हुआ, जो आपके भविष्य का निर्माण करे, वह हुआ आपका प्रारब्ध।

हमारे शास्त्रों में केवल एक ही तरीक़ा बताया गया है, परिश्रम। परिश्रम में निराशा नहीं है कि आदमी निराश हो जाये। परिश्रम में एफ़र्ट टू चेंज, एफ़र्ट टू बिकम, बनने की तमन्ना है। वह बहुत बड़ी चीज़ है।

रास्ते में जो दुख, विपत्ति, परेशानी आये, उसको किस तरह से मनुष्य झेले? नियति मानकर या कुछ और?

जहाँ तक सम्भव हो, उसका परिवर्तन कर और जहाँ सम्भव नहीं हो, उसके बग़ल से निकलकर। आप एक प्रवाह हैं। आप नदी की एक धारा हैं। छोटे कंकड़ हैं। बड़ी चट्टान है, तो आप उसके बगल से निकल जाते हैं। सही समय का इन्तज़ार करिए, चट्टान के हटने के लिए।

जब उत्तराखण्ड में घटना हुई, संयोग से तब मैं बद्रीनाथ में था। (स्वामी निरंजनानन्द, तब केदारनाथ में थे) 15 जून को उनकी पूजा थी, महाप्रलय के एक दिन पूर्व निर्धारित अनुष्ठान। 12 को हम पहुँचे और बताया कि तीन दिन तक हम यहाँ पर यज्ञ करेंगे। वहाँ एक पहाड़ से मुझे बहुत डर लग रहा था। कई बार लगा कि यह पहाड़ गिरेगा, तो हम सब मर जायेंगे। हमारा संकल्प था कि हम तीन दर्शन करेंगे। पहले तो अनुष्ठान किया, फिर गर्भगृह में जाकर पूजा–अनुष्ठान किया। अगले दिन फिर वहीं बैठे। डर लगा। 13 को फिर दर्शन किये। 14 को स्वामी शिवराज कहते हैं कि हम घूमकर आना चाहते हैं, पहाड़ पर। मैंने कहा कि ठीक है जाओ, लेकिन सावधानी से जाना। मुझे कुछ अच्छा नहीं लग रहा है। वे गये और हम यहाँ अनुष्ठान के लिए

बैठे। बार–बार मेरी नज़र पहाड़ पर ही चली जाये कि कुछ होने को है। प्रार्थना करते रहे कि जल्दी से संन्यासी लोग लौट आयें। शाम को जब स्वामी शिवराज लौटे, तो उनका चेहरा एकदम सफ़ेद था। उनसे पूछा कि क्या हुआ? उन्होंने कहा, स्वामी जी, मैं तो मरते–मरते बचा। फिर वह अपनी कहानी सुनाये कि क्या हुआ। हमने कहा कि ठीक है, आज आख़िरी दर्शन करेंगे। अभिषेक करेंगे और उस दिन दिल्ली से हमने बेलपत्र, कमल का फूल व अन्य अभिषेक की सामग्री मँगायी थी। क्योंकि वहाँ, तो कुछ मिलता नहीं है। हमारे मन में इच्छा थी कि प्राकृतिक वस्तुओं से इनका (केदारनाथ) श्रृंगार करेंगे। 15 की रात हमने एक घण्टा ख़ूब जमकर भगवान की साधना और श्रृंगार किया। रात के 12 बजे हम वापस आये। इसके पहले एक और घटना घटी। मैंने मन्दिर के पुजारी से पूछा कि यहाँ पर हम अपने गुरु जी के नाम से एक पूजा करना चाहते हैं। कौन–सा समय उत्तम होगा। उन्होंने कहा कि आप अपने गुरु जी का और अपना नाम, राशि, गोत्र वग़ैरह सब लिखकर दो। हमने उन्हें दिया। वह ज्योतिषाचार्य थे। उन्होंने बताया कि यह जो दो नाम हैं, वह शिव नाम हैं। स्वामी सत्यानन्द जी के नाम पर हम पूजा करेंगे, महाशिवरात्रि को। हमने उनसे कहा कि महाशिवरात्रि के दिन तो बहुत भीड़ होती होगी। उन्होंने कहा–हाँ होती है, लेकिन हम इसी नाम से अगले दस साल तक पूजा करेंगे। किसी और की पूजा हम नहीं करने वाले। दूसरी पूजा हम शिवसमाधि के दिन करेंगे। आख़िरी पूजा आपके नाम होगी, केदारनाथ में। उसी दिन यह तय हुआ था। तो रात में हमने पूजा की और लौटे। हम बिड़ला गेस्ट हाउस में रुके थे। वापस आये तो अन्दर से मुझे आवाज़ आयी कि तीन दर्शन हो चुके हैं, अब यहाँ से चले जाओ। हमने सोचा कि मन का विचार है, कल सुबह तो जाना ही है। एक बजे हम सो गये। दो बजे एकदम से आवाज़ हुई कि निकलो यहाँ से। अन्दर से आवाज़ आयी कि अभी जाओ यहाँ से, फिर हमने अन्य संन्यासियों से कहा कि चलना है यहाँ से, अभी। कुछ संन्यासियों ने कहा कि स्वामी जी अभी? कुछ देर बाद चलेंगे। चाय पीकर। इस तरह हम उठे। अपना बैग पैक किये और सुबह पाँच बजे हम वह स्थान छोड़ चुके थे। ऊपर

से उतरते हुए जब हम नीचे पहुँचे रामबाण, तो हमें पता चला (लगभग सात बजे) कि ऊपर में बादल फट चुका है। रामबाण से आगे गये, तो हमें पता चला कि रामबाण बह चुका है। गौरीघाट पर पहुँचे रुद्रप्रयाग, तो पता चला कि गौरीकुण्ड का ब्रिज बह गया है। रुद्रप्रयाग में रात को रुके। अगले दिन पहुँचे हरिद्वार। वहाँ पहुँचे, तो पता चला कि रुद्रप्रयाग में जहाँ रुके थे, वह होटल ख़त्म हो गया। जिस बिड़ला गेस्ट हाउस में हम रुके थे, उसका कोई नामोनिशान नहीं। वहाँ का कोई स्टाफ़–गेस्ट जीवित नहीं। इस दौरान रास्ते में करीब 250–300 भूस्खलन तो देखे ही होंगे। आपने भी देखा होगा। तो इस तरह अन्दर की आवाज़ ने हमें बचा लिया। गाड़ियों की लम्बी क़तार लगी। सिर्फ़ हमारी गाड़ी अन्य गाड़ियों को पार करते हुए निकल रही थी। हमारा ड्राइवर हमसे कहता है कि स्वामी जी पहली बार मुझे ऐसा महसूस हो रहा है कि कोई देवता हमें अपने हाथ उठाकर ले जा रहा है। मुझे लगा कि हमारे साथ हनुमान जी हैं। क्योंकि तब मैंने आईपॉड में हनुमान चालीसा लगाया था। सबने कहा कि हम शत–प्रतिशत सुरक्षित हैं और कोई हमें अपने हाथ में ले जा रहा है।

मानसरोवर में भी आपको ऐसा अहसास अहसास हुआ था और केदारनाथ में भी, पर केदारनाथ का मन्दिर कैसे बचा। आपको क्या लगता है? बद्रीनाथ में पहुँचकर कुछ अलग लगा। अनुभूति हुई?

देखिए ज्योतिर्लिंग (केदारनाथ) तो नेचुरल स्टोन है। इसका मतलब कि वहाँ पर कुछ ऊर्जा अवश्य होगी। मानवनिर्मित तो है नहीं। अत्यन्त प्राचीन है। अब जैसे केदारनाथ जी के मन्दिर के बारे में कहते हैं कि यह पाण्डवकाल का है। महाभारत युद्ध के बाद जब ब्रह्म हत्या के पाप से वह मुक्त होना चाहते थे, तो कृष्ण जी ने शिव जी की आराधना करने के लिए कहा। चूँकि इन्होंने ब्रह्म हत्या की थी, तो शिव जी इनके सामने प्रकट नहीं हुए। बैल के रूप में आये। ये लोग पहचाने नहीं थे। जब शिव जी जा रहे थे, फिर भी इन्होंने नहीं पहचाना। फिर इन्होंने चेज़ (पीछे–पीछे) किया। केदारनाथ में शिवजी बैल के रूप में ही अन्दर घुस गये। इसलिए जो शिवलिंग वहाँ पर है, वह एक तरह

से हंप है। हंपी के आकार का है। बहुत बड़ा है। विशाल है। इस क्षेत्र में वह पूरा एक पिण्ड जैसा है और कहावत है कि उनका मुख (फिर भीम ने उन्हें पकड़ा पूँछ से) निकला है, पशुपति में। यह कहावत है। सत्यता जो भी हो, लेकिन आध्यात्मिक केन्द्र है। वहाँ पर कुछ ऊर्जा, तो ज़रूर है। उसे आप दैविक कहिए या प्राकृतिक? अब देखिए मन्दिर में कहीं पर भी सीमेंट नहीं है। एक–दूसरे पर सिर्फ़ पत्थर रखा हुआ है। कहीं पर कोई जुड़ाई नहीं। बन्धन नहीं है किसी वस्तु पर। इधर सब तहस–नहस करते हुए और वहीं पर पानी का प्रलय रुक गया। पानी की धारा को दो भाग में काट दिया। मन्दिर पर, तो सीधे कोई दवाब नहीं पड़ा। इसे तो मैं दैविक ही कहूँगा। जिस पहाड़ को देखकर हम भयभीत हुए थे, वही पहाड़ टूटा गया। 17 फुट ऊँची पानी की दीवार थी। हमने वहीं पर एक दिन बैठकर योगियों की तरह तपस्या की थी।

स्वामी जी, आज सबसे गहरा संकट चरित्र का दिखायी देता है। चाहे राजनीति हो, कारपोरेट सेक्टर हो, पत्रकारिता हो, मैनेजमेंट हो, शिक्षा हो, सभी जगह यह चरित्र संकट या नैतिक संकट है। इसे हम कैसे बचाये रख सकते हैं?

हमारी जानकारी में दो–तीन ऐसे लोग हैं, जो सामान्य सोशल परिवेश में 'गीता' की नैतिकताओं के द्वारा नौकरी, परिवार, व्यापार सबको इम्प्रूव (बेहतर) कर रहे हैं। हम एक आर्थिक सलाहकार, गौरांग चट्टोपाध्याय को जानते थे। अब तो वह रिटायर हो चुके हैं। वह दुनिया घूमते थे और 'गीता' में जो बिज़नेस मैनेजमेंट एप्लीकेशंस के प्वाइंट हैं, उस आधार पर वह लोगों को सिखाते थे। बहुत सफल थे। वह मेरे बहुत अच्छे मित्र हैं। मैं उनसे बहुत बात करता था। दुनिया में बहुत सारे मॉडल हैं। कोई जापानी मॉडल कहता है, कोई अमेरिकन मॉडल कहता है, लेकिन हमारे पास वैदिक मॉडल है। असल में दिक्क़त क्या है कि भारतीय मानसिकता को ही तोड़ने में हमें परेशानी होती है। क्योंकि भारतीय मानसिकता पाश्चात्य जीवन के भोग से बहुत सम्मोहित रहती है। हमारे सामान्य भारतीय भी जब बाहर जाते हैं, तो सबसे बढ़िया आईफ़ोन, सबसे बढ़िया घड़ी वग़ैरह लेकर आते हैं, जो उनके लिए स्टेटस–प्रेस्टीज

का प्रतीक है। इस तरह इन्होंने (गौरांग चट्टोपाध्याय) 'गीता' को आधार बनाकर बिज़नेस मैनेजमेंट ट्रेनिंग शुरू की। वह परिणाम से बहुत खुश थे। उन्हें भी बहुत सन्तुष्टि मिली थी। लेकिन, यह अभी भी व्यक्ति विशेष पर निर्भर करता है। हमारे देश में अभी तक ऐसा कोई थिंकटैंक नहीं है, जो समाज में सिर्फ़ सामाजिक विकास के लिए, बल्कि चारित्रिक उत्थान व विकास–निर्माण के लिए दूरगामी योजनाओं की व्यवस्था करे। यह सम्भव है, यदि हम अपने बच्चों को नये–नये अवसर दें। लेकिन फिर हमें बच्चों पर मेहनत करनी होगी। एक–दो पीढ़ी तक हमें मेहनत करनी होगी। फिर हमारा देश सुधर जायेगा। ऐसा मेरा मानना है। दूसरा जो चिन्तन करना है, वह जातिवाद को लेकर करना है। मैं न इसका विरोधी हूँ, न पक्षधर हूँ। लेकिन समाज की एक चीज़, जो मेरे सामने है, मुझे परेशान कर रही है, वह है, भारतीय समाज और भारतीय व्यक्ति अब ऊँची ज़िम्मेदारियों की खोज कर रहे हैं। नीचे की ज़िम्मेदारियों का त्याग कर रहे हैं। सब कम्प्यूटर साइंटिस्ट बनना चाह रहे हैं, कोई एग्रीकल्चरिस्ट नहीं बनना चाहता है। सब एम.बी.ए. की पढ़ाई में जायेंगे। कोई एग्रीकल्चर के कॉलेज में जाकर अपने देश की व्यवस्था को मज़बूत करने की नहीं सोच रहा है। पैसा कमाने की होड़ सब में है, लेकिन राष्ट्र उत्थान की भावना कम लोगों में है। पूर्व में भी इस पर एक बार आपसे विचार हुआ था कि अपनी क्षेत्रीय आवश्यकता के अनुसार अलग–अलग प्रकार के शिक्षण और कार्यक्रम के अनुसार, ज़िलानुसार योजना बननी चाहिए। हर ज़िले में अपनी प्रतिभा है, ऊर्जा विशेषता है। कोई औद्योगिक क्षेत्र है, कोई शैक्षणिक क्षेत्र है, कहीं पर एग्रीकल्चरल बेल्ट है। सभी जगह एक जैसी स्थिति नहीं है। आपको अपना सही स्थान पाना होगा, अपने सामर्थ्य के अनुसार। आपको यह सत्य स्वीकारना होगा कि आप केला हैं, तो केला ही रहेंगे। आप सेब, सन्तरा नहीं बनेंगे। जो केला का धर्म है, वह हम अच्छी तरह से निभायेंगे। हम सेब हैं, तो सेब का धर्म अच्छी तरह से निभायेंगे। लेकिन अगर केला यह सोचे कि हम सेब बन जायें, उससे न केले को फ़ायदा होगा, न सेब को फ़ायदा होगा, न देश को फ़ायदा होगा।

(2017)

सृष्टि का अनदेखा पक्ष
(श्री एम. का साक्षात्कार)

समाज सुधारक, शिक्षाविद्, आध्यात्मिक गहराई वाले श्री एम. का जन्म 6 नवम्बर, 1949 को केरल के तिरुवनन्तपुरम में हुआ। बचपन का नाम मुमताज अली था। उनकी दादी सूफ़ी विचारों से प्रभावित थीं। उन्हें सूफ़ी कहानी सुनाया करती थीं। जब वह नौ वर्ष के हुए, तो हिन्दुत्व और ईसाइयत के बारे में जानकारी हासिल की। उन्हें इस बात को लेकर हैरानी थी कि कैसे लोग एक–दूसरे के धर्म के लिए सशंकित रहते हैं। बचपन से ही उनके मन में हिमालय जाने को लेकर एक अजीब तरह का उत्साह था। नौ वर्ष की उम्र में उनकी पहली मुलाक़ात अपने गुरु बाबा महेश्वरनाथ जी से हुई। गुरु ने उनसे पूछा कि उन्हें कुछ याद है? उन्होंने कहा–नहीं। इस पर बाबा ने कहा कि बाद में सब याद आ जायेगा।

श्री एम. का एक युवा से योगी बनने का सफ़र अचम्भित करनेवाला है। 1968 में तिरुवनन्तपुरम से 19 वर्षीय युवा घर छोड़कर हिमालय चला जाता है। हरिद्वार, ऋषिकेश और बद्रीनाथ की यात्रा करते हुए यह बालक व्यास गुफ़ा पहुँचता है। यह गुफ़ा तिब्बत की सीमा से सटे एक भारतीय गाँव में स्थित है। ऐसी मान्यता है कि पाण्डव स्वर्ग की यात्रा के दौरान इस गाँव से होकर गुज़रे थे। व्यास गुफ़ा

में इस बालक की मुलाक़ात महेश्वरनाथ बाबा जी से होती है, जो उसे अपनी शरण में लेते हैं।

तीन साल तक गुरु के साथ रहकर कई चीज़ें सीखीं। गुरु के साथ तिब्बत का दौरा किया। इसके बाद गुरु ने उन्हें जीवन के मिशन में आगे बढ़ने का आदेश दिया। हिमालय से लौटने के बाद नीमकरौली बाबा, लक्ष्मण जी और जे. कृष्णमूर्ति जैसे सन्तों से मिले। काफ़ी समय रामकृष्ण मिशन और कृष्णमूर्ति फ़ाउंडेशन में बिताया। फिर उन्होंने प्रवचन देना शुरू किया। श्री एम. के दो बच्चे हैं। मौजूदा समय में आन्ध्र प्रदेश के मदनपल्ली में साधारण जीवन जी रहे हैं। सत्संग फ़ाउंडेशन और मानव एकता मिशन को नयी दिशा देने के काम में जुटे हुए हैं। 'एप्रेंटिस्ड टू ए हिमालयन मास्टर : ए योगीज़ ऑटोबायोग्राफ़ी' उनकी बहुचर्चित आत्मकथा है। उनकी दूसरी पुस्तक 'द जर्नी कंटिन्यूज़' (ए सीक्वेल टू एप्रेंटिस्ड टू ए हिमालयन मास्टर) है।

'एप्रेंटिस्ड टू ए हिमालयन मास्टर : ए योगीज़ ऑटोबायोग्राफ़ी' किताब में मुमताज अली के केरल से बर्फ़ीले हिमालय के दौरे और फिर वापसी की कहानी का विस्तृत ब्योरा है। किताब में एक पारम्परिक मुस्लिम परिवार में पैदा हुए लड़के के योगी बनने के सभी पहलुओं के बारे में विस्तार से बताया गया है। 1960 के दशक में हिमालय में कुछ अति विशिष्ट लोगों से मुलाक़ात के कारण उपनिषद् पर श्री एम. की पकड़ काबिले–तारीफ़ है।

वह याद करते हुए कहते हैं कि एक दिन भागीरथी नदी के किनारे बैठकर बाबा जी अपने पूर्व के जीवन की एक दुखद घटना के बारे में बता रहे थे। मुमताज अली का तब नाम मधुकरनाथ था। वह लिखते हैं, 'एक दिन मुझे लगा कि तेज़ आँधी आयी है और मेरी नींद खुली

और देखा कि बाबा जी आसन लगाकर बैठे हुए हैं। पीछे देखा तो बादलों के बीच से चाँद के बराबर के आकार की वस्तु निकलती दिखी। जैसे–जैसे वह आगे बढ़ रही थी, वह आग की तरह चमक भी रही थी। फिर वह गुफ़ा की ओर आने लगी और धूनी पर जाकर बैठ गयी। मैं इतना डर गया था कि सही तरीक़े से बैठ भी नहीं पा रहा था, लेकिन बाबा जी बिल्कुल शान्त बैठे हुए थे। दो फ़ीट के आकार वाले आग के गोले के बीच से फन निकाले एक बड़ा साँप निकला।

मेरा डर उस वक़्त समाप्त हो गया, जब मैंने देखा कि साँप बाबा जी के पैर छू रहा है। बाबा जी ने साँप को उसका फन छूकर आशीर्वाद दिया। मैं दोनों के बीच हो रहे संवाद को देखकर हैरान था। फिर बाबा जी ने मुझे बुलाया और कहा कि सर्पलोक के उपप्रमुख से मिलो। उन्हें प्रणाम करो। मैंने साँप को प्रणाम किया। कुछ देर बाद वे गायब हो गये। मैंने बाबा जी से कहा कि अगर इस घटना के बारे में किसी को कुछ कहूँगा, तो वे मुझे पागल समझेंगे। मुझे इस बारे में कुछ बतायें।

उन्होंने कहा–'आकाशगंगा में सात ग्रह और 18 चाँद होते हैं। इनमें से एक सर्पलोक है, जिसमें साँप रहते हैं। तुम जिस साँप से मिले, वे नागराज के नीचे हैं। हज़ारों साल पहले जब मानवता शुरू हो रही थी, उस समय सर्पलोक से लगातार सम्पर्क होता था। कुण्डलिनी ऊर्जा की शिक्षा मानव को साँपों से ही मिली है। लेकिन जब मानव अधिक शक्तिशाली और स्वार्थी हुआ, तो नागराज ने साँपों को सर्पलोक बुला लिया। कुछ बीमार और आदेश का पालन नहीं करनेवाले साँप रह गये और आज जो साँप हैं, वे इन्हीं के वंशज हैं।'

2008 में श्री एम. एक दल के साथ कैलास मानसरोवर की यात्रा पर गये थे। एक रात उन्हें अजीब अनुभव हुआ।

वह लिखते हैं, 'ऐसा लगा मैं कई ग्रहों की यात्रा कर रहा हूँ और फिर एक सफ़ेद क्रिस्टल महल में दाख़िल हुआ, जहाँ भगवान शिव बैठे हुए थे। उनके अग़ल–बग़ल जीसस, गुरु नानक, गुरु रिनपोछे, गोरखनाथ और बाबा जी बैठे हुए हैं।' वह लिखते हैं, 'जिन लोगों को इन कहानियों पर भरोसा नहीं हो, वे सिर्फ़ बाबा जी की शिक्षा पर ध्यान केन्द्रित करें।'

श्री एम. ने देश में सामाजिक सौहार्द के लिए कन्याकुमारी से कश्मीर तक की यात्रा की। इस दौरान दिल्ली में, इंडिया इंटरनेशनल सेंटर में जहाँ वह ठहरे थे, उनसे कई प्रसंगों पर बड़ी रोचक बातचीत हुई।

देश में एकता और सद्भाव बढ़ाने के लिए आपने पदयात्रा की है। इसकी क्या ज़रूरत थी?

हमारा राष्ट्र बड़ा यूनिक है। यहाँ इतनी भाषाएँ और बोलियाँ हैं। इतने धर्म और उसमें इतने सम्प्रदाय। फिर भी देखा जाये, तो हम सब मिलकर ही रहते हैं। किसी से पूछिए, तो बहुत गर्व से यह बतायेगा, ये सब हमारे पुराने संस्कार हैं। पर, मुझे लगता है कि ये कभी–कभी टूट जाते हैं। इधर, यह बढ़ता जा रहा है। बहुत दर्द होता है, जब धर्म या आइडियोलॉजी के नाम पर हिंसा होती है। लेकिन, मैं विश्वास रखता हूँ कि धर्म या आइडियोलॉजी पर हिंसा नहीं हो रही है, बल्कि उसके नाम पर हो रही है। उसके प्रसार को लेकर हो रही है। मैंने सोचा कि इसे होने ही न दिया जाये। एक बार आग लग गयी, तो उसे बुझाना मुश्किल होता है। जैसे भूकम्प एक बार आ गया, तो बाद में उसके छोटे झटके आते ही रहते हैं। यदि इसे होने ही नहीं दिया जाये, तो कितना अच्छा होगा। यही सोचकर मैंने पदयात्रा आरम्भ की। मैं लोगों को समझाता हूँ कि देखो, हम सब मानव हैं। माँ के गर्भ से सभी लोग पैदा होते हैं। कोई भी ऊपर से नहीं आता है। एक दिन इसी ज़मीन में जाना है, चाहे वह क़ब्रिस्तान हो या फिर श्मशान। इसलिए धरती पर

शान्ति और सद्भाव को बनाकर सभी लोग एक साथ रहें, तो इसमें क्या दिक्क़त है? मैं यही लोगों को समझाने का प्रयास करता हूँ। मैं गाँव–गाँव में गया हूँ।

मैं यह कहना चाहता हूँ कि कोई भी किसी भी हालत में अशान्ति पैदा नहीं करना चाहता है, लेकिन ऐसा हो जाता है। इसमें प्रिवेंशन ज़्यादा अच्छा है। ठीक करने के बजाय बीमारी को ही न आने दिया जाये, यह सबसे बेहतर है। हमारा मक़सद यही है। यदि डिफ़रेंसेज है, तो उन्हें ख़त्म किया जाये। हम घूम–घूम कर यही बात लोगों को बता रहे हैं। जहाँ मन्दिर है, मस्जिद है, चर्च है, गुरुद्वारा है, सब जगह हम जाते हैं। लोगों से पूछते हैं कि जिस मक़सद के लिए हम लोग पदयात्रा कर रहे हैं, उस मक़सद को देखते हुए आप आने देंगे, तो आऊँगा, नहीं आने देंगे, तो नहीं आऊँगा। लेकिन आज तक किसी ने नहीं रोका। इससे एक उम्मीद पैदा होती है। अभी यह शुरुआत है। मुझे लगता है कि यह और बड़े रूप में सामने आयेगा।

राजनीतिक रूप से चन्द्रशेखर जी ने भी कन्याकुमारी से दिल्ली की यात्रा की। आप जहाँ–जहाँ से गुज़रे, क्या उम्मीद बढ़ाने वाले अनुभव हुए? इस विपरीत दशा में भी ऐसा क्या अनुभव हुआ, जिससे लगे कि भारत अक्षुण्ण है, मज़बूत है और बेहतर रहेगा?

कहीं भी हम जाते हैं और लोगों से बात करते हैं, तो अलग–अलग तरह के लोग मिलते हैं। सब काम करते हैं। हम जहाँ भी गये, उन राज्यों के मुख्यमन्त्री आये। कोई पार्टी नहीं होती है। सब लोग इसको अच्छा समझते हैं।

हालाँकि, इसे लागू करते हैं या नहीं, यह अलग बात है, लेकिन सोचते ज़रूर हैं। कभी–कभी जब ग़रीब लोगों का रिस्पांस आता है, तब मुझे लगता है कि यह पूरा होगा। शाम को रिक्शा चलानेवाले भी आते हैं। दिन में वे लोग जीविकोपार्जन के लिए रिक्शा चलाते हैं। 100 रुपये की कमाई होने पर वे लोग कार्यक्रम में हिस्सा लेने आ जाते हैं। ये 100 रुपये करोड़ों से ज़्यादा हैं। उन पर चीज़ों का प्रभाव पड़ता देखता हूँ, तो लगता है कि अच्छा ज़रूर होगा। ऐसे

लोगों को जब देखता हूँ, तो मेरी आशा भी बढ़ जाती है। वैसे भी मैं, तो इसको छोड़नेवाला हूँ नहीं। जितना मुझसे होगा, उतना करूँगा। एक बार हम लोग यात्रा कर रहे थे। काफ़ी गर्मी थी। रास्ते में एक तरबूज वाला दिखा, वह मुसलमान था। टोपी लगाकर बैठा था। उस समय हमारे पास 200–300 लोग थे। खाने की बात पूछी, तो उसने कहा कि हो जायेगा।

लेकिन पैसे की बात करते ही वह नाराज़ हो गया। बोला, आपने जो दिया वह पर्याप्त है। अच्छा काम कई लोग कर रहे हैं, तो हमें भी उनका सहयोगी बनने दीजिए। कहा कि यदि आप पैसे की बात करेंगे, तो हम फिर नहीं दे पायेंगे। उसने सभी को तरबूज खिलाया फिर चाय भी पिलायी यानी एक आदमी को भी यह बात समझ में आ रही है, लेकिन नेताओं को यह बात कब समझ में आयेगी पता नहीं?

आपकी अगली योजना क्या है?

कुछ दिनों का एकान्त चाहिए, क्योंकि काफ़ी दिनों से घूम रहा हूँ। हो सकता है हिमालय में जाऊँ। उसके बाद बैठकर सोचेंगे कि क्या किया जाये। उसके बाद फॉलोअप की ज़रूरत होगी। अभी तो हम सिर्फ़ बीज बो रहे हैं। बीज बोने के दूसरे दिन ही, तो पेड़ बड़ा नहीं हो जाता। उसकी देखभाल करनी होती है। फिर हम हर जगह जायेंगे। लेकिन अब पैदल नहीं जायेंगे। गाड़ी से जायेंगे। हमने बहुत लोगों को चिह्नित कर रखा है।

उनसे बात करेंगे और एक नेशनल चेन बनायेंगे। एक लिंक बनायेंगे और दिल्ली में एक ऐसी चेन बनाने की सोच रहा हूँ, ताकि हमसे जुड़े सभी लोगों को बुलाकर एक कॉन्फ्रेंस की जाये। फिर वहाँ एक्शन क्या होगा? लोगों के विचार क्या आयेंगे, उसके बाद अगले काम की तैयारी करेंगे। एक–डेढ़ साल बाद, जिन जगहों की यात्रा छूट गयी है, वहाँ जायेंगे। यात्रा कन्याकुमारी से ही आरम्भ करेंगे। आन्ध्र प्रदेश से होते हुए ओड़िशा, पश्चिम बंगाल, बिहार, झारखण्ड होते हुए पूर्वोत्तर तक जायेंगे। ये हमारा अगला प्लान है। मुझे लगता है कि यह हो सकता है।

उसके पहले बहुत सारा फॉलोअप हो जायेगा। जहाँ कहीं भी ऐसी समस्या होगी, वहाँ हम लोग जायेंगे और पदयात्रा करेंगे। सभी जगह एक लोकल कमेटी का गठन किया जायेगा। वहाँ पर लोगों को समझायेंगे कि हिंसा किसी समस्या का समाधान नहीं है। आख़िर जो नुक़सान होता है, वह हम लोगों की ही प्रॉपर्टी है। हिंसा से कितना नुक़सान होता है? लोगों को इस दिशा में कुछ गम्भीर प्रयास करना होगा। ख़ासकर राजनेताओं के मन में यदि अच्छी बात आ जाये, तो समाज में बहुत कुछ अच्छा हो सकता है। हम लोग ज़्यादा क्या कर सकते हैं? पदयात्रा कर सकते हैं। लोगों को समझा सकते हैं।

आपसी भाईचारे, प्रेम और सद्‌भाव की बात सीखा सकते हैं। होडल से हमने हरियाणा में प्रवेश किया था। होडल में एक चौधरी साहब हैं, हर्ष कुमार चौधरी। वह हरियाणा सरकार में मन्त्री रहे हैं। उन्होंने वहाँ हम लोगों का स्वागत किया। वहाँ खाप के लोग भी आये और मेवात के मुसलमान भी आये। सबसे बात करायी और सभी को खाना भी खिलाया। शाम को जन्तर–मन्तर पर आकर उन्होंने बताया कि ये भी जाट हैं और वे भी जाट हैं।

यह कहने के लिए कि हमारे यहाँ जो विरोध–प्रदर्शन हुआ, उसमें सरकारी सम्पत्ति को कोई नुक़सान नहीं हुआ। क्योंकि मैंने जाटों से कहा कि अभी श्री एम. आये थे और वे क्या–क्या बातें बता कर गये हैं। यदि हम लोग उन बातों का अनुसरण नहीं करेंगे, तो इसका क्या फ़ायदा? सत्याग्रह कीजिए, लेकिन लोगों को तकलीफ़ मत दीजिए। इतना सुनने के बाद मुझे लगता है कि कुछ, तो अच्छा हो रहा है। अब ऐसी बातें सुनते हैं, तो मुझे लगता है कि कुछ तो अच्छा हुआ है।

आपने इस यात्रा की तीन साल तक तैयारी की थी। इसके बारे में कुछ बतायें?

पहले मुझे लगा कि यह काम नहीं कर सकते हैं। इतनी लम्बी यात्रा। दूसरी चिन्ता यह थी कि इतने लोग हमारे पास आयेंगे, तो

उन्हें कैसे ले जायेंगे? खाने–पीने की व्यवस्था कैसे होगी? सोने की व्यवस्था कैसे होगी?

फिर मैंने कहा कि अकेले चलूँगा, तो परेशानी कम होगी। मगर मुझे लगा कि अकेले चलने से यह नहीं होगा। मिलकर चलना होगा। तो हमसे जो लोग जुड़े थे, उन्हें पदयात्रा के विषय में बताया। फिर उन्होंने तत्काल कहा कि हम भी आयेंगे। हम लोग चलते रहे, बीच–बीच में सत्संग होता रहा। यहाँ से लेकर पंजाब तक बहुत लोग हैं, जिन्हें मैं जानता हूँ। 18 से 20 किलोमीटर हम लोग चलते हैं। फिर कहाँ रुकेंगे, खाना कहाँ मिलेगा, सब सोचते हैं। यह सब एक से डेढ़ साल तक चलता रहा फिर एक रफ़ प्लान बनाया। फिर हमने उस प्लान को अंजाम दिया और कई जगह पर ऐसा हुआ कि स्थानीय लोगों ने कहा कि हम लोग ख़र्च उठा लेंगे।

कई जगह ऐसा नहीं हुआ, तो दूसरे लोगों से बात करके उस ख़र्च को पूरा किया गया। पैसा तो हम लोगों के पास था नहीं। कभी लगता कि यह बन्द हो जायेगा। आगे क्या होगा? लेकिन फिर कोई–न–कोई सामने आ जाता। इस तरह से दूसरे के सहयोग से यह कार्यक्रम चला। हाँ, कॉरपोरेट के साथ हम अभी तक नहीं गये।

इस यात्रा के दौरान क्या आपको लगा कि देश में साम्प्रदायिक सद्‌भाव की कमी है?

हाँ, है। हमारे संस्कार ऐसे हैं कि हम लोग मिलकर रहते हैं। लेकिन, वे बीच–बीच में टूट जाते हैं। इसको जोड़ने की ज़रूरत है। जहाँ मैं रहता हूँ, वहाँ हिन्दू हैं। बग़ल में मुसलमान रहता है। इस घर से नमक उस घर में जाता है, लेकिन अचानक ऐसा क्या हो जाता है कि हम एक–दूसरे के विरोधी हो जाते हैं। इसका कारण ढूँढ़ने की ज़रूरत है। यह सब कुछ लोगों के स्वार्थ के कारण होता है। अंग्रेज़ जिस तरह से 'डिवाइड एंड रूल' करते थे, वह आज भी है। अभी हमारे यहाँ से यह नहीं गया है।

मौजूदा दौर में अध्यात्म के प्रति लोगों का रुझान कम हुआ है। यह फिर से कैसे बहाल किया जाये?

एक सत्संग करते हैं। लोगों से कहते हैं कि देखिए आपके पास जो पैसे हैं, धन है, इससे अच्छी चीज़ शान्ति है और शान्ति के लिए अध्यात्म ज़रूरी है। हम जहाँ जाते हैं, वहाँ यदि आप आयेंगे, तो पता चलेगा कि लोग क्या समझते हैं। इसलिए मैं लोगों को समझाता हूँ। लोग मुझे योगी समझते हैं। वे पीपल के पेड़ के नीचे आकर बैठ जाते हैं। पैर पकड़ लेते हैं और बड़ी मुश्किल से जाते हैं। जब वे बैठते हैं, तो मैं बैठकर उनसे बात करता हूँ। बाद में उन्हें भी महसूस होता है कि शान्ति से बढ़कर दूसरी कोई चीज़ नहीं है। उन्हें यह लगता है कि जब इन्हें शान्ति मिल सकती है, तो हमें क्यों नहीं मिलेगी? कोई फ़क़ीर पेड़ के नीचे बैठा है। उसके पास सिर्फ़ भिक्षापात्र है, लेकिन लोग बीएमडब्ल्यू कार में उसके पास जा रहे हैं। उससे क्या माँगेंगे? उसके पास तो कुछ है ही नहीं? लेकिन उसके पास शान्ति है, जो इन लोगों के पास नहीं है। ज़्यादा लोगों के पास शान्ति नहीं है, समाधान नहीं है। और ये सब अध्यात्म से ही होगा। हमारे भारत में अध्यात्म की कमी नहीं है। पर वह थोड़ा कमर्शियल हो गया है।

आपकी किताब आयी, 'एप्रेंटिस्ड टू ए हिमालयन मास्टर : ए योगी'ज़ ऑटोबायोग्राफ़ी।' इसे–तीन चार वर्ष पहले ही पढ़ चुका हूँ। आपके अनुभव प्रामाणिक हैं, जो बताते हैं कि जीवन सिर्फ़ वही नहीं है, जो हम जीते हैं। आपने किताब में अनेक योगियों की चर्चा की है। शुरू में योगी गोपाल स्वामी, कलारी स्वामी, अच्युतानन्द आदि... क्या वह विरासत अब भारत में कम हो रही है?

दुख की बात यह है कि वह विरासत कम हो रही है। ऐसे योगी ज़्यादातर बाहर निकल गये, वे छुपकर रहते हैं। क्योंकि ऐसे योगी से सब कोई लेना चाहता है। कोई देना नहीं चाहता। लेकिन वे आज भी हैं। मेरा विश्वास है कि हर समय पर कहीं–न–कहीं योगी विद्यमान होते हैं। आपको पता भी नहीं चलेगा, फिर भी होते हैं।

इन योगियों में कॉमन क्या लगा? इनमें क्या अलग–अलग स्पार्क थे। इनमें किसने ज़्यादा प्रभावित किया?

अलग–अलग तरह के थे ये योगी, लेकिन उन सभी में एक चीज़ कॉमन थी कि साथ बैठें, तो मन शान्त हो जाये। जैसे एक मैग्नेट रखा हो और साथ बैठनेवाला लोहे की चीज़ हो, जो थोड़ी देर बाद ख़ुद शान्त हो जाये। उनके पास आने पर अपनी ओर खींचता हो। साथ बैठने वाला भी कुछ देर बाद ख़ुद ही खिंचा चला जाये। ऐसे बहुत से सन्तों को मैंने देखा है। उनके साथ बैठा हूँ।

उनमें से गोपाल स्वामी थे, जो बिल्कुल अलग ही क़िस्म के थे। वे वेदान्त के ज्ञाता थे। वह अवधूत क़िस्म के थे। वे ज़्यादा कुछ किसी को सिखाते नहीं थे। वह कपड़े भी नहीं पहनते थे। कुत्तों के साथ कन्याकुमारी में जीते थे। मगर उनमें कुछ था। कई सही लोग जाते, तो जेनुइनली उन्हें पता चल जाता था। दूसरे लोग जाते, तो कुत्ते सामने खड़ा होने नहीं देते। यदि उनको लगता था कि सच में यह साधक है, तो वे समझ जाते थे। कई बार उनके साथ बैठा हूँ।

जहाँ तक मुझे स्मरण है, आप डिवाइन लाइफ़ सोसाइटी में भी रहे। जहाँ स्वामी शिवानन्द जी रहे, फिर स्वामी चिदानन्द जी भी। उनकी क्या ख़ासियत रही है?

तब उस आश्रम में स्वामी चिदानन्द जी रहते थे। जिस दिन मैं वहाँ गया, शाम को उस दिन सत्संग चल रहा था। स्वामी जी बैठकर सत्संग कर रहे थे। मैं भी बैठ गया। वे बोले–'हरिॐ'। सोचा, कैसे बात होगी। पता नहीं बात होगी या नहीं। उन्होंने भोजन कराने के लिए किसी को कहा। कहा, सत्संग कल भी सुन सकते हो। हर रोज़ वहाँ योगासन ध्यान आदि चलता था। जब मैं जाने लगा, तो उन्होंने रोका और कहा कि खाना खाकर जाना।

मैं वहाँ से जाना चाह रहा था। उन्होंने कहा कि कल सुबह आना। मैं दूसरे दिन गया। फिर, उन्होंने सब कुछ पूछा। कहाँ रहते हो, क्या करते हो, क्या करना है? सभी चीज़ पूछने के बाद उन्होंने कहा कि तुम्हारा मन यहाँ नहीं लग रहा है। तुम्हारा मन हिमालय की चोटियों पर है। पर, एक बात ध्यान रखना, जब यहाँ से जाना हो, तो बताकर जाना। वहाँ रहा एक महीना। हर रोज़ वहाँ योगासन,

ध्यान आदि होता। बहुत अच्छा था। लेकिन जैसा उन्होंने कहा कि मेरा मन वहाँ लगा नहीं। वैसे भी मैं आश्रम में रहने के ख़िलाफ़ था, जहाँ बहुत सारे लोग हों। मैं अकेले रहना चाहता था।

मेरा मन नहीं लगता था। एक दिन स्वामी जी को कहा कि अब मैं यहाँ नहीं रहूँगा। हिमालय जाऊँगा। तो उन्होंने कहा कि जाओ, लेकिन यह नहीं सोचना कि हिमालय में सारे सन्त ही रहते हैं। वहाँ फ्रॉड भी होते हैं। सँभल के रहना। देखूँगा मैं तुझे। स्वामी जी किसी को प्रणाम करने नहीं देते थे। कोई करता, तो वह पीछे हट जाते थे। एक दिन किसी ने प्रणाम किया, तो वह एकदम पीछे हो गये और गिर गये। मैंने उन्हें बचाया।

आपके गुरु महेश्वर नाथ जी तथा उनके गुरु जी महावतार बाबा जी ही परमहंस योगानन्द जी के गुरु थे?

परमहंस योगानन्द ने ऑटोबायोग्राफ़ी लिखी। उसके बाद लोगों को महावतार बाबा जी के विषय में ज़्यादा जानकारी मिली। ऐसा नहीं था कि इनके विषय में किसी को जानकारी नहीं थी। बहुत कम लोगों को उनके विषय में जानकारी थी। जो उन्होंने लिखा, बाबा जी जिनको हम श्रीबाबा जी कहते हैं, वे श्यामाचरण लाहरी के गुरु जी थे और भी उनके शिष्य थे।

लेकिन श्यामाचरण लाहरी उनके प्रथम शिष्य थे। योगानन्द जी ने महावतार का नाम इसलिए दिया कि अवतार आते–जाते हैं, लेकिन महावतार तो कभी–कभी आता है। इसलिए उन्होंने महावतार नाम दिया। हालाँकि उनकी परम्परा में महावतार नहीं कहते हैं। लेकिन उन्होंने यह नाम दिया। नाथ सम्प्रदाय में श्रीबाबा का नाम दिया जाता है। हमलोग उन्हें श्रीबाबा ही कहते हैं या नित्यनाथ कहते हैं। गोरखनाथ की लिखी हुई कोई भी किताब पढ़ें, तो उसमें ओऽम् श्रीगुरुदेवाय नमः से ही शुरू होता है। अंग्रेज़ी पढ़ने वाले सभी 'महावतार' के नाम से ही जानते हैं, लेकिन हम लोग उन्हें 'श्रीबाबा' ही कहते हैं।

आपकी और उनकी दोनों की पुस्तक से लगता है कि ये सारे अवतार महापुरुष हैं, जो जब चाहें, जहाँ चाहें जन्म ले सकते हैं। हमारे समाज को देने में उनकी भूमिका क्या है?

वह कभी–कभी पीछे से बैठकर अपना काम करते हैं। जैसे कि भगवान हैं, लेकिन कहीं नहीं दिखते हैं। लेकिन, पूरी दुनिया चल रही है। ठीक उसी तरह से हम जैसे लोगों को वह काम देकर भेज देते हैं। श्रीगुरु बाबा जी ही नहीं, बहुत सारे बाबा हैं, जो समाज देश के लिए काम कर रहे हैं। जो बाबा जी की स्पेशिएलिटी हैं, वह अपना रूप नहीं दिखाते हैं। वह मैटीरियल दिखाने के लिए नहीं हैं, बल्कि लोगों की सेवा और समाज के उत्थान के लिए है।

दुनिया के ऐसे विशिष्ट लोगों के साथ आपको रहने का सौभाग्य मिला। ऐसे लोग दुनिया के बारे में क्या सोचते हैं। जीवन के बारे में क्या सोचते हैं। मनुष्य क्यों पैदा होता है, उसका काम क्या है आदि...?

जीवन एक तपस्या है। दुख में सिमरन (सुमिरन) सब करे, सुख में करे न कोई। इसलिए सिमरन के लिए दुख ज़रूरी है। इसलिए दुख नहीं होगा, तो कोई टिकेगा नहीं। देखिए हर आदमी क्या खोजता है–सुख। आत्महत्या क्यों करता है? सोचता है कि इससे दुख ख़त्म हो जायेगा।

इसलिए सोचता है कि दुख ख़त्म होगा, तो सुख होगा। इसलिए भगवान ने सबके अन्दर एक भावना दी है। ज़्यादातर लोग सोचते हैं कि सुख बाहर मिलेगा। एक स्वामी जी थे। उनकी समाधि हरियाणा में है। वे पटियाला के महाराज थे। वे 140 साल ज़िन्दा रहे। एक दिन उन्हें लगा कि हमें अपनी रियासत–राज को और बड़ा बनाना चाहिए। मुग़ल सुप्रीमेसी थी। उस समय बहादुरशाह ज़फ़र बादशाह थे। पटियाला महाराज, बादशाह से मिलने दिल्ली आये। बादशाह ने कहा कि अगर तुम्हें अपना क्षेत्र बड़ा करना है, तो करो। मैं इसके लिए सेना भेज सकता हूँ। एक पठान जनरल को भेज दूँगा, लेकिन अगर उसके बाद वो बोलेगा कि मैं यहाँ का राजा हूँ, तो तुम क्या करोगे? ऐसे क़िस्म के भी लोग होते हैं, जिन्हें लालच हो जाता है।

उन्होंने पूछा कि क्या आपको लगता है कि पटियाला को थोड़ा बड़ा कर देने से आपको ख़ुशी मिल जायेगी? यहाँ से नीचे देखो, उस पेड़ के नीचे बैठे लोग कितने ख़ुश हैं। ख़ुशी चेहरे पर झलकती है। उनकी बात से वे काफ़ी प्रभावित हुए और फिर पटियाला जाने के बजाय सीधे हरिद्वार पहुँच गये। उनके लोगों ने काफ़ी दिन इन्तज़ार किया कि महाराज वापस नहीं आये। कहाँ चले गये? उनका छोटा भाई कुछ साल बाद तीर्थयात्रा पर गया। महाराज जब तीर्थयात्रा पर जाते, तो सब लोग उनके साथ जाते। बद्रीनाथ जाने की योजना बनायी। किसी ने कहा कि यह काफ़ी ख़तरनाक रास्ता है। लक्ष्मण झूला के पास गुफ़ा में एक योगी है। अगर उनका आशीर्वाद लेकर जायें, तो अच्छा रहेगा। वह गये योगीराज के पास, बोले, 'महाराज बद्रीनाथ जा रहा हूँ, आपका आशीर्वाद चाहिए। महाराज बोले–'तथास्तु'। सोचा–ये तो मेरे भाई की आवाज़ है, फिर आँख में देखा तो बोले, 'हाँ, मैं तुम्हारा भाई हूँ।' बोले, आप पटियाला वापस आइए। मुझे इसमें दिलचस्पी नहीं है। महाराज ने कहा कि मैं पूरे संसार का महाराज हूँ। तुम्हारे पटियाला कौन जायेगा? सब लोग शान्ति खोजते हैं, उन्हें शान्ति और पूर्णता मिलनेवाली नहीं है। जिसे अन्दर शान्ति मिल गयी, आत्मविभोर हो गया, वह बाहर भी काम कर सकता है।

नीमकरोली बाबा के बारे में भी आपने अपनी पुस्तक में ज़िक्र किया है। उनके बारे में अपना अनुभव बतायें?

वे बड़े अवधूत थे। योगी थे। समाधि वृन्दावन में है। नीमकरोली बाबा के बारे में कई कथाएँ हैं। मैं उनको शरीर छोड़ने से दो साल पहले वृन्दावन में मिला।

वे जहाँ जाते थे, लंगर खुल जाता था। एक बार गया, तो वहाँ लंगर चल रहा था। कई लोग थे, मैं पीछे खड़ा हो गया। देख रहा था, क्या हो रहा है। पीछे खड़े एक आदमी ने कहा–'आगे जाओ, वहाँ जाओ।' बाबा कम्बल ओढ़ के रहते थे। उन्होंने मुझे देखते ही बोला–'आओ, आओ।' 22 साल की उम्र थी, बैठते ही मुझे गर्मी लगने

लगी। सारा शरीर गर्म हो गया। ज़ोर से मेरी पीठ पर मुक्का मारा और हँसने लगे। कहा–बाबा जी का बच्चा आया है। फिर कम्बल में हाथ डालकर एक सेब दिया। सेब इतना ख़राब था मतलब आख़िरी हालत में। बोले–खाओ। कैसे खायें। फिर गुस्से से बोले–खाओ। फिर मैंने खाया। बोले–आओ, भोजन करने के बाद जाना। मैं जाने लगा, तो एक आदमी ने पकड़कर कहा कि जब बोले हैं, खाके जाओ, तो खाकर जाना। बस इतना मुझे याद है।

आपकी पुस्तक में ऋषिकेश की एक घटना का उल्लेख है। एक अमेरिकी महिला गंगा के किनारे घूम रही थी जो कैंसर से ग्रस्त थी, फिर वह नहीं रही, आपने उसकी मदद अपने गुरु से करायी?

आत्मा की न कास्ट है, न रिलीजन है, आत्मा में तो ऐसा कुछ है ही नहीं। आज ब्राह्मण के शरीर में जो आत्मा है, वह कल दलित के शरीर में होगी। जो दलित के शरीर में आत्मा है, वह कल ब्राह्मण के शरीर में हो सकती है।

यह सब अपने–अपने कर्म के हिसाब से होता है। आदमी के जीवन कई हैं, एक नहीं है। मैं यही कहता हूँ। आत्मा की न जाति है, न धर्म है। पर, आत्मा शरीर में है। आम धारणा है, ब्राह्मण में पैदा हुआ ब्राह्मण, क्षत्रिय में पैदा हुआ क्षत्रिय। पर, आत्मा तो ऐसा कुछ नहीं है। अगर आपको विश्वास है, तो ऐसा हो सकता है। अगर आप कहेंगे कि नहीं, तो आपको विश्वास नहीं है। सोचिए। कैसे हो सकता है। अपने कर्म के हिसाब से आत्मा लौटती है।

एक सामान्य व्यक्ति के लिए मुक्ति का रास्ता क्या है? क्या योगी हमें वह रास्ता दिखायेंगे?

मुक्ति का रास्ता योगी तब दिखायेंगे, जब हमें यह समझ में आयेगा कि जो हम ढूँढ़ रहे हैं, वह यहाँ नहीं है। इस आत्मानुभव के लिए इतनी प्यास और भूख लगनी शुरू हो जाती है कि लगेगा कि रास्ता यही है। तब उस समय गुरु होता है। तब गुरु प्रत्यक्ष होता है। गुरु ढूँढ़ने की ज़रूरत नहीं है। जब हम इस स्तर पर पहुँच जाते हैं, तब गुरु अपने

आप प्रत्यक्ष हो जाते हैं। फिर वहाँ से रास्ता बनाते हैं। इसे कोई बना नहीं सकता। अपने अनुभव से ही इसे हासिल कर सकते हैं।

भाग्य व कर्म क्या अलग–अलग हैं? क्या इनसान पुरानी डेस्टिनी लेकर पैदा होता है, क्या उसे बदल सकता है?

आप आत्मा की बात छोड़िए, पहले शरीर की बात करिए। हज़ारों साल के जेनेटिक रिवोल्यूशन का रिजल्ट हैं हम। हमारे अन्दर कितने जीन हैं और कब से हैं? हमारे अन्दर जो जीन शुरुआत से हैं, वे बदले हैं क्या? उसका जो कॉम्बिनेशन है, वह हैं हम। उसे कैसे बदल सकते हैं? यह जेनेटिक रिवोल्यूशन है।

हम तो कुछ भी नहीं कर सकते हैं। इसलिए जब बच्चा पैदा होता है, तो कई जीन सब में होते हैं, कुछ अलग–अलग होते हैं। इसलिए जीन का अलग–अलग कॉम्बिनेशन है, ब्रेक है, कॉमन भी होते हैं। इसलिए एक लिमिट तक हम कर सकते हैं। ब्लूप्रिंट के अन्दर काम कर सकते हैं, ब्लूप्रिंट के ऊपर कुछ नहीं कर सकते हैं। हम कैसे डिसाइड कर सकते हैं कि जेनेटिक कॉम्बिनेशन क्या है? हम यह नहीं कर सकते हैं? वह अपने आप बाहर आ रहा है। देखिए, शरीर की बात है, हमारा जो ब्रेन है, वह एक मिलियन वर्ष के इवोल्यूशन के बाद आया है।

जेनेटिकली तो ज़रूर हमारा और आपका अलग–अलग रहेगा। कॉमन फ़ीचर तो रहेगा, लेकिन अलग–अलग रहेगा। यह हम नहीं बदल सकते। मैं यह डिसाइड नहीं कर सकता हूँ कि कौन–से माता–पिता के घर जन्म लूँ। यह डेस्टिनी है। उसके बाद मेरे सामने जो अवसर है, उसमें क्या अच्छा है, यह तय करने के लिए हमें भेज दिया गया है।

नहीं तो इसकी क्या ज़रूरत है? ऊपर से सब कुछ शुरू हो जाता है। मैं यह विश्वास करता हूँ, इसलिए मेरे लिए यह ब्लूप्रिंट है। हमें सोचने की एक क्षमता दी गयी है, जिससे हम निर्णय ले सकते हैं। अगर आप सौ बार कोशिश करें, नहीं मिला तो समझिए, बैन है, नहीं मिलेगा। इसलिए हम कुछ नहीं करेंगे, ऐसा नहीं होता। भूख लगती

है, तो आदमी खाने के लिए कुछ भी करने को तैयार है, वह यह नहीं कहता है कि वह नहीं खायेगा। ऐसा तो नहीं हो सकता है।

जीवन में लगातार मिलनेवाले दुख और निराशा को आदमी कैसे कम करे? दुखों को कम करने का आध्यात्मिक रास्ता क्या है?

बहुत रास्ते हैं। जब उसे पता चल जाता है कि मन शान्त होता है, तो उसका आनन्द है, वह हमारे अन्दर है। उसे आदमी एक बार चख लेगा, उसे कोई दिक्क़त नहीं है। काम करता रहेगा। अगर वह हो जाये, तो थोड़ा भी चख लेगा, तो उसे पता चल जायेगा कि बाहर ऐसी कोई चीज़ नहीं है, जो उसे मिलने वाली है। उसे कोई दिक्क़त नहीं होगी। उसका तनाव कम हो जायेगा, क्योंकि वह सुख को बाहर नहीं ढूँढ़ रहा है। जब आप कुछ काम करते हैं, तो जो थोड़ा आनन्द है, उसे थोड़ा बाँटें, इतना ही काम है।

आप इतनी जगह घूम कर आये, फिर जे. कृष्णमूर्ति के सम्पर्क में आये। उनके बारे में क्या राय है?

बाबा जी ने बोला उनके पास जाओ। उन्होंने कहा–थोड़े दिन वहाँ रहो और कृष्णमूर्ति के बारे में जानो। उसके पहले भी पढ़ा था उन्हें। मैं उनसे मिला। उपनिषद् में जो है, उसे अच्छी तरह समझना थोड़ा मुश्किल है। उसके कई सॉल्यूशन मुझे कृष्णमूर्ति से मिले। जो पण्डित या योगी से नहीं मिल सकता था। उनको भी मैं योगी समझता हूँ। उनके बहुत सारे कार्य हैं।

ईशोपनिषद् में कहा गया है, जो अविद्या की आराधना करता है, वह अँधेरे में जाता है। अथर्ववेद के कई श्लोकों में भी इसी तरह की बात कही गयी है कि जो अविद्या की आराधना करता है, वह अँधेरे में चला जाता है और जो विद्या की आराधना करता है वह और घोर अँधेरे में चला जाता है।

बाबा जी से मैंने पूछा, तो उन्होंने कहा कि जब तुम कृष्णमूर्ति के पास जाओगे, तब सभी बात समझ में आ जायेगी। फिर मुझे धीरे–धीरे समझ में आया कि बात क्या है। जिसे लोग अविद्या कह रहे हैं, वह अपरविद्या है और जिसे विद्या कह रहे हैं वह पराविद्या

है। मैं स्वामी चिन्मयानन्द जी के पास गया और इस विषय में उनसे पूछा, तो उन्होंने कहा कि यह कहाँ लिखा हुआ है। मैंने बताया कि यह उपनिषद् की बात है, तो उन्होंने कहा कि मैंने तो उपनिषद् पढ़ा नहीं है। फिर मैंने बोला, उपनिषद् पढ़े नहीं हैं इससे क्या होता है, इस बारे में आप जानते हैं। आपको अनुभव है। इसलिए बताइए। तब उन्होंने इसके दो मतलब बताये, जो समझता है अपने आप को कि वह विद्या का आराधक है, तो उसका अहंकार इतना बढ़ जाता है कि असल में सत्य उसके पास नहीं रह पाता है। वह सत्य को कभी पकड़ नहीं पाता है। क्योंकि उसे लगता है कि उन्हें सब कुछ पता है। इसलिए वह सत्य को कभी पकड़ नहीं सकता है।

दूसरा, उन्होंने कहा, जो सत्य ढूँढ़ रहे हैं, जिनको परमब्रह्म कहते हैं, उसमें कोई पुरानी चीज़ें नहीं है। जब भी हम किसी चीज़ के बारे में कहते हैं कि इस विषय में हमें ज्ञान है, इसका मतलब यह है कि पहले मैं इस चीज़ के बारे में नहीं जान रहा था, अभी इसकी जानकारी मिली। उस जानकारी को मेमोरी ने स्टोर कर लिया और जब चाहूँ तब उस स्टोर से मेमोरी को खींचकर ला सकता हूँ। यही हर विद्या के बारे में है।

चिन्मयानन्द जी ने कहा कि मेमोरी पास्ट (भूत) में है, प्रेजेंट (वर्तमान) में तो है नहीं, लेकिन सत्य–ब्रह्म, प्रजेंट में है। इसलिए कोई भी विद्या उसे पकड़ नहीं सकती है। जब हम विद्या को जानने की बात करते हैं, तो उस सत्य ब्रह्म को पकड़ना मुश्किल हो जाता है। क्योंकि विद्या से हम पास्ट की बात करते हैं, जबकि सत्य–ब्रह्म को प्रजेंट में पाना होता है। बाद में शिरडी साईं बाबा के सत्य साईं में बैठना हुआ। वह तो फ़क़ीर थे। कृष्णमूर्ति तो पढ़े–लिखे थे।

एक दिन किसी ने आकर कहा कि अज्ञान, ज्ञान है और विज्ञान उससे भी ख़राब चीज़ है। तब उन्होंने बहुत ही साधारण ढंग से समझाते हुए कहा–देखो, तुम रास्ते में चलकर जा रहे हो और काँटा लग गया, दर्द हो रहा है, तो वह अविद्या है। उस काँटे को निकालने के लिए दूसरे काँटे को लगाया, वह विद्या है। लेकिन अविद्या के

काँटे को फेंककर विद्या के काँटे को लगा लोगे क्या? यानी दोनों काँटों को फेंकना होगा।

अपनी पुस्तक के बारे में कोई रोचक या ख़ास बात बताएँ।

हम लोग जब भी ऋषिकेश जाते थे, तो वहाँ पर नीलकण्ठ के नीचे रहते थे। नीलकण्ठ के नीचे मौनी बाबा की कुटी थी। जब हमारे बाबा जी आते, तो मौनी बाबा उस कुटी को ख़ाली कर ऊपर नीलकण्ठ चले जाते थे। एक बार जब हम वहाँ थे, तो वैरागी बाबा आकर हमारे बाबा जी को कंप्लेन किये कि एक हाथी ने मदमस्त होकर कई लोगों को मार दिया है।

बाबा ने कहा कि पहले फॉरेस्ट डिपार्टमेंट को बताओ, मैं क्या फॉरेस्ट डिपार्टमेंट का आदमी हूँ। तब वैरागी बाबा ने कहा कि मदमस्त हाथी ने दो साधुओं को भी मार दिया है। आप कुछ कीजिए। हमारे बाबा ने पूछा कि हम क्या कर सकते हैं? तब उन्होंने बताया कि यह मुझे पता नहीं है, लेकिन आप कुछ कीजिए। बाबा ने कुटी से सभी को बाहर जाने को कहा। आधी रात को उन्होंने मुझे उठाया और कहा कि चलो, चलते हैं। मैं सोचने लगा कि इस आधी रात को हमें कहाँ ले जा रहे हैं?

मैं उनके साथ चल दिया। गोपा और नीलकण्ठ के बीच में एक रास्ता है। बीच में घाटी है। हम दोनों जाकर वहाँ बैठ गये। बाबा जी ऊपर और हम नीचे। बैठने के बाद घाटी के दूसरी तरफ़ देखा कि एक चीता हम लोगों के पास आ रहा है। वह समीप आकर इधर–उधर टहलने लगा। मुझे कुछ क्षण के लिए लगा कि मेरा काम तो आज तमाम है। लेकिन वह चीता देखकर चला गया। दूसरी ओर घना पेड़ और जंगल भी था। हाथी जब पेड़ या जंगल के बीच में छुपा होता है, तो कुछ भी आवाज़ नहीं करता है, जबकि हाथी के आसपास किसी के होने पर उसे पता चल जाता है।

मैं जहाँ बैठा था, उसके आसपास बड़े–बड़े पेड़ थे। वहाँ से आवाज़ आयी और मदमस्त हाथी मेरी तरफ़ सूँड़ हिलाता हुआ आने लगा। मैंने बाबा जी का हाथ पकड़ा और हाथ पकड़कर ॐ नमः शिवाय का जाप करने लगा। फिर अचानक से हाथी की चाल कम हो गयी।

जैसे ब्रेक लग गया हो। हाथी, बाबा जी के पास पहुँच गया। आगे का पैर उठाकर वह बाबा जी के पास झुक गया। बाबाजी उसके पास गये और कान में बोलने लगे कि जंगल में हाथी ऐसे जीता है क्या? ऐसे लग रहा था जैसे हाथी उनकी बात को समझ रहा हो। मैं अवाक् था। फिर बाबा जी ने मुझे कहा कि मेरा हाथ पकड़ो और आगे बढ़कर हाथी को प्रणाम करो। मैंने कहा कि ऐसा नहीं करूँगा, पता नहीं वह हाथी क्या करेगा? लेकिन बाबा जी के आदेश के बाद मैंने हाथी को प्रणाम किया। प्रणाम करते ही हाथी मुझे सूँघकर बैठ गया। कुछ देर बैठने के बाद फिर वह चला गया। बाबा जी ने कहा कि पूर्व जन्म के कर्म के कारण हाथी बन गया है। उसके बाद वह मदमस्त हाथी कुटी के आसपास कभी नहीं दिखा। हाथी के जाने के बाद वैरागियों का कुटी में आना–जाना शुरू हो गया। तब, मैंने पहली बार देखा कि योगियों के अन्दर कितनी शक्ति होती है।

(2017)

चेतना की अज्ञात दुनिया

सितम्बर, 2011 में साधक श्री एम. की पुस्तक 'अप्रेंटिस्ड टू ए हिमालयन मास्टर : ए योगी'ज़ ऑटोबायोग्राफ़ी' मिली। 2010 में छपी थी। पुस्तक में 50 अध्याय हैं। अन्तिम अध्याय है, 'द जर्नी कंटिन्यूज' (यात्रा जारी है)।

एक सप्ताह पहले, दिल्ली स्थित अपनी परिचित पुस्तक दुकान 'बाहरी एंड संस' (खान मार्केट) जाना हुआ। पहली बार यहाँ 1991 में आया था, तो दिलीप कुमार को बैठा, पढ़ता पाया। इसलिए स्मृति में है। वहीं श्री एम. की दूसरी पुस्तक 'द जर्नी कंटिन्यूज' (ए सीक्वेल टू एप्रेंटिस्ड टू ए हिमालयन मास्टर) मिली।

लगभग 220 पन्नों की किताब है। वह पुस्तक में बताते हैं, मस्तिष्क को झकझोर देनेवाली सूचनाएँ, जो आधुनिक विज्ञान का अतिक्रमण करती हैं। उसमें चेतना और मस्तिष्क के अज्ञात संसार की बातें हैं। 24 अध्याय के ये अनुभव, सामान्य लोक संसार की मान्यताओं–धारणाओं पर सीधे आघात–प्रहार है। यकीन न आनेवाली बातें।

पर, आज से 30–40 वर्ष पूर्व मोबाइल पर किसे यकीन था? सूचना क्रान्ति, रोज़ नये अनुसन्धान, ग्लोबल विलेज (डेथ ऑफ़ डिस्टेंस), अब भविष्य की ट्रेन 'द हाइपरलूप' (गति 1200 किमी. प्रति घण्टा, जो धरती पर हवाई जहाज़ से तेज़ गति से चलेगी) पर काम! विज्ञान ने कैसे असम्भव को सम्भव बनाया। जो कल्पना से परे चीज़ें थीं, उन्हें साकार कर दिखाया। कर रहा है।

उसी तरह साधक मानव चेतना की बात करते हैं। एनर्जी (ऊर्जा) और कांशसनेस (चेतना) ही सृष्टि के मूलाधार माने जाते हैं। एनर्जी पर ख़ूब शोध हुआ, पर चेतना तो अज्ञात है। भारत के ऋषि, तपस्वी, साधक, इसी चेतना की तलाश में रहे। इस रूप में जैसे विज्ञान अज्ञात

रहा। उसके संसार से एक–से–एक स्तब्धकारी अनुसन्धान निकले और उन्होंने दुनिया बदल दी। प्रचार से दूर रहनेवाले साधक कहते हैं, यह चेतना भी अज्ञात पथ है।

आज भी मानव चेतना अज्ञात है। उसकी दुनिया में कितनी अनजान चीज़ें हैं, कौन जान सका है? असल अध्यात्म इसकी तलाश है। श्री एम. की इस नयी पुस्तक में ऐसे ही उनके स्वानुभव हैं, जिन पर परम्परागत मन, मस्तिष्क और सोच यकीन ही नहीं करता।

श्री एम. साधारण इनसान नहीं हैं। दुनिया के जाने–माने लोगों के बीच उनकी जगह है। गूगल से लेकर हर जगह वह सुने–पढ़े जाते हैं। पुस्तक के आरम्भ में कुछ साधकों की दुर्लभ तस्वीरें हैं। बाबा जी का स्केच कैसे तैयार हुआ, उसका दिलचस्प प्रसंग है। कैसे बिन बताये बाबा जी की तस्वीर लेने की उनकी योजना विफल हुई, इसका वर्णन है। बाबा जी को बिन बताये कैसे यह सब पता चला, इसका ब्योरा है। 'माइंड एंड मैटर' (मस्तिष्क और पदार्थ) की परम्परागत मान्यताओं ढाँचे–सोच से आगे बढ़कर।

पर, इसे पढ़ने से पहले इस पुस्तक के आरम्भ में उनकी बातें ही जान लें। वह कहते हैं, 'इसे आप कपोल–कल्पना कह ख़ारिज कर सकते हैं। शुद्ध झूठ मान सकते हैं या यह भी निष्कर्ष निकाल सकते हैं कि मैं भटक चुका हूँ।'

पर यह हक़ीक़त है कि आज का तार्किक मस्तिष्क जो मानता–देखता–सोचता है, चेतना की अज्ञात दुनिया उसके बहुत पार है। माना भी जाता है, सच, कल्पना से भी विचित्र होता है। हमारे योगी–ऋषि, तो कह भी गये, यह ठोस संसार कुछ और नहीं माया है। मस्तिष्क की बनावट।

साधक श्री एम. की ये बातें ध्यान में रखकर आप यह पुस्तक पढ़ेंगे, तो शायद इसकी बातों–अनुभवों को साझा कर पायेंगे।

(2017)

मौत की प्रतीक्षा करती लड़की से मुलाक़ात

ाधक श्री एम. की पुस्तक के कई प्रसंग अविश्वसनीय लग ाकते हैं। पर, अध्यात्म का एक पहलू है अज्ञात को जानना। कोलम्बस–वास्कोडिगामा की खोज, भटकाव, पीड़ादायक समुद्री यात्रा े बाद पता चला कि दुनिया–सृष्टि का स्वरूप भिन्न है। उसी तरह ाधना, तप, आत्मखोज की अज्ञात–अनजान दुनिया है।

पुस्तक में एक मार्मिक प्रसंग है। साधक श्री एम. अपने गुरु बाबा ी (श्री महेश्वरनाथ बाबा जी) के साथ, 'मुनी की रेती' ऋषिकेश की ुफ़ा में रह रहे थे। साधना और ख़ाली समय में गंगा का अविरल वाह देखना, घण्टों–घण्टों गंगा तट पर बैठकर गंगा की लहरों, वनियों, वेग, गति, लय और एकान्त से एकलीन होना। ऐसा था ानिक जीवन। जिन लोगों ने दो दशक पहले यहाँ पर गंगा का अक्षत ौन्दर्य और प्रकृति की छटा–विशालता देखी होगी, वे 'ईश्वरप्रिय हमालय' की झलक से परिचित होंगे।

वहीं एक दिन, गंगा निहारते, कुछ दूरी पर बैठी एक लड़की देखायी दी। दूर से लगा वह यूरोप या अमेरिका की है। रह–रह र वह 'वॉमिट' (वमन) कर रही थी। लगा, अति पीड़ा में है। जब ॉमिट रुकता था, फ्लास्क से घूँट–घूँट पानी ले रही थी। अचानक सकी निगाह साधक श्री एम. पर गयी। उसका चेहरा पीला–कमज़ोर ा। पीड़ा की वेदना आँखों में थी। श्री एम. ख़ुद को रोक नहीं पाये। ाकर पूछा, क्या कोई मदद कर सकता हूँ? उसने कहा, चाहती तो , कोई मदद कर पाता, पर कुछ भी सम्भव नहीं है।

आग्रह पर उसने बताया। वह फिलाडेल्फ़िया (अमेरिका) से थी पढ़ाई–पेशे से माइक्रोबायोलॉजिस्ट। चार वर्ष पहले हरिद्वार, ऋषिकेश आयी। अज्ञात कारणों से वह गंगा–ऋषिकेश से बँध गयी। हर साल आना, महीनों रहना, पर किसी गुरु या आश्रम या अध्यात्म से कोई सरोकार नहीं। प्रकृति, दृश्य और गंगा का अविरल प्रवाह उसे खींच ले आते। पर, छह माह पहले उसकी दुनिया पलट गयी। काफ़ी जाँच के बाद पता चला, उसे कैंसर है।

पेट (कोलोन) में अन्तिम स्टेज में। महज़ दो माह जीने का समय अमेरिकी डॉक्टरों ने बताया। वह अपनी प्रिय जगह आ गयी। उसे लगा, रोग शरीर को ख़त्म करेगा, पर मन को जो चैन, सुकून और शान्ति, ऋषिकेश में गंगा किनारे मिलता है, वह तो अन्तिम क्षण प ले। घरवालों ने मना किया, पर वह अपनी ज़िद से आयी। स्वर्गाश्रम में कमरा लिया। बहुत पीड़ा, कुछ भी पचा न सकने की स्थिति, ख़ून का वॉमिट। अकेलापन, मौत की प्रतीक्षा, यही था उसका जीवन।

उस अमेरिकी युवती की बात सुन साधक श्री एम. की संवेदना–करुणा जगी। उसे वहीं रोका। कुछ दूर स्थित अपनी गुफ़ा में गये वहाँ बाबा जी थे। दौड़कर गये थे। हाँफ रहे थे। उन्होंने पूछा, क्या हुआ। इनका जवाब था, एक अमेरिकी युवती बड़े कष्ट में है। उसे आपके पास लाने की अनुमति चाहता हूँ।

बाबा जी ने पहले मना किया। फिर सहमति दी। वह आयी कमज़ोर थी। चल नहीं पा रही थी। बाबा जी ने देखते ही कहा कमण्डल का पानी दो। बैठाया। बाबा जी ने आशीर्वाद दिया। उस युवती ने अपनी पूरी पीड़ा बतायी। कहा, डॉक्टरों ने कह दिया है डेढ़–दो माह ही समय है। बाबा जी ने समझाया। कुछ आसान साधना पद्धति बतायी। आशीर्वाद दिया। उससे धीरे–धीरे स्थिति सुधरने लगी व वॉमिट कम हुआ। वह अमेरिका लौट गयी। सम्पर्क टूट गया साधक श्री एम. साधना भी अपनी दुनिया में रम गये।

तीन वर्षों बाद उसी जगह एक शाम अचानक पुनः वह लड़की मिली। स्वस्थ और सुन्दर। उसने बताया कि कई बार वह गुफ़ा में बाबा जी और साधक श्री एम. को तलाशने गयी। पर, वहाँ कोई

अन्य साधु मिला। उस मुलाक़ात और बाबा जी के आशीर्वाद के बाद वह अमेरिका लौटी। धीरे–धीरे वह स्वस्थ हो गयी। कैंसर ख़त्म। परिवार–डॉक्टर स्तब्ध। वह पुनः ऋषिकेश आयी, बाबा जी व साधक एम. को आभार प्रकट करने। संयोग से मुलाक़ात हो गयी। वह दूसरे दिन वापस अमेरिका लौट रही थी।

अचानक हुई इस मुलाक़ात से प्रसन्न थी, पर बाबा जी से मिलकर आशीर्वाद चाहती थी। पता चला वह कैलास–मानसरोवर की यात्रा पर हैं। उस युवती ने इस बार साधक एम. का पता, टेलीफ़ोन नम्बर लिखा और लौट गयी।

दो माह बाद, उस लड़की के भाई का पत्र साधक श्री एम. के पास आया। लिखा था–भारत से लौटने के बाद 16 अक्टूबर की रात वह युवती नहीं रही। डॉक्टरों के अनुसार गहरी नींद में हृदयगति रुकने से उसकी मौत हो गयी। पर, मरने से पहले उसने एक पत्र आपको लिखा था, 'वह भेज रहा हूँ।'

उस पत्र में उस अमेरिकी युवती ने लिखा अचानक तीन वर्षों बाद, पुनः उसी जगह मिलना, बड़ा सुखद रहा। यकीन है, बाबा जी के प्रति मेरा आभार बताया होगा। उस दिन उनसे मिलने के बाद कुछ विचित्र घटा। मैं पूरी तरह स्वस्थ हो गयी। पुनः ज़िन्दा, उत्साह और ऊर्जा से भरपूर। कल रात बाबा जी को सपने में देखा... पूरा अनुभव लिखा है।

इसके बाद सपने में बाबा जी से मुलाक़ात–उनकी बातों–संकेतों का उल्लेख है। उस सपने से साफ़ हो गया कि धरती पर उसका समय पूरा हुआ। अब एक नयी यात्रा पर निकलना है।

इसके एक दिन बाद ही वह नहीं रही।

साधक श्री एम. के ऐसे अनुभव बाँधते हैं, बताते हैं कि सृष्टि या संसार वही नहीं है, जो हम देखते–निरखते–परखते हैं।

(2017)

‘भाई श्री’ से मुलाक़ात

‘भाई श्री’ उच्चकोटि के साधक हैं। एमबीबीएस की पढ़ाई की। फि संन्यासी हो गये। अद्भुत प्रतिभा के धनी। शालीन और संवेदनशील स्नेह उनसे झरता है। प्राचीन और अत्याधुनिक ज्ञान के वह संगम हैं गहरे अध्येता। विद्वता की प्रतिमूर्ति। पर, वह प्रचार नहीं चाहते, इसलि अपना नाम और परिचय छापने से मना करते हैं। आत्मप्रचार, साधना ख़लल है, यह वह मानते हैं। भारत के एक महान क्रान्तिकारी (जिनकी आज़ादी की लड़ाई में अग्रणी भूमिका थी। वह गाँधी जी के अत्यन्त क़रीबी थे।) के वह पुत्र हैं, जो आज़ादी के बाद साधना–अध्यात्म क्षेत्र में चले गये। बड़े साधक बने। ‘भाई श्री’ को ‘अध्यात्म’–‘साधना विरासत में मिले हैं।

एक युवा मित्र के सौजन्य से ‘भाई श्री’ से पहली मुलाक़ात हुई उनकी सादगी, तप, त्याग और विचारों में चुम्बक है। उनकी बात मन्त्रमुग्ध करती हैं। विज्ञान से लेकर दुनिया के कोने–कोने में ह रही नयी चीज़ों–आविष्कारों के बारे में वह बताते हैं। भारत के प्राची ग्रन्थों को कोट करते हैं। सम्यक दृष्टि से चीज़ों को देखते–परखत हैं। उनकी वाणी–विचार ताज़गी देते हैं। सो फिर मिला। लम्बी बातचीत हुई। उन्होंने बताया, भारत और पश्चिम में बुनियादी फ़र्क़ है भारत में सामूहिक सफलता की कामना की जाती रही है। व्यक्तिगत सफलता की आकांक्षा पश्चिम की देन है। भारत के महान ग्रन्थों क मन्त्र ‘बहुवचन’ में हैं। यहाँ वसुधैव कुटुबकम की मान्यता रही है। वेद के मन्त्र देखें। गायत्री मन्त्र देखें।

'भाई श्री' प्रह्लाद की प्रार्थना उद्धृत करते हैं। भगवान प्रह्लाद से वरदान माँगने के लिए कहते हैं। बालक प्रह्लाद जवाब देते हैं, 'मुझे आपकी कृपा नहीं चाहिए। जब तक इस धरती पर एक भी प्राणी दुखी है, मैं सुखी नहीं रह सकता।' यह 'हम' केन्द्रित समाज का चिन्तन है। पश्चिम 'मैं' केन्द्रित समाज है। 'भाई श्री' कहते हैं, पश्चिम के विकास मॉडल में तनाव, दुख, डिप्रेशन, हिंसा, द्वेष वग़ैरह अन्तर्निहित हैं।

भारत का संकट यह है कि हमने गाँधी को भुलाकर 'मैं' केन्द्रित, पश्चिम के समाज का विकास मॉडल अपना लिया है। इसलिए यहाँ भी व्यक्तिगत आकांक्षा, अपनी सफलता, निजी मुक्ति की भूख बढ़ रही है। भारतीय समाज के संकट के मूल में यह तथ्य है।

हमारे ऋषियों की कसौटी क्या थी? कौन समाज को सत्य या ब्रह्म की ओर कितना ले गया? पश्चिम में निजी उत्कृष्टता (इंडिविजुअल एक्सीलेंस), व्यक्तिगत उपलब्धि (इंडिविजुअल परसुट) पर ज़ोर है। आपका बायोडाटा (सीवी) आपकी नियति तय करता है। पर, भारत के ऋषियों–महर्षियों का कोई सीवी (बायोडाटा) है? उपनिषदों जैसे महान ग्रन्थों के रचनाकारों के नाम आप जानते हैं? याज्ञवल्क्य ने हज़ारों वर्ष पहले प्रार्थना की। सबके कल्याण के लिए।

इसलिए भारत के विकास मॉडल का नया मूल मन्त्र होना चाहिए 'सबके सुख में हमारा सुख हो।' यह नयी बात नहीं है। हमारे अतीत के सर्वश्रेष्ठ विचारों का यह अंश है। इसलिए आधुनिक ऋषि विनोबा ने कहा, मनुष्य ही देहमुक्त हो सकता है। मानव ही कह सकता है कि हम शरीर नहीं हैं। पशु, तो देह से बँधे होते हैं। आहार, निद्रा, मैथुन और भय से संचालित। इनसे ऊपर उठना ही आत्मप्रगति है। अपने काम–फ़र्ज़ को अच्छी तरह जानना और उत्कृष्ट ढंग से उन्हें पूरा करना, यह मानव फ़र्ज़ है।

'भाई श्री' कार्लाइल को उद्धृत करते हैं, 'इफ़ यू नो योर वर्क, यू आर ऑलरेडी ब्लेस्ड (अगर आप अपने काम को अच्छी तरह जानते हैं, तो इसका अर्थ है, ईश्वर ने आपको वरदान दिया है)।' 'भाई श्री'

रवीन्द्रनाथ टैगोर की 'साधना' पुस्तक से उद्धरण सुनाते हैं। पढ़ने का सुझाव देते हैं। दो दिनों बाद ही 'भाई श्री' वह पुस्तक ख़रीदकर भिजवाते हैं। फिजिक्स के एक उद्‌भट विद्वान की सीडी भी साथ में है। पुस्तक और सीडी पाकर लगता है कि हमारी ऋषि परम्परा ख़त्म नहीं हुई है। जो दूसरों की मुक्ति के लिए जीता हो, वही उस समृद्ध ऋषि परम्परा का आधुनिक प्रतीक है। 'भाई श्री' ऐसे ही हैं।

(2006)

अतिशय भोग की आग में!

'भाई श्री' महान स्वतन्त्रता सेनानी और गाँधी जी के प्रिय पं. रामनन्दन मिश्र के पुत्र हैं। इनका नाम है उदय राघव। माता–पिता प्यार से अन्ना कह कर पुकारते थे। अन्ना के नाम से ही मित्र बुलाते हैं। गाँधी जी ने रामनन्दन जी और उनकी पत्नी को लम्बे समय तक अपने साथ साबरमती आश्रम में रखा। पं. रामनन्दन मिश्र आज़ादी की लड़ाई में अगली पंक्ति के बड़े नाम रहे। जेपी और लोहिया के अभिन्न मित्र। आचार्य नरेंद्र देव, जयप्रकाश, डॉ. लोहिया तथा अन्य मित्रों के साथ सोशलिस्ट पार्टी की स्थापना की। हजारीबाग जेल से जेपी के साथ भाग निकलने वाले। बिहार की अपनी अंतिम यात्रा में लोहिया उनसे मिलने दुमका गये। आज़ादी के कुछेक वर्षों बाद ही 1953 में पं. रामनन्दन मिश्र आध्यात्मिक साधना में संलग्न हुए। विनोबा भावे से उनका निकट सम्पर्क रहा। अनेक बड़े सन्तों–महात्माओं के प्रियपात्र रहे। ख़ुद अध्यात्म में ऊँचाई तक गये। अपने जीवन के अन्तिम 10 वर्षों में नव–विश्व–निर्माण की रूपरेखा अपने मित्रों को दे गये।

अन्ना जी ने डॉक्टरी (एमबीबीएस) की पढ़ाई की। फिर अपने वृद्ध पिता की सेवा और आध्यात्मिक साधना में निमग्न हुए। अब अध्ययन और साधना उनके जीवन के हिस्से हैं। अत्यन्त मामूली ढंग से रहना। बहुत सादगी में जीना। पर, दुनिया की ताज़ा और नवीन ख़बरों के साथ–साथ अध्यात्म

का इतना गहरा अध्ययन कम लोगों में देखने को मिलेगा। प्रखर व्यक्तित्व, सात्विक तेज़, सादगी और अध्ययन के बावजूद वह एकान्त में ध्यान, मनन और साधना में ही समय गुज़ारते हैं। 10 वर्ष की कम उम्र में ही अन्ना की दीक्षा हुई। 20वीं शताब्दी के अनेक महापुरुषों, सन्तों, महात्माओं ने, जिन्हें योगीश्वर के रूप में देखा उन्हीं श्री काली पद गुहा राय ने मयूरभंज के जंगल में 1958 में अन्ना को दीक्षा दी। श्री गुहा राय बंगाल के प्रसिद्ध क्रान्तिकारी कवि काज़ी नजरूल के निकट सहयोगी भी रहे।

अन्ना जी ने अपने नाम से कुछ भी नहीं रखा। समृद्ध घराने में ही पैदा होकर स्वेच्छा सब कुछ त्याग दिया। न बैंक खाता, न घर, न कोई ठौर। एक मित्र के सौजन्य से एक सामान्य कालीबाड़ी में रहते हैं। एक अत्यन्त मामूली जगह में। उनसे सम्पर्क इस बातचीत के लगभग 10 वर्षों पहले हुआ। कई बार अलग–अलग विषयों पर उनसे बातचीत की, पर हर बार उन्होंने अपना नाम देने से मना किया। उनकी मान्यता है, विचारों का महत्त्व है, व्यक्ति का नहीं। वेद, उपनिषद् के रचनाकार कौन थे ? उनका प्रति सवाल होता। स्वप्रचार के ख़िलाफ़, पर हर बार उनके इंटरव्यू पढ़कर पाठक, उनके बारे में तहक़ीक़ात करते। अन्ततः 10 वर्षों बाद इस शर्त पर उन्होंने सहमति दी कि जगह वग़ैरह का नाम न दें। निजत्व में बाधा से साधना–ध्यान में परेशानी आती है।

आज के समाज, जीवन और दुनिया के बारे में उनके विचार बेचैन करते हैं। अन्दर तक सोचने को विवश भी। मुल्क किधर जा रहा है? क्या भोग में डूबते समाज को ठहर कर ऐसे बुनियादी सवालों पर सोचने, मनन करने का वक़्त है? देश व समाज की स्थिति जानने के लिए 'भाई श्री' यानी अन्ना जी से अत्यन्त प्रासंगिक और उपयोगी बातचीत हुई। उसी का सम्पादित अंश–

लगातार अनियन्त्रित होती अमानवीय घटनाएँ आज हम समाज में देख रहे हैं। दो दिनों पहले बेंगलुरु की ख़बर थी, तीन वर्ष की बच्ची के साथ रेप। यह समाज किधर जा रहा है?

दरअसल, समाज गिर चुका है। किसी गड्ढे के सबसे नीचे की सतह को वह स्पर्श कर चुका है। अब इसको कहीं जाना नहीं है। वह समाप्त है। आप जो देख रहे हैं या हम जो देख रहे हैं, उसे किसी भी दृष्टिकोण से मानव–समाज कह नहीं सकते। किसी भी समाज में चार–छह अच्छे आदमी रहते हैं, तो क्या उसको सभ्य समाज माना जायेगा? क्या उस समाज को एक स्वस्थ समाज कहेंगे, जिसमें 10 आदमी के पास बहुत है और 90 के पास अभाव है? आपने जिस घटना का रेफरेंस दिया, वह घटना कोई आइसोलेटेड (अकेली) घटना नहीं है। वैसी घटनाएँ, समाज में लगातार हो रही हैं। कई घटनाएँ रिपोर्टेड नहीं हैं। घर में जो लोग आते हैं, काम करनेवाली वग़ैरह, वे बताती हैं कि हमारे साथ ऐसा–ऐसा हुआ। ऐसी ख़बरें अख़बारों में नहीं पढ़ने को मिलती हैं।

इसलिए ऐसी घटनाओं की जो वास्तविक संख्या है, वह सामने आयी संख्या से बहुत अधिक है। समाज का चरित्र ऐसा बन चुका है कि अब उसका कुछ बिगड़ना नहीं है, क्योंकि जो चीज़ है ही नहीं, उसका क्या बिगड़ेगा? वह समाप्त हो गया है। मानवीयता ख़त्म हो चुकी है। अब उसके आगे ख़त्म होने का कोई सवाल नहीं है। इस तरह की बातें मैं किसी निराशावादी दृष्टिकोण से नहीं कह रहा हूँ। अच्छी–अच्छी बातें लोग बोलते हैं। आध्यात्मिक बातें करते हैं। बड़े–बड़े मंचों से बड़ी–बड़ी बातें सुनायी देती हैं, लेकिन ज़रा उनका जीवन देखिए? आप बताइए कि क्या आज कोई शंकराचार्य या अन्य गुरु, आम आदमी को निर्भयता का उपदेश दे सकते हैं? क्यों? क्योंकि वह तो ख़ुद आज बहुत सुरक्षा गार्ड वग़ैरह से घिरे हैं। क्या वो अपरिग्रह का उपदेश दे सकते हैं कि संग्रह न करो? जितने भी उच्च मूल्यों की बात है, क्या वो उसका ईमानदारी से उपदेश दे सकते हैं? क्या वह मॉरल अथॉरिटी (नैतिक अधिकारी) हैं? मैं यह नहीं कहता कि साधु

को कुटिया में रहना चाहिए या कौपीन पहन कर ही रहना चाहिए। हम साधारण शर्ट–पैंट पहने साधु की भी कल्पना कर सकते हैं। हमारे ज़माने में ही कृष्णमूर्ति हुए। वे पैंट–शर्ट पहनते थे, इसलिए पहनावे वग़ैरह से हम बहुत आसक्त नहीं हैं।

कृष्ण जी या अन्य लोगों का जीवन भी बड़ा आधुनिक था। इस देश में रमण महर्षि भी थे। वह स्वयं कौपीन पहनते थे, पर जो सामान्य भोजन वग़ैरह है, वह सबके साथ बैठकर करते थे। अब वहाँ से देखिए कि उस परम्परा में कितनी गिरावट है? जब आप पूछते हैं कि ऐसा क्यों है, तो इसका कारण है अतिशय भोग। इन्द्रिय–सुख–भोग और पॉवरफुल होना ही सबसे बड़ी चीज़ रह गयी है। सभी जगह हम लोग उसी का महत्त्व देखते हैं।

हमारा ड्रेस कैसा है? हमारे देश के विशिष्टजन कैसा कुर्ता–पायजामा पहनते हैं? उनके हाथ में कौन–सी घड़ी है? उनके मोजे कैसे हैं? उनका चश्मा कैसा है? जूते कैसे हैं? इत्यादि–इत्यादि। यह दिखता है। मीडिया इन्हें दिखाता है। विजिबल है। हमारे फ़िल्म स्टारों का जीवन कैसा है? या हमारे अन्य नेतागण हैं, वे कैसे हैं? प्रभाव छोड़ना होगा, तो आपको कुछ अलग करना होगा? अतिशय भोग के कारण, अतिशय इन्द्रिय–सुख–भोग के कारण मनुष्य का जो मन है, वह बड़ा सतही हो गया है। छिछला हो गया है।

छिछलेपन के कारण उसमें सद्–असद् विवेचनी बुद्धि नहीं रही कि वह सत्य और असत्य को अलग कर सके। उसमें वह विवेक नहीं रहा, जिससे वह जान सके कि करणीय और अकरणीय क्या है? स्वधर्म क्या है? क्योंकि वह गहराई खोजती है। छापाख़ाना वग़ैरह के आविष्कार ने इसमें बहुत मदद की। हज़ारों हज़ार वर्ष की कष्टप्रद तपस्या के बाद प्राप्त ज्ञान को, अनुभव को कुछेक सौ रुपये खर्च करने के बाद किताबों के रूप में लोग आसानी से पा जाते हैं। आमजन को ज्ञान पाने के लिए आज गहराई में उतरना नहीं पड़ता, उन दुर्लभ अनुभवों के लिए। वो इंटेलेक्चुअली (बौद्धिक) उसको पाकर (रियलाइज करके) प्रसन्न हो जाता है। हमने रमण महर्षि को पढ़ा। 'गीता' पढ़ी। 'रामायण' पढ़ी। रामकृष्ण परमहंस को पढ़ा। हमने अन्य

धर्मों के महापुरुषों को पढ़ा। हमने वह समझ भी लिया। पर, हम कर क्या रहे हैं? भाई–भतीजावाद कर रहे हैं। दूसरे को ठग कर पैसे कमा रहे हैं। हम जनता की तकलीफ़ की क़ीमत पर धनवान हो रहे हैं।

मुझे राजनीति से ज़्यादा सरोकार नहीं है, लेकिन जो अभी एक तूफ़ान आया था–हुदहुद, उसका एक प्रसंग है। चन्द्रबाबू नायडू ने देश की सबसे बड़ी मोबाइल कम्पनी के मालिक को क्रोध से डाँटा। कहा, चुप रहिए आप। पाँच किलोवाट का एक जेनरेटर सेट अपने मोबाइल टावर में नहीं रख सकते आप। सिर्फ़ पैसे कमाना चाहते हैं। इस देश की जनता से आपको कोई सरोकार नहीं है। बुरी तरह, सरेआम प्रेस कॉन्फ्रेंस में डाँटा कि आपके असहयोग के कारण हमारा सेवा–कार्य बाधित हुआ। आपका सहयोग मिलता, कम्युनिकेशन होता, तो हम आसानी से पीड़ितों तक पहुँच पाते। हम उनकी तकलीफ़ दूर कर पाते। मेरी यह बात समझने की कोशिश करो। आराम से खाना खाकर, जनवरी की धूप में बरामदे में आराम कुर्सी पर बैठकर हम पढ़ रहे हैं 'रमण महर्षि से बातचीत'। पन्ने पलट रहे हैं। उपनिषद् पढ़ रहे हैं। हम समझ भी रहे हैं, लेकिन हमारा जीवन या समाज का चरित्र कैसा है? आपके सामने है।

एकदम आराम से मामूली खर्चकर उसे ज्ञान मिल गया। उसे थोड़ी भी गहराई में जाने की ज़रूरत नहीं पड़ी। आज हम कहते हैं कि आई–क्यू लो हो गया है। इमोशन (भावना) ख़त्म हो गया है। विपरीत परिस्थिति में आज का मानव सही चिन्तन नहीं कर पाता। लड़खड़ा जाता है। नर्वस ब्रेक डाउन हो जाता है। ऐसा क्यों होता है? सबसे अधिक आत्महत्या करने की वजह भी यही है। बहुत जल्द प्रभावित हो जाता है। मोबाइल नहीं मिला, तो सुसाइड (आत्महत्या कर ली)। 90 फीसदी अंक नहीं मिले, तो सुसाइड कर लिया। पिता जी ने डाँटा, तो सुसाइड कर लिया। आप ग़ौर से देखेंगे, तो ये सारी चीज़ें अत्यन्त सतही सुखभोग (इन्द्रिय सुख) के कारण हैं।

ऊपर से इंटरनेट के माध्यम से सारा ज्ञान आपके पास है। उसके लिए आपको थोड़ा भी कष्ट नहीं सहना पड़ा। आपको ज़रा भी तपस्या नहीं करनी पड़ी। खाना–पीना नहीं छोड़ना पड़ा। मुफलिसी नहीं करनी

पड़ी। थोड़ा भी निग्रह नहीं करना पड़ा। जीवन में दिक्क़तें क्या होती हैं, आपने नहीं जाना। तितिक्षा नहीं है जीवन में। साधु के जीवन में भी नहीं। मजबूरी में तितिक्षा कोई कर रहा है, तो है। ये अतिशय इन्द्रिय–भोग से बना सतही, छिछला मन और वो किताब और इंटरनेट से प्राप्त ज्ञान। बड़ा अद्‌भुत संयोग हुआ, समाज गिरता गया, गिरता गया। तलहटी को छू गया। अब और नीचे जाने की जगह नहीं है।

पर, रास्ता क्या है?

सिम्पल (आसान) है। बड़ा सरल है। अतिशय इन्द्रिय–सुख पशुओं का है। उनके पास मन नहीं है। हम तो मन वाले हैं। हम मनुष्य हैं। हमसे उम्मीद की जाती है कि हम अतिशय सुखभोग में डूबेंगे नहीं। समाज को उधर नहीं ले जायेंगे। आज इंटरनेट ने गाँव–गाँव में इन्द्रिय–सुख की आग जगा दी है। तृप्ति के साधन नहीं हैं, इसलिए तीन साल की बच्ची के साथ रेप होता है। चूँकि यह प्रश्न सरल है, इसलिए इसका जवाब भी सरल है। रास्ता है कि मनुष्य को पशुता के आधार से मुक्त कर ईश्वरीय आधार देना होगा। मनुष्य को आज पशुता का आधार मिला है। पाशविक वृत्ति के आधार पर मनुष्य खड़ा है। ऐसा नहीं है कि अच्छी वृत्तियाँ नहीं दिखतीं।

वह दिखती हैं, लेकिन यह जो मनुष्य में पाशविक वृत्ति है, आसुरी वृत्ति है, सुखभोग की वृत्ति है, आज उसकी प्रबलता है। बहुलता है। मेजॉरिटी है। यह सब वृत्तियों पर भारी है। यही जीवन को शासित कर रहा है। जीवन का मार्गदर्शन कर रहा है, इसलिए मनुष्य को इस प्रवृत्ति से बाहर निकालने का उपाय है कि उसे इस पाशविकता के आधार से बाहर निकाल कर ईश्वरीय आधार पर लाना होगा। यह सभी स्तर पर ज़रूरी है, इसलिए विश्व धर्म आवश्यक है, जिससे कि उसका विश्व–प्रेम, भिन्न–भिन्न क्षेत्रों में एक्शन (व्यवहार) में आ जाये। शासन में, धर्म में। सभी जगह। इसलिए उन कांफ्लिक्ट्स (विवादों) का रिजॉल्यूशन होना चाहिए, जो धार्मिक–आध्यात्मिक–साम्प्रदायिक संगठनों के माध्यम से उठते हैं, इसलिए इसका जवाब सीधा है कि गड्ढे में गिरे व्यक्ति को निकाल कर ईश्वरीय आधार देना होगा।

आज जीवन, लगता है कि महज़ एक दौड़ भर है। इससे अधिक इसका कुछ अर्थ नहीं है। वह सुख भोग और पॉवर के पीछे भाग रहा है। उसे तो यह भी पता नहीं है कि किसके पीछे भाग रहा है। इस बार जब मैं कोलकाता से लौटा तो मुझे बताया गया कि फलाँ साधु का उत्पाद बाज़ार में बिकने लगा है, जिसमें उक्त साधु की तस्वीर भी रहती है। अब तो वो व्यापारी हो गये, बिज़नेसमैन हो गये। वे कैसे मार्गदर्शन करेंगे इनसान का? समाज अब उनमें बिज़नेस मोटिव देखता है।

समाज का मार्गदर्शन करने के केंद्र कहाँ हैं?

नहीं रह गये हैं, इसीलिए जीवन को आप दौड़ (रेस) कह रहे हैं और उस दौड़ का भी पता नहीं है कि यह किधर हो रही है? मैं एक व्यस्त आदमी का उदाहरण देता हूँ। मान लीजिए कि उसने अपने बच्चों को पढ़ाया–लिखाया, बड़ा आदमी बनाया। बच्चे पढ़े–लिखे, बड़े हुए। उनकी भी बड़ी नौकरी लगी। अब भारतवर्ष में परिवार का जो कॉनसेप्ट (अवधारणा) है, उसे आप पूरा कर सकते हैं? अपने बूढ़े माँ–बाप के पास बच्चे रह सकते हैं? और न रहने के कितने जस्टिफिकेशंस (कारण) हैं, इनकी भी आप कल्पना कर सकते हैं। बच्चा अपने वृद्ध माँ–बाप की सेवा क्यों करेगा? किसलिए करेगा? क्या समाज उसे प्रेरणा देता है? नहीं! कहीं–कहीं रेयरली (विरले) देखने को मिलता है कि कुछ बच्चे अपने माता–पिता के साथ कुछ दिन रहते हैं। लेकिन अन्य सभी जगह स्थितियाँ ऐसी नहीं हैं। ऐसे संगठन खड़े हो गये हैं, जो उन वृद्धों के लिए गैस–सिलिंडर ला देते हैं। उनके फ़ोन बिल चुका देते हैं। उनके बीमा के इंस्टॉलमेंट जमा करा देते हैं। घर के सामान मँगवा देते हैं। तरह–तरह के काम करते हैं। ऐसी बहुत सारी वेबसाइट और संगठन हैं। मौलिक रूप से जो रोग हैं, ये सब उसी के परिणाम हैं। लक्ष्य क्या है? रुपये कमाना। अब रुपया तो चंचल है, वह भाग रहा है। आपके ही अख़बार (प्रभात ख़बर) में नन्द चतुर्वेदी जी ने लिखा कि सारे गुण लक्ष्मी के अधीन हो गये, इसलिए जीवन का कोई अर्थ कहाँ है? क्या अर्थ है?

जीवन का उद्‌देश्य क्या है और उस उद्‌देश्य की परिपूर्ति कैसे होगी, इसके लिए आज कौन से प्रयास हो रहे हैं? हमारे शास्त्र, जीवन को किस रूप में बताते हैं? क्या है जीवन?

मैंने आपको बताया कि हमारे यहाँ इसी लाइन पर काम हुआ। अध्यात्म के क्षेत्र में हमारे यहाँ रिसर्च हुए। हमारे यहाँ जीवन का गहराई से अध्ययन किया गया। कहा गया कि गहराई से सोचो कि धरती पर क्यों आये हो? क्या लेने आये हो? क्या ले जाओगे यहाँ से? क्या छोड़ जाओगे यहाँ? इन सब विषयों पर हमारे यहाँ गम्भीर चिन्तन हुआ है।

तरह–तरह की बातें खड़ी हुईं। हमें कहीं बाहर नहीं जाना है। घर में बैठे ऋषियों–मुनियों की सारी बातें, राम, कृष्ण, बुद्ध, महावीर, इन सबकी बातें, बाहर के भी कुछ लोग, जैसे ईसाई, मुस्लिम या पारसी की बातें, हमें घर बैठे मिल गयीं। लेकिन हम तो बहुत पहले से, हज़ारों वर्षों से कह रहे थे कि हर जगह ईश्वर का वास है। 'ईशावास्यमिदं सर्वम्...' भगवान हर जगह है, इसलिए तुम अपना अंश लेकर सन्तुष्ट हो जाओ। दूसरे का अंश मत लो। यह चोरी है। मार्क्स ने बहुत बाद में कहा कि 'फ्रॉम ईच वन एकॉर्डिंग टू हिज कैपिसिटी, टू ईच वन एकॉर्डिंग टू हिज नीड्स'। हमारे यहाँ इसी विषय पर चिन्तन हुआ है, इसलिए जीवन का लक्ष्य क्या है? जीवन में क्या करना है? जीवन एक रेस भर नहीं है? इत्यादि पर हमें बहुत ज़्यादा जानने की ज़रूरत नहीं है।

अगर सावधानी से देखा जाये, तो बहुत स्पष्ट है। हम अपने को जानने, पहचानने, सबको प्यार करने, समझने–बूझने, अनुभव करने आये हैं। हम अनुभव कर रहे हैं। क्या अनुभव का यही परिचय हम देते हैं कि हम जान रहे हैं कि हमारा पर्यावरण बिगड़ रहा है, हमारे अतिशय सुखभोग से। फिर भी असहाय–चुप हैं। अपने अतिशय सुखभोग पर लगाम नहीं लगा रहे हैं। हम समझ रहे हैं कि हवाई जहाज़ से जितना प्रदूषण फैलता है, उतना किसी और चीज़ से नहीं फैलता। फिर भी हम हवाई यात्रा कर रहे हैं बेवजह। आप आसानी से रेल से यात्रा

कर सकते हैं। बहुत ज़रूरी काम है, तो आप जाइए। हम जानते हुए उस जानकारी का पालन नहीं करते। उसके अनुसार चलते नहीं है, इसलिए आज परेशानी इस बात की है कि ज्ञान है हमारे पास, लेकिन यह नहीं पता है कि यह होगा कैसे? कैसे कर पायेंगे?

देखिए कि दुर्योधन अकेला था, जिसने कृष्ण से कहा कि हे केशव! हम जानते हैं कि धर्म क्या है? लेकिन मेरा उधर झुकाव नहीं है, प्रवृत्ति नहीं है। हम जानते हैं कि अधर्म क्या है? लेकिन उससे मुझे मुक्ति नहीं मिल रही है। मैं उससे हट नहीं पा रहा हूँ। कोई है, मेरे भीतर, जो मुझे चला रहा है। वो जैसा कहता है, मैं वैसा करता हूँ। आप जब निष्पक्ष होकर, तटस्थ होकर अध्ययन करेंगे, तो पायेंगे कि आज का युग दुर्योधनों से भरा हुआ है। उनकी बहुलता है। उन्हें पता है कि धर्म क्या है, फिर भी वे उसका पालन नहीं करते। उनको मालूम है कि अधर्म क्या है, फिर भी वे उससे अलग नहीं हटते, तो यह मानकर चलिए कि दुर्योधन का जो हश्र हुआ, वही पूरे समाज का होगा। उसको तो हटाना पड़ेगा ही, इसलिए आज समस्या ज्ञान की नहीं है। समस्या है, उस मनुष्य की, जो पशुता के जीवन– दर्शन पर चल रहा है। उसे वहाँ से हटाकर चेतना के आधार पर, ईश्वरीय आधार पर खड़ा करना ही रास्ता है। आस्था के द्वीप तभी दिखायी देंगे, जब यह समाज खोजेगा। लोग हैं, लेकिन चुपचाप बैठे हैं।

हमारे यहाँ पुरानी मान्यता थी, जिसमें यह माना गया था कि जीवन अर्थ, धर्म, काम और मोक्ष का पर्याय है। आज क्या दिखता है?

जीवन में ये चारों बातें होनी चाहिए, लेकिन अब इन चारों में से कुछ भी नहीं है। सिर्फ़ और सिर्फ़ भोग है। भोग–परायण जीवन है। आज जो अध्यात्म के रास्ते पर भी चलता है, वह भी वातानुकूलित कमरे में ध्यान करना चाहता है। वह भी चाहता है कि मेरे आराम का एक स्तर (लेवल ऑफ़ कंफर्ट) रहे। इसमें हर्ज नहीं है, लेकिन क्या वह आराम का स्तर पूरे विश्व को दिया जा सकता है। साधु के लिए यह प्रश्न है, गृहस्थ के लिए नहीं है। साधु को उतना

ही लेना चाहिए, जो पूरे विश्व को आसानी से उपलब्ध हो सके। इससे अधिक एक साधु को नहीं लेना चाहिए।

मशीन का प्रभाव आज व्यापक है। गाँधी ने 'हिन्द स्वराज' में कहा था कि मनुष्य मशीन के अधीन न हो। आज हम पूरी तरह मशीन के अधीन हैं। मोबाइल, कम्प्यूटर वग़ैरह। बच्चे पैदा होते ही कम्प्यूटर से जुड़ जा रहे हैं और भीड़ भरे समाज में भी वे अकेलापन महसूस करते हैं? आज तो मनुष्य ख़ुद ही मशीन हो गया है?

मशीन का प्रभाव मनुष्य पर इतना गहरा पड़ा है कि आज मनुष्य ही मशीन हो गया है। कोई भी मशीन किसी आधार, किसी फिलॉसफी (दर्शन) पर चलती है। जैसे सिलाई मशीन, सिलाई करने के लिए है। मोटरसाइकिल है, तो वह बैठकर चलने के लिए है। इसी तरह हर मशीन का एक आधार है कि वह क्या करेगी। मनुष्य अगर मशीन बन गया है, तो उसका आधार क्या है? उसकी फिलॉसफी (दर्शन) क्या है? वह क्यों मशीन बना है?

मशीन के प्रभाव में हम ख़ुद भी मशीन हो गये हैं। हम ख़ुद को एक रिसोर्स मान बैठे हैं। ह्यूमन रिसोर्स यानी मानव–संसाधन कहते हैं ख़ुद को। लेकिन हम क्या मशीन के आधार को बता पा रहे हैं? हम क्या डिसप्ले (प्रदर्शन) कर पा रहे हैं? नहीं। तो इससे यह प्रमाणित होता है कि हम जो मशीन बने हैं, वह सिर्फ़ सुखभोग के लिए बने हैं, इसलिए सिर्फ़ सुखभोग के लिए जो मशीन बनी है, वह मशीन टूट जायेगी। बिखर जायेगी। कौन–सी चीज़ इसे पकड़कर रखेगी? मशीन का समाज तो नहीं बनता।

उसे तो कनेक्टिंग पॉवर चाहिए। होल्डिंग पॉवर चाहिए। कौन–सी चीज़ इस मशीन वाले समाज को होल्ड कर या पकड़ कर रखेगी? पहले इसे ईश्वरीय आधार होल्ड कर रखता था। हमारे, आपके, इन सबके बीच भगवान है। हम सबको आपस में जोड़कर रखने वाले भगवान हैं। वह भी ईश्वर का एक रूप है। उससे द्वेष नहीं करना, उससे घृणा नहीं करना, उसे मारना नहीं। यह हमारे यहाँ रहा है। हमारे यहाँ मैथिला भाषा में गाली नहीं है। अगर आप अत्यन्त बिगड़

जाते हैं, तो कहते हैं 'बड़ बुइर छी' यानी 'बहुत बेवकूफ़ हैं आप!' यह सबसे ख़राब गाली मानी गयी है।

क्यों? क्योंकि हमें जो बुद्धि मिली है, विवेक मिला है, तो हमसे उम्मीद की गयी है कि हम उसे जीवन में उतारेंगे। ख़ैर, मेरा कहना है कि मशीन से बने समाज को कौन–सी चीज़ जोड़ेगी? क्या सिर्फ़ भोग ही सबकुछ है? अगर ऐसा है, तो यह सब टूट जायेगा। सारी सभ्यताओं का इतिहास अतिशय भोग में डूबकर ख़त्म हो रहा है। आज तक जितनी भी सभ्यताएँ इस संसार में हुई हैं, उन सबका नाश अतिशय भोग में हुआ है।

आप इतिहास के पन्ने पलट लें, इसके प्रमाण मिल जायेंगे। चाहे वह हड़प्पा हो, मोहनजोदड़ो हो या रोमन वग़ैरह जो भी हों। यूनान, मिस्र रोमाँ सब मिट गये जहाँ से। 'कुछ बात है कि हस्ती मिटती नहीं हमारी।' क्यों? क्योंकि तब हमारे यहाँ रहनेवाले, इस भारतवर्ष में रहनेवालों में भोग नहीं था। अब ये भी भोगी हो गये हैं, तो इन्हें डूबने से बचायेगा कौन?

आप बार–बार कहते रहे हैं कि पहले के हमारे ऋषि–मुनियों ने जो पाया, उसे सिर्फ़ सौ रुपये की किताब खरीदकर पा लेने से कुछ नहीं होगा। उसके पीछे एक लम्बी साधना–तपस्या रही है। उस परम्परा के बारे में ज़रा विस्तार से बताइए कि कैसे उन लोगों ने पाया और वो पाना कैसे एक अलग था, जिसने हमारी सभ्यता–संस्कृति को हज़ारों वर्षों तक बचाये रखा?

ये लोग स्तम्भ हैं, हमारे समाज के। राजा–महाराजा जैसे बड़े–बड़े लोग उनके पास जाते रहे हैं। इतिहास पलट कर देखिए। विश्वामित्र हैं, वशिष्ठ हैं, आंगिरस जैसे बड़े–बड़े ऋषि हैं। उनके पास तत्कालीन राजा–महाराजा वग़ैरह जाते रहते थे। सिर्फ़ ज्ञान प्राप्त करने के लिए नहीं, बल्कि रोजमर्रा के जीवन के लिए परामर्श लेने के लिए भी जाते थे। बेटा–बेटी का लालन–पालन कैसे होना चाहिए? प्रजा की सेवा–देखभाल कैसे होनी चाहिए? दुनिया का भला कैसे करना चाहिए? ये सारी बातें उनसे सीखते थे। ऋषि उस पर रोशनी डालते

थे। इसके लिए वो स्वयं कष्ट उठाते रहे हैं, जिससे वो दूसरों की मदद कर सकें। अपने लिए नहीं कष्ट उठाया। निज प्राप्ति के लिए नहीं उठाया। 'उपनिषद्' में कहानी है। एक बार अनावृष्टि हो गयी। खेती नहीं हुई। अकाल पड़ गया। ऋषि लोग यज्ञ करते हैं, तो अन्न नहीं मिला। एक दिन विश्वामित्र स्नान करके लौट रहे थे, तो मरा हुआ एक कुत्ता मिला। उसकी पूँछ पकड़कर घसीटते हुए विश्वामित्र चलते हैं। कहानी यह है कि देवता लोग आकाश में खड़े होकर देखते हैं कि ये क्या कर रहे हैं? विश्वामित्र कहते हैं कि आज इसी के मांस से मैं हवन करूँगा। क्या करूँगा! इस बार इन्द्र ने वर्षा नहीं की, तो फ़सल नहीं हुई। हम करेंगे क्या? तब देवताओं को लज्जा आयी, इन्द्र को डाँटा–फटकारा। यह परम्परा या यह कहानी क्या बताती है? ऋषि की अथॉरिटी। ज्ञानी की अथॉरिटी। उस मनुष्य की अथॉरिटी, जिसके पीछे त्याग है, तपस्या है। यह अथॉरिटी, अपने जीवन में त्याग और तपस्या से आती है। तब उसकी बात ईश्वर भी सुनते हैं।

इररेलिवेंट (अप्रासंगिक) बनते–बनते वैसे लोग अब दरकिनार हो गये। अर्थहीन हो गये। अब समाज पैसेवालों को, शक्तिशाली लोगों को पूजने लगा। मैंने अभी–अभी तुम्हें बताया न कि हमारा–तुम्हारा सम्बन्ध स्नेह–प्रेम का है। हम क्यों तुम्हें बुलायेंगे। तुम अपनी मर्ज़ी से आओगे। इसी में तुम्हारा प्रेम, मुहब्बत, स्नेह है। मेरा बुलाना शोभा नहीं देता, इसलिए यह जो परम्परा देश में बनी थी, वह तो अब अप्रासंगिक हो गयी है। मैं यह नहीं कहता कि उसी को रीक्रिएट (दोबारा पैदा) कर दिया जाये। आप अपने ढंग से कुछ कर दीजिए। कोई अच्छी परम्परा कायम कीजिए। कुर्सी को बहुत नहीं दीजिए, पॉवर को महत्त्व नहीं दीजिए, बल्कि त्याग और तपस्या को महत्त्व दीजिए। रावण क्या है? पॉवर का, ऐश्वर्य का मिलन है रावण। शिव–भक्त है। महाज्ञानी है। तपस्वी है। लेकिन यह सबकुछ क्यों कर रहा है? शक्तिशाली होने के लिए। ईश्वरीय होने के लिए। रावण करता क्या है? इसी वृत्ति का पोषण तो करता है। रावण एक था, उसकी लंका भी छोटी थी। लेकिन आज का विश्व बड़ा है। आज पूरा देश रावण है। ख़ुद समृद्ध

होना चाहता है, बड़ा होना चाहता है, किसी भी क़ीमत पर। इस बात की फ़िक्र नहीं है कि दूसरी जगह लोग भूखे मर रहे हैं।

टन का टन गेहूँ समुद्र में गिरा दिया, लेकिन ग़रीबों को नहीं दिया—यह इतिहास है। मक्खन, सेब जैसी चीज़ें मछलियों को खिला देते हैं, समुद्र में डाल देते हैं, बाज़ार भाव बनाये रखने के लिए। बहुत ज़्यादा फ़सल हो जाती है तो क़ीमत मेनटेन रखने के लिए गिरा देते हैं। प्राइस गिरना नहीं चाहिए। प्राइस गिरा, तो सब ख़त्म हो जाता है। आज ईमानदारी और सद्गुण, तो आपको शक्तिशाली नहीं बनाते, जिसके पास विश्वप्रेम है, वह शक्तिशाली क्यों होना चाहेगा? अगर मेरे साथ 10 व्यक्ति हों, तो मैं शक्तिशाली क्यों बनना चाहूँगा? मेरा सभी के साथ स्नेह—प्रेम है, सबके साथ उठना—बैठना, खाना—पीना है। शक्तिशाली बनने की कामना लेकर, इन सबमें कोई एक विशिष्ट हो जाये, यह तो ग़लत है।

इसलिए जिसके पास प्रेम है, उसे शक्ति की ज़रूरत नहीं है। आज किसी त्यागी के पीछे, कोई जयप्रकाश या गाँधी आ जाये या विनोबा आ जाये तो उसके पीछे, खड़ा होने के लिए समाज तैयार नहीं दिखता है!

गाँधी को अब भी प्रासंगिक होना बाक़ी है। रमण महर्षि को प्रासंगिक होना या रामकृष्ण परमहंस को प्रासंगिक होना शेष है। विवेकानन्द को प्रासंगिक होना बाक़ी है। इनकी बातें जैसी की तैसी रखी हैं, इसलिए पहले हमें वह माहौल तैयार करना होगा, मिट्टी तैयार करनी होगी, उसमें खाद डालनी होगी, फिर पौधा लगाना होगा और छाँव देनी होगी, ताकि धूप से राहत मिल सके। परिस्थिति तो यही है कि ये सब चीज़ें समाज में रिजेक्ट हो चुकी हैं। गाँधी जयन्ती मनाने से, नोटों पर गाँधी की तस्वीर छाप देने से, हम गाँधी के विचारों के पोषक नहीं हो जाते। गाँधी के विचारों को इंप्लीमेंट करना इस देश में अब भी बाक़ी है।

विनोबा जी के अन्तिम दिनों की बात है। इन्दिरा जी की कैबिनेट के एक बड़े मन्त्री पवनार आश्रम में थे। मैं और बाबूजी (पं. रामनन्दन

मिश्र) वहाँ खड़े थे। बाबूजी ने निर्णय ले लिया था कि अब उस स्थान को छोड़ देंगे। उन मन्त्री ने बाबूजी से हाथ जोड़कर कहा कि आप कहेंगे तो विनोबा जी आहार ले लेंगे। तब विनोबा जी ने आहार लेना छोड़ दिया था। बाबूजी ने दो टूक शब्दों में कहा कि मैं क्यों कहने जाऊँ? आप लोगों ने एक भी बात सुनी है विनोबा की? मैं क्यों कहने जाऊँ, कितना प्रासंगिक रखा है आपने विनोबा को? उन्होंने पूछा, कौन–सी बात? बाबूजी ने तुरन्त विनोबा की तीन–चार बातें गिना दीं और पूछा कि आपने उनकी इन सब बातों को सुना है? और आप चापलूसी में कह रहे हैं कि मैं कह दूँगा, तो विनोबा जी आहार ले लेंगे, इसलिए मैं कह रहा हूँ कि इनका प्रासंगिक होना बाक़ी है। हम लोगों को कौन पूछता है? कोई नहीं पूछता है।

मैं बार–बार कहता हूँ कि विचारों की शुद्धता की गारंटी रहेगी, ऐसा भगवान ने हम लोगों पर भरोसा किया है। चाहे कोई दे या न दे, उससे कोई फ़र्क़ नहीं पड़ता। क्यों? अगर हम को देखने जायेंगे तो समझौता करेंगे। तब मेरी बात सुनने के लिए जो 10–12 आदमी आयेंगे, वे सब फेक (नक़ली) होंगे। उनकी मेरी बातों में ज़रा भी रुचि नहीं होगी। मैंने कॉम्प्रोमाइज किया, इसलिए आये। एक प्रभाव बना दिया है। टीवी पर आ रहे हैं, हर समय प्रवचन दे रहे हैं। लेकिन समाज पर क्या इसका असर पड़ रहा है?

यह तो मेलोड्रामा ही हुआ न! अभिनय है। लेकिन भगवान ने अगर भरोसा किया है, तो मुझे, नहीं भी मिलेगा तो भी मैं अच्छी बातों के सहारे अपने जीवन को काट दूँगा। ठीक है, वक़्त आयेगा, क्योंकि यह बात ध्रुव सत्य है कि आज जो हालात हैं, उससे धरती बचेगी नहीं। जिस रास्ते पर लोग चल रहे हैं, उससे कोई बचता नहीं है।

समाज के कपड़े के चिथड़े–चिथड़े उड़ गये। समाज का वह परिधान ही नष्ट हो गया है। जिन दो द्वीपों की चर्चा कल के अख़बार में नन्द चतुर्वेदी ने की है, उसके आधार पर हर इनसान द्वीप है। कहाँ आत्मीयता है? कहाँ अपनापन है? कहाँ एक–दूसरे के प्रति त्याग की वृत्ति है? कहाँ किस दृष्टिकोण से हम मनुष्य हैं? शक्तिशाली होने

की तलाश में हम सब कुछ फेंकते चले गये। कोई पूछेगा नहीं। हम चाहेंगे कि मेरा कुछ हो, तो हमें धन–सम्पत्ति अर्जित करनी होगी। कुछ आशीर्वाद देना होगा। कोई चमत्कार दिखाना होगा। लेकिन क्या उससे समाज बदलेगा? उससे समाज का कोई भला होगा? आज तो चारों तरफ़ अन्धकार ही अन्धकार है।

(2014)

सभ्यता का संकट

मनुष्य संकीर्ण हो गया है। हम बड़ी–बड़ी बातें करते हैं, लेकिन हमारे जीवन में ही इसका कोई अर्थ नहीं बचा है। यह संकीर्णता हमें कहाँ ले जायेगी? दायित्व का हर जगह अभाव दिखता है। लोगों के आचरण में ज़िम्मेदारी नहीं दिखती। समाज के हर क्षेत्र पर चरित्र का और मूल्यों के संकट का असर साफ़–साफ़ दिखता है। 'भाई श्री' कहते हैं, इस परिस्थिति में एकमात्र सॉल्यूशन है कि मनुष्य का हृदय परिवर्तन हो। चाहे वह ख़ुद विवश होकर करे या फिर भगवान की कृपा से हो। जीवन में कनविक्शन (आस्था) के साथ चलना होगा, परिस्थितियाँ जब विकट होती हैं, तब अपने आपको जानने के लिए ख़ुद को चैलेंज करना होगा। जीवन, अध्यात्म, समाज, सभ्यता का संकट, क्या है? इसका निदान क्या है? सहित अन्य विषयों पर सन्त 'भाई श्री' से लम्बी बातचीत का सम्पादित अंश–

जीने का मक़सद क्या है? जीवन क्यों है? पूरे जीवन का मर्म क्या है? क्यों जीना चाहिए? ऐसे सवाल प्रायः उठते हैं? आपकी प्रतिक्रिया जानना चाहता हूँ?

असल में हम मौलिक चीज़ भूल गये हैं। इसकी चर्चा मैंने आपसे अभी–अभी की थी। चारों तरफ़ असत्य का, अधर्म का, अन्याय का इतना प्रदर्शन है, ऐसा नंगा नाच जैसा है कि जो धर्म है, न्याय है, उचित है, सत्य है, सही है, वह दुबला–पतला होता हुआ, रोगी–सा होता हुआ, सिमटता हुआ, पता नहीं किसी कोने में छिपा हुआ पड़ा है। लोग भूल

गये हैं कि किसलिए जीना है? क्यों जीना है? वास्तविक रूप में जीना, तो सबके लिए जीना ही है और इसे ही जीना कहा जायेगा। अपने लिए, ख़ुद के लिए तो जानवर भी जी लेते हैं। इसमें मनुष्यता की कौन–सी ख़ास बात है? इसमें मनुष्यता की कौन–सी बड़ी डिग्री दे देंगे। उसकी प्रशंसा कर देंगे कि हम मनुष्य हैं। अरे, जानवर भी अपने लिए जी लेता हैं, बल्कि बहुत सारे जानवरों की प्रजातियाँ हैं, जिनमें सामूहिक भावना भी है। वे समूहों में रहते हैं। एक–दूसरे की देखभाल करते हैं।

कुछ ही दिन पहले मैंने इंटरनेट पर एक लेख पढ़ा था, एक रिसर्च के आधार पर लिखा गया था कि मनुष्य स्वभाव से शेयरिंग नेचर का होता है। वह सब कुछ मिल–बाँटकर खाना चाहता हैं। रहना चाहता हैं। यह सब उसके सहज स्वभाव में है। पर, जब वह गिरता है, तो गिरते–गिरते इतना नीचे गिर जाता है कि अपने मूल स्वभाव को ही भूल जाता हैं। यह बहुत ही ख़तरनाक हैं। यह हमारे समाज में हो रहा है। हम लोग मूलरूप से भूल गये हैं कि जीना क्यों? अपने लिए, ख़ुद के लिए, इसे छोड़कर मनुष्य कुछ समझ ही नहीं रहा हैं। इस स्वार्थ ने उसको इतना स्वार्थी कर दिया है, इतना संकीर्ण कर दिया है कि क़दम–क़दम पर टकराहटें हो रही हैं। झगड़े हो रहे हैं। इतने सिमट गये हैं, सब लोग कि हल्की–सी हलचल भी उन्हें टकरा देती हैं। थोड़ा–बहुत भी कुछ हुआ या मुँह खोलिए नहीं कि कंट्रोवरसी (विवाद) खड़ी हो जाती है। सत्य से सब दूर रह रहे हैं, जो मौलिक विचार हैं, उनसे सब दूर हो चुके हैं। हम भूल चुके हैं कि जीना किसको कहते हैं? क्यों जीना चाहिए? किसके लिए जीना चाहिए? जो व्यक्ति, जो मनुष्य अपनी परवाह करे, वह तो मनुष्य ही नहीं है। यदि उसका अधिकांश समय अपनी परवाह करते हुए बीतता है, तो वह मनुष्य कैसे है? जिसका अधिकांश समय अपने बारे में, अपने को सुरक्षित करने में, अपने को इनहैंस (परिष्कृत) करने में, अपने लिए सुख, नाम, यश, सम्पत्ति इत्यादि बटोरने में लगा है, उसको किस परिभाषा से मनुष्य कहेंगे? शरीर मनुष्य का है, बस! आप मनुष्य की तरह दिखते हैं, लेकिन क्या आप सच में मनुष्य हैं?

देखिए, यह बात बड़े पते की है। बड़ी छोटी–सी है, लेकिन इतने पते की है कि लोग मिस (छोड़ते) कर जाते हैं। एक इनसान ही है, जिसको कहते हैं कि तुम इनसान बनो। हम कुत्ते को नहीं कहते कि कुत्ता बनो, हम बिल्ली को नहीं कहते कि तुम बिल्ली बनो, हम चूहे को नहीं कहते कि तुम चूहा बनो। वो तो हैं ही। लेकिन, इनसान को क्यों कहना पड़ता है कि तुम इनसान बनो? मनुष्य बनो? इसलिए कहना पड़ता है कि इसमें बहुत सारी सम्भावनाएँ हैं। देह मनुष्य का होते हुए भी, वह भीतर से कुत्ता हो सकता है, वो चूहा हो सकता है, वो बाघ हो सकता है, वह नासमझ हो सकता है। वह कुछ भी हो सकता है। मनुष्य एक श्रेष्ठ निर्माण (सुप्रीम क्रिएशन) है। वह चाहेगा कि हम गन्दगी में पड़े रहें, उसी में उसको सुख है, तो रहो उसी में। इसलिए क्या है कि हम इतना दूर भाग चुके हैं, हट चुके हैं, अपने वास्तविक और मौलिक स्वभाव से कि हम मनुष्य को भूलने लगे हैं। हम भूल गये हैं, अधिकांश लोग भूल गये हैं कि हमारा मौलिक मक़सद क्या है? क्यों आये हम इस धरती पर? इस सहज स्वभाव में इतनी धाह है कि साइंस (विज्ञान) भी कहता है, हम सबके लिए जीते हैं। कितनी परेशानियाँ हैं, इस जीवन में। हम मनुष्य हैं। आपको कोई ईश्वर बनने के लिए नहीं कहता है। आप मनुष्य, तो बनकर दिखलाइए। हमें शरीर मिला है, तो हमें उसके साथ सत्य को लेना चाहिए। उसके साथ ईमानदार होना चाहिए। इसके अलावा और कुछ नहीं दिखना चाहिए। पहले अच्छे मनुष्य बन जायें। अपने भीतर के जानवर से आगे बढ़ें। ट्रासेंड करें। ऊपर उठें। मनुष्य बनें। अपने हित को हम इतना महत्त्व देने लगे हैं कि सबके हित की बात हमारे अन्दर से निकल चुकी है। जब हम सबके हित में अपना हित देखने लगेंगे, तब हम सच्चे अर्थ में मनुष्य होंगे।

हम लोग, जब बड़े हो रहे थे, तो देखता था कि गाँव में किसी जाति का कोई बूढ़ा हो, अशक्त हो, लाचार हो, विधवा हो, तो समाज में उनके प्रति एक सम्मान था। आज तो मेरे ही घर में कोई बूढ़ा हो,

तो लगता है कि फ़िजूल या बोझ हमारे कन्धों पर बैठा है? आप क्या सोचते हैं?

यह सब लक्षण (सिंप्टम) सिमटने के हैं। हम जो इतना सिमट गये हैं, संकीर्ण हो गये हैं, उसी के ये सब लक्षण हैं। मैंने कहा, न आप से कि आपस में टकराहटें हो रही हैं। उसके कारण मनुष्य इतना सिमट गया है कि अपना ही सुख–दुख देख रहा हैं। यहाँ तक कि अपने पिता, पत्नी, बेटा, बेटी की क़ीमत पर भी। अब हम ऐसे लोगों को जानते हैं, जो अपनी सन्तानों से छिपा–छिपाकर खाते हैं। अपने ही घरों में। सबके लिए लायेंगे, तो इतने रुपये नहीं हैं। अब भूख इतनी तेज़ है कि इसके बिना रहा नहीं जाता। आप ज़रा कल्पना कीजिए कि हम कितना सिमट गये हैं, कितने संकीर्ण हो गये हैं। क्यों? क्योंकि वृद्धों की कोई शारीरिक उपयोगिता है नहीं। उनकी जो भी उपयोगिता है, ज्यादातर उनके अनुभव का है, उनके मस्तिष्क का है। बूढ़े शरीर से कुछ श्रम, तो हो नहीं सकता। वो किसी पोजिशन (अवस्था) पर भी नहीं होते। कभी–कभी यह सम्भव है कि कुछ बूढ़े, किसी पद पर रहे हों, तो सम्भव है, उनकी कुछ उपयोगिता निकल आये। हालाँकि, उपयोगितावादी समाज में पहला कैजुएलिटी, पहला बलिदान वृद्धों का हो जाता है, क्योंकि यहाँ तो समाज उपयोगिता देखता है। आपकी यूटिलिटी क्या है? कहा जायेगा कि बेटा, तो नानी को छोड़ता ही नहीं। बिना नानी के रह नहीं सकता। बिना उसके खाता नहीं है। वास्तव में बात यह है कि वो दोनों पति–पत्नी तो काम करते हैं और नाना–नानी उनके बच्चों की आया का काम करते हैं। किसी दूसरे आदमी को, अन्य आदमी को रखेंगे, तो भुगतान करना पड़ेगा और भरोसा भी नहीं रहेगा। ऑफ़िस में भी बराबर चिन्ता रहेगी कि पता नहीं बच्चे का क्या हो रहा है? दूसरी तरफ़ नाना–नानी रहेंगे, तो निश्चिन्त होकर रहेंगे। हम लोगों को जो करना होगा करेंगे। भगवान ने एक दम फ्री जैसा दे दिया। लेकिन, ऊपर से कितनी अच्छी–अच्छी बातें कह रहे हैं कि नाना–नानी के बिना खाता नहीं है, रहता नहीं

है, यह नहीं है, वो नहीं है। इतना उपयोगितावादी समाज हो गया है कि यह हर चीज़ में, हर रिश्ते में उसकी उपयोगिता ही देखता है। यूजफुलनेस देखता है। रिटर्न देखता है।

कई बार सोचता हूँ कि यह इकॉनामिक डेवलपमेंट का पश्चिमी मॉडल, जो हम लोगों ने चुना है, वह इस मिट्टी के अनुरूप नहीं है। गाँधी का रास्ता था कि गाँव स्वावलम्बी बनें। लेकिन, हमने पश्चिम का मॉडल ले लिया। इस मॉडल में टीवी तय करता है, हमारा जीवन। हमारी ज़रूरतें। विज्ञापन तय करते हैं भोग। इस तरह कहीं इकॉनामिक डेवलपमेंट का मॉडल तो ऐसा नहीं, जो हमारा पुराना मॉडल था, उससे अलग होकर हम एक ऐसे रास्ते पर चल चुके हैं, जहाँ सम्बन्ध टूट रहे हैं। मनुष्यत्व ख़त्म हो रहा है। परिवार टूट गये हैं। छोटे–छोटे बच्चे आज की उम्र में हत्या करते हैं। वैसे सारे लिटरेचर पढ़ते हैं, जो एक उम्र आने पर पढ़ना चाहिए। सेक्स से लेकर सारी अश्लील चीज़ें सुलभ हैं, वीडियो पर। वो अपने मोबाइल पर एमएमएस करते हैं, तो बहुत अश्लील तरीक़े से। मैंने देश की एक बड़ी पत्रिका में पढ़ा था कि किस तरह बड़े शहरों में टीनएजर्स अपने अभिभावक के हाथ से लगभग निकल चुके हैं। इस पर आपसे कुछ जानना चाहता हूँ?

आप ज़रा ओरिजिनल थिंकिंग (वास्तविक सोच) कीजिए, तो बड़ा साधारण जवाब मिलेगा। बहुत सरल भी। अब यह कांपलिकेटेड (जटिल) हो गया है। बहुत सारी चीज़ों के साथ देखिए। ईस्टर्न अप्रोच और वेस्टर्न अप्रोच (पूर्व बनाम पश्चिम) में एक फंडामेंटल डिफरेंस है। नॉट टुवर्ड्स एनीथिंग बट टुवर्ड एवरीथिंग। यह फंडामेंटल डिफरेंस है और यह क्या है? पूरा ईस्टर्न अप्रोच है, वह कलेक्टिव एक्सीलेंस यानी सामूहिक श्रेष्ठता को देखता है और वेस्टर्न अप्रोच है, वह इंडिविजुअल एक्सीलेंस यानी निजी श्रेष्ठता देखता है। हम कैसे धनी हों? मैं, आप नहीं। किसी भी क़ीमत पर मैं और सिर्फ़ मैं। यदि आपको बलिदान करना पड़े, आपको पीछे ढकेलना पड़े, तो यह जायज है। यह वेस्टर्न अप्रोच हैं। इंडिविजुअल एक्सीलेंस अप्रोच। जो

ईस्टर्न अप्रोच है, वह है, सर्वे भवन्तु सुखिनः, वसुधैव कुटुम्बकम। इसे हम ईस्टर्न अप्रोच कहते हैं। वेस्टर्न अप्रोच का असर हमारे समाज पर पड़ा और हम सबके हित की बात जो सहज ही हमारे अन्तर्मन में रची–पची थी, भूलने लगे। अब हम भी वेस्टर्न अप्रोच को पूरी तरह स्वीकार कर चुके हैं। परिस्थितियाँ बहुत ही स्पष्ट रूप से कह रही हैं कि पूरे विश्व को ईस्टर्न अप्रोच अंगीकार करना होगा, वरना हम मिट जायेंगे। व्यक्तिवादी अर्थव्यवस्था के आधार पर समूहवादी समाज व्यवस्था नहीं खड़ी की जा सकती।

आज लगता है कि अच्छी चीज़ें हार रही हैं। आप क्या मानते हैं?

हम सिमटते–सिमटते संकीर्ण हो गये हैं, सिमट गये हैं। अपना इंट्रेस्ट (स्वरुचि) बराबर अपने दिमाग़ में रखते हैं। बराबर उसको ही सही मानते हैं। उसी को जस्टिफाई करते हैं, इत्यादि। ये सब होते–होते ऐसी अवस्था में पहुँच गये हैं कि हमारा सारा सिस्टम उससे रम गया है, रच–बस गया है। आप एक भी ऐसे संस्थान का नाम नहीं ले सकते, वो चाहे सामाजिक हो, राजनीतिक हो, न्यायिक हो, धार्मिक हो, किसी भी क्षेत्र से हो। आप किसी भी संस्था को ऐसा नहीं कह सकते, जिसमें दाग न लगी हो, जहाँ भ्रष्टाचार, गन्दगी का प्रवेश न हो। आप अपने सामने एक बड़ी समस्या देख रहे हैं। करप्शन इज़ एसिंप्टम (भ्रष्टाचार तो बाह्य लक्षण भर है)। रोग कुछ और है और इस सिस्टम को ठीक करने के लिए जो थोड़ी अप्रोच (कोशिश) हो रही है, वो तो कुछ देर के लिए ठीक है, कुछ घण्टे के लिए ठीक है, लेकिन उससे कोई दीर्घकालीन परिणाम नहीं मिल सकता, शॉर्ट टर्म गेंस (आग बुझाने जैसे तात्कालिक उपाय) के बहुत सारे प्रयोग हम लोगों ने कर लिये। हमारे इतिहास में ही जयप्रकाश जी का बड़ा प्रयोग आया। वह कितनी बुरी तरह फेल हुए। ज़रा आप ईमानदारी से सोचिए, क्यों फेल हुए? लोग नहीं थे। कार्यकर्ता नहीं थे। तैयारी नहीं थी। जो एक्जीस्टिंग (उपलब्ध) था, उसी को लेकर आगे बढ़ रहे थे। बाबूजी ने गौर किया था। सरकार बनने के बाद

जब बाबूजी के पास आकर जेपी रोने लगे, तो बाबूजी ने कहा, अब क्यों रोते हो? अब रोने से क्या मिलेगा? अमृत रस चाखनहार, विष भी पीना होगा। बहुत अच्छा लगा होगा, जब तुम्हें अमृत भोग मिला होगा। जय–जयकार हो रही थी। पूरा भारत वर्ष ही नहीं, पूरी दुनिया जय–जयकार कर रही थी, तो तुमने उसको स्वीकार किया, तो इस विष को कौन पीयेगा? यह विष तुम्हारा है। यह भी तुम्हारे हिस्से का है। इसलिए बात बड़ी साधारण है। एक कलेक्टिव अप्रोच को स्वीकार करने के दिन राजनीति से भी चले गये। लोकनीति, ग्राम स्वराज्य का युग ही हल है। कोई रास्ता ही नहीं है, उसके सिवा। उसके सिवा कोई उत्तर ही नहीं है।

इस दौर में सबसे बड़ी कैजुएलिटी (दुर्घटना) दिखता है, चरित्र खोना। हालाँकि, हमारे प्रगतिशील लोग कहते हैं कि चरित्र बड़ा मुद्दा या सवाल नहीं है। इतिहास में नैतिक–अनैतिक के बीच फ़र्क़ ही नहीं है। लेकिन, आज़ादी की लड़ाई में जो लोग, जिनमें आपके पिता जी सहित कई लोग थे, वो और उनका चरित्र, तो सचमुच प्रेरित करता है। आज वे सब अँधेरे में प्रकाश की तरह दिखायी देते हैं। लेकिन, आज कोई प्रकाश नहीं है। आप क्या सोचते हैं?

यह बहुत पुरानी बहस है। बहस है, साधन और साध्य का। कहते हैं, एंड (मक़सद) जस्टीफाई द मींस या साध्य (मंज़िल) ही सब कुछ है, साधन या रास्ता कोई हो। अगर एंड आपको हासिल हो गया, तो रास्ते या साधन पर सवाल नहीं। गाँधी जी इसके विरोधी थे। वह मानते थे साधन और साध्य के बीच पवित्र रिश्ता है। वी शुड बी प्योर (हम शुद्ध–सात्विक हों)। मॉरल्टी, इथिक्स (नैतिकता, मूल्य) आदि कम्युनिस्ट लोग नहीं मानते हैं। वे अपना ऑब्जेक्टिव (मक़सद) फुलफिल (पूरा) करना चाहते हैं। बाई हुक और बाई क्रुक यानी किसी रास्ते। हम को मींस (साधन) से मतलब नहीं है। अगर किसी की हत्या कर के हो, तो वही सही है। ठग कर हो, झूठ बोल कर हो, चाहे जैसे भी हो, वह सब सही है। लेकिन नहीं, गाँधी कहते थे कि वो चीज़ टिक

ही नहीं सकती। आपने तो उसकी जड़ में गन्दगी डाल दी है। आपको ऐसे पात्र चाहिए, जिसके माध्यम से आप सही बात सामने रख सकें। उनको जो बात कहनी थी, कुछ सही पात्र मिल गये थे। वो चार या पाँच या 10, जो भी संख्या हो, उनकी। वह अपनी बात कहकर चले गये। लेकिन, क्या वे रेलिवेंट (प्रासंगिक) हुए? कभी नहीं हुए। हम गाँधी की श्रद्धा करते हैं? नहीं, एकदम नहीं करते। हम उनका उपयोग करते हैं। यूज करते हैं। भँजाते हैं। कैश करते हैं। सब कुछ करते हैं, लेकिन, श्रद्धा नहीं करते। विश्वास नहीं करते। तब तो भगवान को भी बाध्य होकर आपको विश्वास करा देना होगा। आपको फोर्स कर देगा कि आपके पास कोई रास्ता नहीं है। व्हाट इज़ टुडेज सिनेरियो (आज का परिदृश्य क्या है)? कैपिटल इकॉनामी (पूँजीवादी अर्थव्यवस्था) अपने एंड (चरम) पर है। मुश्किल से साँस ले रही है। देश–दुनिया के बीच कंज्यूमरिज्म (उपभोक्तावाद) अपने एंड (अन्त) पर है। एल्विन टॉफ्लर ने कहा था कि देशों के बीच की दुश्मनी अब देशों के कॉरपोरेट घरानों के बीच की दुश्मनी बन चुकी है। नेशंस डोंट मैटर, दे आर द अपोनेंट्स, इकॉनामिकली (आर्थिक दृष्टि से)। देख लीजिए, फाइनेंशियली (वित्तीय दृष्टिकोण से) देख लीजिए। आज मैंने पढ़ा है, 'सीएनएन' पर। लोग ओबामा को कह रहे हैं कि आप 14 अमेंडमेंट कर लीजिए। इनमें प्रेसीडेंट को एब्सोल्यूट पॉवर हो जाता है। ऐसी बात लोग कह रहे हैं, अमेरिका में। क्यों? एक ऐसे हालात की तरफ़ अमेरिका जा रहा है, जिसको कोई नहीं रोक सकता। वास्तव में है क्या कि लोग भ्रष्ट हैं। ज़रा मौलिक चिन्तन करो। अगर सचमुच में अपने देश से, समाज से, प्यार करते हो, तो पक्षपातों को मत रखो, अपने पास। अपने मन में निष्पक्षता हो, तो जरा चिन्तन करो। ओरिजिनल (वास्तविक) चिन्तन करो, जिससे सबका भला होगा। यह होड़ अब कॉस्टली (महँगी) हो गयी है। बड़े–बड़े खिलाड़ी अब मैदान में उतर चुके हैं। क्यों? क्योंकि यह देशों की लड़ाई ही नहीं रही। यह तो कॉरपोरेट्स (बड़े औद्योगिक घरानों) की लड़ाई हो गयी है, आर्थिक लड़ाई हो गयी है। अब तो यहाँ चाइनीज़ इकोनॉमी, अमेरिकन इकोनॉमी, इंडियन

इकोनॉमी की बात होती है। उधर, ब्राजील, ब्रिक्स की इकोनॉमी की बात होती है। आपस में टकराहट इतनी बढ़ चुकी है कि यह किसी भी चीज़ का सेक्रिफाइस (बलिदान) कर सकती है। कुछ भी स्वीकार कर लेंगे। जैसे करप्शन आदि। कौन किसको ठीक करेगा? कौन ठीक है, यहाँ? वो सिद्धार्थ बेउरा (वरिष्ठ आईएएस, पूर्व सचिव, भारत सरकार) कह रहा था, कोर्ट में कि साहब रिजर्व बैंक का गर्वनर क्यों नहीं दोषी है? आप मुझे जिस अपराध के तहत यहाँ रखे हैं, वैसा ही काम तो उन्होंने भी किया। उनको भी रखिए। यदि नहीं, तो जब उनको छोड़ा है, तो हमको भी छोड़िए (उन दिनों अदालत में 2जी मामले की सुनवाई हो रही थी)। कहते हैं कि रहा न कोई बिन दाँत निपोरे। कोई ऐसी चीज़ नहीं बची, जिससे आप देखेंगे कि कौन, किस को ठीक करेगा या कर रहा है। किसी भी क़ीमत पर हमको पालक चाहिए। वी आर सो हंग्री। आई कैन डू एनिथिंग, सेक्रिफाइस एनिथिंग (हम बहुत भूखे हैं। असन्तुष्ट हैं। हम कुछ भी कर सकते हैं। किसी का भी बलिदान कर सकते हैं)। आप हमसे अच्छी तरह जानते होंगे, राजनीति की गतिविधियों को अथवा फाइनेंशियल गतिविधियों को। कुछ भी कर सकते हैं। ऐसी परिस्थिति में जो टकराहट है, यह कितनी घातक हो जायेगी? एक बड़े कोलेप्स (ध्वस्त) के साथ पूरी इंडस्ट्री ही बैठ जायेगी।

आपको ऐसा लगता है कि अमेरिका कोलेप्स (ध्वस्त) की ओर बढ़ रहा है?

बहुत साधारण उत्तर है, आपके सवाल का। आपके सवाल में ही इसका उत्तर है। आप इकोनॉमिक्स के स्टूडेंट (अर्थशास्त्र के विद्यार्थी) रहे हैं। आपके अपने साइंस से उत्तर है कि बड़ी–बड़ी जो चीज़ें हैं, वे इस धरती पर नहीं टिकेंगी। यह धरती के एनवायरमेंट (वातावरण–नियम) के ख़िलाफ़ हैं। इकोलॉजी (सन्तुलन) के ख़िलाफ़ हैं। वी आर गोइंग अगेंस्ट द नेचर ऑफ़ दिस क्रिएशन। इट कैन ससटेन स्माल थिंग्स। इट कैन ससटेन कम्यूनइन स्माल–स्माल थिंग्स

(हम प्रकृति या सृष्टि के ख़िलाफ़ जा रहे हैं। यह छोटी–छोटी चीज़ों का ही भार उठा सकती है। यह सृष्टि छोटे–छोटे चीज़ों या यह छोटे समूहों का ही निर्वहन कर सकती है)।

क्या लोकनीति या ग्रामनीति आता हुआ दिखायी दे रहा है?

आपके पास दूसरा कोई उत्तर नहीं है। एकदम आता हुआ साफ़ दिखायी दे रहा है। लेकिन, उसी तरह, जैसे बाघ के पहले लकड़बग्घा आता है। देखिए, अन्ना हजारे, सिविल सोसाइटी वग़ैरह सामने आ रहे हैं। ये सब किसकी ओर संकेत कर रहे हैं। एक ग़ैर–राजनीतिक, ग़ैर–संगठित लोगों का समूह, रियल इंडिया। हम किसी से भी नहीं जुड़े हुए हैं। संकेत देखो। एक नॉन अटैच्ड पर्सन अपनी वायस लाना चाहता है, सबके सामने कि यह ग़लत बात है। ग़लत चीज़ हो रही है। बी डूनॉट हैव एनी अल्टीमेट सॉल्यूशन। अन्ततः यह उत्तर नहीं है। मैं मानता हूँ कि यह समाधान नहीं है, लेकिन ये लोग एक सही दिशा में तो जा रहे हैं। इनके पीछे–पीछे महान लोग आयेंगे। क्यों? क्योंकि यह जो ग्राम स्वराज्य का कांसेप्ट (विचार) है, लोकनीति का जो कांसेप्ट है, यह पॉवर को विकेन्द्रित कर देगा। लोगों को गाँवों में पहुँचा देगा। वो सभी शक्तियाँ, वित्तीय निर्णय और उद्योग क्या करेंगे? कुछ नहीं करेंगे। सब अधिकार उनका। ऊपर से आप उनके लिए यानी नीचे के लोगों के लिए कोई प्लानिंग नहीं कर सकते। वे क्या चाहते हैं? सब कोई चाहेगा ख़ूब बढ़िया–बढ़िया हो, तो सबको अहसास होगा कि यह सम्भव नहीं है। आप ऊपर से कितना भी भाषण देंगे, कोई नहीं स्वीकार करेगा। कहेगा कि देखो अपना भोग हो गया, तो हमको उपदेश दे रहा है। तो ठीक है लो। अपने हाथों निर्णय कर लो। इस तरह जो ग्राम स्वराज्य का कांसेप्ट है, एक सामान्य आदमी को ज़िम्मेदार बनाता है। कार्यशील बनाता है।

लेकिन यह प्रयोग जो पंचायतों में हो रहा है, उसको आप कैसे देखते हैं?

दायित्व का अभाव हो गया, आज देश में। लोगों के आचरण में ज़िम्मेदारी नहीं दिखती है। क्यों? देखिए आप जानते हैं, फिर भी पैसे

लेकर वोट करते हैं। शराब के पाउच पर वोट दे रहे हैं। ऐसा हो रहा है कि नहीं हो रहा है? पंचायत में हो रहा हैं। जब सब जानबूझ कर ग़लत रास्ते पर जा रहे हैं, तो क्या कहा जाये?

उन पंचायतों से कैसे उम्मीद करें, जिनमें भ्रष्टाचार भी उसी तरह है?

जब उनको पॉवर दे देंगे कि अपना निर्णय आप खुद लीजिए। बाहर से कुछ नहीं मिलेगा, तो बाध्य होकर वह अपना सोचेंगे, बड़ा सोचेंगे।

बाहर से पैसे मिलने बन्द हो जायें, यह आप सही कह रहे हैं?

आप मनुष्य को यह कैसे सिखलाओगे कि आपको सबका भला सोचना चाहिए। परिवार का भला सोचना चाहिए। समाज का और फिर देश का भला सोचना चाहिए। फिर विश्व का भी भला सोचना चाहिए। इस प्रक्रिया में प्रत्येक व्यक्ति का भला निहित है। यह विकास की एक कड़ी है, जो मनुष्य के जीवन में लिखी हुई है। आपको एक बिन्दु से पूरा फैल जाना है। आप अपने आप में एक ड्रॉप ऑफ़ ओशियन (समुद्र की एक बूँद) हैं। पूरे समुद्र तक फैल जाइए। मनुष्य के नाते आप महसूस करेंगे, तो यही महसूस कीजिएगा कि एक पशु अपने में सिमट जायेगा, लेकिन मनुष्य अपने में नहीं सिमटेगा। वो फैलना चाहेगा। वह उसका सहज स्वभाव है, तो फिर पहले परिवार में फैलेगा। यदि वहाँ रुक गया, तो वह संकीर्ण मनुष्य है। वह पौधा बढ़ ही नहीं पाया और नहीं तो वह परिवार को क्रॉस करके समाज में फैलेगा, तो सबके हित की चिन्ता होगी। उसे यदि वहाँ उसका अच्छा–ख़ासा विकास हुआ, तो फिर वह समाज में भी नहीं रुकेगा, बल्कि देश तक फैल जायेगा। समाज यानी आसपास का समाज और देश यानी पूरा देश। फिर विश्व, वसुधैव कुटुम्बकम्। ये सब क्या हैं? क्या ये सब मनुष्य भूल नहीं गया है? इसका अहसास उसको कैसे दिलाओगे? उसको ज़िम्मेदार बना कर। उसका धन बेकार है। क्यों? क्योंकि आप गाँव के बाहर कुछ खरीद नहीं सकते। गाँव में जो उपज रहा है, बस वहीं आप खरीद सकते हैं। क्या कीजिएगा आप इतना धन

रख के? ये सब वेस्टेज हैं। बेकार हैं। हम उधर जा रहे हैं। एकदम क्लीयर कट गुज़र रहे हैं। सबका क्लेक्टीवहुड देखते हुए। सामूहिक मंगल कामना देखते हुए।

क्या ऐसी ही व्यवस्था हमारे समाज के संचालक चाहते हैं?

चाहने या न चाहने की बात नहीं है। यही एकमात्र उत्तर है, जो आग लगी हुई है, वो तभी बुझेगी, जब मनुष्य यह सोचे कि हम कितने छोटे हो गये हैं? कितने सिमट गये हैं? यही समस्या का मूल कारण है। यह सबसे बड़ा स्वार्थ है। हम एकदम संकीर्ण हो गये हैं। इतने छोटे हो गये हैं कि बड़ी–बड़ी बात, तो करते हैं, लेकिन उसका अपने ही जीवन में कोई अर्थ नहीं बचा है। बड़ी–बड़ी बात करने के अभ्यासी हो गये हैं। हम लोग विचारों को भी सजाने वाली चीज़ों की तरह अपने दिमाग़ में रखते हैं। नोट करने के लिए। आप देखते होंगे कि बड़े–बड़े घरों में अच्छी चीज़ें सज़ा देते हैं, ताकि लोग देखें। इसी तरह हम किताब पढ़कर अपने दिमाग़ में भी कुछ अच्छी–अच्छी बातें रख लेते हैं। आजकल इसको बहुत अच्छा समझा जाता है।

ऐसा बताया जाता है, न्यू एज (नये दौर के) गुरुओं द्वारा। अच्छी–अच्छी बातों को कोट करेंगे, तो आपका इंप्रेशन ज़रा बढ़िया होगा। प्रभाव अच्छी तरह डाल सकेंगे। आप हम यूज्ड (अभ्यस्त) हो गये हैं, इस तरह की लाइफस्टाइल से। हम अच्छी–अच्छी बातों को अपने माइंड में रखते हैं, नहीं तो हमारे जीवन का कोई अर्थ नहीं है। अपने आप को देखे, आप चाहते क्या हैं? कोई समाधान नहीं है। आप अन्धकार में ही रहेंगे। किसी में दम नहीं हैं। किसी संस्थान में दम नहीं है। पोलिटिक्स भ्रष्ट हो चुकी है। मीडिया के लोगों के नाम आ रहे हैं (आशय 2जी)। हम विश्वास नहीं कर सकते कि मीडिया के बड़े लोग इसमें हैं। हम समझते हैं कि जो आज भी जर्नलिस्ट हैं। उनके इथिक्स हैं। वैल्यू हैं। पर, भ्रष्ट लोग अब आपको (मीडिया) भी एक्जीक्यूटिव क्लास में ले जाते हैं। बड़ी–बड़ी जगह ले जाते हैं। महँगे होटलों में ठहराते हैं।

आप आतिथ्य क़बूल कर रहे हैं, मुफ़्त में सब कुछ है। यह क्या है? सीता को हरण किया रावण ने साधु वेश में। मैं आज 10 साल से अपने मित्रों से बात कह रहा हूँ कि रावण से भय की कोई बात नहीं है। वो तो रावण है ही। लेकिन, रावण जब साधु का वेश धर लेता है, तो परेशानी बड़ी हो जाती है। सीता जैसी नारी भी ठगी जाती है। वह भी समझ नहीं पाती, इसलिए यह जो सिविल ड्रेस में लोग छिपे हैं। आप संसार में रहने वाले लोग देख रहे हैं कि सब लोग ऐसे ही हैं, तो हम भी हैं। धारा के विपरीत तैरना कौन चाहता है?

आज सार्वजनिक जीवन की प्रेरणा या रोशनी क्या है? आपको कहाँ से प्रेरणा मिलती है?

हाँ, हम जीवित लोग बैठे हैं। मैं ढोल नहीं बजाऊँगा। मैं लाउडस्पीकर नहीं बजाऊँगा। मैं कोई दुकान नहीं खोलूँगा, क्योंकि इस रास्ते पर चलकर लोग बिगड़ते हैं, बनते नहीं हैं। वे उन्हीं हथकण्डों का इस्तेमाल करते हैं, जिससे कि ग़लत रास्ते पर जाया जाता है, जिससे समाज का नुक़सान हो रहा है। ये हथकण्डे मुझे सही नहीं लगते, इसलिए कोई कहता हैं कि चुनाव के माध्यम से जमाने को बदल देंगे, सम्भव नहीं है। चुनाव में भ्रष्टाचार की इंट्री सालों पहले हो चुकी है।

बिना करप्शन के चुनाव सम्भव ही नहीं है। आप कुछ भी कर लीजिए, लोग सोच रहे हैं कि सरकार यह करेगी, वो करेगी। नहीं साहब, आप ह्यूमन नेचर (मानव स्वभाव) को कैसे बदलेंगे? यही मूल समस्या है। मानव स्वभाव, जब गन्दगी से भरा पड़ा है, हर जगह वह भ्रष्ट है, तो वह किसी भी सिस्टम को टिकने नहीं देगा। रहने नहीं देगा। इसलिए मूल समस्या यही है। मनुष्य को कैसे बदलिएगा? उसको मुक्त करना। आप बदलो, नहीं तो नाश है। बर्बादी है। मैं समझता हूँ कि कुछ भगवान की कृपा भी है। बहुत कष्ट हो गया। अब हम लोग, तो भगवान में सहज विश्वास करने वाले लोग हैं। हमारा तो प्रार्थना से ही दिल भरता है। हे भगवान! कृपा करना इस धरती पर समाज पर, इस विश्व पर।

आपको लगता है कि ईश्वर का अवतार होगा?

हाँ, वह आ रहे हैं। उनकी आवाज़ निकट सुनायी पड़ती है और अबकी घटनाओं में ईश्वर का हाथ दिखता है। ये घटनाएँ गन्दी परम्परा का परिणाम हैं। लेकिन, बहुत दूर तक चादर से ढँका हुआ था। अब चादर हट गयी। एकाएक बेनक़ाब हुए सब लोग कोई, किसी पर उँगली उठा रहा है। कोई, प्रधानमन्त्री को समेटने की इच्छा रखता है। वित्त मंत्री को समेटने की इच्छा रखता है। अपने बचने के लिए, बस हमको बचाओ, चाहे जैसे भी हो।

सच क्या है, कौन जानता है? कौन कहेगा कि सच क्या है? प्रधानमन्त्री ने ख़ुद कई बार अपने को कंट्राडिक्ट किया है। पिछले छह–सात महीनों में। इसका मतलब साफ़ है कि जो सत्य है, वो थोड़ा अनकंफर्टेबल है। तब ऐसा मनुष्य करता है। वह प्रधानमन्त्री हैं, वो समझदार लोग हैं। सम्भव है किसी को बचाना चाहते हैं। सम्भव है कुछ छिपाना चाहते हैं। हो सकता है, राजनीति कुछ डिमांड कर रही है। इस परिस्थिति में जब एक सॉल्यूशन ढूँढ़ोगे, तो एकमात्र सॉल्यूशन है कि मनुष्य का हृदय परिवर्तन हो। चाहे वह ख़ुद विवश होकर करे या भगवान की कृपा से हो। ऐसा मुझे लगता है, निकट समय आ गया है, भगवान जगन्नाथ का प्रभाव दिखेगा।

(नोट : यह बातचीत उस समय हुई थी, जब 2जी मामले में फँसे लोग एक–दूसरे पर दोषारोपण कर रहे थे। मीडिया–राजनीति–कॉरपोरेट घरानों के शीर्ष नाम इस प्रकरण में उछल रहे थे)

आज की दुनिया में भौतिक सफलता ही सब कुछ है?

सब का कारण रुपया–पैसा है। भगवान को भी हटा दिया गया है। हरिद्वार में एक साधु ने हमसे कहा कि वह पैसेवाला है, वह भगवान को क्यों खोजेगा? उसके पास पैसे हैं। तुम मूर्ख हो, तुम इतनी छोटी–सी बात नहीं समझ सकते। वह अमीर आदमी है। वह भगवान को क्यों खोजेगा? उसके पास पैसे हैं। तब हमको याद आया कि क्राइस्ट (ईसा) ने कहा था कि ऊँट, सूई की नोक जितना सुराक

से पार कर सकता है, पर एक धनी स्वर्ग में प्रवेश नहीं पा सकता। पूरा वेस्टर्न वर्ल्ड क्रिश्चियन वर्ल्ड (ईसाई संसार) है।

मार्केटिंग वग़ैरह सब कुछ वहीं पुष्पित–पल्लवित हुआ। वहीं पर इस महापुरुष ने कहा कि कैमल कैन पास... और, तब भी रुपया और हाय रुपये की कहानी ने पश्चिम के जीवन को एकदम पजल (जटिल) कर दिया है। माननेवाली बात है कि आज रुपया क्या नहीं कर सकता है? हमने एक वीडियो में देखा कि फिलिप्स ने एक लाइटिंग सिस्टमवाली खिड़की बनायी है। बहुत बड़ी खिड़की। उसमें कहता है कि आप अपनी इच्छा से कलर ला सकते हैं। ऐसे करता है, तो वो पिंक हो जाता है। दूसरे तरीक़े से करता है, तो ब्लू हो जाता है। अगर आपको सोना है, यू नीड डार्कनेस, तो किसी और भी तरीक़े से किया, तो उस पर पेड़ की डालों की छाया पड़ जाती है। आपको लगता है कि आप बहुत सुकून की नींद सो रहे हैं।

इस तरह अगर आपको पूरी रोशनी चाहिए, तो ऐसे कर दिया, तो पूरा डेलाइट अन्दर आ रहा है। मतलब, हरेक चीज़ आपके कंट्रोल में है। आप दिन में रात कर सकते हैं। आप जो चाहें, वह कर सकते हैं। हमने कहा, अरे! यह तो अद्‌भुत है। बताइए, साइंस (विज्ञान) क्या कर सकता है? क्यों नहीं वो भगवान की कुर्सी पर बैठेगा? क्या नहीं कर सकता है? प्रोजेक्टेड है कि 2025 होते–होते शरीर के सारे ऑर्गन (अंग) आपको बाज़ार में मिलेंगे। आपके हाथ में दर्द है, तो रिप्लेस कर दीजिए। इस तरह का भी काम शुरू हो चुका है। ऑपरेशन हो रहा है। हम कहते हैं कि एक कॉमन मैन (सामान्य आदमी) को बनाने में ज़्यादा देर नहीं है... 2025 तक यह चमत्कार भी हो जायेगा। उन लोगों का यह प्रोजेक्शन है कि आपके ही सेल से वो आपका ऑर्गन बना देंगे। टिशू रिजेक्शन का कोई सवाल नहीं है। किसी से डोनेशन कुछ भी नहीं। एक आदमी का विंड पाइप ख़राब हो गया था, उसी का टिशू लेके नया विंड पाइप बना दिया। पुराने वाले को हटाके नया वाला लगा देगा। नो प्रोब्लम, ही इज़ फाइन (उसे कोई तकलीफ़ नहीं है, वह स्वस्थ है)।

इसके क्या परिणाम होंगे?

इसका परिणाम है कि ऐसा होगा, तो आप मरेंगे नहीं, आपके जीवन में कम–से–कम 25–30 साल की उम्र और जुड़ जायेगी। ऊपर से क्या है, कुछ ऐसा कैप्शूल भी खोज निकाला है कि जिससे बढ़ती उम्र पर कंट्रोल कर लिया जायेगा। उम्र वहीं स्थिर हो जायेगी। इस तरह कम–से–कम 20 साल तो ऐसे भी जोड़ देंगे। हार्ट ख़राब होगा, तो नया हार्ट लगा लेंगे। लंग्स (फेफड़ा) ख़राब होगा, तो नया लंग्स लगा लेंगे। लंग्स का रिप्लेशमेंट हुआ है। साउंड पाइप का भी हुआ है। विंड पाइप का भी हुआ है। एकदम उसी के टिशू को लेकर नया बना कर लगा दिया।

पूरी बॉडी का सरकुलेशन ठीक–ठाक, कहीं कोई दिक्क़त नहीं। उसी के टिशू हैं। यह तुरन्त में मिलने वाले लाभ है। लेकिन, इसका नुकसान भी है। अब सोच रहे हैं कि नुक़सान क्या? देखिए, क्या है कि भगवान को हटाकर कुर्सी पर साइंस को बैठा दिया है, तो उसका नुक़सान तो दिखायी पड़ेगा न। वो फैक्टर, जो सबको जोड़ता है, वही ग़ायब हो गया। हम तकनीकी रूप से तो सम्पन्न हो गये, लेकिन हैं, राक्षस। हमारे एक मित्र हैं, वो जिम खोल रहे थे। हमने पूछा, तुम क्या कर रहे हो? उसने कहा, मैं जिम खोल रहा हूँ। तब मैंने कहा कि अच्छा, तो तुम स्वस्थ गुण्डा बना रहे हो। गुण्डे आकर यहाँ व्यायाम करेंगे। हेल्दी रहेंगे बदमाशी–गुण्डागर्दी को बढ़ावा। ऐसा कहने के बाद वह थोड़ी देर सोचता रहा, फिर वोला कि हाँ, बात तो सही है। अरे! जो सही है, उसे तो मानना होगा न! आदमी को नहीं न बदलोगे। हाँ, उसको थोड़ा ताक़त–वाक़त दे दोगे, जिम खोलकर उसी तरह यह टेक्नोलॉजी है। आदमी, जो अब राक्षस हो गया, उसकी वजह या कारण, यह बड़ी–बड़ी टेक्नोलॉजी है। पहले न यह राक्षस था और न ऐसी टेक्नोलॉजी थी। यह तो क्रमशः हुआ है। आज एक बिन्दु पर आमने–सामने है टेक्नोलॉजी। यह अपने शिखर पर है। इस कारण आदमी में राक्षसी स्वभाव (मोंस्टर) भी अपने शिखर

पर है। मनुष्य का राक्षस बनना, अपने शिखर पर है। इसमें कोई दो राय नहीं है। कहीं भी नहीं है। गाँव से लेकर बड़े शहर तक, जर्मनी, अमेरिका, वग़ैरह–वग़ैरह, द सेम पैशन वर्क्स, द सेम इमोशनस वर्क्स (एक तरह का भाव, भूख और आकांक्षा)। अरे! थोड़ा–बहुत कहीं–कहीं है। लेकिन, इसमें भी 19–20 का ही फ़र्क़ है। लेकिन, बात वही है।

सही कह रहे हैं, आप वही परिवार टूटन वग़ैरह?

क्षुद्र शारीरिक सुख, थोड़ी देर का आनन्द, सब कुछ तत्काल। यह इंसटेंट (तत्काल) का जमाना है, इसलिए सब कुछ इंसटेंट यानी तत्काल चाहिए। अभी इस वक़्त यह अच्छा लग रहा है, तो चलो कर लेते हैं। क्यों? हम समझते नहीं हैं। समझदार नहीं हैं। ख़ासतौर से आज की पीढ़ी सोचने में सक्षम नहीं है। उसने अपनी सक्षमता खो दी है। मैंने इस विषय पर ऐसे लोगों से बात की, तो उनमें से कुछ ने कहा कि आप क्या कह रहे हैं? अब देखिए साहब, क्या है कि गाँजा पी लिया, तो उसमें क्या है? ज़िन्दगी में आये, धरती पर आये, यही तो एक लाइफ है। देखिए, क्या फिलॉसफी (दर्शन) है। मुझे सुनने में आया कि झरिया (झारखण्ड का एक इलाक़ा) जैसी छोटी जगह में भी ऐसी ही लाइफ है। इसी तरह का जीवन है। दूसरे से क्या मतलब है। यह मेरी जिन्दगी है। मेरी खुद की ज़िन्दगी है। हम अचम्भित होते हैं कि अरे! यह क्या हो गया? अरे! यह तो राक्षस है, उसमें किसी भी तरह का, ज़रा–सा भी आदमी की पहचान है ही नहीं।

क्या जीवन दुखों से भरा है या करने योग्य कुछ सार्थक चीज़ें भी हैं, इसमें?

देखिए, दुख और सुख आपके इंटरप्रीटेशन हैं। किसी भी घटना से इन दोनों का कोई इंडिपेंडेंट एक्जीसटेंस (स्वतंत्र रूप से अस्तित्व) नहीं है। ये दोनों किसी चीज़ का आश्रय लेकर आते हैं। किसी चीज़ की पीठ पर बैठ कर आते हैं। मसलन, एक घटना घटी। हम सभी सातों लोग सामने थे। लेकिन, यदि वो घटना दुख भरी है, तो दुख का जो इंपेक्ट (प्रभाव) है, वो सब पर डिफरेंट (अलग–अलग) होगा। क्यों? क्योंकि यह पर्सनल इंटरप्रीटेशन (निजी व्याख्या) है घटना का।

अगर सुख है, तो सुख भी अलग–अलग होगा। क्यों? क्योंकि सुख भी पर्सनल इंटरप्रीटेशन (व्यक्तिगत अनुभव) है, घटना का। सुख जो है, वो किसी चीज़ के सहारे आया है, इसलिए कि सुख–दुख का अपना इंडिपेंडेंट एक्जीसटेंस नहीं है, इसलिए जगत, न तो दुख से भरा है और न सुख से भरा है। जगत, जगत है। दुख और सुख उसमें आपका इंटरप्रीटेंशन (व्याख्या या अनुभव) है। आप कैसे उसको इंटरप्रेट करेंगे। एक अच्छा आदमी यह कह सकता है कि एक आदमी दमा से खाँस रहा है। थोड़ा कष्ट में है। हाँ, उसे कष्ट है, लेकिन दुख और कष्ट में अन्तर है। कष्ट है, तो हाँ भाई कष्ट है। इसको अप्रीसिएट (स्वीकार) करने में कोई समस्या नहीं है कि उसको कष्ट है। लेकिन, क्या उसको दुख है? क्योंकि दुख उस कष्ट का इंटरप्रीटेशन हो जायेगा। हाँ, इस कष्ट के कारण ही मुझे दुख है। तब ऐसा भी हो सकता है कि हाँ कष्ट है, लेकिन दुख नहीं हैं। क्यों नहीं? ऐसा तो कंस्ट्रक्ट (अवधारणा) हो ही सकता है। यह एकदम लॉजिकल है। मैं इस पर विश्वास करने के लिए नहीं कह रहा हूँ।

मान लिया कि आपके सामने एक कष्टवाली कहानी बनी कि मुझे पेट में बहुत दर्द है। दर्द से मुझे कष्ट है। मैं छटपट कर रहा हूँ। लेकिन, इसमें दुख का सवाल नहीं है। दुख तो उसका इंटरप्रीटेशन होगा। उस कष्ट के कारण, इसलिए अगर मैं इंटरप्रेट न करूँ, तो दुख का अस्तित्व नहीं रहेगा। मैं सुख को इंटरप्रेट नहीं करूँ, तो सुख का कोई अस्तित्व नहीं रहेगा। कहाँ है, सुख–दुख? आपकी एक आनन्दावस्था है। वो बराबर रहती है। वो निर्विघ्न है। वो बाधित नहीं होती। आप आनन्दस्वरूप रहते हैं। कुछ होता रहता है। सुख–दुख होता–चलता रहता है। कष्ट–आनन्द यह सब होता रहता है। यह होता ही नहीं है, ऐसी बात नहीं है। लेकिन, सुख–दुख का जो इंटरप्रीटेशन है, वो इंटरप्रीटेशन आप किसी विशेष अवस्था में नहीं करते हुए दिखायी पड़ते हैं।

लेकिन, आनन्द का जो मूल स्वभाव है, वह क्यों दब जाता हैं?

जैसे सूरज, आकाश में चमक रहा है और बादल आ जाता है। आप देख नहीं पाते, सूरज को। आप बादलों को पहचानते भी सूरज के ही कारण हैं। अगर सूरज न रहे, तो आप बादल भी नहीं पहचान पायेंगे। पहचानते भी सूरज के प्रकाश के कारण हैं, पर सूरज आपको दिखायी नहीं देता। बादल छँटेगा, तो सूरज दिखेगा। हर मनुष्य परिपूर्ण और अपरिपूर्ण (परफेक्शन और इंपरफेक्शन) का एक सम्मिश्रण होता है। कोई भी रिश्ता इसी बात पर टिकता है कि इस इंपरफेक्शन को हम कैसे हैंडल करें? मान लीजिए कि आप हमारे बड़े गहरे मित्र हैं, तो इसका राज इसी में छिपा है कि आप हमारे इंपरफेक्शन को कैसे हैंडल करते हैं। आपकी, मैं कैसे करता हूँ? इसी में हमारी दोस्ती का राज छिपा है। वह, उस बादल को छाँटेगा, उस इंपरफेक्शन को हटायेगा, तो अपने आप सूरज (आनन्द से आशय) दिखायी देगा। यही सत्य है।

मैं कोई अच्छा काम कर रहा हूँ या अपने स्तर से किसी का बुरा नहीं चाहता। पर, आसपास बहुत सारे लोग हैं, जो आपको पीछे खींचना चाह रहे हैं। आप में बुराई खोजना चाह रहे हैं कि यह ग़लत है, वह ग़लत है, जबकि आप इस तरह की चीज़ों में नहीं पड़ना चाहते। इस स्थिति को आप कैसे देखते हैं?

यह सोशल टेंडेंसी (सामाजिक प्रवृत्ति) बड़ी पुरानी है। मैं हू–ब–हू वह लाइन सुना देता हूँ। बाबूजी लिखते हैं और कब लिखते हैं, 1950 में। उस समय उनका पहला संस्करण छपा था, जिसका नाम था, 'जीवन के तीन अध्याय'। बाद में उसका नाम 'संस्मरण' हुआ। इसमें वह लिखते हैं कि जब भी आप अपने लिए एक लकीर खींचते हैं, अपने लिए ख़ुद एक रास्ता बनाते हैं, तो समाज आपके सामने खड़ा होता है। चाहे जैसा भी आपका समाज है, जिस किसी भी क्षेत्र में आपने अपना रास्ता चुना है, जो सामान्य ट्रेंड से थोड़ा अलग है, उससे थोड़ा हटकर आप होते हैं। तब लोग, अड़ंगा लगाते हैं। यह उनका नेचर (स्वभाव) होता है। नेचर ऑफ़ द कलेक्टिव (समाज

की प्रवृत्ति) है। इस नेचर ऑफ़ कलेक्टिव को आप अपने जीवन की निष्ठा से ही डील कर सकते हैं। आप जिस रास्ते पर चल रहे हैं, उसमें आपकी कैसी निष्ठा है? कितनी गहरी है? कितनी प्रतिबद्धता और समर्पण है? आपके लिए उसका क्या मतलब है? उसका वैल्यू कितना है आपके जीवन में? प्राइस (क़ीमत) नहीं। जिस पथ पर आप चल रहे हैं, जो मेनस्ट्रीम से कुछ अलग है, उस पथ पर चलने में आपकी निष्ठा बड़ी है। यदि आप बड़े निष्ठावान होकर चल रहे हैं, तो आपको कोई कुछ नहीं कर सकता।

आप अपने रास्ते चलते जायेंगे। आप किसी चीज़ से नहीं डरेंगे। समाज में विरोध कैसे होता है? कहीं–न–कहीं बाबूजी के लेख की भूमिका में ही लिखा हुआ है कि यह सोशल ट्रेंड (सामाजिक चलन–प्रथा) है। आपको इसके बारे में क्यों डरना चाहिए? आपको, अपने बारे में सोचना चाहिए। चिन्ता करनी चाहिए। अपने जीवन के रास्ते में कनविक्शन (आस्था) लेकर चलना होगा। हाँ, एक और चीज़ है, चीज़ों को सराहना। उसको एप्रीसिएट करना। कभी–कभी हम बड़े लोग भी उस सराहना को खोजते हैं। तुमको भी लगता है कि कुछ लोग हमें भी सराहें, तो अच्छा होता। यह मनुष्य की प्रवृत्ति है। इसमें कोई ग़लत नहीं है। थ्रो आउट दिस डार्कनेस (अँधेरे को दूर भगाओ)। क्यों? क्योंकि और कुछ उपाय नहीं है।

आज की तारीख़ में यह अँधेरा क़दम–क़दम पर है। इसमें कोई शक नहीं है।

बाबूजी के संस्मरण में है कि भोग और वैराग्य के प्रबल आकर्षणों के बीच सन्तुलन ढूँढ़ती हुई जीवनधारा चली जा रही है। यह सन्तुलन जिस कर्मक्षेत्र में ढूँढ़ना पड़ा, उसके द्वार पर ही परिवार, समाज और सरकार ने द्वन्द्व खड़ा कर दिया। उन्होंने स्पष्ट शब्दों में ज़ोर के साथ कहा कि मेरी मरज़ी से चलो नहीं तो रोटी के भी लाले पड़ेंगे। इस तरह समाज की मुख्यधारा आपको खींचती है। बुलाती है। अरे! मेरी मरज़ी से चलो। अपनी मरज़ी से चलने वाले कौन हो? तुम अपना मार्ग चार्ट आउट करने वाले कौन हो? लोग अपने विचारों

और सिद्धान्तों के आकर्षण में उलझे हैं। कुछेक जीवन के सुख और शान्ति के आकर्षण से, दे आर पुलिंग इच अदर। ऐसा सब के साथ होता है। रॉबर्ट फ्रास्ट, जो अंग्रेज़ी के प्रसिद्ध कवि थे। उन्होंने कहा था, 'आई मेड ए डिफरेंस, आई चूज ए रोड, लेस ट्रेवल्ड, आई चूज ए पाथ, लेस ट्रेवल्ड, दैट मेड ए डिफरेंस, दैट सेपरेट्स वन फ्रॉम अदर्स।' यदि आप सींसियर हैं, तो आपको तैयार रहना होगा, क़ीमत देने के लिए। हमने भी क़ीमत चुकायी है, अपने जीवन में। सबको इसी प्रोसेस से जाना है।

इसी दर्द से गुज़रना है। वो चीजें, जो फोर्सेस के विरुद्ध हैं, उनके सामने जब आप खड़े होते हैं, तो आप अपनी क्षमता पर, अपनी ताक़त पर ग़ौर करते हैं। परिस्थितियाँ विकट होती हैं, तब अपने आपको जानने के लिए, आपको ख़ुद को चैलेंज करना होगा। अपने इतिहास के बारे में सोचिए। ऋषियों के बारे में सोचिए। उनका जो तप होता था, इसीलिए इतना कठिन था। क्योंकि वो अपने आपको चैलेंज करते थे। खुद को आँकते या परखते थे, वो परिवर्तनशील रहते थे। यह परिवर्तनशील (वेरिएबल) शब्द कृष्णमूर्ति ने इस्तेमाल किया था। इस स्टेट ऑफ़ कांससनेस (चेतना) को बताने के लिए। जिस स्टेट (दशा) में हम रहते हैं, उसमें हम पुश नहीं करते हैं।

किसी चीज़ को आमन्त्रित नहीं करते हैं। 32 साल पहले मेरे गाइड ने एक बार मेरे प्रश्न के उत्तर में कहा था कि नाइदर इंडल्ज नॉर सप्रेस। दैट इज़ द प्रिस्क्रिप्शन ही गेव। नॉउ यू कैन अंडरस्टेंड हॉउ डिफिक्लट ऑर थिंग्स। आप जब अपने रास्ते पर चलते हैं, तो आप देखेंगे कि विरोध के कारण आपके अन्दर क्या चेंज आते हैं? आपके कनविक्शन पर क्या असर पड़ता है, उस विरोध का? वो कैसा प्रभाव डाल रहा है आपके ऊपर? आपके विचारों पर, आपके कनविक्शन पर असर हो रहा है? अगर ऐसा कुछ नहीं है, तो बहुत अच्छी बात है। विनोबा जी कहते थे कि सत्याग्रह के दिन लद गये, कंट्रोवर्सी हो गयी थी। 1963 की बात है। पूर्णिया में एक आश्रम है। वहीं पर उन्होंने यह बात कही थी। गाँधीवादियों ने इसका विरोध भी

किया, पर विनोबा बड़े सही थे। उन्होंने कहा था कि सत्याग्रह का एक समय था। सत्याग्रह का दिन गया। जहाँ भी सत्य है, उसको आप ले लीजिए। आप भी देखिए कि आपके जो अपोनेंटस (विरोधी) हैं, जो आपका विरोध कर रहे हैं या जो भी कुछ कर रहे हैं, वो आपको क्या कर रहे हैं? आपके भीतर किस तरह का बदलाव कर रहे हैं? क्या उनमें कुछ सत्य है? वो कुछ सत्य बोल रहे हैं? अगर है, तो निश्चित रूप से उसको स्वीकार कर लीजिए, नहीं तो रिजेक्ट कर दीजिए। अपने दिमाग़ में मत रखिए। हम बेवजह कूड़ा–कचरा अपने दिमाग़ में रखते हैं।

यह तो कोई समझदारी की बात नहीं है। हाँ, यदि कोई वर्क दिमाग़ में रखने लायक है, तो मान लीजिए। मेरे जैसा कोई आदमी चाहता है कि मैं अपने मन में सिर्फ़ भगवान का ही मान रखूँ, तो सेंसीबल बात कही जायेगी। चाहे कोई भी क्यों न हो, जो कमेंट करते हैं, उन्हें जाने दीजिए। वो भी अपना काम कर रहा है और अपने ढंग से कर रहा है। उनके शब्दों को अपने दिमाग़ में मत रखो। अगर उसमें कोई सत्य हो, तो ज़रूर ले लीजिए। सत्यग्राही बनो।

कभी–कभी जलन या ग्लानि की भावनाएँ आती हैं मन में? ऐसी बहुत–सी स्थितियाँ आती हैं। इन्हें कैसे नियन्त्रित किया जा सकता है?

मैं एक अनुभव सुनाता हूँ। तुम कोशिश करके देखना कि यह तुम्हें परिणाम देता है, तो बहुत अच्छा। मेरा इसमें कोई आग्रह नहीं है कि मुझे इस चीज़ ने मदद की। अपने दोषों के प्रति दुश्मनी की भावना नहीं रखनी चाहिए। अपने आपको एक मौक़ा दें कि आप मनुष्य बन सकें। आप एक मनुष्य हैं। यू आर सपोज्ड टू हैव इंपरफेक्शन। डोंट क्रिएट ए ह्यूज थिंग आउट ऑफ नथिंग। अरे! यह जलन कहाँ से आ गयी? ऐसा भी नहीं करना है कि उसको व्यक्त भी नहीं करना है। जो जैसा है, उसको वैसा ही स्वीकार करो। वह मेरे पास आया। क्यों? हो सकता है उसे मेरे मन की जगह अच्छी लगी होगी, इसलिए मेरे पास आया। मेरे पास आकर उसको अच्छा क्यों लगा? हो सकता है,

कुछ मिला होगा उसको, तो दोषी तो मैं हूँ। जलन को अपना दुश्मन बना रहा हूँ। मेरे घर में कोई घुस गया और मैं उस पर उँगुली उठा रहा हूँ, तो दोषी मैं हूँ। मेरे घर में किसी को घुसने की हिम्मत कैसे हो गयी? इस तरह हम देखेंगे कि जलन इसीलिए होती है कि हम अपने में ज़रा एक्सक्लूसिव और बेहतर देखना पसन्द करते हैं।

इसलिए जलन होती है। जलन को गाली नहीं देना है। इसको दुश्मन नहीं बनाना है। यह अपने अस्तित्व में नहीं रहता है। यह किसी की पीठ पर सवार है। तुम्हारे अन्दर की यह इच्छा कि हम कुछ विशेष हैं, हम औरों की तरह नहीं हैं। हम कुछ विशिष्ट हैं, तो क्या है? जहाँ कोई दूसरा उस तरफ़ बढ़ने लगता है, तो जलन की भावना आ जाती है। जब भी ऐसा लगता है कि मेरी तरह की कोई चीज़ किसी और को भी मिल रही है, तो जलन की भावना और प्रबल हो जाती है। मेरी तरह होने का मौक़ा किसी और को भी मिल रहा है। तब हमको लगता है कि कहीं कोई और आगे न बढ़ जाये। हम जहाँ जाना चाहते हैं, कोई दूसरा न पहुँच जाये। मेरा जो भविष्य है, वो एक चैलेंज लगता है। मेरा जो रास्ता है, वो बाधित लगता है, इसलिए जलन का दोष नहीं है। अपनी इस इच्छा का दोष है। और अगर जलन की तरफ़ नज़र न देकर, उसकी तरफ़ ध्यान न देकर, तुम अपनी इस छिपी हुई ताक़त को देखोगे, तो एक अन्तिम समाधान मिलेगा। इस जलन को ग़ैर–ज़रूरी ढंग से महत्त्व दे रहे हैं। उसे एक बहुत बड़ा विलेन बना देते हैं। हम बहुत लोगों को कंसल्ट करने लगते हैं कि यह जलन की प्रवृत्ति जायेगी कैसे? यह बड़ी समस्या हो गयी है। इसकी कोई ज़रूरत नहीं है। जलन को उतना महत्त्व मत दो। एक तो इसकी ख़ुद की हिम्मत नहीं कि अपने से चल कर आये, यह हमेशा किसी की पीठ पर बैठकर आता है। इसका इंडिपेंडेंट अस्तित्व नहीं है।

इसलिए चलो इस समस्या को हमेशा–हमेशा के लिए ख़त्म करते हैं। हम मेहनत करें। हम अपना पूरा साहस लगा दें। जो देना होगा, भगवान हमको देगा। उसमें हमको सन्तोष करना है। अगर नाम–यश

देता है, तो यह उसकी इच्छा है। नहीं देता है, तो यह उसकी इच्छा। मैंने तो अपना काम या मेहनत कर दी। अपनी कोशिश कर दी। मैं इससे ज़्यादा नहीं कर सकता। मैं इससे कम क्यों करूँ? मैं ईमानदार आदमी हूँ। जितना कर सकता था, उतना कर दिया। अपनी इस इच्छा को तुम हटाओगे अपने दिमाग़ से कि हम एक विशेष इनसान बनें? हर आदमी चाहता है कि वह सबसे बड़ा बने। तुम यहाँ अकेले नहीं हो। हर व्यक्ति यह चाह रहा है कि इस रेस में वह पहले स्थान पर आये। हम पहले स्थान पर होंगे या नहीं, यह तो भगवान पर निर्भर करता है। हमें अपना साहस, अपनी पूरी शक्ति लगानी है। होना होगा, तो होगा, नहीं होना होगा, तो नहीं होगा। आई विल एक्सेप्ट बोथ द रिजल्ट। कोई शिकायत नहीं कि वैसा ही होना चाहिए। मैं शान्ति से सो सकूँगा। मैं शान्ति से जाग सकूँगा। दिल में शान्ति रहेगी। भीतर में एक शान्ति होगी। एक आदमी बढ़ रहा है और हम जल रहे हैं? जलने की बू आ रही है? क्यों साहब? प्रोमोशन पा गये आप! उसकी तारीफ़ अधिक हो गयी। उसको बॉस ने कल दो बार बुलाया, आपको आज तीन दिन से नहीं बुला रहे हैं। तरह–तरह की बातें। छोटी–छोटी बातों से हम परेशान हैं। कर कोई और रहा है, परेशान हम हैं।

पिछले साल मानसरोवर गया था। उस परिवेश में ईश्वर है या नहीं, नहीं जानता, लेकिन वह स्थल अन्यों से अलग–सा है। कुछ तो वहाँ हैं?

कठिनाई इसका प्रमुख कारण है। यात्रा बहुत कष्टप्रद है न! इसलिए वहाँ का वाइब्रेशन मोटिवेशनल (प्रेरक माहौल) है। आप अच्छी सड़कें, जाने की अच्छी सुविधा कर दीजिए न, देखिए धीरे–धीरे वहाँ का वाइब्रेशन कम हो जायेगा। ऐसा अभी तक इसलिए है, क्योंकि वहाँ आने–जाने में बहुत परेशानी होती है। इसलिए वाइब्रेशन है। शिव का आवास हैं, वहाँ। श्रद्धा क्या करती है वहाँ? विश्वास क्या करता है वहाँ? केरल और तमिलनाडु के साधारण लोग अपने जीवन का संशय लेकर आते हैं काशी। काशी विश्वनाथ के दर्शन

करने, अपने इस मानव शरीर को धन्य करने। मैंने देखा है। वर्षों बनारस में मैं रहा हूँ। गंगा के एकदम किनारे रहा हूँ। हर तरह से बनारस को देखा हूँ। कितनी आस्था लेकर लोग आते हैं, यहाँ जो गंगा में डुबकी मार रहे हैं। उन्हें लग रहा है कि जीवन का सारा पाप धुल रहा है। पवित्रता का अनुभव उनको होता है। वे निकलते हैं, तो बड़े प्रेम से, स्नेह से मिलते हैं कि जीवन धन्य हो गया। अब क्या चाहिए? कैसी आस्था है? हज़ारों वर्षों से एक आस्था लेकर समाज चल रहा है। उसी तरह हज़ारों वर्षों से लोगों की यह आस्था रही है कि शिव भगवान वहाँ बसते हैं। शिव तो सब जगह हैं, पर वहाँ विशेष रूप से हैं। कैलास उनका अपना घर है। एक ऐसी परिस्थिति जहाँ रहना ही मुश्किल है। वहाँ क्यों रह रहा है? कष्ट क्यों कर रहा है? इस आस्था के साथ हम हज़ारों वर्षों से जीते आ रहे हैं। कैलास क्या है? वहाँ शिव जी रहते हैं, यह लोक मान्यता है और कुछ तो है नहीं। मतलब वहाँ भगवान रहते हैं। उनकी ताक़त है। इस ताक़त ने इस वाइब्रेशन को बनाया है। टिकाकर रखा है, भगवान को। धीरे–धीरे मान लीजिए कि वहाँ जाने की सुविधा हो जाये, तो स्वाभाविक है कि यह लय टूट जायेगी। एक ऐसी शीतलता निर्विचार, निष्पाप, निर्दोष मन को उपलब्ध होती है।

आप जैसा कह रहे हैं, उससे जोड़कर खुद को देखता हूँ। मेरी फारमेटिंग उस दौर की है, जब मध्यवर्ग कष्ट में रहा है। साल में मैं दो–तीन कपड़े खरीद पाता था। बम्बई में रहता था। बाद में कोलकाता, हैदराबाद या दिल्ली वग़ैरह में रहा। 'धर्मयुग' या 'रविवार' में काम करता था। पर वे कनविक्शन के दिन रहे हैं। हम लोगों ने भी नहीं सोचा था कि सर्विस में जितनी सुविधाएँ अभी हैं, वे कभी ज़िन्दगी में मिलेंगी, पर, ये मिलने पर वह कनविक्शन घटता है। इसका मतलब कष्ट, मनुष्य को ज़्यादा परफेक्ट बनाता है और सुविधाएँ उसे तोड़ती हैं। आपके विचार?

महाभारत का प्रसंग है। श्रीकृष्ण युधिष्ठिर के राज्याभिषेक के बाद अपनी बुआ कुन्ती से विदा लेने आये हैं। अपनी बुआ से पूछते हैं कि उनके लिए कोई आदेश है? कुन्ती आशीर्वाद माँगती हैं कि भगवान श्रीकृष्ण उनको कष्ट में रखें। कुन्ती कहती हैं कि जब तक हम पाण्डव कष्ट में थे, आप बराबर साथ थे। आज युधिष्ठिर सम्राट हैं, पाण्डव सुख से हैं, लेकिन आप छोड़कर जा रहे हैं। कष्ट में भगवान का सहज ही संग होता है। कष्ट आपको सावधान करता है। कष्ट आपको सोने नहीं देता है। आपको रिलेक्स नहीं होने देता। कष्ट आपको एकदम अलर्ट रखता है। जीवन में कष्ट का बड़ा रोल है। सुख आपको रिलैक्स कर देता है, जीवन में। कल ही हम इन लोगों से चर्चा कर रहे थे कि खाना–पीना हो रहा है, व्यवस्था ठीक है, तो चलो मोटा–मोटी दिमाग़ रिलैक्स है। क्या होता है कि भगवान पर से निष्ठा हटकर, किसी मनुष्य पर, किसी राजनीतिज्ञ पर, किसी लखपति–करोड़पति पर हो जाती है। भरोसा शिफ्ट कर जाता है। सम्भव है, हम गये थे, भगवान पर भरोसा करने चले थे कि हम भगवान पर भरोसा कर जीवन काटेंगे और थोड़ी देर चलने के बाद कैसे भरोसा शिफ्ट कर गया, पता ही नहीं चला। माइंड रिलैक्स कर गया। कैसे रिलैक्स कर गया कि कोई संगी–साथी मिल गया। दैनिक आवश्यकताओं की पूर्ति हो गयी। माइंड रिलैक्स करने लगा। धीरे–धीरे यह निर्भरता भगवान पर से उठ कर, उस सेठ पर, उस साहूकार पर, उस राजनीतिज्ञ पर शिफ्ट हो गयी। पहले सोचते थे कि भगवान करेगा, अब सोचते हैं कि जो उद्योगपति है, वो करेगा। कितनी शिफ्टिंग हुई दिमाग़ में? आदमी में यह शिफ्टिंग किसके साथ और क्यों हो गयी? रिलैक्सेशन के कारण हुआ, इसीलिए यह माइंड रिलैक्स न करें। थोड़ा कष्ट करें। थोड़ा कष्ट आवश्यक है। थोड़ा अभाव आवश्यक है। बहुत सुख–समृद्धि अच्छी बात नहीं है। कहीं न कहीं कुछ कमी रहनी चाहिए। कुछ खटका–सा रहना चाहिए। कुछ बात रहनी चाहिए। सब सुख मिल जाये, तो यह अच्छी बात नहीं है। बहुत अच्छी परिस्थिति नहीं है। इट्स नॉट एन आइडियल ह्यूमन

सिचुएशन। यह एक पाशविक कामना हो सकती है। जानवर की कामना हो सकती है। सब अपना भला चाहते हैं। लेकिन, किसी को नुकसान पहुँचा कर नहीं चाहते। ऐसा नहीं कि किसी को कष्ट हो जाये। किसी का शेयर हम नहीं ले रहे हों। किसी को हम तकलीफ़ नहीं पहुँचा रहे हो। बिना किसी को ठेस पहुँचाये, तकलीफ़ पहुँचाये, थोड़ा–सा सुख मिल जाता है। कोई भी अच्छा आदमी इसे ज़रूर महसूस करेगा कि यह आदमी, आदमी है। इसके भी बच्चे हैं। हमको लगता है कि वह कितनी अच्छी बात है। हम उस दूरी को तय करना चाहते हैं। उस खाई–गैप को पाटना चाहते हैं। यही अच्छे मनुष्य की निशानी है।

आप काफ़ी दिनों तक बनारस रहे हैं। लोग कहते हैं कि वह त्रिशूल पर है। मेरी शिक्षा बनारस से ही हुई है। यह बनारस आपकी स्मृति में कैसा है?

बहुत अच्छा। मेरी स्मृति का जो बनारस है, वो छुटपन का बनारस है। जब मैं बड़ा हुआ, तब बनारस गिरने (पराभव) लगा। पिछले 20–25 वर्षों में बनारस बहुत गिर गया है। वहाँ गंगा और शिव के केंद्र में जो संस्कृति थी, जिसकी नस–नस में गंगा और महादेव थे, वे अब रुपये–पैसे से बदल गये हैं। वो संस्कृति नहीं रही, वो भाव नहीं रहा। जब मैं 15–16 साल का था, तब मान्यता थी कि काशी के घाटों पर घूमने से ही अनायास महापुरुषों के दर्शन हो जायेंगे। कोई पहचानता नहीं, अनायास ही मिल जायेंगे। यह रिकॉर्डेड है। मेरे बाबूजी के जीवन में। उनकी उम्र जब 16–17 वर्ष थी, तब उनको महादर्शन हुआ साधु रूप में। तुलसीघाट पर बैठे हुए उनकी आँखों के सामने से वे महापुरुष अदृश्य हो गये। दो सज्जनों में रामकथा को लेकर चर्चा हो रही थी। बाबूजी बगल में खड़े होकर सुन रहे थे। चर्चा के समय सीढ़ियों पर बैठे हुए एक दोहे के अर्थ पर सहमति जताते हुए दोनों उठ खड़े हुए। जैसे ही आगे बढ़े, तो वे अदृश्य हो गये। बाबूजी ऊपर उठे। वहाँ पर एक छोटा–सा मन्दिर है, तुलसीघाट के

ऊपर। वहाँ पर उसके पुजारी हैं। पुजारी ऊपर बैठे थे, तो बाबूजी ऊपर आये, तो वो आश्चर्यचकित रह गये। बिना पूछे पुजारी ने उनसे कहा, आते हैं प्रायः ये दोनों। मैं भी नहीं पहचान पाया। लेकिन, देखता हूँ। आते हैं। इस तरह की घटना पहले बनारस में आम थी। सहज ही लोगों को बड़े–बड़े महापुरुषों के दर्शन हो जाते थे गंगा घाट पर।

गंगा मर रही है। इसके बारे में आपका क्या मानना है?

मर नहीं रही है, बल्कि मर चुकी है। आपने वहाँ टिहरी पर बाँध बनाये हैं, तो गंगा तो मरनी ही हैं। दो नदियों के मिलने से बाँध बनाकर एक को, तो आपने ब्लॉक कर दिया। भागीरथी और अलकनन्दा के मिलने से गंगा बनती थी। एक डैम बन गया, तो अलकनन्दा ख़ाली नीचे आ रही है। भागीरथी के पानी को रोक दिया गया है डैम बना कर। डैम से जगह–जगह बिजली पैदा कर रहे हैं। संगम में स्नान करने के लिए स्पेशल पानी को छोड़ा जा रहा है। हरिद्वार में पानी नहीं है, तो संगम का स्नान कैसे होगा? सरकार ने जब बोर्ड को कहा, तब उससे पानी छोड़ा गया। इस तरह गंगा है कहाँ?

रावणत्व के बारे में आपका विचार?

रावणत्व जो है, उसके व्यक्तित्व को परखिए। यह विशेषण है। वह भोगी है, स्वार्थी है। अपने भोग के लिए वह किसी को भी मार सकता है। काट सकता है। टार्चर (प्रताड़ित) कर सकता है। मतलब वह अपने सुख के लिए कुछ भी कर सकता है। लेकिन, क्या व्यक्ति रावण अपनों का ख़याल नहीं रखता था? उसके प्रति जो लोग ईमानदार थे, वह उनको सुरक्षा देता था। उनके साथ खड़ा रहता था। उनका ख़याल रखता था। रावण, जिसने अपने भाई विभीषण को, जिसके बारे में वह जानता था कि उससे मेरा मन नहीं मिलता है, उसको भी रावण ने मान–सम्मान दे रखा था। छोटे भाई के रूप में उसको सेवा–सुविधाएँ दे रखी थीं। लेकिन, राम ने रावण को मारा। क्यों? एक

स्वस्थ्य समाज की रचना के लिए। दण्डकारण्य के ऋषियों ने राम को समझाया तो राम जी ने मान लिया कि रावण का वध नहीं करना है। फिर जब अगस्त्य को मालूम हुआ, तो उन्होंने कहा–अरे! फिर तो आपका जन्म लेना व्यर्थ हो जायेगा। रावण को मारे बिना राम, राम ही नहीं रहेगा। दण्डकारण्य के ऋषियों ने कहा कि रावण अवध्य है। इसको मारा नहीं जा सकता है। वह ब्राह्मण है। बहुत बड़ा शिवभक्त है। लेकिन, अगस्त्य ऋषि ने कहा कि नहीं आपको रावण को ही मारना है। जब रावण को मार कर श्रीराम आते हैं, तो ऋषि लोग उनसे प्रायश्चित्त कराते हैं। रामेश्वरम मन्दिर इसका जीता–जागता उदाहरण है। राम ने वहाँ प्रायश्चित्त किया है। प्रायश्चित्त में यह विधान दिया है कि शिव मन्दिर की वहाँ स्थापना की जाये, इसलिए वहाँ शिव मन्दिर की स्थापना हुई, जिसमें हनुमान जी ने कहा था कि हम शिव जी को उठाकर ले आते हैं, तो वहाँ उनका (हनुमान का) अहंकार टूटता है।

इस तरह तब तो सिर्फ़ एक रावण था। आज तो पूरा का पूरा समाज रावण हो रहा है। किसी को मार सकता है। किसी को काट सकता है। किसी को टार्चर (प्रताड़ित) कर सकता है। अपने स्वार्थ के लिए। अपने सुख भोग के लिए। ईरान, अफ़ग़ानिस्तान वग़ैरह को आप देखें। चारों तरफ़ देखें। लगभग सभी जगह यही स्थिति है। सब लोग अपना ही सुख देखते हैं। समाज का सुख नहीं देखते। यही रावणत्व है। राम और रावण में फ़र्क़ है। राम सबका भला देखते हैं। रावण सिर्फ़ अपना भला देखता है। कल मैं कहीं इंटरनेट पर पढ़ रहा था कि उत्तराखण्ड में साधुओं के कमण्डल से सोने की अँगूठियाँ और अन्य जेवरात निकले। रहा न कोई बिनु दाँत निपोरे। कोई भी ऐसा नहीं बचा, तो आप कहाँ? बाइबिल का उदाहरण देखिए कि यदि नमक अपना नमकीनपना छोड़ दे, तो आप किसी चीज़ को नमकीन कैसे करेंगे? आज यदि आप किसी औसत मनुष्य को उठा लें, तो आपके पास जो समाज का चेहरा आयेगा, वह भयावह होगा।

आज हम इतिहास के महत्त्वपूर्ण मोड़ पर खड़े हैं। आदमी अपने हिसाब से कुछ कर सकता है। इसका परिणाम क्या होगा, मालूम नहीं। परिणाम तो भगवान के हाथ में है। हमको तो सिर्फ़ कर्म का अधिकार है। फल का अधिकार, तो हमारा नहीं है। आज हम करना क्या चाहते हैं? यह समाज मेरी बात नहीं सुनेगा, क्योंकि वह भोग के लिए पागल है। वह अपने लिए कुछ भी कर सकता है। आज राजनीतिक पार्टियों को देखिए। इसी समाज से वहाँ भी लोग हैं। आप जब किसी बड़ी समस्या का समाधान करने निकलते हैं, तो आप सोचते हैं। आपको समझ में आयेगा कि सभी समस्याएँ एक–दूसरे से जुड़ी हुई हैं। एक–दूसरे से जुड़ते–जुड़ते ये समस्याएँ बड़ी भयावह रूप में दिखायी देने लगती हैं। हमें ऐसा लगता है कि मनुष्य के लिए इसे ठीक करना सम्भव ही नहीं है। ऐसा क्यों? धरती पर जब कोई इनसान जन्म लेता है, तब उस पर किसी तरह का बोझ नहीं होता है। न किताब का, न भगवान, न अन्य किसी चीज़ का। जन्म लेते ही हम मुक्त होते हैं। हम अपनी दृष्टि (तीनों दृष्टि–व्यावहारिक, प्रातिभाषिक और पारमार्थिक) से संसार को देखते हैं।

स्वार्थ जब बहुत बढ़ जाता है, तो टकराता है। अपने सुख के लिए जो प्रकृति का शोषण हो रहा है, वह बढ़ते–बढ़ते जब एक सीमा पर पहुँच जाता है, तब विनाश होता है। प्रकृति, कोई दैवी चीज़ नहीं है। हमारा विचार बहुत साफ़ है कि जैसे शब्द से अर्थ अलग नहीं किया जा सकता, शिव से पार्वती को अलग नहीं किया जा सकता, उसी तरह प्रकृति से मनुष्य को अलग नहीं किया जा सकता है। हम कई सौ वर्षों से प्रकृति का शोषण करते आ रहे हैं, तो प्रकृति तो अपना रूप दिखायेगी ही। हमारी चेतना आज कितनी संकीर्ण हो गयी है। बिल्कुल पशु की तरह। आज पशु और इनसान में क्या फ़र्क़ है? मनुष्य अपने को शरीर से अलग कर सकता है, पशु नहीं कर सकता है। कई बुद्धिमान पशु भी हैं। आज हमारी चेतना सिमटते–सिमटते इतनी सिमट गयी कि बाप, बेटी को नहीं समझ रहा है। भाई, बहन को नहीं समझ रहा है। आपके सामने कैसी परिस्थिति आ गयी है?

अभी तुमने पिछले लेख में ग़ालिब की कविता लिखी थी। इस तरह जब कोई शरीर का भाग अधिक तकलीफ़ देने लगेगा, तो उसे हटाना ही होगा। प्रकृति भी मनुष्य के साथ कुछ ऐसा ही करेगी या कर रही है। मारने के लिए बचाना नहीं, बचाने के लिए मारना। आज एक टीवी चैनल पर देखा कि अमेरिका, भारत को चेतावनी दे रहा था कि दक्षिण भारत में वोल्केनो इरप्ट हो सकता है। जिस तरह की गतिविधि वहाँ हो रही है, उसके अनुसार यह चेतावनी भारत को मिली है। अभी उत्तराखण्ड में जो हुआ, उस पर राजनीतिक परिदृश्य आप देख ही रहे हैं। कितना भद्दापन है। राजनीतिक पार्टियाँ कैसी राजनीति कर रही हैं। राजनीतिक परिदृश्य हो, प्राकृतिक परिदृश्य हो या सामाजिक परिदृश्य हो, ऐसी स्थिति आ गयी है कि मानवीय प्रवृत्ति में कुछ सुधरता हुआ नहीं दिख रहा है। भगवान की मदद की आवश्यकता दिखाई पड़ती है। इस परिस्थिति में हम एक इनसान की भूमिका में क्या कर सकते हैं? इस भयावह परिस्थिति में ऐसा न हो कि हम मुड़कर देखें और हमें पछतावा हो। कुछ बड़े लोग इतिहास बनाते हैं और कुछ लोग इतिहास के प्रोडक्ट (उत्पाद) होते हैं। कुछ लोग इतिहास बनाते हैं और कुछ लोगों को इतिहास बनाता है। आज की इस परिस्थिति में भगवान एक स्थिति बना रहे हैं। अब हमें सोचना होगा कि हम इस परिस्थिति में क्या करें? इनसान में जब रावण बैठा होगा, तो वह क्या करेगा? इसलिए दो बातें बहुत साफ़ दिखती हैं। पहली तो यह कि यदि ईश्वर पर विश्वास है, तो प्रार्थना करते हुए हम कुछ करें। परिणाम की चिन्ता किये बगैर हम कुछ अच्छा करें। अच्छी चीज़ों को समाज के सामने रखें। संगठन का मोह हमको न हो। एक व्यक्ति के नाते हम कार्य करें, जिसमें कोई स्वार्थ न हो। निःस्वार्थ भाव से हम समाज को कुछ दें।

हम लोगों में यह बात पहुँचा सकते हैं, क्योंकि मैं मानता हूँ कि लोग सोये हुए नहीं हैं। जगे हुए हैं। मैं जगाने की बात नहीं कर रहा हूँ। लेकिन, कभी–कभी ऐसा होता है कि सच सामने है और दिखायी

नहीं दे रहा है। तब आँख में उँगली डालकर दिखाना पड़ता है कि यह सच है और यह तुम्हारे सामने है। इस तरह एक यह बात समझ में आती है, जो एकदम खाँटी शुद्ध देहाती बात है। समुदाय–संगठन से मुक्त होकर एकदम शुद्ध बात। वह समाज के सामने रखी जाये। समाज इसे स्वीकार करता है या नहीं, यह अलग बात है। इस समाज रूपी भगवान (नारायण) के उत्थान के लिए काम करना होगा। हृदय में भगवान जगन्नाथ (भगवान जो न हिन्दू है, न मुसलमान, न सिख, न ईसाई। भगवान जो पूरे विश्व का है, सबके अन्तर्मन में बसने वाला) को स्थापित कर अपने जीवन को इस काम के लिए समर्पित करना चाहिए। ऐसा न हो कि पीछे मुड़ें, तो हमको अफ़सोस हो कि ओह! हम ऐसी परिस्थिति में थे कि कुछ कर सकते थे, लेकिन किया नहीं।

(2013)

नये सिरे से दुनिया को खड़ा करना होगा

'भाई श्री' ने इस बातचीत की शुरुआत ही, यह कहकर की कि जीवन का आधार ही अध्यात्म है। प्रस्तुत है लम्बे साक्षात्कार का सम्पादित अंश–

एक आध्यात्मिक व्यक्ति क्या है? अध्यात्म क्या चीज़ है?

जीवन का आधार ही अध्यात्म है। आत्मा पर आधारित जीवन अर्थात जीवन के मूल में आत्मनिष्ठा। आत्मा चूँकि सबमें समान है, इसलिए आध्यात्मिक जीवन का अर्थ होता है, भेदबुद्धिरहित जीवन। एक इनसान को दूसरे इनसान में भेद नहीं रहना चाहिए। ना जात के नाम पर, ना धर्म के नाम पर, ना धन के नाम पर, ना शिक्षा के नाम पर। किसी भी तरह का भेद नहीं होना चाहिए। मैं आज लोगों का आचरण देखता हूँ, तो जीवन में भेद ही भेद दिखायी देता है। जो लोग हैं, बिना नाम लिये कहता हूँ, मैंने उनका इंटरव्यू देखा। वो कहते हैं ग़रीबी से सन्तों का क्या सरोकार? अरे भई आज तक जितने भी सन्त हो गये इस दुनिया में, इस देश में, वो बड़े ही कठिन व्रत का पालन करते रहे।

रमण महर्षि ने लंगोटी पहनी। रामकृष्ण परमहंस ने बहुत ही साधारण जीवन जिया। कलकत्ता में कहीं जाते थे, तो भिक्षा माँग कर घोड़ागाड़ी का भाड़ा लेते थे। जो राजघर में पैदा भी हुए, जैसे मीरा, तो वह निकलकर, छोड़कर अलग हो गयीं। मेरे पिता जी ही बहुत बड़े ज़मींदार के घर पैदा हुए, छोड़कर अलग हो गये।

सन्तों का ग़रीबी से वैसा ही घनिष्ठ रिश्ता है, जैसे आत्मा का परमात्मा के साथ। सवाल यह नहीं है। सवाल है कि जो सामान्य

आदमी है, जो इस धरती पर सबसे नीचे का आदमी है, उसके साथ सन्त की एकात्मता है या नहीं? बड़े लोगों के साथ उसकी एकात्मता नहीं होती है, क्योंकि वह उसी के लिए आता है। भगवान श्रीकृष्ण राजकुल में पैदा होकर एक सामान्य आदमी का जीवन जीते हैं। हम कोई प्रचार तो करते नहीं, किसी को बोलने नहीं जाते, किसी को कहने नहीं जाते। भई हम जहाँ हैं, भगवान यदि किसी को भेज देता है, उसे अपनी बात कह देते हैं और कहकर निश्चिन्त हो जाते हैं। ज़माना मेरी बातों के अनुकूल नहीं है, यह मुझे मालूम है, लेकिन मैं निराश नहीं हूँ। मैं भगवान की प्रतिष्ठा करूँगा। भगवान जगन्नाथ की प्रतिष्ठा करूँगा, क्योंकि मेरा लक्ष्य वही है, भगवान प्रतिष्ठित हो जाये। आज भगवान कहीं नहीं है। कहाँ है भगवान, मन्वन्तरों में, तो शैतान राजकर रहा है।

वो उसको ग़लत दिशाओं में ले जा रहा है। वो उन सारे हथकण्डों का इस्तेमाल कर रहा है, जिनसे कि एक आदमी शैतान हो जाये, तो मैं कैसे कहूँ कि भगवान है? इसलिए वक़्त आयेगा और भगवान को प्रतिष्ठित करना होगा। मैं उसका इन्तज़ार कर रहा हूँ।

क्रोध, ईर्ष्या, द्वेष जलन, भय, मैथुन, अपना–पराया से मुक्त हो पाना क्या सम्भव है या सिर्फ़ आदर्श की बातें हैं या किताबों की बातें हैं? क्या कुछ ऐसे दृष्टान्त हैं, जहाँ चीज़ें यथार्थ में, धरातल पर उतरी दिखायी देती हैं?

प्रश्न बहुत स्वाभाविक है। आज जो समाज है, वह काम, क्रोध, लोभ, मोह, भय, मैथुन आदि से इतना ग्रस्त–त्रस्त है कि इससे मुक्त जीवन भी सम्भव है, इसकी कल्पना आज मनुष्य को नहीं है। लेकिन, जो लोग इससे मुक्त हैं, कैसे दावा करें कि मैं इससे मुक्त हूँ? मैं दावा कर नहीं सकता। दावा कर दूँगा, तो वह मेरा अहंकार होगा। इसके लिए तुम्हें मेरे साथ रहना होगा। इतना वक़्त तुम्हारे पास नहीं है कि देखो इस आदमी को क्रोध है या नहीं? इस आदमी को लोभ है या नहीं? यह आदमी लड़कियों के साथ कैसा व्यवहार करता है? कुछ दिन रहना होगा। संगत करनी होगी। तब समझ में आयेगा।

जैसे–जैसे नज़दीक आओगे, वैसे–वैसे एक साधु की सुगन्ध मिलेगी। लेकिन, एक मौलिक बात है।

इनसान शरीर के स्तर पर पशु है। वह मन वाला है, इसलिए मनुष्य है और उसके मन में यह क्षमता है कि वह शरीर से अपने मन को अलग कर सके, इसलिए मनुष्य यूनिक भी है। बॉडी आइडेंटीफिकेशन से अपने को अलग कर ले। यह क्षमता मनुष्य में है। किसी भी पशु में यह क्षमता नहीं है।

मनुष्य का शरीर भी पशु ही है, लेकिन मनुष्य होने के कारण मुझ में यह क्षमता है कि मैं अपने शरीर से ऊपर उठ सकूँ। शारीरिक वासनाओं, कामनाओं, संवेदनाओं से मैं अपने को मुक्त कर सकूँ। आहार, निद्रा, मैथुन और भय, ये पशु के चार मौलिक संस्कार हैं। इन पाशविक संस्कारों से मुक्त होकर ही हम मनुष्य होते हैं। आख़िर हम मनुष्य किसको कहेंगे। एक पशु और मुझमें क्या अन्तर है? हम किस आधार पर स्वयं को मनुष्य कहेंगे। हम सोचते–समझते हैं।

हम थॉट प्रोसेस को इतनी ऊँचाई तक ले जा सकते हैं कि हम इस शरीर से ही अपने को अलग कर ले सकते हैं। इस शरीर पर जो संवेदनशील संवेदनाओं का असर पड़ता है, जैसे काम का, क्रोध का, लोभ का, मोह का, मैथुन का, उससे हम अपने को मुक्त कर सकते हैं। अगर हम नहीं कर सकते हैं, तो हम पशु होकर रहने के लिए अभिशप्त हैं। यह ऑप्शन मनुष्य के पास ही है कि वह मनुष्य बन कर रह सकता हैं। नीचे पशुता, फिर उससे ऊपर मनुष्यता है। सबसे ऊपर भगवत्ता है। हम पहले मनुष्यता को अतिक्रमण करते हैं, तब भगवत्ता हमारे अन्दर डिसेंड (अवतरित) करती है। मनुष्यता को लाँघकर भगवत्ता पशुता में नहीं उतर सकती है।

मनुष्यता को बाईपास करके ईश्वरता पशु में नहीं उतर सकती, इसलिए पशु को मनुष्य बनना पड़ता है। ये जो हम देहधारी मनुष्य हैं, इस देह के प्रभाव से मुक्त होकर मनुष्य होते हैं, तब ईश्वरता या डिविनिटी हमको स्पर्श करती है। हमको छूती है। हमारे अन्दर प्रस्फुटित होती है। हमारे अन्दर प्रकट होती है, इसलिए पहले भी जिन्होंने

इसकी कोशिश की, वो इस मनुष्यता से ऊपर उठ सके। आज भी जो कोशिश कर रहे हैं, वह निश्चित रूप से ऊपर उठ रहे हैं। आज यह कठिन हो गया है, क्योंकि आज वातावरण विषाक्त है, क्योंकि तुम्हारा मन, मेरा मन, उनका मन, इनका मन अलग–अलग नहीं है। मन तो विश्व का एक ही है। ये विश्वचेतना है। यह यूनिवर्सल कांशसनेस है। इसका एक अंश मेरे अन्दर है, एक अंश तुम्हारे अन्दर है, सभी के अन्दर है।

यह जो चारों तरफ़ खलबली है, यह जो घृणा देख रहे हैं, हिंसा देख रहे हैं, कामवासना का भद्दा रूप देख रहे हैं, यह सब इसी चेतना में है। इसलिए आज अगर कोई मनुष्य पशुता से ऊपर उठना चाहता है, तो उसकी जो कोशिश है वह कठिन है। उसका अतिक्रमण करने में बहुत परेशानी होगी। सतयुग में बहुत परेशानी नहीं होती है, बहुत आराम से हो जाता है। लेकिन, इस कलियुग में एक आदमी एनिमल टेंडेसीज को हटाकर मनुष्य बनना चाहे, तो उसकी समस्याएँ बहुत जटिल हैं। आजकल बहुत सारे लोग कहते हैं–'वी ट्राइ टू अंडरस्टैंड आवरसेल्व्स।' हम अपने को समझने की कोशिश करते हैं। हम जैसे हैं, वैसे और जो होना चाहते हैं उसको, हम अपने अन्दर जब उन वृत्तियों को हटाते हैं, तो हम अपने को समझने की कोशिश करते हैं। वृत्तियों को हटाते हैं, शान्त होते हैं।

बाहर इतनी अशान्ति है, बाहर इतनी हिंसा है, वह हमारे अन्दर की शान्ति को विचलित करती है। हम कोशिश करते हैं, लेकिन फिर उसके प्रभाव में पड़ते हैं, इसलिए भी हम थोड़ा एकान्त छोटी जगह पर आकर रहते हैं। बड़े शहरों में बहुत कोलाहल है। बहुत परेशानी है।

धन और सत्ता ही समाज में आज धुरी हैं। किसी दौर में ऐसा रहा था क्या और इसकी अन्ततः नियति क्या दिखती है?

व्यक्तिगत जीवन में भी जब भोग, भोगेच्छा सप्रेस्ड (दबी) हो जाती है, तो बड़ी समस्या उत्पन्न होती है। जैसे मान लिया जाये कि मैं एक युवा लड़का हूँ। मेरे पास रुपये नहीं हैं, लेकिन मुझे कुछ अच्छा खाने की इच्छा है।

धन–साधन नहीं हैं, लेकिन कुछ अच्छे कपड़े पहनने की ललक है। मेरे पास साधन नहीं है, लेकिन गाड़ी पर चढ़ने की इच्छा है। फिर हम क्या करते हैं? हम उन कामनाओं–वासनाओं को दबाकर रखते हैं। सप्रेस्ड कर देते हैं। यहाँ पर बहुत सारे लोगों ने यह भी फिलॉस्फी दी कि सप्रेशन ठीक नहीं है। नहीं, एक हद तक ठीक है, क्योंकि आहार की खोज में इन्द्रियाँ निकली हैं, उनको ज़ब्त करना होगा। जब जैसा आहार चाहिए, तब तैसा आहार देते रहने से सुखभोगी हो जायेंगी। वो और भी अनियन्त्रित हो जायेंगी।

इसलिए थोड़ा संयम ज़रूरी है। लेकिन, होता क्या है कि इसे दबाने पर, हम जब बड़े होते हैं, हम जब 30–35–40 साल के होते हैं और अगर मेरे पास धन आ जाये, तो दबी हुई वासनाएँ जग जाती हैं और भोग चाहती हैं। उस समय पैसे नहीं थे। खाने की इच्छा थी, एक गाड़ी पर चढ़ने की इच्छा थी, एक अच्छा मकान बनाने की इच्छा थी, आज पैसे हैं, तो हम ख़ूब भोग करने लगते हैं। छूटकर खाते हैं, छूटकर पहनते हैं। बेहिसाब पहनते हैं। बेहिसाब गाड़ियाँ खरीद लेते हैं। बेहिसाब घर बना लेते हैं। आप तो दिन में तीन या चार बार ही खा सकते हैं।

एक बार में एक ही जोड़ा जूते पहन सकते हैं। कपड़े भी एक ही पहन सकते हैं। लेकिन, यह बुद्धि, यह विचार तब नहीं रहता है, क्योंकि अतिशय भोग से चिन्तन प्रभावित हो जाता है, इसलिए धन, भोग, पॉवर, इसको धारण करने की क्षमता आनी चाहिए। तब ये चीज़ें जीवन में आनी चाहिए। एक क्षमतावान के पास धन, दौलत, पॉवर हो, तो वह इसको हैंडल करना जानता है। हमारे यहाँ एक सिंबॉलिकल (प्रतीकात्मक) फोटो है। भगवान विष्णु हैं। लक्ष्मी उनके पैर दबा रही हैं।

यह प्रतीक कहता है कि भगवान की सेवा में है यानी जनसाधारण की सेवा में ही धन का उपयोग है। लेकिन, यह समझदारी कब आती है। यह समझदारी एक भोगी मनुष्य को नहीं आती। यह समझदारी आती है एक साधन–सम्पन्न मनुष्य को, एक अनुशासित मनुष्य को।

एक तरह के मनुष्य धरती पर कभी नहीं रहते। चेतना के भिन्न–भिन्न स्तरों पर मनुष्य इस धरती पर बराबर रहते हैं।

इसलिए जो चेतना के उच्चतम शिखर पर या सूक्ष्मतम स्तर पर जिनका सम्पर्क है, वैसे लोगों का दायित्व गाइड करने का है। वैसे लोगों का दायित्व लीडरशिप लेने का है। कौन लीडरशिप लेता है, जो त्यागी होता है, जो संयमी होता है, जो सेंसिटिव (संवेदनशील) एंड सेंसिबल (समझदार) होता है। उनके पास नहीं, जो पाशविक संस्कारों से परेशान हैं। उनके पास यदि सामर्थ्य जायेगा, तो और नाश कर देंगे, इसलिए धन और सत्ता उनके पास आनी चाहिए, जो चेतना के उच्चतम शिखर पर विराज रहे हैं।

जिनके लिए पूरी दुनिया एक हो। वे थोड़ी भी भेद–बुद्धि ना करते हों। वह सबमें भगवान को देखते हों। भगवान में सबको देखते हों। ऐसे लोगों पर दायित्व बनता है। ऐसे लोगों की यह ज़िम्मेदारी बनती है। सत्ता और धन की ज़िम्मेदारी आती है, तो ऐसे लोग सही मायने में गाइड कर सकते हैं। पहले भी ऐसे लोग हुए हैं। पुराने ज़माने में भी जब मोनार्की थी तब भी, ऐसे राजा हुए हैं, जिन्होंने पूरी प्रजा की देखभाल की है।

हमारे बाबूजी एक बात कहते थे, इनसान अच्छा होता है, तो कोई भी सिस्टम अच्छा होता है। वो चाहे मोनार्की हो या डेमोक्रेसी हो या ओलीगार्की हो, कोई व्यवस्था हो। इनसान अच्छा ना हो, तो अच्छे से अच्छा सिस्टम भी ख़त्म हो जाता है, इसलिए इस बात पर ध्यान केंद्रित करो कि इनसान कैसा हो। कैसा मनुष्य हो, वह अन्दर से आत्मदर्शी है या नहीं, उसको आत्मज्ञान है या नहीं, ज़िम्मेदारी लेने के लायक है या नहीं? धनी के रूप में हमारे मन में सहज ही अनाथपिण्डक का नाम आता है, जिसने भगवान बुद्ध के चरणों में सारी सम्पत्ति रख दी। अन्त में इतना दरिद्र हो गया कि उसको अपने खाने के लिए भोजन नहीं बचा। यह स्थिति हो गयी कि उसके सारे सेवक उसे छोड़कर चले गये। एक दो बूढ़े बच गये, जो उसके पास थे।

तब भगवान बुद्ध ने अपने प्रधान शिष्यों सारिपुत्र और मौद्गल्यायन को कहा कि अब उसका समय आ गया है। ज्ञान प्राप्त होना चाहिए। ऐसे भी धनाढ्य हो गये हैं। जनक हो गये हैं। पहले ऐसे बड़े–बड़े लोग हो गये हैं। आगे इनसे भी महान लोग हो सकते हैं, क्योंकि हम तो प्रोग्रेस कर रहे हैं ना! ये तो इवोल्यूशन (विकास) है ना। जो अनाथपिण्डक हैं या जो जनक हैं, ऐसे लोगों से अधिक बड़े लोग भविष्य में आयेंगे, तो विश्व का कल्याण होगा।

लगता है कि विचारधारा से भी महत्त्वपूर्ण चरित्र है। अगर चरित्र उच्च है, आदर्श से प्रेरित है, तो हालात बदलते हैं। आज लगता है कि सबसे गहरा संकट देश–दुनिया और हमारे मुल्क में भी चरित्र का है?

चरित्र तो उसका होगा जो अपने को समझता–पहचानता होगा। चरित्र यानी कैरेक्ट्रिस्टिक्स। हमारे यहाँ धर्म की परिभाषा ही यही दी गयी है। 'कृति वा धार्यते इति धर्मः।' हमको एक मनुष्य के रूप में कौन–सी चीज़ धारण करनी है। हम मनुष्य हैं, यह कैसे पता चलता है। जैसे कि एक कुत्ता है। उसका एक कुत्तापना है, डॉगीनेस। एक बिल्ली है, उसका एक बिल्लीपना है, कैटीनेस। महाभारत की कथा, एक कुत्ते से शुरू होती है, कुत्ते पर ख़त्म होती है। जनमेजय यज्ञ कर रहे हैं। बहुत बड़ा आयोजन है। मेला है, शोर–शराबा है। एक कुतिया के चार बच्चे हैं। बच्चे कहते हैं–माँ, हम मेला देखने जायें। माँ कहती है–जा सकते हो, लेकिन हम लोगों के कुछ दोष हैं, ज़रा सावधान रहना, भोंकना नहीं। कहीं पेशाब नहीं कर देना। सूँघना नहीं। कहा–नहीं, नहीं, हम ऐसा कुछ नहीं करेंगे। ये क्या है? कुत्ते का स्वभाव है। कुत्ता यदि सूँघे नहीं, भोंके नहीं, किसी अन्य जगह पेशाब ना करें, वह कुत्ता नहीं है। कुत्ते के चार बच्चे जा रहे थे, तो उनको एक चौकीदार ने देखा। चूल्हा जलाने के लिए लकड़ी फाड़कर रखा हुआ था। एक चैला उठाया, उन्हें मारा। बच्चे चिल्लाते वापस माँ के पास लौटे। क्या हुआ? हमको मारा। तुम सूँघे थे? नहीं। तुम भोंके थे? नहीं। तुम पेशाबकर दिये? नहीं। हमने ऐसा कुछ नहीं किया। तब माँ जाती है, बोलती है–राजा को बुलाओ, शिकायत है। लोग कहते

हैं—राजा यज्ञ के आसन पर बैठा है। यज्ञ के आसन पर बैठा है, यह मुझे नहीं मालूम। मुझे फ़ैसला चाहिए, फ़रियाद लेकर आयी हूँ। वह हमारा राजा है, हमारे साथ अन्याय हुआ है। जनमेजय के पास यह बात पहुँचती है, सर्पयज्ञ कर रहा है। यदि आसन से उठ जायेगा, तो सर्पयज्ञ ख़त्म हो जायेगा। जो पुरोहित हैं, वह कहते हैं यह निर्णय आपको लेना है, आप क्या करेंगे? आप उठेंगे तो यज्ञ ख़त्म हो जायेगा। परीक्षित को तक्षक ने डसा था, इसलिए वह सारे सर्पों को ख़त्म कर देना चाहता था। अन्त में जनमेजय को इस बात का अहसास होता है कि नहीं, वह राजा है, उसे राजा के धर्म का पालन करना चाहिए, इसलिए वह यज्ञ को ख़त्म कर देता है। उनकी फ़रियाद सुनता है, और चौकीदार को सज़ा सुनाता है। महाभारत के अन्त में भी कुत्ता है, जो युधिष्ठिर के साथ स्वर्ग के रास्ते जाता है। यह धर्म क्या है, जो हमको धारण करता है। हम मनुष्य हैं, मनुष्यता धारण करनी है। हम जिन चीज़ों के लिए बने हैं, वह बनना है। हम कैसे मनुष्य कहलायेंगे? वह कौन—सी क्वालिटी प्रदर्शित करेंगे, जिससे हम मनुष्य कहलायें? अगर हम वे क्वालिटीज़ डिस्प्ले (गुण नहीं दिखाते) नहीं करते, हमारे आचरण में नहीं है, तो क्या हम मनुष्य कहला सकते हैं? चरित्र बनता कैसे है? हम अगर अपना धर्म ही नहीं समझते हैं, तो चरित्र कैसे बनेगा? किस आधार पर चरित्र को खड़ा करना पड़ेगा? धर्म का संकीर्ण अर्थ मत करना। धर्म का बहुत छोटा—सा अंश है, उपासना। धर्म का बड़ा व्यापक अर्थ है। इस कलिकाल में आकर हर शब्द का अर्थ बड़ा संकीर्ण हो गया है। हम धर्म शब्द का प्रयोग सनातन धर्म के आधार पर कर रहे हैं। चरित्र बनाने के लिए पहले धर्म को समझना होगा कि हम कौन हैं? हम क्या हैं, क्या करना है? हम कहाँ आये हैं, कहाँ जा रहे हैं? यह धरती क्या है? इस विश्व के साथ, इस प्रकृति के साथ, इस सृष्टि के साथ मेरा क्या सम्बन्ध है? इन सारे प्रश्नों के उत्तर में चरित्र निर्माण है। क्योंकि चरित्र के निर्माण का आधार यह है। जैसे कि आज नाश्ते में पूड़ी—तरकारी बनी थी। अच्छी बनी थी। लेकिन, मुझे कम खाना चाहिए। हम यह किस आधार पर निर्णय

करेंगे कि हमें कम खाना चाहिए? क्यों कम खाना चाहिए? किस आधार पर, यह सोचा? हम धर्म के वास्तविक अर्थ को समझते हैं, तो हमको उतना ही लेना चाहिए, जितना मेरे लिए आवश्यक है। उससे ज़्यादा थोड़ा भी नहीं लेना चाहिए, नहीं तो, वह चोरी कहलायेगी।

ईशावास्यमिदं सर्वं यत्किंच जगत्यां जगत्।
तेन त्यक्तेन भुंजीथा मा गृधः कस्यस्विद्धनम्।।

अर्थात दूसरे का हक़ मत लो। यह चोरी है। चोरी न करो, क्योंकि यह दूसरे का धन है। आपके घर में पूड़ी–तरकारी बनी है। बाहर की दुनिया जानती भी नहीं है। लेकिन, आप बहुत संयमित होकर खाते हैं। जलेबी बनी थी। क्यों आपने एक ही खायी या हमने दो ही खायी किस आधार पर यह सोचा? दुनिया में बहुत लोग हैं, कितने लोगों को पूड़ी–तरकारी–जलेबी मिल रही है। यह ख़याल अगर आपके पास है। आपके पास यह चेतना है कि दुनिया में इतने लोग हैं, तो चरित्र बनता है। जीवन की जिस पाठशाला में चरित्र निर्माण का आधार बनता है, जीवन की पाठशाला में हम वह चीज़ें सीखते हैं, वह इल्म सीखते हैं, जो हमारे जीवन को बनाती हैं। आज जीवन की वह पाठशाला ही ध्वस्त है। जीवन की पाठशाला यानी स्कूल, कॉलेज, समाज, आपका अपना परिवार ये सब जीवन की पाठशालाएँ हैं। ये किताबों में नहीं हैं। लेकिन, स्कूल–कॉलेज के जो सहपाठी हैं या शिक्षक हैं, वह क्या कर रहे हैं? आज देखिए विश्वविद्यालयों में किस तरह की बात हो रही है? घरों में माता–पिता अपने बच्चों को क्या सिखा रहे हैं? कौन–सा धर्म सिखा रहे हैं? कौन–सी चेतना विकसित हो, बता रहे हैं? आप इस बात को समझ सकते हैं कि धर्म का आधार छोड़ दीजिए, जितना संकीर्ण मिज़ाज बन सके, उतना आज परिवार से लेकर स्कूल–कॉलेज तक के लोग सिखलाते हैं। कहाँ दूसरे की चिन्ता करते हो–अपना देखो, तुमको नाइंटी फाइव परसेंट नहीं आयेगा, तो तुमको आईआईटी या आईआईएम में प्रवेश नहीं मिलेगा। तुम अपने घर के लिए माँ से प्रार्थना करो। दूसरे की चिन्ता क्यों करते हो? कितना संकीर्ण बन सके। अपने से कनसंर्ड,

बस अपने सुख से सुखी उतना ही और इसलिए वह लड़का बड़ा होकर जब अपने माँ–बाप को भी घर से धकेल कर बाहर निकाल देता है, तो माँ–बाप रोते हैं। लेकिन, बच्चों को ऐसा, तो आपने ही बनाया। उसे एक दिन यह करना ही था, इसलिए चरित्र का निर्माण जिस फ़ाउंडेशन पर होगा, जिस आधार पर होगा, वह आधार ही आज नहीं है। वह आधार धर्म है। लेकिन, इस शब्द का व्यवहार करते हुए मुझे थोड़ा संकोच हो रहा है। आजकल इसका अर्थ बड़ा बिगड़ा हुआ है। आप बहुत साधु–सन्तों के पास जाते हैं। क्यों जाते हैं, इसलिए कि अच्छे आदमी की संगत मिलने से थोड़ा सुकून मिलता है। थोड़ी शान्ति मिलती है। आप साधु–सन्त के पास नहीं जाते हैं, आप अपने लिए शान्ति ढूँढ़ते हैं। उसको खोजते हुए ऐसे लोगों के पास जाते हैं, जैसे कि आपको दवा चाहिए, तो दवा की दुकान में जाते हैं। आपको चावल–दाल चाहिए, तो मोदी की दुकान में जाते हैं। कपड़ा चाहिए, तो कपड़े की दुकान में जाते हैं। आपको शान्ति चाहिए, इसलिए आप साधुओं की संगत में थोड़ी देर बैठना चाहते हैं।

आज साधुओं का संसार देखो, तो आपको शान्ति मिलेगी? साधुओं के पास आप प्रपंच देखो, तो आपको शान्ति मिलेगी? इसलिए आज इस चरित्र निर्माण को खड़ा करना बहुत मुश्किल है। इसको खड़ा करना होगा। इसमें कोई शक नहीं। लेकिन, शब्दों के अर्थ गिर गये हैं। शब्दों के अर्थ बदल गये हैं। फिर से उनको अर्थ देना बहुत तपस्या खोजता है। मन की ताक़त खोजता है, इसलिए जिन खम्भों पर चरित्र खड़ा होता है, जिस आधार पर चरित्र का निर्माण होता है, वह विकसित करना होगा। भई, यह कौन है, यह मेरी बहन है। यह कौन है, यह मेरी बेटी है। यह बहन है, यह बेटी है, इसके प्रति वासना नहीं रखनी चाहिए, यह कौन डिसाइड करता है? एक चीज़ है, जो डिसाइड करती है। वह चीज़ क्या है? वह चीज़ जीवन की पाठशाला में सिखायी जाती थी। हमको माता–पिता सिखाते। समाज सिखलाता। स्कूल–कॉलेज सिखलाते थे। लेकिन, आज ऐसा है क्या? आज तो बाप, बेटी का रेप कर रहा है। भाई, बहन का रेप कर रहा है। क्या सिखला रहे हैं? धर्म की अवधारणा कहाँ है?

उसे हिन्दू–मुसलमान से कोई फ़र्क़ नहीं पड़ता। वो इनसान गिर चुका। वो ना हिन्दू है, ना मुसलमान है, ना सिख है, ना ईसाई है, ना बौद्ध है, न जैन है, वह बीमार है। ऐसे लोगों के साथ आप चरित्र निर्माण नहीं कर सकते। चरित्र निर्माण करना, इसलिए आज कठिन है। मान लीजिए कि आरएसएस वाले कहें कि वह चरित्र निर्माण करते हैं, ऐसा उनका क्लेम है। कोशिश भी करते होंगे। मैं उनका क्रिटिसाइज नहीं कर रहा हूँ, लेकिन मैं उनसे एक सवाल पूछता हूँ कि जिस आधार पर चरित्र निर्माण करते हैं, वह आधार आज कहाँ है? आज तो आधार येन–केन–प्रकारेण धन कमाने का है। आज आधार येन–केन–प्रकारेण सत्ता हासिल करने का है। आज आधार येन–केन–प्रकारेण पॉवरफुल होने का है। चरित्र कैसे बनेगा? अगर किसी को लँगड़ी मार कर गिरा देने से हम पॉवरफुल होते हैं, तो वैसे हम करेंगे। किसी की हत्या करने से होगा, तो हम करेंगे। किसी के बारे में झूठ, ग़लत प्रचार करने से यदि होगा, तो ऐसा भी करेंगे। चरित्र कैसे बनेगा? चरित्र निर्माण आज सबसे कठिन काम है, इसलिए हमसे पूछो, तो आज सबसे करने लायक काम यही है। ये बड़े–बड़े लोग, साधु भी, लोगों को रुपये–पैसे देकर अपने पास रखते हैं। कुछ लोगों में बाँटते हैं। फिर वे लोग उनका प्रचार करते हैं। क्या ऐसे कहीं चरित्र बनता है? चरित्र, त्याग से बनता है। तपस्या से, साधना से, जो आज नहीं है।

एक परम्परा हमारे देश में रही है। रामकृष्ण परमहंस, विवेकानन्द, अरविन्द, एक हद तक गाँधी हैं। विनोबा भी हैं। आध्यात्मिक अर्थ में नहीं, पर सत्ता से दूर रहने के सन्दर्भ में, जेपी को भी जोड़ सकते हैं। यह परम्परा हमारी विरासत रही, जिनमें आपको अध्यात्म, उच्च चरित्र, नैतिक मूल्य–आदर्श सब दिखते हैं। उनके कर्म में उनकी बातों में, चिन्तन या राजनीति में। इसी परम्परा में आचार्य नरेन्द्र देव, ख़ान अब्दुल गफ्फार ख़ाँ, राधाकृष्णन को मान लें, तो यह धारा रही। आज वह धारा सूख गयी है। पद–पैसे के समीकरण की जो धारा चल रही है, दुनिया को आगोश में लेती दिखायी दे रही

है। तो क्या यह मान लें कि उस धारा में मुक़ाबला कर पाने की ताक़त ही नहीं थी?

नहीं, ताक़त थी। यह जो परिवर्तन है, जिस परिवर्तन की ओर आप संकेत कर रहे हैं। यह एक दिन या दो दिन का नहीं है। साल–दो साल का नहीं है, सैकड़ों वर्षों से यह गिरावट शुरू है। जो ज्ञानी है, तपस्वी है, साधक है, वो किसी पद पर नहीं रहा है। लेकिन, पद वाले उसके पास जाते रहे हैं। यह परम्परा हमारे यहाँ रही। जनक, अष्टावक्र के पास जाते हैं। जनक राजा हैं। अष्टावक्र फ़क़ीर हैं। सिकन्दर, डायोनिज के पास जाता है। डायोनिज फ़क़ीर है। अपने दोस्त शायद सेल्यूकस के साथ। डायोनिज की ओर इशारा करते हुए सिकन्दर कहता है कि यदि मैं फिलिप का बेटा ना होता, तो मैं इसी की तरह इनसान होना चाहता हूँ। उसका दोस्त कहता है, क्या कह रहे हो, अलेक्जेंडर? यह नंगा फ़क़ीर, अद्‌भुत–सा आदमी सड़क के किनारे पड़ा है। इसमें तुम क्या देख रहे हो? क्यों इसकी तरह होना चाहते हो? इसमें क्या है? अलेक्जेंडर कहता है, 'लुक एट हिज़ माइंड, उसे मेरी परवाह नहीं है। मेसोडोनिया का राजा सिकन्दर उसके सामने खड़ा है। लेकिन, उसे परवाह नहीं है। एंड दैट व्हाट्स कंपेल मी कि अगर मैं फिलिप का बेटा ना होता, तो इसके जैसा इनसान होना चाहता।'

बात धीरे–धीरे बिगड़ती है। क्यों कहते हैं कि जब अशोक ने बौद्ध धर्म को राजधर्म बना दिया, तब बौद्ध धर्म समाप्त हो गया। भगवान बुद्ध ने आनन्द को कहा–आनन्द, शास्ता का धर्म पाँच सौ वर्ष चलेगा। इसके बाद बिगड़ जायेगा। तथागत को ढाई हज़ार वर्षों बाद फिर आना पड़ेगा। यह पाली टेक्स्ट में रिकॉर्डेड सत्य है। भगवान बुद्ध को गये हुए क़रीब 26 सौ वर्ष हो रहे हैं। पाँच सौ वर्ष बाद अशोक ने बौद्ध को राजधर्म बनाया। कहाँ गया त्याग–तपस्या? राजा का, राजतन्त्र का आश्रय बौद्ध भिक्षुओं को मिलने लगा। यही काम कांस्टेनटिनोपल में राजा कांस्टेनटाइन ने किया। क्रिश्चियन धर्म को राजधर्म बना दिया। आप देखें कि किस तरह ये चीज़ें फिसलती

गयीं। साधु लोग जो त्यागी–तपस्वी थे, वे भी राजा के निकट जाने की कोशिश करने लगे। साधु भी राजा की तरह ऐशो–आराम खोजने लगे। द्रोणाचार्य की क्या स्थिति हुई? उन्होंने भी यही खोजा था। अश्वत्थामा अपनी माँ से कहता है कि दूध चाहिए। स्कूल जाने से पहले। माँ दूध नहीं है, तो आटा घोल कर पिला देती है। इस व्यथा से द्रोणाचार्य धनी होना चाहते हैं। राजा द्रुपद के पास जाते हैं कि तुमने कहा था कि राज्य का आधा हिस्सा दे दोगे। क्यों, एक तपस्वी, ऋषितुल्य व्यक्ति में यह कामना उठी कि उसके पास धन हो, वैभव हो। ऐसी कोई कामना क्यों उठे कि मेरे पास धन हो, वैभव हो। मैं क्या चाह रहा हूँ? क्यों मैं चाह रहा हूँ? मैं क्यों तुमसे भिक्षा माँगूँ?

एक बहुत बड़े साधु थे। क़रीब की घटना है। मैं नाम नहीं लूँगा। उनके यहाँ डकैती हो गयी। डाकू क़रीब दो–ढाई मन सोना ले गये। उनके यहाँ से एक आदमी आया। बाबूजी को कहा। बाबूजी ने कहा– अरे, इतना क्यों रखे थे वो, एक साधु को इतना रखना चाहिए? उन्होंने ख़बर भिजवायी कि भण्डारा के लिए रखे थे। अरे, भण्डारा जब भगवान को कराना होगा, करायेगा। आप क्यों संग्रह करने गये। मेरे पिता जी गृहस्थ थे। उन्होंने अपनी पुत्रवधू से पूछा था कि एक महीने का कितना खर्च है? उन्होंने पाँच हज़ार रुपये के क़रीब खर्च बताया। 1975–80 के मध्य की बात मैं कह रहा हूँ। बहुत लोग बाहर से आते थे। घर पर खाना खाते। एक सब्जी–दाल ही बनती थी। एक महीने का खर्च पाँच हज़ार रुपये रखा गया। बाबूजी ने तीन महीने का 15 हज़ार रुपये से ज़्यादा बैंक अकाउंट में रहने नहीं दिया। कहा कि मैं गृहस्थ हूँ? नहीं तो मैं अपरिग्रह व्रत का पालन करता। गृहस्थ हूँ, इसलिए तीन महीने का हिसाब रखता हूँ। मरने से पहले अपने श्राद्ध का खर्चा भी अपने बेटों को देकर चले गये। मेनू डिसाइड कर दिया, क्या खिलाओगे? सभी वस्तुओं और खर्च का हिसाब लगाया गया। उतना रुपया, अपने बड़े बेटे को देकर चले गये। साधु संग्रह क्यों करें? बाबूजी के घर के कमरों में दरार हुआ करती थी। कभी अच्छी कुर्सी, अच्छा टेबल नहीं रहा। बाबूजी ने यही कहा साधारण लोग आते हैं। वे अच्छा सोफा–कुर्सी देखेंगे, तो बैठ भी नहीं पायेंगे?

यह सवाल बहुत मौलिक है कि एक साधु राजाश्रय क्यों माँगेगा? साधुओं में पॉवर की भूख, लोगों पर शासन करने की भूख पैदा हो गयी है। ये दोनों तरफ़ से चला है। साधुओं में भूख पैदा हो गयी कि वह पॉवरफुल हो जायें, जिससे कि जनता जनार्दन में आम लोगों के बीच उनका शासन चले, इसलिए साधु, राजाओं के नज़दीक जाने लगे। पहले राजा इनके पास आते थे, अब ये लोग राजा के पास जाने लगे। राजाओं में भूख पैदा हुई कि हम जनमानस के अन्तर्मन को कंट्रोल करेंगे, तो वे साधु–फ़क़ीरों को दरबार में अपने पास बैठाने लगे, लेकिन साधु की जगह वहाँ नहीं है।

असल में एक और मौलिक सवाल है। मौलिक सवाल त्याग और प्रतिष्ठा का। समाज में एक बार प्रतिष्ठित होना है। नाम और यश के लिए नहीं। आजकल लोग कुछ कोशिश करते हैं, तो टीवी पर नाम आता है। अख़बार में नाम छपता है। भले यह कोई नहीं जाने कि आपने असल में क्या दिया या किया है? महज़ प्रचार चाहिए। काम से रिश्ता नहीं है। इस चीज़ या प्रशस्ति को यदि सही करना होगा, तो ऐसे त्यागी, तपस्वी को समाज में खड़ा होना होगा, जो राजा के पास नहीं जायेगा। राजा उसके पास आयेगा। बाध्य होकर आयेगा। किसी भी चीज़ को रिसरेक्ट करने के लिए, किसी भी अच्छी चीज़ को फिर से स्थापित करने के लिए त्याग–तपस्या समाज में प्रतिष्ठित हो। हम एक साधारण आदमी की तरह रहें। हम साधारण लोगों के बीच रहें। साधारण जीयें। इसको फिर से प्रतिष्ठित करने के लिए आवश्यक है कि समाज सम्मान दे। प्राइमरी स्कूल के एक शिक्षक को समाज सम्मान देता ही नहीं है, तो कौन बाप अपने बेटे को टीचर बनाना चाहेगा? समाज में लोग टीचर को नहीं पूछते। डॉक्टर को पूछते हैं, दारोगा जी को पूछते हैं। एसपी साहब को पूछते हैं। वकील साहब बड़े हैं, तो उनको पूछते हैं। लेकिन, एक प्राइमरी या सेकेंडरी स्कूल के शिक्षक को कौन पूछता है? हमारे समय में सबसे महत्त्वपूर्ण शिक्षक थे। उनके आने पर मेरी माँ भी खड़ी हो जाती थी। मेरे पिता जी भी खड़े होकर उनका सम्मान करते थे। हम लोग तो ख़ैर विद्यार्थी ही थे। हम जब अपनी आँख से देखते हैं कि हमारे टीचर

को मेरी माँ और पिता सम्मान करते हैं, तो स्वाभाविक है कि हम भी सम्मान करेंगे। हमारे यहाँ मिथिला में एक परिवार था, जिसमें दादा, पिता और बेटा, तीन जनेरेशन इलाहाबाद विश्वविद्यालय के कुलपति हुए। लेट डॉ. गंगानाथ झा, डॉ. अमरनाथ झा और डॉ. आदित्य नाथ झा। गंगानाथ झा की कहानी है कि जब वह कुलपति हुए, तब ज्वाइन करने के बाद अपने गाँव, माँ को प्रणाम करने गये। बहुत भीड़ थी। माँ को प्रणाम किया, तो माँ ने पूछा कि भलैंहु बच्चा (क्या बने बच्चा)? माँ को कैसे बताते? तब भी शब्द तो दूसरा था नहीं। फिर भी कहे–वाइस चांसलर। माँ ने कहा–मास्टर कहिया होयब (मास्टर कब होगे)? मास्टर का कितना स्टेटस था कि वो अपने बेटे से कह रही हैं कि आप मास्टर कब होइएगा? आप शिक्षक कब होइएगा? वो वाइस चांसलर शब्द का अर्थ नहीं समझ रही थीं। अपने बेटे से कह रही थीं कि आप मास्टर कब होइएगा? आज भी ये तीनों नाम लीजेंड हैं। आदित्यनाथ झा, आईसीएस के बाद जब रिटायर कर रहे थे, तब जवाहरलाल नेहरू ने उन्हें बुलाया। कहा कि तुम तो अब रिटायर करोगे। बताओ, तुम्हारी कुछ इच्छा है? तो उन्होंने कहा कि विश्वविद्यालय का कुलपति बना दिया जाता। नेहरू ने कहा कि यह कौन–सी बड़ी बात है। तुम कुछ और कहो। उन्होंने कहा कि नहीं, यही मेरी अन्तिम इच्छा है। मेरे पिता जी, मेरे दादा जी वाइस चांसलर रहे हैं, हम भी रहेंगे। मेरे कहने का अर्थ यह है कि जब हम चाहते हैं कि समाज में ये चीज़ें फिर से पुनर्प्रतिष्ठित हों, तो इनको उस तरह से लाना होगा। आचरण करना होगा, क्योंकि इसके बिना सम्भव नहीं है। मैं दिल्ली नहीं जाऊँगा, दिल्ली मेरे पास आयेगी, यह बोध चाहिए।

दुनिया के स्तर पर कभी लिंकन, गाँधी थे। माओ, लेनिन, चर्चिल, आइजनहावर जैसे हुए। थॉट प्रोसेस में ही कहते हैं कि तीन यहूदी ऐसे हुए, जिन्होंने दुनिया को ही बदल दिया। मार्क्स, फ्रायड और आइंस्टीन। भारत में स्वयं एक दौर था, जब भारत बड़ा ग़रीब माना जाता था। उसके पास सम्पदा नहीं थी, निरक्षरता थी। तब सीवी रमण, एससी बोस, चन्द्रशेखर जैसे वैज्ञानिक या ऐसी अनेक प्रतिभाएँ आयीं।

आज पूरी दुनिया सम्पदा की दृष्टि से, टेक्नोलॉजिकल डेवलपमेंट की दृष्टि से, ख़ुद भारत, जहाँ हम थे, उससे तो कई गुणा प्रगति के साथ आगे है। फ़ख्र है कि मंगल तक हम अपने यान भेज रहे हैं। पर, वह आदर्श जो दुनिया को प्रेरित कर सके, कहाँ है?

ऐसा शायद इसलिए हुआ कि ये जो नाम हैं, चाहे वे आइजनहावर हों, आइंस्टीन हों, फ्रायड हों या माओ हों, इन लोगों के जीवन में कांस्टेंटली त्याग नहीं रहा। तपस्या नहीं रही। ये लोग पॉवर के नज़दीक आते गये। ऑफ्टर ऑल आइंस्टीन को तो एटम बम का अफ़सोस हुआ। फ्रायड को इस बात का अफ़सोस हुआ था कि साइकोएनालिसिस का जो काम उन्होंने किया, उसमें कमियाँ रह गयीं। हालाँकि मरने से पहले वो इस पर काम कर रहे थे। दुर्भाग्यवश उसे पूरा नहीं कर सके। जिन लोगों ने अप्रभावित रहकर सत्ता से, पॉवर से अपनी अन्तरात्मा की आवाज़ रखी, उनको कुचल दिया। लोगों ने उनको समाप्त कर दिया। ऐसे लोगों से इतिहास भरा पड़ा है। स्वाभाविक है कि चन्द्रशेखर आज़ाद, भगत सिंह या सुखदेव, राजगुरु एक उद्देश्य के लिए, भारत की आज़ादी के लिए शहीद हो गये। एक दिन होता है कि इन लोगों को हम लोग याद भी कर लेते हैं। लेकिन, कितने लोग शहीद होना चाहते हैं, आज? नहीं होना चाहते हैं। वह पौध झुलस गयी। वह बीज मर गया। इसका कारण यह है कि स्टीम इंजन के विकास के बाद औद्योगिक क्रान्ति हुई। इसने मनुष्य को, इंडस्ट्री के रिसोर्स के रूप में खड़ा कर दिया। इंडस्ट्री चलायेगा कौन, काम कौन करेगा? आदमी धीरे–धीरे इंडस्ट्री का एक पार्ट–पुर्जा बन गया। मनुष्य कम्प्यूटर के विकास के साथ ही, धीरे–धीरे एक ऑपरेटिंग सिस्टम का बन्दी हो गया। एक इंटेलीजेंस का क़ैदी हो गया। आज स्टीफन हॉकिंग कहते हैं–आर्टिफिशियल इंटेलीजेंस का काम आगे मत बढ़ाओ, ध्वस्त हो जाओगे। समाप्त हो जाओगे। हम मौलिक रूप से आज कहाँ खड़े हैं? जो अर्थव्यवस्था, शासन व्यवस्था, समाज व्यवस्था हम अपने चारों तरफ़ देख रहे हैं, वह इनसानियत नहीं पनपने देती। वह कंड्यूसिव (अनुकूल) नहीं है। मनुष्य आइसोलेशन

(अकेलापन) में नहीं जीता है। वह समूह में जीता है। उसके लिए एक आबोहवा, एक परिवेश चाहिए। मान लीजिए मनमोहन सिंह जब प्रधानमन्त्री हुए, तो हमको बड़ा अच्छा लगा कि एक टीचर आदमी प्रधानमन्त्री हुआ। लेकिन, टीचर का मतलब सत्यनिष्ठा होता है। टीचर का मतलब क्या होता है, जो सिर्फ़ विषय पढ़ाये, वही टीचर है? ऐसा तब हम लोगों ने नहीं समझा। हम लोगों ने समझा कि एक टीचर यानी सत्यनिष्ठा, एक टीचर यानी थोड़ी तपस्या, थोड़ी साधना, विद्यार्थियों से प्रेम और स्नेह रखना। लेकिन, एक टीचर की नाक के नीचे भ्रष्टाचार कितना पला? यह उनका दोष नहीं है। दोष है आबोहवा का। यह दोष एनवायरमेंट का है।

यह जो समाज और परिस्थिति है, इस परिस्थिति में जो चीज़ें आप चाह रहे हैं कि वो बढ़े, वह ग्रो नहीं करेगी। इसके लिए पूरे खेत को ताम (पलट) देना होगा। दो साल छोड़ देना होगा। जब ज़मीन की उर्वरा शक्ति घट जाती है, तो खोदकर उसे कुछ दिनों के लिए छोड़ा जाता है परती। फिर उसमें खाद मिलाकर साल–दो साल के बाद खेती होती है। तब, उसमें नये बीज होते हैं। आज जो समाज की धरती है, उसमें जो फ़सल आप चाह रहे हैं, अपने प्रश्न में, तो ऐसे लोग कहाँ पनपेंगे? धरती सूनी क्यों हो गयी है? इसके लिए अनुकूल क्लाइमेट लाना है। क्या अच्छाई, ईमानदारी, त्याग–तपस्या को एप्रीशियेट (बढ़ावा) किया जा रहा है?

कैसे ऐसे लोग खड़े होंगे?

हमारे बाबूजी के पर्सनल फिजिशियन थे डॉ. बीएन सिन्हा। उन्होंने अपने पोते से पूछा, जो उस समय सात–आठ साल का था कि तुम पढ़कर क्या बनोगे? उसने बिना किसी संकोच के कहा–जूनियर इंजीनियर। वह अवाक् हो गये। जूनियर इंजीनियर भी बनना कोई लक्ष्य होता है। बाद में उन्होंने समझा कि उनके मकान के ठीक सामने एक जूनियर इंजीनियर बहुत आलीशान कोठी बना रहा था। रुपये–पैसे का बच्चे के मन पर कितना असर पड़ा। जूनियर इंजीनियर बनेंगे, आलीशान मकान बनवायेंगे, माँ को रखेंगे। तो जब एक ख़ास परिस्थिति बनती है, तो उसमें उस तरह की चीज़ें ही ग्रो (बढ़ती) होती हैं।

आज की जो परिस्थिति है, उसमें जो लोग पनप रहे हैं, वे आपके सामने हैं। मैं नाम नहीं लूँगा। लेकिन, जो चीज़ आप चाहते हैं उसकी परिस्थिति बनानी पड़ेगी। वो बनाने का काम हम अपने स्तर पर कर रहे हैं। हम चुपचाप नहीं बैठे हैं। यहाँ बच्चों को हम बता रहे हैं कि किस तरह से उनके जीवन में साधना होनी चाहिए। क्यों साधना होनी चाहिए। साधना का मतलब क्या है? आप अपने जीवन के इंपरफेक्शन (कमियों) को कैसे दूर कर सकते हैं? आप अपने जीवन के दोषों को कैसे दूर कर सकते हैं? आप एक अच्छे इनसान कैसे बन सकते हैं? ये बातें, यहाँ बैठे हम बच्चों से कहते हैं।

आपने स्टीफन हॉकिंग का सही उल्लेख किया। आर्टिफिशियल इंटेलीजेंस के प्रति दुनिया को चेता रहे हैं। मनुष्य और मशीन का रिश्ता नाजुक स्थति में है। गाँधी ने बहुत तरीके से कहा कि मशीन कैसे मनुष्य के नियन्त्रण में रहना चाहिए। अभी एक ख़बर आयी कि जर्मनी में एक रोबोट ने एक आदमी की हत्या कर दी। आज मशीन मनुष्य को ओवरटेक कर रही है। उससे भी आगे जायें, फेसबुक, इंटरनेट, सोशल मीडिया, कम्प्यूटर गेम्स आदि। अभी एक ख़बर छपी थी कि दिल्ली में दो बच्चे कम्प्यूटर गेम्स में इतने मशगूल हुए कि वे खाना–पीना, नेचुरल क्रिया सब भूल गये। घर में दो बार चोरी हुई। वो भी 36 घण्टे तक नहीं पता चला। उसी ख़बर में एक किताब का उल्लेख मिला, जिसमें स्टैनफोर्ड यूनिवर्सिटी के एक मनोवैज्ञानिक ने लिखा है कि आज जो ये नयी जनरेशन है, यह मशीन हो गयी है। जिस स्टैनफोर्ड यूनिवर्सिटी में आधुनिक टेक्नोलॉजी का जन्म हुआ, आईपैड से लेकर मोबाइल तक, वहीं के यह प्रोफ़ेसर हैं। इन सब चीज़ों को कैसे देखते हैं?

जिस तरह से हमारा जीवन मैकेनाइज्ड हुआ है, हम स्विच दबाते हैं बत्ती जल जाती है, सुबह से रात तक के जीवन में मशीन का प्रवेश है। कम्प्यूटर है, गूगल है, हम इन विरोधाभासों को कैसे करेक्ट करें? आपने कहा कि हम मंगल ग्रह पर पहुँच रहे हैं। लेकिन, हम अपने पड़ोसी के बारे में नहीं जान रहे हैं। बहुत संकीर्ण हो गये हैं। हमको

फिर से इस इक्वेशन को री–एस्टेब्लिश्ड करना होगा। फिर से सोचना होगा। थोड़ा–सा मशीन और ज्ञान की जो भूमिका है, उसे घटाना होगा और थोड़ा–सा हमारा जो अपना कंट्रोल है, उसको बढ़ाना होगा।

हम मशीनों के सामने आत्मसमर्पण कर गये हैं। इसने हमारे दिमाग़ को मैकेनाइज्ड कर दिया है। जैसाकि आपने उदाहरण दिया कि वीडियो गेम में दो बच्चे इतना मशगूल हो गये कि उनको अपना ही होश–हवास नहीं रहा।

एप्पल के संस्थापक स्टीव जॉब्स अपने घर में बच्चों को एक उम्र तक, आईपैड का इस्तेमाल नहीं करने देते थे। उस आदमी ने एक इंटरव्यू में कहा कि नीम–करोली बाबा ने इस दुनिया को क्या दिया? हमने इस दुनिया को कुछ दिया है। मैं पूछता हूँ स्टीव जॉब्स से कि तुम नीम करोली के चरणों की धूल के बराबर नहीं हो, क्योंकि तुम दोहरे मापदण्ड अपनाये हुए हो। उस चीज़ को घर में नहीं दे रहे हो, क्योंकि तुम समझते हो कि वह नुकसानदेह है, लेकिन उसी को बेच कर तुम करोड़पति–अरबपति हो गये। दूसरे के बच्चे का नुकसान हो, लेकिन तुम्हारे बच्चे का नुकसान ना हो। यह क्या है?

इसलिए मैं कहता हूँ कि एक नये सिरे से हमें देखना होगा कि मशीन को जीवन में कहाँ तक इजाज़त है? ये कम्प्यूटर, टीवी हमारे जीवन में हमला है। विजुअल मीडिया ने त्रस्त कर रखा है। गन्दी भाषाओं का इस्तेमाल किया जाता है। हमने अपने कानों से वह क्लिप सुना। अपने फ़ोन में 'टाइम्स नाउ' का वह क्लिप देखा। होम मिनिस्ट्री के अफ़सर मिस्टर पिल्लई वग़ैरह थे। इशरत जहाँ के कंटेक्स्ट में बहस थी। उसमें एक साहब कह रहे हैं कि एक अफ़सर से पूछताछ में रेक्टम में लोहे का रॉड घुसा दिया गया। अर्नब गोस्वामी साहब नाराज़ हो गये कि किस तरह की भाषा का इस्तेमाल हो रहा है? अरे साहब, आप तो इस तरह की भाषा को इनवाइट (निमन्त्रित) कर रहे हैं।

घर–घर में वह टीवी पर सुनायी पड़ रहा होगा। लोग देख रहे होंगे। ये मनुष्य ज़रा चेतें, ज़रा सावधान हों। कैसा मांस्टर (राक्षस) हमने क्रिएट (जन्म) कर दिया है, जो हमको खा रहा है। यह भस्मासुर है। यह शिव का आशीर्वाद प्राप्त कर शिव को ही जलाने चला है। शिव

भाग रहे हैं, इसलिए हमें निश्चित रूप से बैठना होगा, पुनर्मूल्यांकन करना होगा, पूछना होगा कि हमारा रिश्ता मशीन के साथ यानी टीवी, कम्प्यूटर आदि के साथ कैसा हो। जो भी सत्य है, शिव है, सुन्दर है, वह समाप्त कर दिया है।

कुछ नहीं बचा है। भगवान ने कहा था–अनन्याश्चिन्तयन्तो मां ये जनाः पर्युपासते। लेकिन, अब एलआईसी वाले कहते हैं–योगक्षेमं वहाम्यहम। भगवान के कहने का अर्थ था कि अगर तुम मुझे अनन्य भाव से भजोगे, उपासना करोगे, तो मैं तुम्हारा योगक्षेम देखूँगा। तुम्हारी सांसारिक क्षेम–कुशलता और तुम्हारा योग भी देखूँगा। अब एलआईसी वाले यह ज़िम्मा ले लेते हैं। हम इस परिस्थिति में ऐसे नहीं पहुँचे हैं। सैकड़ों वर्षों से धीरे–धीरे गिरते–गिरते आज यहाँ पहुँचे हैं। पूरी बात को समेटते हुए हम इस तरह कहेंगे। हमें आधुनिकतम तरीक़े से, एकदम नये सिरे से इस दुनिया को खड़ा करना पड़ेगा।

कल आप टीएस इलियट की कविता जूली के बारे में कह रहे थे। देश में ऐसी और अन्य कौन–सी चीज़ें हैं, जो मनुष्य को अँधेरे में प्रेरित करती हैं?

भारतवर्ष का जहाँ तक सन्दर्भ है, उसे दुनिया ने भी सराहा है। संगठन से मुक्त कर देखिए, तो मुझे रमण महर्षि, रामकृष्ण परमहंस, विनोबा, ये लोग ऐसे महापुरुष लगते हैं, जिनका अभी तक सही–सही मूल्यांकन नहीं हुआ है। रमण महर्षि विश्वगुरु हैं। धर्म, जाति, राष्ट्रीयता से अलग उनकी जो साधना पद्धति है, कोई भी उस साधना पद्धति को अपना सकता है।

अच्छा इनसान बन सकता है या रामकृष्ण परमहंस ने जो दृष्टि दी है, उस दृष्टि पर चल के (रामकृष्ण मिशन संगठन से हम मुक्त होकर बात कर रहे हैं) या विनोबा ने जो बातें कही हैं, ख़ासकर कर्मक्षेत्र में, समाजसेवा के क्षेत्र में, उनका अभी तक सही–सही मूल्यांकन नहीं हुआ है। जैसे मेरे पिता जी। मेरे बाबूजी के बारे में, तो कोई जानता ही नहीं है। उन्होंने ख़ुद के जीवन को पोंछ ही दिया। एक साधु को ऐसा करना चाहिए। मुझे मनाकर दिया कि मैं उनकी चर्चा ना करूँ।

मैं यह परिचय भी ना दूँ कि मैं उनका पुत्र हूँ कहा कि अपना परिचय अपने गुरु से देना, किसके बेटे हो, इससे परिचय नहीं देना। पता नहीं उनको कैसी आंशका थी, क्यों ऐसा कहा? नहीं जानते। लेकिन, हम समझते हैं कि ऐसे बहुत सारे लोग हैं। मेरे पिता जी त्याग और तपस्या की प्रतिमूर्ति थे।

एक आदमी ने उनसे यह पूछा? उन्होंने यही कहा कि कब त्याग हो गया। मैंने समझा ही नहीं। यह सहज ही त्याग हो गया। उनका ख़ून सोशलिज़्म था, मार्क्सवाद था, इसलिए ऐसे लोग इस धरती पर थे, हो गये। उन्होंने काम किया, देश के लिए। देश के लोगों के लिए, दुनिया के लिए, समाज के लिए काम किया। इसकी चिन्ता नहीं की कि उनको सराहा नहीं गया। उनको मान–सम्मान नहीं दिया गया। इस बात की थोड़ी भी परवाह नहीं की। एकदम एकनिष्ठ होकर सेवा करते रहे। लेकिन, अभी तक उनका एसेसमेंट नहीं हुआ है। बाबूजी ने एक बार एक मीटिंग में कहा कि यह देश न, तो जवाहरलाल को याद रखेगा, न ही जयप्रकाश को। एक दिन फिर से गाँधी को सुनने बैठेगा, क्योंकि गाँधी अभी भी एक्शन में नहीं उतरा है। अभी भी रेलिवेंट नहीं हुआ है। तुमने एक प्रश्न में कहा कि गाँधी मशीन के ख़िलाफ़ थे। नहीं, गाँधी मशीन के ख़िलाफ़ नहीं थे।

गाँधी, मशीन पर आदमी को देखना चाहते थे। आदमी पर मशीन को नहीं देखना चाहते थे, इसलिए बाबूजी ने कहा विज्ञानारूढ़ अध्यात्म। एक विज्ञान, जिसके माथे पर अध्यात्म बैठा हो, वह इस संसार का उपाय है। वह रास्ता इसका उपाय है। टीएस इलियट, 'गीता' से काफ़ी प्रभावित थे। टीएस इलियट ने उपनिषद् पढ़ा था। उससे बहुत प्रभावित थे। 'दयध्वम' नामक प्रसिद्ध कहानी है, जिसमें देवता, मनुष्य और राक्षस तीनों ब्रह्मा के पास जाते हैं। तीनों को ब्रह्मा दयध्वम बोलते हैं। तीनों दयध्वम का अर्थ अपने अनुसार लगाते हैं। देवता सोचते हैं कि हम बड़े भोगी हैं, इसलिए ब्रह्मा दमन करने के लिए बोल रहे हैं।

उन्होंने इसका अर्थ दमन लगाया। राक्षस सोचते हैं कि हम बड़े हिंसक हैं, इसलिए ब्रह्मा हमसे दया करने के लिए कह रहे हैं, तो

दयध्वम का अर्थ उन्होंने दया लगाया। मनुष्य ने सोचा कि हम बड़े लोभी है, संग्रही हैं, हमें ब्रह्मा दान करने के लिए कह रहे हैं। तो इस दयध्वम का तीनों ने अपने–अपने ढंग से तीन अर्थ लगाया। इस कहानी से टीएस इलियट बहुत प्रभावित थे कि किस तरह एक शब्द, बोलने वाला एक ही शब्द बोल रहा है। लेकिन, श्रोता के अन्तर में तीन शब्द पड़ रहा है। तीन श्रोता, तीन अर्थ। टीएस इलियट काफ़ी बुद्धिमान थे। उनको सराहना भी मिली। वो हार्वर्ड विश्वविद्यालय के प्रोफ़ेसर भी रहे, नोबेल से सम्मानित भी किये गये। जीवन बड़ा कष्टप्रद रहा। महापुरुष के जीवन में कष्ट रहा है। रवीन्द्रनाथ के जीवन में कष्ट रहा। परिवार के कई सदस्यों का निधन हो गया। जितने भी ख़ासकर सृजन के क्षेत्र में विशिष्ट लोग हुए, उनके जीवन में बड़ा कष्ट रहा है।

आपने उपनिषदों और वेदों की चर्चा की। उपनिषद् और वेद के कौन रचयिता रहे हैं, कोई नहीं जानता, पर ज्ञान के बारे में कहते हैं, आध्यात्मिक ज्ञान उससे आगे नहीं बढ़ पाया। जैसे नचिकेता यम से जो सवाल करता है, वह हमेशा प्रासंगिक है। आज की रचनाएँ वह भाव पैदा करती हैं?

इसका बहुत साधारण कारण है। किताबें बहुत हैं। लेकिन, ज्ञान नहीं है। हम ज्ञान शब्द का अर्थ यह लगाते हैं, जो आपके अनुभव में उतर जाये। पहले किताबें नहीं थी। लेकिन, ज्ञान था। आज भी गाँव में ऐसे लोग मिल जायेंगे, जिन्होंने किताबें न पढ़ी हो, लेकिन उनके पास बहुत कुछ बैठकर सीख सकते हैं।

विनोबा जी ने एक अच्छी बात कही थी कि यदि आप किसी से मिलने जायें और उसके कमरे में बहुत–सी दवा की बोतलें देखें, तो आप क्या समझेंगे? उस कमरे में रहने वाला व्यक्ति बीमार रहता है। आप किसी ऐसे व्यक्ति के पास जायें, जिसके कमरे में बहुत सारी किताबें दिखें, तो आप यही निष्कर्ष निकालेंगे कि इस कमरे में रहने वाला व्यक्ति ज्ञानवान है? पर, किताबें ज्ञान नहीं देतीं, किताबें जानकारी देती हैं। एक इंडिकेशन देती हैं।

इनफॉर्म करती हैं। इनलाइटेन नहीं कर सकतीं। आप एक शहर में जा रहे हैं। आप उस व्यक्ति के बारे में, एक आदमी से पूछते हैं, जिसके घर आपको जाना है। रास्ते में जा रहा व्यक्ति यह बताता है कि ऐसे जायें, इस जगह उसका घर है। रास्ता बताने वाले व्यक्ति को छोड़कर आप आगे बढ़ जाते हैं। उसे पकड़ कर नहीं लाते। इसी तरह किताबें आपको इशारा देती हैं। आपको जानकारी देती हैं, आप इधर जायें, इसलिए थोरो ने 'वाल्डन' में कहा कि मैं एक ऐसे आदमी से मिलूँगा, जो शब्दों को भूल चुका हो, अर्थ को रख चुका हो। मैं अपनी आपबीती सुनाता हूँ। मैं 36 वर्षों (1959) के बाद 1995 में कोलकाता गुरु महाराज के पास गया। कोलकाता बदल चुका था। एक दिन लाउडस्पीकर से आवाज़ आ रही थी। मैंने अपने मित्र से पूछा कि यह क्या है?

उसने कहा कि आज प्रवचन है। उसने वाइस प्रेसिडेंट महाराज का नाम लिया कि वो रामकृष्ण वचनामृत पर आज प्रवचन देंगे। यह बहुत साधारण–सी किताब है। उस पर प्रवचन या व्याख्या क्या होगी। अपने अहंकार की सन्तुष्टि के लिए लोग किताबें लिखते हैं। अपना नाम–यश फैलाने के लिए किताबें लिखते हैं। किताबों का कोई प्रयोजन नहीं है। जिस तरह हमने कहा कि मशीन और कम्प्यूटर हम पर हावी है, किताब भी हमारे ऊपर हावी है।

हमारी पुरानी मान्यता है कि अच्छाई या सुगन्ध स्वतः फैलती हैं। उन्हें प्रचार–प्रसार की ज़रूरत नहीं पड़ती। महात्मा गाँधी का मूल मन्त्र था–आपका काम बोले, आप नहीं। जेपी ने इसे बिहार आन्दोलन में अपनाया। अध्यात्म में इस मान्यता के अनेक उदाहरण हैं। मसलन महर्षि रमण, मामूली, अज्ञात जगह चुपचाप अपनी साधना में एकलीन रहे। कोई आज जैसा प्रचार–प्रसार नहीं। पर, दुनिया के कोने–कोने से विशिष्ट लोग आये, ऑसवर्न, पॉल ब्रंटन वग़ैरह। क्योंकि उनकी निष्ठा–तप में सात्विक गन्ध, ताप और ताक़त थी। क्या कहेंगे?

हाँ, बात सही है। उस सुगन्ध की कमी का कारण है, तपस्या का अभाव। यह रचनावृत्ति जिनके पास है, वो भी भोगी हो गये हैं।

आज के बड़े–बड़े लेखकों को देखो, कितने ऐशोआराम में रहते हैं। कितनी आरामदेह जीवनशैली है उनकी। रचनाधर्निता तपस्या खोजती है। कष्ट खोजती है। थोड़ा अभाव खोजती है। अभाव का जीवन में बड़ी भूमिका है।

इच्छाएँ सारी पूरी नहीं होनी चाहिए। रवीन्द्रनाथ की एक कविता है कि हे भगवान, तुमने मेरी बहुत सारी इच्छाएँ पूरी कीं। मैं शुक्रगुज़ार हूँ तुम्हारा कि तुमने मेरी सारी इच्छाएँ पूरी नहीं कीं। मैं शुक्रगुज़ार हूँ कि मुझे थोड़ा अभाव में रखा। आप समझें कि उनके स्तर का आदमी नाचकर, नाटक कर, गाना गाकर भिक्षा माँग रहा है कि विश्वभारती स्थापित करना है। बहुत कम लोग उनकी कठिनाई को जानते हैं, जिनसे वो गुज़रे। गाँधी को शर्म महसूस हुई। कष्ट हुआ, रोने लगे। उन्होंने पूछा कि आपको कितने पैसे की ज़रूरत है। मैं आपसे प्रार्थना करता हूँ कि यह काम आप ना कीजिए और घनश्याम दास जी को उन्होंने कहा। उन्होंने रुपये वहाँ पहुँचाये। यह रचनाधर्मिता या ये जो क्रिएटिविटी है, वह थोड़ा अभाव खोजता है। वो थोड़ा कष्ट खोजती है.।

अन्तिम जिज्ञासा थी। आज मौत को समझने की विश्व में नये सिरे से ज़रूरत महसूस की जा रही है। नियर डेथ एक्सपेरियंस या ऐसे बहुत सारे साहित्य या अनुभव लिखे जा रहे हैं?

वही इनसान सुखी है, जो मृत्यु से प्यार करता है, उसे विलेन के रूप में नहीं देखता। हम हर क्षण मरते हैं। हर क्षण जीवित होते हैं। ये जो मेरा 'मैं' है, वो हर क्षण डूबता है, हर क्षण पैदा होता है। विज्ञान का ध्यान इस पर गया है। क़रीब 15 वर्षों में ऑक्सफोर्ड विश्वविद्यालय, हार्वर्ड विश्वविद्यालय, मांट्रियल विश्वविद्यालय के बहुत सारे लोगों ने माइंड एंड मैटर डिपार्टमेंट खोला है। धर्मशाला में, तिब्बत में, कई जगह उन्होंने रिसर्च सेंटर बनाया है। वे चेतना को समझने की कोशिश कर रहे हैं, क्योंकि मैटर में अब समझने की बहुत जगह नहीं रह गयी है।

मैटर के अन्त तक गॉड पार्टिकल तक लोग पहुँच चुके हैं। जब चेतना को समझने की कोशिश कर रहे हैं, तब इतनी बात तय है

कि एक न एक दिन विज्ञान यह समझ जायेगा कि मृत्यु इस शरीर की होती है, चेतना की नहीं। हम मृत्यु के पार जाते हैं, इसलिए यह बात एक सही दिशा में एक प्रयत्न है, जो मृत्यु को समझने की कोशिश कर रही है।

यह समझदारी अगर आ जाये कि शरीर मरता है, मैं नहीं मरता, तो बहुत सारी समस्याओं का समाधान हो जायेगा। इस शरीर को तृप्त करने की जो आग हमारे भीतर लगी है, वह शायद थोड़ा शान्त हो जाये। इस शरीर को इतना सजाने की जो एक इच्छा हमारी होती है, वह शायद थोड़ा शान्त हो जाये। मृत्यु को समझने की कोशिश होनी चाहिए।

(2017)

जीने का मक़सद

महाशिवरात्रि (2007) के दिन 'भाई श्री' ने पुस्तक दी। पुस्तक का नाम है 'साधना' (द क्लासिक ऑफ़ इंडियन स्प्रिचुएलिटी)। लेखक हैं, रवीन्द्रनाथ टैगोर। पुस्तक छपी है, अमेरिका के थ्री लीव्स प्रेस, डबल डे, न्यूयॉर्क से। 1913 में 'द मैकमिलन कम्पनी' ने इसे छापा था।

'भाई श्री' योगी हैं। सन्त हैं। शायद यह पर्याप्त परिचय नहीं। वह मौलिक चिन्तक हैं। कठोर साधना और तप से वे परिष्कृत हैं। पिता महान क्रान्तिकारी थे। गाँधी, विनोबा, जे.पी., लोहिया के प्रिय। फिर राजनीति छोड़ अध्यात्म में गये। शिखर के योगी–तपस्वी का जीवन जीया। इस तरह 'भाई श्री' को विरासत में तप, त्याग और अध्यात्म मिले। 'भाई श्री' तेजस्वी डॉक्टर थे। पर, एमबीबीएस करने के बाद संसार छोड़ दिया। साधना चुनी। संन्यस्थ हो गये। पर, वह आज के सन्दर्भ में संन्यासी भी नहीं हैं।

न वह कहीं सार्वजनिक होते हैं, न नाम से कुछ लिखना चाहते हैं। न वह मठ बसाना चाहते हैं, न कल्ट खड़ा करना चाहते हैं। पर, चिन्तन के स्तर पर दुनिया में चल रही नयी चीज़ों की उन्हें हर जानकारी है। उनके अपने मौलिक विचार हैं। स्पष्ट मत हैं। बाँधनेवाला चुम्बकीय व्यक्तित्व। ओजस्वी वाणी। झरता स्नेह। गुरुवर रवीन्द्रनाथ की यह पुस्तक उन्होंने दी थी। पढ़ना शुरू किया। गुरुदेव की साधना और गहराई की झलक मिली। बड़े विचारकों से गुरुदेव के बारे में सुनता था या गुरुदेव पर उनकी टिप्पणियाँ पढ़ता था। पर, जीवन के बारे में गुरुवर की गहराई व दिव्य दृष्टि की झलक (कुल 129 पेजों की) इस पुस्तक से मिली। शायद आरम्भिक पन्नों और पंक्तियों से ही।

हम जीते क्यों हैं? हम हैं, क्यों? जीवन का कोई मक़सद है? आज भी पूरी दुनिया में इन सवालों को लेकर बहस है। आत्ममन्थन है। नये विचार भी आ रहे हैं। गुरुदेव की इस पुस्तक में आठ अध्याय हैं। पहला अध्याय है–'द रिलेशन ऑफ़ द इंडिविजुअल टू द यूनीवर्स' (व्यक्ति का ब्रह्माण्ड से रिश्ता)। इस अध्याय में है कि यह संसार या ब्रह्माण्ड जिन तत्त्वों से बना है, वही मुझ में हैं, आप में हैं, हम में हैं। वही सृष्टि में हैं। शायद इससे जुड़ना या जानना ही ज्ञान है। वह कहते हैं, ग्रीस की पुरानी सभ्यता शहरों की दीवारों–प्राचीरों और बाड़ों में घिरकर बढ़ी–पसरी और पनपी। आधुनिक सभ्यता की जननी यही है। इस तरह यह आधुनिक सभ्यता ईंट और कंक्रीट के पालने पर खड़ी हुई और दुनिया में फैली। यही नागर सभ्यता है। अंग्रेज़ी में इसे ही अर्बनाइज़ेशन प्रोसेस (नगरीकरण की प्रक्रिया) कहते हैं। गुरुवर कहते हैं, इन दीवारों का मनुष्य की चेतना पर गहरा असर हुआ। इससे ही डिवाइड एंड रूल (बाँटो और शासन करो) का दर्शन जन्मा, जीतो और उसे घेर लो। घेरे के बाहर दुश्मन। इस तरह देश बँटते गये। ज्ञानों का बँटवारा हुआ। मनुष्य और प्रकृति भी दूर हो गये। इससे एक नया मानस बना, पनपा। जो भी हमारे नियन्त्रण रेखा से बाहर है, वह पराया है। यह मानस ही विदेशी सभ्यता, संस्कृति, राष्ट्र, राज्य के चिन्तन मूल में है।

गुरुदेव कहते हैं, पर भारत भिन्न रहा। यहाँ जंगलों में हमारी सभ्यताएँ जन्मीं। जन्म–जगह (जंगल, वन) ने भारतीय सभ्यता, संस्कृति को एक अलग चेहरा, रूप और वातावरण दिया। प्रकृति के विराट स्वरूप के बीच विकास। प्रकृति के पालने में जीवन का उद्‌गम–अन्त। प्रकृति से ही खाना, जीना और पहनना। इस माहौल से निकले इनसान का मक़सद हथियाना नहीं था। लूटना नहीं था। इसलिए भारत में आक्रमणकारी कम पनपे। इस माहौल में पलने का वरदान था कि इनसान आत्मानुभूति तक पहुँचे। प्रकृति के साथ–साथ जीते हुए अपनी चेतना का उतना ही व्यापक और बड़ा विस्तार करे। इन्हीं जंगलों से भारतीय मनीषा को स्वर मिला। ब्रह्माण्ड एक है।

जीव और जगत् एक हैं। यहीं से ऋषियों के कण्ठ से स्वर फूटे कि वसुधा ही कुटुम्ब है (पूरी दुनिया एक ही परिवार है)।

अयं निजः परोवेति गणना लघुचेतसाम्।
उदार चरितानान्तु वसुधैव कुटुम्बकम्।।

अर्थात् यह अपना है, वह पराया है, इसकी गणना छोटे बुद्धिवाले मनुष्य किया करते हैं। लेकिन, जो उदार प्रवृत्ति के लोग हैं, वे पृथ्वी पर रहनेवाले सभी लोगों को अपना परिवार मानते हुए पारिवारिक व्यवहार करते हैं। कितनी व्यापक सोच! उदार चरित्र और चेतना।

यह पढ़ते हुए डीएनए टेस्ट से पुष्ट यह बात याद आयी कि पूरी दुनिया के पूर्वज एक ही थे। अफ्रीका से निकले थे। गुरुदेव की इस कृति को पढ़ते हुए वर्षों पहले पढ़ी गयी थोरो की 'वाल्डन' पुस्तक की स्मृति उभरी। वाल्डन अमेरिका के एक जंगल में एक सरोवर है। वहीं महान चिन्तक और विचारक थोरो की ज़मीन थी। थोरो ने शहरी जीवन छोड़ दिया। अपने हाथों एक झोपड़ी बनायी। वहीं रहने लगे। उनका मानना था, सीधा–सादा और सरल जीवन ही सर्वश्रेष्ठ है। दो साल तक थोरो मेहनत–मज़दूरी कर जीते रहे। साथ–साथ प्रकृति का निरीक्षण भी करते रहे। पल–पल। इन्हीं दो वर्षों के अनुभवों के आधार पर उन्होंने बहुचर्चित 'वाल्डन' पुस्तक लिखी।

प्रकृति की गोद के अनुभव, मनन–चिन्तन और विचार से यह पुस्तक निकली। आकर्षक पुस्तक है। लगभग 150 साल पहले थोरो ने यह प्रयोग किया।

जीवन जियें कैसे? शायद आज भी यह सबसे बड़ा सवाल मनुष्य के सामने है। सिर्फ़ बुद्ध ही इस प्रश्न से बेचैन नहीं हुए। अनेक हुए। पर सभी बुद्धत्व तक नहीं पहुँच पाये। क्योंकि जीवन समझने की जो आग है, उससे हम ऊर्जा नहीं लेते। शायद जीवन एक साधना है। पर, आज भोग–भाग और स्पर्धा ने मनुष्य को मशीन बना दिया है। आज देश ने आज़ादी के बाद बड़ी प्रगति की है। पर, जब गुलाम थे, तब अँधेरा पसरा था। पर, ऐसे नेता, लेखक, चिन्तक थे, जिनके

अन्तः में प्रकाश था। आज बाहर का अँधेरा घना हुआ है। भोग के कारण। पर, अन्दर का प्रकाश तो ख़त्म है। गुरुवर की तरह कोई रहा नहीं, जो अन्दर की लौ जलाये। गुरुवर की रचनाओं में, विचारों में, कविताओं में, चित्रों में, संगीत में प्रकाश ढूँढ़ने की ही तो ललक है।

कोंकणी–मराठी के जाने–माने गाँधीवादी विचारक रवीन्द्र केलकर की पंक्तियाँ याद आती हैं–

'हमने जो पाया नहीं है, वहीं अक्सर हम पाना चाहते हैं। सत्ता, सम्पत्ति, ख्याति हमने पायी नहीं। हम सत्ता, सम्पत्ति, ख्याति पाना चाहते हैं। और पाने पर सुखी होंगे? पर, जिन्होंने यह सब पाया है क्या वह सुखी हैं?'

यह सवाल महज़ रवीन्द्र केलकर जी का नहीं है, हम सबका है। रवीन्द्र जी ही एक जगह और कहते हैं–

'डर से हमेशा आदमी एक सहारा ढूँढ़ता आया है। मामूली तिनके को भी पकड़कर रहता है और अपने को सुरक्षित मानता है। पर, यह तिनका भले ही नौकरी का हो, ज़मीन–जायदाद का हो या किसी धार्मिक कर्मकाण्ड का हो। हर माह तनख़्वाह मिलनी चाहिए। बीच–बीच में तरक़्क़ी मिलनी चाहिए। बुढ़ापे में पेंशन मिलनी चाहिए। पे, प्रमोशन और पेंशन के जाल में आदमी अपने को फँसा देता है और इनके सहारे पोज़ीशन, प्रेस्टीज और पॉवर–ये नये 'पी' पाता है। अक्सर हम सब अन्दर से ख़ाली और खोखले होते है। इसलिए अगर अपने को ये तीन 'पी' न मिलें तो अपने को हारे हुए, ध्वस्त हुए मानते हैं।'

गाँधी जी ने जीवन में साधन और साध्य का सवाल उठाया था। विकास या प्रगति, जीवन में साधन हैं या साध्य? अगर साधन हैं, तो साध्य क्या हैं? रवीन्द्र केलकर जी को ही कोट करें–'मनुष्य आज जैसा है, उससे अधिक संस्कारी बने, अच्छा बने, सुखी हो। अगर ये विकास या प्रगति के साध्य हों, तो शायद संसार सुन्दर होगा।' सत्यम, शिवम, सुन्दरम की आभा में होगा।

गुरुदेव की इस पुस्तक के आरम्भिक पन्नों को ही पढ़ते हुए न जाने कितने भाव उभरते हैं। उन्हीं की कल्पना थी। समाज ऐसा, जहाँ 'चित जेथा भयशून्य।' क्या समृद्ध भारत, प्रगति करता भारत इसी

रास्ते है? उनकी ही कविता की एक पंक्ति 'मेरे देश में स्वच्छ विचारों का प्रवाह, अर्थशून्य आचारों के रेगिस्तान में जाकर सूख नहीं जाये, हे भगवान, स्वतन्त्रता के स्वर्ग में मेरे देशवासी अपनी आँखें खोले।'

लोकसभा चुनाव सामने हैं। इन चुनावों से ही देश की नियति तय होती है। क्या इन चुनावों में जीवन के कुछ मौलिक सवाल भी उठेंगे कि हम कहाँ जा रहे हैं? क्यों जा रहे हैं? मैथिलीशरण गुप्त के विचार कि हम क्या थे? क्या हो गये? और क्या होंगे अभी? भले आज़ादी की लड़ाई के बाद के दौरान लिखी गयी हो, पर यह सवाल, तो आज भी सबसे ज़रूरी है। देश का सपना क्या? मंज़िल क्या? पहुँचना कहाँ?

(2009)

साधक गोपाल दा

मीडिया की ख़बरें बताती हैं कि आज समाज या सभ्यता कैसे दोराहे पर खड़े हैं? संकट से घिरे। असहाय स्थिति में। कोई रोशनी या पथ–प्रदर्शक नहीं। मध्य सितम्बर, 2009 में लगातार ख़बरें आयीं कि कैसे लोग अपने सगों की हत्या कर रहे हैं? बेटी ने दिल्ली में अपनी माँ को मार डाला, मुक्ति पाकर शादी करने के लिए। हरियाणा में एक लड़की ने अपने परिवार के सात लोगों की हत्या कर दी, अपने प्रेमी से मिलकर।

ब्रिटेन में एक महिला ने अपनी माँ को मार डाला। पटना में एक बच्चे का अपहरण हुआ, अपहरणकर्ता पड़ोसी था। एक नाना ने ही अपने नाती की हत्या कर दी। लखनऊ में भाई ने दोस्त से मिलकर बहन का अपहरण कर लिया। फिरौती माँगी, फिर हत्या करा दी। ये सभी ख़बरें लगभग दो सप्ताह के अन्दर या आसपास की हैं, जगह चाहे बिहार हो या दिल्ली या उत्तर प्रदेश हो या हरियाणा या ब्रिटेन। प्रवृत्ति एक है। बढ़ती मानवीय क्रूरता की और मनुष्य के अन्दर घटती आन्तरिक संवेदनहीनता की।

आज की सभ्यता और संस्कृति का यही सबसे बड़ा संकट है। एक तरफ़ दुनिया विकसित हो रही है। रोज़–रोज़ नयी–नयी टेक्नोलॉजी आ रही है। मनुष्य को सुख और भोग देने के लिए।

दुनिया ग्लोबल विलेज बन रही है। दूसरी ओर मनुष्य होने के बुनियादी गुण घट रहे हैं। एक तरफ़ भौतिक उपलब्धि। भोग का संसार। दूसरी तरफ़ चरित्र का संकट। मूल्य का संकट। पर्यावरण

संकट, दुनिया के अस्तित्व से जुड़ा पहलू अलग है। दुनिया के इस अन्तर्विरोध की जड़ कहाँ है? क्या इसके बारे में कोई चिन्तित है?

हाँ, इसे लेकर दुनिया के विभिन्न संगठनों, देशों में आवाज़ उठती रही है। लोग चिन्तित भी हैं। पर, प्रामाणिक आवाज़ की कमी है। यहीं आकर महर्षि अरविन्द और माँ दुनिया के मुक्तिदाता के रूप में दिखायी देते हैं। जब मानवीय मूल्य पर संकट कम थे। पर्यावरण के संकट से धरती उतनी ख़तरे में नहीं थी, तब महर्षि अरविन्द और माँ ने देखा कि दुनिया किस रास्ते जा रही है? दुनिया और मानवता पर क्या संकट आनेवाले हैं? इन महान ऋषियों ने पूरी मानवता और दुनिया के लिए अपना जीवन उत्सर्ग कर दिया। घोर तप–त्याग कर।

आध्यात्मिक साधना कर, महर्षि और माँ ने बहुत पहले इस संकटग्रस्त सभ्यता और दुनिया को नयी राह दिखायी। नयी चेतना की राह। आध्यात्मिक पुनर्जागरण की। मनुष्य और दुनिया को बचाना है, तो इस नयी चेतना की राह पर चलना ही पड़ेगा। यही एकमात्र रास्ता है।

आज इस राह के अप्रतिम और अनोखे राही हैं, साधक गोपाल दा। महर्षि अरविन्दो सोसाइटी के इंटरनेशनल सेक्रेटरी। वे महर्षि अरविन्द और माँ की चेतना या रोशनी को दूर–दूर तक फ़ैलाने में लगे हैं। गोपाल दा प्रचार–प्रसार के इस युग में चमक–दमक से दूर रहकर अपने काम में डूबे अनोखे कर्मयोगी हैं। न कोई दिखावा, न तामझाम। वह विरले साधक हैं।

मौन रहकर, चुप रहकर। माँ और महर्षि के सन्देशों को दुनिया के कोने–कोने में फ़ैलाने–ले जाने में जुटे हुए। गोपाल दा से मिलना, तो राँची में हुआ। पर, परिचय के वर्षों बाद एक बार पांडिचेरी जाना हुआ। उनका स्नेह, उनकी ऊर्जा और अनवरत श्रम हम सबके लिए प्रेरक और पथ–प्रदर्शक है। पांडिचेरी में ही उनसे जानने की कोशिश की, उनका अतीत? स्नेह से बार–बार जिज्ञासा के बाद थोड़ी–बहुत चीज़ें उन्होंने बतायीं। कैसे वह पहली बार असम से पाँच जगह ट्रेन और पानी का जहाज़ पकड़कर–बदलकर पांडिचेरी पहुँचे? उनकी पहली मुलाक़ात माँ से कैसे हुई? तब वह इंजीनियरिग के विद्यार्थी थे। उनमें बेचैनी थी, आध्यात्मिक राह पर जाने की।

वह प्रतिभाशाली छात्र रहे। इंजीनियरिंग के। चाहते तो निजी संसार–परिवार बसाकर सुख से रह सकते थे। आत्मलीन। अपने में डूबे हुए। पर उन्हें तो समाज और दूसरों के लिए जीना था। कर्म करना था। पांडिचेरी में माँ से मुलाक़ात और पहली पांडिचेरी यात्रा ने गोपाल दा का जीवन ही बदल दिया। निजी परिवार, सुख–दुख से ऊपर उठकर वह माँ और महर्षि के काम में रम गये। 140 से अधिक देशों की यात्रा की।

महर्षि–माँ के सन्देशों के प्रसारण के लिए। संस्था बनाने के लिए। तब उन्होंने बताया था कि ढाका में कैसे उन्हें सहयोग मिला। ढाका में वह किसी को जानते नहीं थे। न रहने–खाने की व्यवस्था थी। न कोई परिचय था। अपरिचय के समुद्र में छलाँग। पर एयरपोर्ट पर ही एक आदमी मिल गया। उसने हर सम्भव मदद की। इसी तरह वह कई देशों में बिना पैसे और पहचान के पहुँचे? फिर सम्पर्क का जाल बना और अरविन्दो सोसाइटी का गठन उन देशों में हुआ।

अगर आप पूछेंगे, बिना संसाधन और परिचय के यह कैसे सम्भव हुआ? अन्तरराष्ट्रीय स्तर पर अरविन्द आश्रम का ताना–बाना? वह तुरन्त बोलेंगे, यह महर्षि और माँ की कृपा है। पर उन्हें करीब से जानने वाले वाक़िफ़ है कि ख़ुद गोपाल दा की ऊर्जा और दृष्टि ने कैसे चमत्कार दिखाया है। माँ के सुझाव के अनुसार ही वह अरविन्दो सोसाइटी के इंटरनेशनल सेक्रेटरी बनाये गये।

महर्षि और माँ के साहित्य पर जिस तरह गोपाल दा बोलते हैं, उन्हें कोट करते हैं, उससे लगता है कि महर्षि साहित्य उन्हें कण्ठस्थ है। आधुनिक सन्दर्भों में महर्षि और माँ की जिस तरह वे व्याख्या करते हैं, उनके कथन हू–ब–हू सुनाते हैं, वह असाधारण है।

उनमें अनोखा साहस है। अनजान रास्ते पर चलने का। लगातार कुछ नया करने का। विभिन्न संस्कृतियों, नये देशों में जाने का। प्रतिकूल परिस्थितियों में भी अपने काम में डटे रहने का। बिना थके पूरी दुनिया में लगातार घूमने का। अपने आसपास के लोगों से निरन्तर सम्पर्क में रहने का। एक–एक काम को याद रखने का। सिस्टम के अनुसार करने–कराने का।

उनका व्यक्तित्व ऐसा क्यों है? वह गहरे आध्यात्मिक साधक हैं। अपनी आन्तरिक शक्ति छिपाते हैं। सार्वजनिक नहीं करते। पर, उनमें आध्यात्मिक ऊर्जा है। लम्बे समय बाद मिलने पर कई बार वह उल्लेख करते हैं, ध्यान में देखा, तुम्हारे साथ यह बात थी? वह बात सही होती है।

यह भी कभी–कभार बताते हैं कि क्या तुम इस प्रसंग में परेशानी में थे? ध्यान में यह चीज़ झलकी और वह सच होता है। ध्यान, त्याग और साधना ने उन्हें अलौकिक शक्ति दी है, पर वह दुनिया की नज़र से छुपाकर रहते हैं। उन्हें देखकर लगता है, 'ए मैन विथ मिशन।' भीड़ हो, फिर भी वो हरेक से अलग–अलग इस तरह मिलते हैं, मानो वही उनका प्रिय हो। आत्मीय हो। नयी मानवता, नयी सुबह के लिए वह काम कर रहे हैं। महर्षि के सन्देशों को फैलाकर।

गोपाल दा का जीवन समाज के लिए धरोहर है। जब समाज में आत्मकेन्द्रित होकर या सिर्फ़ अपने लिए जीने की ललक बढ़ रही हो, तब कोई व्यक्ति कैसे समाज के लिए जीता है? मानवता और दुनिया के लिए जीता है? इसके उदाहरण हैं गोपाल दा। उन्हें जानना और समझना क्यों ज़रूरी है? उनका जीवन इस रूप में समाज के लिए सन्देश है कि आज भी ऐसे लोग हैं, जो दूसरों के लिए ही जीते हैं।

भारतीय संस्कृति में बहुत पहले कहा गया था कि यह मेरा है, वह तुम्हारा है, ऐसा सोचनेवाले संकीर्ण मन के छोटे लोग होते हैं। उदार चरित्रवालों के लिए तो पूरी वसुधा (दुनिया, धरती) ही कुटुम्ब है। गोपाल दा ऐसे ही इनसान हैं, जो पूरी दुनिया को परिवार मानकर जीते हैं। कर्म करते हैं।

(2005)

भारत की आत्मा के पारखी : पॉल ब्रंटन

पॉल ब्रंटन की पुस्तकें बार–बार पढ़ता हूँ। ढूँढ़ता हूँ। वह अत्यन्त प्रिय लेखकों में से हैं। पहले जान लें कि डॉ. पॉल ब्रंटन थे कौन? वह 1898 में लंदन में जन्मे। अंग्रेज़ी में लिखित उनकी पुस्तकें दर्जनों भाषाओं में अनूदित हुईं। हर भाषा में उनकी रचनाएँ उन दिनों में भी 'बेस्ट सेलर' (सर्वाधिक बिकनेवाली) थीं। ब्रिटेन के वह सफल और जाने–माने पत्रकार थे। वह उस दौर के पत्रकार थे, जब पत्रकारिता बौद्धिक कर्म थी। तेजस्वी लोग कुछ करने का सपना लेकर पत्रकारिता में आते थे।

डॉ. ब्रंटन की रुचि धर्म, रहस्यवाद और दर्शन में थी। भारत जब अंग्रेज़ों के लिए 'सोने की चिड़िया' (दोहन और लूट के सन्दर्भ में) था, तब एक अंग्रेज़ पत्रकार ने 'ओरिएंटल' दर्शन में डुबकी लगायी। भारतीय दर्शन, अध्यात्म और जीवन पद्धति के हीरे–मोती ढूँढ़े। तब दुनिया को बताया। वर्नाफ़, कार्ल ब्रुक और मैक्समूलर जैसे भारतीय संस्कृति के अध्येताओं ने दुनिया को भारतीय ज्ञान सम्पदा से रू–ब–रू कराया। उसी कड़ी में पॉल ब्रंटन हैं। उन्होंने भारत समेत प्राच्य या पूर्वी देशों की अविश्वसनीय घुमक्कड़ी की। ख़ासकर भारत में साधुओं, सन्तों और योगियों से मिले।

हिमालय से लेकर गंगा–गोदावरी, उत्तर–दक्षिण के सुदूरवर्ती इलाक़ों में गये। सच्चे सन्तों–योगियों की तलाश में। फिर अध्यात्म और भारत पर दर्जनों पुस्तकें लिखीं। 16 खण्डों में उनकी नोटबुक्स प्रकाशित हैं। सबसे पहले उनकी अत्यन्त चर्चित पुस्तक 'ए सर्च इन सीक्रेट इंडिया' की चर्चा। यह 1934 में छपी। ब्रिटेन से। अब इसका

हिन्दी अनुवाद 'गुप्त भारत की खोज' भी उपलब्ध है। बनारस के 'मानस ग्रन्थागार' ने इसे छापा है। अन्य पुस्तकों के पुराने प्रकाशक कौन हैं, उनकी सभी पुस्तकें कहाँ हैं, नहीं मालूम। पर, जहाँ–जहाँ उनकी कोई रचना दिखायी देती है, पहले वहीं ध्यान जाता है। हैदराबाद की इस यात्रा में डॉ. पॉल ब्रंटन की एक पुस्तक मिली। 'ए हरमिट इन द हिमालयाज़।' पुस्तक कवर पर मोटे हर्फ़ों में सबसे ऊपर पॉल ब्रंटन लिखा है। उसके नीचे उल्लेख है, 'वन ऑफ़ द ग्रेटेस्ट स्प्रिचुअल एक्सप्लोरर्स ऑफ़ द ट्वेंटीएथ सेंचुरी' (बीसवीं सदी के महानतम आध्यात्मिक अन्वेषकों में से एक)। फिर नीचे पुस्तक का नाम। इस पुस्तक को छापा है, राइडर ने। लंदन, सिडनी, आकलैंड और जोहांसबर्ग में इसके दफ़्तर हैं। यह पुस्तक सबसे पहले 1937 में छपी थी। रूपा एंड कम्पनी के सौजन्य से भारत में इसका वितरण हुआ। डॉ. पॉल की लगभग हर पुस्तक के बारे में उन दिनों के संसार की मशहूर पत्र–पत्रिकाओं में मुक्त भाव से प्रशंसा है।

पहली बार पॉल ब्रंटन को पढ़ा, तो लगा पूर्वजन्म में वह कोई बेचैन भारतीय आत्मा, साधक या उच्च कोटि के योगी थे। हालाँकि उनकी पैदाइश ब्रिटेन में हुई। मूलतः वह अंग्रेज़ थे। पर, भारत को समझने–जानने की उनकी साधना, तप–त्याग और प्रतिबद्धता, उन्हें अत्यन्त पूज्य योगियों–ऋषियों की परम्परा में ही खड़ा करती है। यातायात की दृष्टि से उन कठिन दिनों में, भीषण गर्मी में दुर्गम जंगलों–पहाड़ों में कोई अंग्रेज़ (1920–1930 के बीच) भटकता फिरे। भारतीय सन्तों, योगियों, ऋषियों की तलाश में? अपना बेहतर करियर–भविष्य छोड़कर? ये महज़ यात्राएँ नहीं थीं, बल्कि कठोर श्रम, त्याग और साधना थी। डॉ. पॉल ने घोर मुसीबतें झेलीं। मरणासन्न हुए। बीमार रहे।

फिर भी पवित्र भारत की तलाश में रमे–डूबे रहे। इसी कठोर साधना का परिणाम है, उनकी पुस्तकें। इस कारण उनकी पुस्तकें विशिष्ट हैं। इस नश्वर जीवन का सत्त्व, सार और सुगन्ध तलाशने वाली। उनकी अत्यन्त मशहूर पुस्तक 'गुप्त भारत की खोज' की भूमिका लिखने वाले फ्रांसिस यंगहस्बैंड ने लिखा कि पॉल की पुस्तक का नाम

यदि 'पवित्र भारत' होता तो, ज़्यादा सही रहता। उनके अनुसार पॉल आध्यात्मिक अनुभूति के शुद्धतम और अत्यन्त निर्मल रूप का दर्शन करना चाहते थे और अन्त में उनकी साध पूरी हुई। पर, इसकी क़ीमत डॉ. पॉल ने चुकायी। उन्होंने आरम्भ में ही लिखा है, 'कड़ाके की धूप और झुलसाने वाली लू सहकर तथा कितनी ही रातें बिना सोये हुए बिताकर इन साधुओं की खोज में मैं भटकता रहा।'

तब उन्हें क्या मिला? उनके ही शब्दों में सुनिए–'मेरा विनम्र विश्वास है कि यह मेरा अहोभाग्य ही था कि भारतीय जीवन का एक ऐसा अप्रकट अंग भी मुझे देखने को मिला, जो प्रायः साधारण पश्चिमी यात्रियों की दृष्टि अथवा बुद्धि के परे रहता है।'

यह सब करते हुए उन्होंने अपनी पश्चिमी वैज्ञानिक दृष्टि नहीं छोड़ी। पत्रकार का सहज विवेक और छानबीन करने की आदत से लैस वह भारतीय अध्यात्म का असली रूप तलाशते रहे। उन्हीं के शब्दों में–'मैंने सदैव अपनी आलोचनात्मक वृत्ति को सजग बनाये रखा।' वह कहते हैं–'मेरा समस्त जीवन सत्य का अन्वेषण करने में ही बीता है।' पर तार्किक दृष्टि से। वैज्ञानिक दृष्टि से। यह कर्म, शोध और यात्रा से अर्जित अनुभव था।

उन्हीं के शब्दों में–'हिन्दुस्तान की पवित्र नदी, मरकत सलिला, गंगा, विशाल यमुना और रम्य गोदावरी के तटों पर इसी खोज में मैंने बहुत भ्रमण किया, देश के चारों ओर चक्कर लगाया, हिन्दुस्तान ने मुझे अपने अन्तस्तल में स्थान दिया और मुझ जैसे अपरिचित पाश्चात्य व्यक्ति को इस देश के लुप्तप्राय महात्माओं में से कितनों ने ही अपनी शरण दी।'

इस भ्रमण का मक़सद क्या था? उन्हीं के शब्दों में सुनिए। 'गुप्त भारत की खोज' पुस्तक में पाठकों से निवेदन अंश में उन्होंने यह लिखा है, इस पुस्तक का नाम मैंने 'गुप्त भारत की खोज' इसलिए रखा कि यह उस भारत की कथा है जो हज़ारों वर्ष से परखनेवालों की आँखों से ओझल रहा है। जो संसार से इतना अलग और एकान्त रहा है कि आज उसके बचे–खुचे चिह्न ही रह गये हैं और जिनके शीघ्र ही मिट जाने की सम्भावना है। जनसत्तात्मकता के इस युग में

हमें यह बात बिल्कुल स्वार्थ भरी लगेगी कि इन योगियों ने अपनी इस ज्ञान–राशि को गोपनीय रखा, परन्तु इसके लुप्तप्राय होने का यही प्रधान कारण है।

उनकी यही दृष्टि उनकी हर पुस्तक में रही है। दरअसल, पॉल ब्रंटन ही वह व्यक्ति हैं, जिन्होंने पश्चिम का भारतीय योग, ध्यान और अध्यात्म से परिचय कराया। 1981 में स्विट्‌जरलैंड में उनका अन्त हुआ। 'ए हरमिट इन द हिमालयाज़' पुस्तक की भूमिका में उन्होंने लिखा है कि मेरे लिए उस शानदार यात्रा को भूल पाना असम्भव है। लगातार पहाड़ियों की शृंखलाएँ, धूप में उनकी चमक–सौन्दर्य, आसमान को स्पर्श करती उनकी ऊँचाई, हवाओं का गूँजता शोर और वह मौन। वह कहते हैं कि इस आँधी और तूफ़ान से भरे जीवन और तनाव में जीते इनसान को मौन और शान्ति का सागर चाहिए।

बीच–बीच में वह भीड़ से अलग होकर (रिट्रीट) इन जगहों पर जाये, अपनी आत्मा से संवाद करे। पुस्तक में 18 अध्याय हैं। कुल 196 पेज की पुस्तक है, पर अत्यन्त रोचक। पॉल ब्रंटन की अंग्रेज़ी थोड़ी क्लिष्ट है। विक्टोरियन एरा की छाप है। पर, वह बिल्कुल प्रवाह, संगीत और लय की भाषा में जीवन, चेतना और अध्यात्म की बातें करते हैं। इसलिए वह अत्यन्त रोचक और पठनीय है। महर्षि रमण से हुई मुलाक़ात को जिस भावपूर्ण तरीक़े से उन्होंने लिखा है ('गुप्त भारत की खोज' में) वह चमत्कृत करता है। काश पॉल ब्रंटन की सारी पुस्तकों का हिन्दी में अनुवाद होता और वे सस्ते दामों पर उपलब्ध होतीं।

(2009)

मृत्यु सच है या ऊर्जा : कृष्णमूर्ति फ़ाउंडेशन

आकाश में व धरती पर सूर्य के आने के संकेत हैं। पेड़ों के झुरमुटों से चिड़ियों के चहकने की आवाज़ आ रही है। चुपचाप सूर्योदय देखने में अलौकिक आनन्द है। क्यों इस भीड़, तनाव, भाग–दौड़ आधुनिक और भौतिक परिवेश में हम प्रकृति के इस अव्यक्त सौन्दर्य को जी नहीं पा रहे हैं? कृष्णमूर्ति की बात याद आती है। हर आदमी अन्दर से समृद्ध हो रहा है। पर, शायद ही किसी का अन्तर्मन प्रस्फुटित होता हो। अन्दर से फूल की तरह खिलना नहीं होता। क्योंकि बाहरी दबाव–कारण हैं। समाज, घर, परिवार, धर्म, देश, व्यवस्था, ज्ञान सब मिलकर आपको गढ़ते हैं। आपकी सीमारेखा तय करते हैं।

आप विभिन्न दवाबों के बीच तादात्म्य बैठाकर जीने–गुज़र करने की राह तलाश लेते हैं। अन्दर से आप न खिलते हैं, न आपका सहज विकास होता है। अंकुरे, पर अनखिले रह जाने के बीच ही फैला है, जन्मने और मरने का दुनियावी व्यापार।

आज कृष्णमूर्ति को जानने–समझने आये लोगों के बीच विश्व थियोसॉफ़िकल सोसाइटी की अध्यक्षा श्रीमती राधा बर्नियर सम्बोधित करती हैं। वह कहती हैं कि हमारे चारों तरफ़ अनवरत जीवन संघर्ष है। अन्तरराष्ट्रीय, राष्ट्रीय, धार्मिक और व्यक्तिगत संघर्ष से हम जूझ रहे हैं। नैतिकता और अनेक स्वरूप दिखायी देते हैं। मानवता और मनुष्यता की हम ऊँची और लम्बी बातें करते हैं। आत्म–उत्थान, आत्म–प्रदर्शन, आत्म–मुग्धता, आत्म–सन्तोष एक तरह के जीवाणु हैं, जो व्यक्ति को रोगी बनाते हैं। सुन्दर मकान, उत्कृष्ट कार, बैंक बैलेंस, आकांक्षा, समृद्धि, ऐश्वर्य की इच्छाशक्ति में तनाव और द्वन्द्व

उपस्थित करते हैं। हम देखते हैं कि हमारे बाहर–आसपास क्या हो रहा है? कैसे हो रहा है? क्यों हो रहा है? पर इन चीज़ों के सम्बन्ध में नहीं सोचते।

अपनी मधुर पर ऊर्जाशील आवाज़ में वह कहती हैं कि हम संघर्ष से मुक्ति के लिए ईश्वर से प्रार्थना करते हैं। क्या स्वार्थ से स्व को मुक्त कराकर देखा जा सकता है? तटस्थ होकर, स्व–एषणाओं को आरोपित किये बग़ैर स्वयं को देखना क्या सम्भव है? क्या हम सहज–तटस्थ होकर देख सकते हैं कि इस क़ैदखाने का निर्माता कौन है? और इसे कैसे ख़त्म किया जा सकता है?

इस सवाल पर विचार–मन्थन के लिए विभिन्न समूहों में लोग बँटते हैं। विचार संचालन के लिए समूहों को संयोजित करते हैं। अनुभवी और मौलिक चिन्तक प्रो. पी. कृष्णा, बौद्धिक दार्शनिक रिनपोछे, श्रीमती पुपुल जयकर, राजेश दलाल, डॉ. सतीश ईनामदार और कृष्णनाथ जी।

इनमें से एक–एक व्यक्ति पर लिखा जा सकता है। इनकी विशेषता बखानने के लिए नहीं, बल्कि महज़ यह जानने के लिए कि आज इस अन्धदौड़ के बीच भी कितने जीवन्त, मौलिक, ऊर्जा–स्फूर्ति से भरे लोग हमारे बीच हैं। कृष्णनाथ जी जब–जब मिलते हैं, एक उत्फुल्लता–ऊर्जा और ताक़त मिलती है।

अर्थशास्त्र के गहरे ज्ञाता। पीएल 480 के तहत जब भारत, अमेरिकी सहायता ले रहा था। तब साठ के दशक में कृष्णनाथ जी ने बहुचर्चित पुस्तक लिखी थी, 'द कल्चरल इम्पेक्ट ऑफ़ फॉरेन एड।' भारत के इस सांस्कृतिक अधःपतन के बारे में उन्होंने तीन दशकों पूर्व लिखा, आज पग–पग पर उनकी मान्यताएँ देखी जा सकती हैं। जेपी–लोहिया के निकट सहयोगी रहे। यात्रा वृत्तान्त पर लिखी पुस्तकों से हिन्दी को समृद्ध करनेवाले। सांस्कृतिक–सामाजिक–दार्शनिक–आर्थिक–राजनीतिक सवालों पर बिल्कुल मौलिक ढंग से जीवन्त भाषा में सोचने–लिखने वाले। इतिहास से दरस–परस करने को आकुल। सत्ता की सीढ़ी में कहीं भी जा सकते थे। पर, बरसों जेल में रहे। पलामू के आदिवासियों में काम किया। भाषा के सवाल पर संघर्ष किया, पर सत्ता से दूर–दूर रहकर स्वैच्छिक ढंग से।

अब ऐसा चरित्र, प्रखरता, मर्यादित व्यक्तित्व और दृष्टि क्यों समाज से लुप्त हो रहे हैं? शाम में विश्वप्रसिद्ध श्रीमती एन. राजम का वायलिन वादन होता है। शास्त्रीय संगीत में सचमुच करुणा है। कोमल से कोमल भाव को झंकृत करने की ताक़त। वायलिन वादन के क्षेत्र में प्रो. कृष्णा, उठकर श्रीमती राजम से अनुरोध करते हैं। फिर वह वायलिन पर गाँधी का प्रिय भजन 'वैष्णव जन तो तैने कहिए' सुनाती हैं। कैसे पिछले 45 वर्षों में 'पराई पीर' जानने की उत्कण्ठा ख़त्म हो गयी?

कार्यक्रम के दूसरे दिन (20 नवम्बर) बौद्ध दार्शनिक और उद्‌भट विद्वान प्रो. रिनपोछे प्रभावकारी ढंग से सवाल उठाते हैं। मनुष्य के विचार और आचार में भिन्नता क्यों है? कथनी और करनी के बीच खाई के ज़िम्मेदार हम हैं या समाज? उनमें विलक्षणता है और अपनी बातों से सम्मोहित करने की ताक़त। बाद में विचार के लिए बैठे सारे समूह इन सवालों को मथते हैं।

दिन में 'शिक्षा' पर अनूठा सेमिनार होता है। इस पारम्परिक शिक्षा का चरम क्या है? क्या इस रूप में यह शिक्षा स्वीकार्य है? प्रो. पी. कृष्णा एक सवाल के जवाब में सवाल ही रखते हैं। हाल के वर्षों में दुनिया का सबसे शिक्षित देश कौन हुआ? कहाँ सबसे अधिक वैज्ञानिक–विद्वान–अन्वेषक पैदा हुए? जर्मनी में, उसी जर्मनी में जहाँ नाज़ी अत्याचार हुए। एशिया, अफ्रीका या लैटिन अमेरिका के कथित पिछड़े, क्रूर, अपढ़ देशों में नहीं। तो क्या मौजूदा शिक्षा और क्रूरता के बीच कोई रिश्ता है? शहरों के अमानवीय होने के पीछे क्या यही कारण है? यह सवाल इतना मौलिक और विचारोत्तेजक है कि इसे सहजता से टाला नहीं जा सकता।

21 नवम्बर, सुबह की बातचीत के दौरान शिक्षा पर मौलिक ढंग से सोचनेवाले राजेश दलाल मृत्यु की चर्चा करते हैं? क्या सगों की मृत्यु अन्दर से तोड़ती है या एक सीमा बाद सार्वजनिक पीड़ा का हिस्सा बनकर ऊर्जा देती है? जब बातचीत आगे बढ़ती है, तो कृष्णनाथ जी एक समूह के सामने सवाल रखते हैं। क्या जब आप पूर्ण स्वस्थ हैं, भौतिक सुख (अगर कुछ है) के शिखर पर हैं, तो क्या

मृत्यु आनन्ददायक (अगर है?) है, तो क्या मृत्यु की कल्पना की जा सकती है? क्या अनुभूति होगी?

इन सारे सवालों पर दार्शनिक कृष्णमूर्ति ने गहराई से सोचा है। उनके विचारों में सहजता है। प्रवाह है और वह एक दृष्टि देते हैं। चार दिनों के इस अनुभव के आगे गुज़रे लगभग 38 वर्षों का अनुभव कमज़ोर लगता है। पर, क्या यह अनुभव स्थायी हो सकता है? या जीवन के गोरखधन्धे में इसकी कोई अहमियत नहीं?

(1993)

श्री दर्शनम् की झलक

अहमदाबाद हवाई अड्डे पर सोम भाई तख़्ती लेकर खड़े थे। हमने समझा, स्वाध्याय आन्दोलन के समर्पित और पूर्णकालिक कार्यकर्ता होंगे। साथ में मशहूर लेखक महीप सिंह और उनकी पत्नी थे। सोम भाई ने सामान उठाने में मदद की। बड़ी वातानुकूलित गाड़ी में बैठाया। फिर ख़ुद गाड़ी चलाते हुए बताने लगे कि अमदाबाद की सुन्दर और चौड़ी सड़कों की सूरत कब और कैसे बदली? मन ही मन मुझे बिहार और बिहार की सड़कें याद आने लगीं।

एक बड़े घर के सामने उन्होंने गाड़ी रोकी। ख़ुद गेट खोला। तब तक लगा कि यह कोई गेस्ट हाउस है या स्वाध्याय आन्दोलन से जुड़ा कार्यालय। उन्होंने हमारा सामान उतारा और आधुनिक ड्राइंग रूम में रखा। घर में कोई नहीं था। लगा सोम भाई इस गेस्ट हाउस के केयरटेकर होंगे, कुछ ही समय बाद एक महिला आयी। सोम भाई ने उनका परिचय अपनी पत्नी के रूप में कराया। तब लगा कि हम सोम भाई के अतिथि हैं। उनके घर में हैं। फिर सोम भाई की लड़की आयी। उसने सुनाया कि आज दादा (पाण्डुरंग आठवाले शास्त्री, स्वाध्याय आन्दोलन के प्रणेता, वय 80 वर्ष के आसपास) अमदाबाद में थे। फिर उनके लोग आये, जो दादा को सुनने गये थे। दीपक भाई, वग़ैरह। युवा डॉक्टरनी आकांक्षा जडेजा। कुछेक और पास–पड़ोस की लड़कियाँ–औरतें।

पता चला कि इन सबके आने का मक़सद हमारा सत्कार था। हम स्वाध्याय के अतिथि थे। वे सब स्वाध्याय से जुड़े लोग परिवार के साथ आये। बाजरे की रोटी लेकर। दूसरे लोगों से यह जान कर

झटका लगा कि सोम भाई की 10–11 छोटी–बड़ी फैक्टरियाँ हैं। पाँच–छह सौ लोग उनकी कम्पनियों में काम करते हैं। उनकी विनम्रता व्यवहार और आचरण ने कहीं अहसास नहीं होने दिया कि वह पैसे वाले हैं। बार–बार अटक जाता हूँ कि 20वीं शताब्दी के इस उत्तरार्द्ध में पैसे ने कैसे संस्कार बिगाड़ दिये हैं। उत्तर प्रदेश–बिहार में सोम भाई की हैसियत का कोई इनसान अतिथियों का सामान उठाये। घर का गेट खोले। घर पर नौकर–चाकर–सुरक्षाकर्मियों की फ़ौज न रखे और अहसास कराये कि वह किसी गेस्ट हाउस का केयरटेकर है। मामूली इनसान है। बिहार से गये मानस के लिए यह झटका था।

इस बदलाव या व्यक्तित्व के पीछे का राज बताया, मनहर भाई ने। स्वाध्याय आन्दोलन ने परिवार गढ़े हैं। उपभोक्तावादी दुनिया में इनसानी सरोकारों–मानवीय संवेदना की जड़ों में पानी डालने का काम किया है। जब आधुनिक सभ्यता अलगाव को बढ़ावा दे रही है। बाप–बेटे, पत्नी व पति, माँ–बाप अपनी–अपनी दुनिया में अकेले खो रहे हैं। तब स्वाध्याय आन्दोलन एक बड़ा परिवार गढ़ रहा है। सूखती मानवीय संवेदनाओं के लिए खाद का काम कर रहा है।

मनहर भाई ने स्वाध्याय से मेरा पहला परिचय कराया। स्वाध्याय के पास आज तक़रीबन तीन लाख समर्पित कार्यकर्ता हैं। जो निश्चित दिन गाँवों में जाते हैं। यह क्रम वर्षों–वर्षों से चल रहा है। इसमें हर पेशे के पहुँचे लोग हैं। डॉक्टर, इंजीनियर, अफ़सर और मामूली इनसान आदिवासियों–दलितों–अछूतों और ग़रीबों के बीच दशकों–दशकों से स्वाध्यायी बनकर काम करने जाते हैं। अपना खाना लेकर। कोई काम लेकर नहीं। उपदेश देने नहीं। आपसी समझ–सद्भाव और इनसानी रिश्ता बनाने। एक दूसरे का दुख–दर्द बाँटने। जिस स्वाध्यायी का लोगों के बीच जाने का दिन तय है, वह जायेगा। नौकरी छोड़कर, व्यवसाय छोड़कर, अपने घर की शादी या अरजेंसी छोड़कर। यह सामाजिक अनुशासन है, पर प्रचार–प्रसार से दूर। लाखों–हज़ारों की भीड़, पर कहीं ज़िन्दाबाद–मुर्दाबाद या शोर नहीं। एक स्व अनुशासन अन्दर तक हिला देने वाली गरिमा और मर्यादा के साथ।

महीप सिंह, स्वाध्याय आन्दोलन से वाक़िफ़ हैं। वह मुझे बताते हैं। मेरे लिए पहला दरस–परस या अनुभव है, मेरे मानस पर प्रहार जैसा!

इसी बीच एक भाई बताते हैं। स्वाध्याय के पीछे मूल प्रेरणा कौन है? शुरुआत कब हुई? मक़सद क्या है? ऐसे अनेक सवाल मन में उठते हैं, पर देर रात हो गयी है। ख़ूब सुबह उठना भी है। स्वाध्याय का नया अध्याय देखने–जानने।

सोने की कोशिश करता हूँ, पर दिमाग़ में तूफ़ान है। महानगरों में परिवार, सम्बन्ध सब टूट रहे हैं। अकेलापन बढ़ रहा है। ग्लोबल दुनिया में आत्मकेंद्रित इनसान पैदा हो रहा है। उदारीकरण–बाज़ार व्यवस्था ने सब कुछ पैसा प्रधान कर दिया है। भौतिक सुख ही सब कुछ हो गया है।

ऐसे दौर में, वह भी अमदाबाद में स्वाध्याय का यह चमत्कार, स्वाध्याय का पूरा वृत्तान्त न भी जानूँ, तो क्या इतना जानना पूरा नहीं है?

सोम भाई की दस्तक से नींद खुलती हैं। वह चाय लेकर खड़े हैं। संकोच होता है, पर उनके अतिथि सत्कार से 'स्वाध्याय' की झलक मिलती है।

स्वाध्यायों से हुई बातचीत से समझ पाया हूँ कि यह कोई पन्थ नहीं, दर्शन नहीं, शास्त्र नहीं, विचारधारा नहीं, जीवन जीने का व्याकरण है। संस्कारों को माँजने की पद्धति है। बड़ा, छोटा, अहं, ऊँच–नीच को तराशने का औज़ार है। विनम्रता, सादगी और प्रभु की दुनिया में सबके समान होने का भाव पैदा करने वाला है। यह हर इनसान को अन्दर (आत्मा–मन जो भी कहें) से दरस–परस कराने का मंच है। जीवन कला है। समाज के सबसे तजे हुए या परित्यक्त लोगों के अन्दर आशा और आत्मविश्वास जगाने वाला है। स्वाध्यायी होने से मन बदलता है। अन्दरूनी ताक़त यानी आत्मबल बढ़ता है। यह बदलाव बाहरी तत्वों या आर्थिक–सामाजिक कारणों से घटित नहीं होता। यह सरकारी या स्वैच्छिक संस्थाओं के अनुदान–राहत का प्रतिफल नहीं है। यह सोच बदलने का मंच है। अपनी ताक़त और क्षमता का अहसास कराने की कला। अपने को कमज़ोर,

असहाय और अकेला मानने के बोध से निकलने की विधा 'प्रेरित करने वाला'।

बाद में विनम्रता की प्रतिमूर्ति, वरिष्ठ समाज वैज्ञानिक तथा इतिहासविद् एवं ऑक्सफोर्ड यूनिवर्सिटी में प्राध्यापक रहे प्रो. गोपाल कृष्ण कहते हैं। स्वाध्याय, प्रवाह है, आत्मशक्ति है। 'सेंटर फॉर द स्टडी ऑफ़ डेवलपिंग सोसायटीज़' के संस्थापक व जयप्रकाश जी के घनिष्ठ सहयोगी रहे प्रो. गोपाल कृष्ण एक उद्धरण सुनाते हैं, दादा का। हम धनवानों और निर्धनों के बीच की खाई को पाटने का प्रयत्न कर रहे हैं। हम स्त्रियों को उनकी शक्ति के प्रति सजग बना रहे हैं। उनमें आत्मचेतना भर रहे हैं, किन्तु हम स्त्री उद्धारक नहीं हैं। हम शिक्षा व्यवस्था में सुधार और परिवर्तन लाना चाहते हैं और इस उद्देश्य से पाठशालाएँ चला रहे हैं, किन्तु हम शिक्षाविद् नहीं हैं। हम धार्मिक रूढ़िवाद को प्रोत्साहन नहीं देते। सक्रिय राजनीति में हमारी रुचि नहीं है। हम दलितों को ईश्वर की सन्तान मानते हैं और उनके कल्याण के निमित्त कार्य करते हैं, किन्तु हम सामाजिक कार्यकर्ता नहीं हैं। स्वाध्याय परिवार प्राचीन मनीषियों की दैवीय शिक्षाओं के अनुसार कार्य करता है।

फिर भी साथी कहते हैं कि 'स्वयं पूछ परछ' (सेल्फ कन्फट्रेशन) के आधार पर स्वाध्याय को परखें। 'चिले चालू' (परम्परा) से नहीं। अपनी बुद्धि प्रामाणिक मान कर। इसी के तहत स्वाध्याय का एक काम 'श्री दर्शनम्' देखने हम जाते हैं। स्वाध्याय के विभिन्न प्रकल्प–प्रयोग हैं। मसलन, योगेश्वर कृषि, श्री दर्शनम्, वृक्ष मन्दिर, घर मन्दिर, लोकनाथ अमृतालयम, मत्स्यगन्धा, माधव वृन्द, पतंजलि चिकित्सालय, भूगर्भ जल संचय, निर्मल नीर, हीरा मन्दिर, गोरस वग़ैरह।

काम करने की विशिष्ट रीति है। इनके बड़े चुनिन्दे और सारगर्भित नाम हैं। हर नाम में एक परम्परा बोध और भाव निहित है। भावफेरी, तीर्थयात्री, एकादशी, भक्तिफेरी, कृतज्ञता जैसे नाम खींचते हैं। ये स्वाध्याय के प्रवाह को दूर–दूर तक फैलाव के उपकरण हैं। कार्यक्रम हैं। कृतज्ञता बोध, वह भी इस उपभोक्तावादी दौर में! एक देहाती स्वाध्यायी से पूछ बैठता हूँ। उसका उत्तर जड़ बना देता है। वह कहता

है–'इस संसार' में हम दूसरों की कृतज्ञता से ठहरे हैं। माँ–बाप का उपकार है। माँ–बाप से आगे जो हमारा ख़ून बना रहा हैं, स्मृति दे रहा है, उस भगवान के प्रति। कुछ भी खायें, एक ही लाल रंग का ख़ून कैसे बनता है? यह ख़ून बनाने वाला कौन है? क्या इसके प्रति हमारी कृतज्ञता नहीं है?

एक मामूली देहाती स्वाध्यायी की यह असाधारण बात, मेरे शहरी मानस (जो कृतघ्न है) पर चोट थी। आज कहाँ हम किसी के प्रति कृतज्ञ या वफ़ादार रह गये हैं? व्यापक सन्दर्भ में ऋण चुकाने का प्रतिदान कहाँ है? धरती, प्रकृति, मानवीय रिश्तों और समाज से सिर्फ़ लेने, नोचने और लूटने वाला शहरी मानस, 'स्वाध्याय' का यह मर्म शायद ही समझे। यह भारतीय परम्परा, मनीषा और ऋषियों के उदात्त सोच का प्रतिफल है 'वसुधैव कुटुम्बकम' के मानस की देन है।

'श्री दर्शनम्' या 'योगेश्वर कृषि' का मूलमन्त्र–ध्येय लोगों के सामाजिक, आर्थिक और आध्यात्मिक स्तर को ऊपर उठाना है। आपस में एकता, सामूहिकता और आत्मीयता पैदा करना है। जिस एक गाँव में 'स्वाध्यायी' लोगों की संख्या 60 फ़ीसदी से अधिक हो जाती है, वहाँ 'योगेश्वर कृषि' का प्रयोग होता है। योगेश्वर खेती यानी योगेश्वर भगवान कृष्ण को अर्पित। गाँव की डेढ़ या दो एकड़ ज़मीन में यह प्रयोग आकार लेता है। योगेश्वर की कृषि है, जहाँ न कोई मालिक है, न मज़दूर इसलिए स्वाध्यायी श्रमभक्ति के लिए हमेशा उपस्थित रहते हैं।

जब स्वाध्यायी यहाँ काम करने (श्रमभक्ति अर्पित करने) आते हैं, तो वे पुजारी कहलाते हैं। इसी तरह 16–20 गाँवों में स्वाध्यायी बढ़ते हैं, तो 'श्री दर्शनम्' का प्रयोग शुरू होता है। यह प्रयोग देखने के बाद गाँधी का 'ट्रस्टीशिप' और विनोबा का 'सर्वोदय' वायवीय नहीं लगते। सवाल सिर्फ़ मन बदलने का है।

'कनिपुर' में 'श्री दर्शनम्' के अतीत–नींव की चर्चा होती है। हेमराज भाई बताते हैं। उनका परिचय देते हैं, राजीव वोरा (जिनके निमन्त्रण और सतत् प्रयास से यह अध्ययन दल आया है)। राजीव भाई के शब्दों में हेमराज भाई, दादाजी के 'पंच प्यारों' में से एक हैं। स्वाध्याय के बड़े भाइयों में। 20 वर्ष की उम्र से दादाजी के सान्निध्य

में आये। 17–19 लोगों की जो आरम्भिक टीम बनी, उनमें से एक 'क्राफर्ड बेली' के मालिक हैं। इस उम्र में भी हर शनिवार–रविवार को मुम्बई से निकलकर सौराष्ट्र के स्वाध्यायी गाँवों में काम करने जाते हैं, दूर–देहात में। सुविधाओं से असुविधाओं के बीच। अपने बारे में कुछ भी बताने–कहने में संकोच करते हैं। आग्रह के बाद बताते हैं। 1958 में पहली बार यहाँ 'भक्तिफेरी' शुरू की। दूसरे आम चुनाव के एक वर्ष बाद। तीन–चार मील पैदल चलकर आते हैं। लोग पूछते कि आप अगले चुनाव के लिए आये हैं। 'नोट, वोट, लोट (आटा)' की बात उठती। हम पेड़ के नीचे ठहरते। नदी से पानी लाते। ईंट से चूल्हा बनाते। अपना खाना पकाते। फिर गाँव वाले कटु सवाल पूछते। तब न हमारे पास स्वाध्याय की कोई पत्रिका थी। न पुस्तक। हम सिर्फ़ अपने को स्वाध्यायी बताते।

गाँव वाले कहते कि आप जैसे कौन हैं, ये कहते, तू भगवान का लड़का है, वे भी हैं। उदाहरण देते कि जैसे बड़े मेले में माँ के साथ मेला गये छोटे लड़के का हाथ छूट जाये, वह भीड़ में खो जाये। वही स्थिति है। क्या इन खोये हुए 'भाइयों' के प्रति हमारा कोई दायित्व नहीं है? वह याद करते हैं, 1954 से 1970 तक हम लगे रहे। अपना समय–पैसा लगाते रहे, तब लोगों ने महसूस किया कि हमारे स्वार्थ नहीं हैं। पाँच–छह साल बाद दो गाँव वाले तैयार हुए कि हम आपके साथ भक्तिफेरी में जा सकते हैं।

वे आये। खेसर (मिरजई) और पगड़ी पहने। सुबह चार बजे उठकर भजन गाते। ऐसे लोगों के साथ कई रातें गुज़ारनी पड़ीं। हमारी जीवन पद्धति अलग थी। ऐसे लोगों से हमने सीखा। लोक मापदण्ड पर जब हम खरे उतरे, तब लोगों ने हमें पहचाना। लोक परीक्षा में धैर्य और मान्यताओं के प्रति प्रतिबद्धता ही बल देते हैं।

'श्री दर्शनम्' या 'योगेश्वर कृषि' के लिए पब्लिक चैरिटेबल ट्रस्ट के माध्यम से ज़मीन लीज पर ली जाती या ख़रीदी जाती है। 'योगेश्वर कृषि' या 'श्री दर्शनम्' की आय का एक तिहाई हिस्सा अलग किया जाता है। उन स्वाध्यायी भाइयों के लिए, जो ग़रीब हैं। उन्हें बग़ैर अहसास कराये 'प्रसाद' के रूप में मदद दी जाती है। यह काम

गोपनीय ढंग से होता है। प्रसाद (मदद) पाने वाला कौन है, इसकी जानकारी पड़ोसी को भी नहीं होती। स्वाध्याय दर्शन मानता है कि प्रसाद (मदद) स्वीकारते समय मदद पाने वाले लोगों में असहाय बोध या हीन भावना पैदा न हो। 'प्रसाद' किसे मिले, इसका फ़ैसला गाँव के पाँच बड़े स्वाध्यायी भाई करते हैं, जिसकी सूचना किसी को नहीं होती। उत्पाद का शेष दो–तिहाई एक कोष में जमा होता है।

इस कोष से ज़रूरतमन्द को मदद दी जायेगी। इसके लिए लिखा–पढ़ी या कागज़ात तैयार नहीं किये जाते। क़र्ज़ ली गयी राशि पर न तो किसी तरह का सूद देना पड़ता है और न वापसी का समय तय होता है। कोष से मदद लेने वाले पर निर्भर है कि वह उस राशि को कब और कितना लौटाता है, बग़ैर हीन बनाये या छोटा किये, मदद देने का यह दर्शन कितना गहरा है, यह 'वित्त युग' या 'भौतिक युग' का मानस शायद ही समझ पाये। दाता, दानी का रिश्ता नहीं सब कुछ ईमान और अन्तःप्रेरणा पर इन प्रयोगों का असर मानवीय रिश्तों पर पड़ा है।

कनिपुर के राम भाई कहते हैं–'पूज्य दादाजी के विचार ने मेरे पारिवारिक जीवन को बदल दिया।' राम भाई की पत्नी क़द–काठी में काफ़ी छोटी हैं। राम भाई, पत्नी को पसन्द नहीं करते थे। हर समय झंझट। पारिवारिक कलह पर स्वाध्यायी लोगों ने कहा कि क्या मैं अपनी माँ को बदल या छोड़ सकता हूँ। क्या मैं यह कह सकता हूँ कि मेरी बहन से मेरा बहनापा नहीं है, जिस तरह माँ मुझे मिली है, वह मेरी है। बहन मेरी सहोदर है, इसलिए वह मेरी है। उसी तरह जो पत्नी है और यह ईश्वर द्वारा तय है। फिर मैं उसे कैसे छोड़ सकता हूँ? राम भाई की पत्नी भी बैठी हैं। वह इन बातों का तस्दीक़ करती हैं।

यह विचार–बोध 'तलाक़' और 'तनाव' के दौर में लोग समझेंगे? सिर्फ़ राम भाई ही नहीं, अनेक स्वाध्यायी हैं, जो बेहिचक अपने जीवन में आये बदलावों का बखान करते हैं। मन–विचार बदलने का यह आन्दोलन है। इसकी मूल धारा–मर्म यह है। प्रयोग तो माध्यम है।

सास–बहू, देवरानी–जेठानी के झगड़ों की चर्चा उठती है। मालती बेन खड़ी होती हैं। निर्भय हो बताती हैं, 'पहले मेरी सास मुझे बहुत

सताती थीं। गाहे–बगाहे मैं पीटी जाती थी।' पहले मैं सहती रही। बाद में मैं झगड़ने लगी। हाथापाई भी करती थी। पूरा गाँव हमारे झगड़े का तमाशा देखता। पर, जब हम स्वाध्याय की दुनिया में गये। त्रिकाल संख्या (एकादशी व्रत, श्रमभक्ति) शुरू किया। हमारे झगड़े स्वतः खत्म हो गये। मालती बेन की सास कानु बाई वहीं बैठी थीं। उन्होंने हँसते हुए यह सब स्वीकार किया। अनेक बहनें कहती हैं। इस प्रवाह से जुड़ते ही उनके सोचने–समझने पर फ़र्क़ पड़ा। अब सास में माँ रूप मिलता है। देवरानी–बहूरानी में बहनापा है। एक गाँव की महिला कहती है, 'इस आन्दोलन से समझ में आया कि दिया हुआ प्रेम या दी हुई कृतज्ञता, जो नहीं लौटाता, वह मनुष्य नहीं है।'

राजीव भाई कहते हैं, 'वे ऑफ़ लिविंग' (रहने–जीने का तौर–तरीक़ा), 'वे ऑफ़ थिंकिंग' (सोचने–समझने का तौर–तरीक़ा), 'वे ऑफ़ वर्शिप' (पूजा–पाठ) में इस आन्दोलन से जुड़ते ही फ़र्क़ पड़ता है। पहले मन्दिर में दलित नहीं जाते थे। सात साल पहले कुएँ से पानी नहीं भरने देते थे। अब 'दलित' स्वाध्यायी 'पुजारी' बनकर साथ रहते हैं। साथ कुएँ पर पानी पीते हैं। पूजा करते हैं। रहन–सहन सबमें एका, कोई फ़र्क़ नहीं कर सकता कि कौन दलित है, कौन ग़ैर दलित? जो काम भारत का संविधान, क़ानून, राजनीतिक दल, संसद, विधानमण्डलों की गरमा–गरम बहस से नहीं हो सका, उसे चुपचाप स्वाध्याय ने साकार किया है।

एक जिज्ञासु पूछते हैं, 'सिर्फ़ लड़कियाँ पैदा होने से, क्या स्वाध्यायी महिलाएँ परेशान नहीं होतीं?' एक अपढ़ औरत का जवाब सुनकर हम दंग रह जाते हैं, 'अब दुख नहीं लगता कि बेटी हुई, तो घाटा हुआ। लड़का तो एक ही घर बसाता है, लड़की दो घर बसाती है। माँ–बाप और ससुराल दोनों आबाद करती है। लड़की ठीक होती है, तो दामाद को बेटा बना देती है।'

एक स्वाध्यायी सुनाते हैं। औरंगाबाद से एक मुसलमान भाई स्वाध्याय फेरी में हमारे घर आये। तीन दिनों तक घर में रहे। हम उनके यहाँ गये थे, तो सात दिन रहे। घर में भाई–भाई की तरह। हम कहीं से अलग नहीं लगते थे। एक स्वाध्यायी एक गाँव के तबाह

होने की चर्चा करते हैं। गुज़रे मानसून में जम कर बरसात हुई। मिट्टी के घर गिर गये। सामान दब गया। आसपास के स्वाध्यायी निकल आये। लोगों के लिए खाना लाये, सामान निकाला। बर्बाद घरों को आबाद रखने का बोध।

लोगों की दीनता, लाचारी और हीनता को स्वाध्याय ने ख़त्म किया है। प्रशासन, राजनीति और आज़ादी के बाद की सरकारों ने, परनिर्भरता सिखाया। परनिर्भरता, परतन्त्रता का रूप है। स्वाध्याय ने अन्दर निहित ऊर्जा–ताक़त को प्रज्वलित किया। अब स्वाध्यायी, नेताओं या प्रशासन के सामने गिड़गिड़ाते नहीं, पहले पंचायत चुनावों में एक गाँव, दो गाँवों में बदल जाता था। हर घर में अखाड़ा होता था। स्वाध्याय के बाद चुनाव नहीं, चयन होता है। स्वाध्याय से प्रेरित पंचों का काम बेहतर होता है।

स्वाध्याय का असर पड़ा, सफ़ाई पर। अद्‌भुत ढंग से घरों–जीवन में सफ़ाई। बिना कहे स्वाध्याय के असर से लोगों ने शराब छोड़ी। पहले स्वाध्यायी गाँवों में तक़रीबन 25 फ़ीसदी ऐसे लोग थे, जो ख़ुद पैदा नहीं करते थे। अब सब खेतों में खटते हैं। एक अन्य स्वाध्यायी बताते हैं। सौराष्ट्र में कुआँ रीचार्ज का काम स्वाध्याय ने किया। सौराष्ट्र विश्वविद्यालय के अर्थशास्त्र विभाग के हेड खक्खर के अनुसार इससे इलाक़े की वार्षिक आय 390 करोड़ रुपये बढ़ी।

मेरे मन में पुराना द्वन्द्व उभरता है। आर्थिक प्रगति के लिए, पहले मन बदलना ज़रूरी है। दर्शन या विचारों का आर्थिक प्रगति में बड़ी भूमिका है, पर आज विद्वान इसे नहीं मानते। हालाँकि मानते हैं कि धनार्जन इसका मक़सद नहीं है। अपराध और जातिगत झगड़े ख़त्म हुए हैं। महिलाओं में बदलाव आया है। अब वे घरों की चहारदीवारी से निकलकर सार्वजनिक बैठकों में जाती हैं। चुनाव में दलाल पैसे लेकर स्वाध्यायी गाँवों में वोट नहीं खरीदते। ये सारे परिवर्तन असाधारण हैं। दादा के एक उद्धृत वाक्य का अर्थ यह पूरा दृश्य देखने के बाद कुछ–कुछ समझने लगा हूँ।

यह बौद्धिक लड़ाई है। वैचारिक लड़ाई है। हृदय–हृदय की लड़ाई है। प्रभु कार्य करना तथा नया इतिहास सर्जन करना आलसी,

कायर और चमड़ी बचाने वालों का काम नहीं है। सच्चे शूरवीरों और भक्तों का काम है।

स्वाध्याय अध्ययन का पहला पड़ाव है, 'श्री दर्शनम्' से दरस–परस कनिपुर में।

अमदाबाद से लगभग 60 किमी दूर देहात में सुबह हम निकल गये हैं। अमेरिका से आये स्वाध्यायी, भारत के विभिन्न हिस्सों से आये लोगों की टीम, सब साथ हैं। उदात्त विचारों के आन्दोलन या सात्विक सपने अपरिचय की दूरी तुरन्त ख़त्म करते हैं, स्वाभाविक रूप में। लगता है कि हम बरसों से एक–दूसरे को जानते हैं।

एक स्वाध्यायी साथी कहते हैं, श्री यानी वैभव, दर्शनम् यानी देखना। हम वैभव देखने चल रहे हैं। पर सच्चा वैभव। यह वैभव है, सम्बन्ध, आत्मीयता और रिश्तों के समृद्ध संसार का। गाँधीवादी दर्शन और स्वाध्याय के गहरे जानकार राजीव वोरा (जिनके निमन्त्रण पर हम आये हैं) कहते हैं, तत्त्व मसी यानी तुम भी हो, जो मैं हूँ। स्व का विस्तार। आत्मीयता का फैलाव। मुझे बातें कुछ एब्सट्रैक्ट लगती हैं। वायावी। पर देखने के पहले।

'श्री दर्शनम्' 15–20 गाँवों का संयुक्त 'कृषि प्रयोग' है। जिन गाँवों में 70 फ़ीसदी से अधिक स्वाध्यायी हो जाते हैं, वहाँ श्री दर्शनम् का प्रयोग शुरू होता है। 'योगेश्वर कृषि' का प्रयोग एक गाँव तक सीमित है। 'श्री दर्शनम्' के लगभग 19 प्रयोग चल रहे हैं और योगेश्वर कृषि के लगभग 3500। 'योगेश्वर कृषि' का फैलाव दो से पाँच एकड़ ज़मीन तक सीमित होता है। श्री दर्शनम् 15 से 20 एकड़ के बीच कनिपुर का 'श्री दर्शनम्' 14 एकड़ में फैला है। 20 गाँवों का यह सामूहिक प्रयास है। यहाँ तीन दिनों तक काम करने के लिए तीन गाँवों से क्रमवार एक–एक समूह आता है, तीन–तीन लोगों का यानी तीन गाँवों से नौ लोगों का। बाक़ी के 17 गाँवों से एक–एक आदमी यानी कुल 9+17=26 लोग यहाँ रोज़ रहते हैं। अपना खाना लेकर आते हैं। ये पुजारी कहलाते हैं। ज़मीन ट्रस्ट द्वारा नियन्त्रित होती है। ये 26 लोग न मज़दूर होते हैं, न किसान। पूजा भाव से आते हैं। यहाँ का उत्पाद या पैदा हुई लक्ष्मी अपौरुषेय है। पूजा भक्ति के भाव से पैदा हुई। सामूहिक नियन्त्रणवाली।

30 दिनों तक व्यक्ति अपनी खेती करता है, पर स्वाध्यायी इस बीच से एक दिन 'श्री दर्शनम्' में खेती के लिए अर्पित करता है। एक ही संकुल के 20 गाँवों का स्वाध्यायी परिवार 'श्री दर्शनम्' को चलाता है। यहाँ से उत्पादित सम्पदा भी पूरे समूह की होती है। इस अपौरुषेय धन का इस्तेमाल उन लोगों की मदद के लिए होता है, जो नितान्त ज़रूरतमन्द हैं। बिना ऐसे लोगों के माँगे, लौटाने की प्रत्याशा में नहीं। यह मदद क्या साहूकारी, बैंकिंग, क़र्ज़ का मानस समझेगा? जहाँ मुनष्य के गौरव को खण्डित किये बिना, मदद नहीं मिलती। लौटाने या चुकता करने की बाध्यता के बिना। न कोई दाता है और न क़र्ज़दार। फिर भी यह मदद धर्मार्थ या अनुदान नहीं है। पूरे समूह के श्रम का प्रतिफल यानी निजी सम्पत्ति समाज में रहे, पर साथ–साथ सामूहिक दृष्टि से एक भी व्यक्ति दीन–हीन न रहे। पौरुषेय लक्ष्मी, वैभव का दूसरा दर्शन है। सच्चा दर्शन, लक्ष्मी का दूसरा रूप। इसमें लक्ष्मी आने के साथ दूषण नहीं आता। पैसे के साथ प्रमाद नहीं व्यसन नहीं। अतः लक्ष्मी की साधना और चरित्र की साधना दोनों के लिए श्री दर्शनम्।

यह एक अनूठा प्रयोग है। इस प्रयोग का मक़सद है, आदमी–आदमी से जुड़े। अकेला न पड़े। अलगाव के अनेक कारण हैं। एकता के भी वैसे ही अनेक कारण हैं। कनिपुर का एक स्वाध्यायी कहता है, जो भगवान हमारे अन्दर लहू संचालित करता है, वही दूसरे में, इसलिए दादा ने हमें पहला पाठ पढ़ाया 'भाईपन' का। हम सब एक ही पिता की सन्तान हैं। पिता एक जैसा सबको प्यार करता है। महत्त्व की बात है कि हम किस सम्बन्ध से आगे बढ़ना चाहते हैं? क्या शोषक–शोषित या कॉमरेडशिप से? दादा का मशहूर जुमला है, 'वी ऑल आर डिवाइन ब्रदर्स अंडर फ़ादरहुड ऑफ़ गॉड' (हम सब भाई एक ही ईश्वर की सन्तान हैं)। अस्पृश्य की नयी परिभाषा करते हैं, दादा। अस्पृश्य वह, जिसमें ईश्वर नहीं है, इसलिए महत्त्वपूर्ण यह है कि पहले मानव सन्बन्ध तय हो। इससे स्वतः एक आर्थिक ढाँचा–आर्थिक समाज उभरेगा। दादा ने कहा कि हम एक ही ईश्वर की सन्तान हैं। जब हम एक हैं, तो अलगाव या डर कैसा? जहाँ समानता होती है। वहाँ प्रगति होती है। 'सरीखापन' (समानता)

से आत्मसम्मान और आत्म गरिमा बढ़ती है। इस मानवीय रिश्ते से जो अर्थतन्त्र उभरेगा, वह स्थायी होगा।

एक स्वाध्यायी सैद्धान्तिक चर्चा उठाते हैं। कहते हैं, अब तक होता यह रहा है कि हम तय कर लेते हैं कि हमें पूँजीवादी या साम्यवादी समाज गढ़ना है, फिर उस ढाँचे को समाज पर थोपते–लादते हैं। यह उल्टा काम है। सरकार तय करती है कि 'अर्थव्यवस्था' कैसी (इकोनॉमी) हो फिर उसी अप्रोच के तहत बताया जाता है कि लोग कैसे रहें–विकास करें? यह असहज–कृत्रिम और उल्टा है।

इन प्रयोगों के पीछे एक सोच है। खण्डित होते समाज में लोगों को एक साथ लाना। कई परिवार इन जगहों पर काम करते हैं। दो–तीन रात साथ ठहरते हैं। दुख–दर्द बाँटते हैं। एक–दूसरे के क़रीब आते हैं। 20 गाँवों के लोगों में आपसी सम्बन्ध बनते हैं। कई ऐसे गाँव थे, जिनमें आपस की दुश्मनी थी। इस प्रयोग से वह बैर–भाव ख़त्म होता है। दशहरा–दीवाली पर इन गाँवों के लोग विशेष तौर से एक–दूसरे स्वाध्यायी साथी के घर आते–जाते हैं। क़ानून अदालत से लोग बचते हैं। गाँधी जी ने ग्राम स्वराज्य की सेहत की पहचान के लिए एक फ़ॉर्मूला दिया था। जहाँ आपसी झगड़े–मुक़दमे कम हों। स्वाध्याय को इस दिशा में सफलता मिली है। यह देखकर मुझे बिहार के ज़हानाबाद–औरंगाबाद–डालटनगंज वग़ैरह याद आते हैं। क्या यह भूमि इतनी बंजर–अनुर्वर हो गयी है कि यहाँ प्रयोग ठहर गये हैं। कुछ नया घटित नहीं हो रहा। अवसाद में डूबता हूँ।

डॉ. गोपालकृष्ण, यह जानकर कि बिहार से हूँ, बड़ी आत्मीयता से पूछताछ करते हैं। जेपी के क़रीबी रहे हैं। काफ़ी समय बिहार में गुज़ारा है। कहते हैं कि गुजरात, महाराष्ट्र में सामाजिक मूल्य–संस्कार हैं। बँटवारा कम है। सामुदायिक बोध अधिक है, इसलिए जाति विभाजन या राजनीति विभाजन की धारा, समाज में नीचे नहीं पहुँचती। समाज बँटता नहीं टूटता नहीं। उत्तर प्रदेश और बिहार का समाज पहले से खण्डित है टूटा है।

(1999)

कर्म का प्रतिफल!

कृष्ण के अलग–अलग रूप, अलग–अलग लोगों की पसन्द हैं। कोई यशोदा के आँगन के बालकृष्ण में मगन है, तो कोई कुरुक्षेत्र में 'गीता' के भाष्यकार में। कोई रासबिहारी श्रीकृष्ण में डूबा है, तो कोई यमुना तट की लीलाओं में। किसी को वृन्दावन में आनन्द है, तो कोई मथुरा से जुड़ा है। द्वारका अलग बुलाती है। द्वारका में ही वह जगह है, जहाँ से कृष्ण, इस धरती से विदा हुए।

साध थी, आज के माहौल में वह जगह देखूँ, जहाँ से श्रीकृष्ण ने महाप्रयाण किया। ईश्वर या महामानव के अन्तिम पहर की धरती। एक बड़े सन्त ने कहा, 'महापुरुषों की पुण्यतिथि मनाते हैं।' बड़े सन्तों के जन्मस्थान पर कम, समाधिस्थल पर ज़्यादा भीड़ उमड़ती है। इस अर्थ में कृष्ण की जन्मतिथि दुखदायी है। वह कारागार में जन्मे। कृष्ण का देह छोड़ना भी दुखदायी है। राम ने भी सरयू में खड़े होकर संसार से विदा ली, तो कृष्ण ने हिरण्य नदी के किनारे, पीपल के पेड़ के नीचे लेटकर।

वहीं व्याध ने तीर चलाया, जो कृष्ण के तलवे में लगा। जब व्याध कृष्ण के पास पहुँचा, तो वह भयभीत हुआ। यह हमने क्या किया! कृष्ण कहते हैं, 'मा भयः व्याधे (भय मत करो व्याध)।' व्याध देखता है, बाण का ज़हर फैल रहा है। वह भगवान को देखकर काँपता है। युगपुरुष अधलेटे हैं। उनकी महिमा वह जानता है। पर वह कहते हैं, 'डरो मत, यही काल की नियति है।' राम और कृष्ण दोनों का विदा होना दुखमय माना जाता है। दोनों भगवान माने गये और ईश्वर या सर्वशक्तिमान की पुण्यतिथि नहीं मनती।

उसी पीपल पेड़ के नीचे खड़ा था, जहाँ कई हज़ार साल पहले श्रीकृष्ण ने अपने वंश का पराभव देखकर देह त्यागी। वही चमत्कारी पुरुष, 'गीता' का उपदेश देनेवाले, पर काल–नियति के प्रावधानों से बँधे। इस धरती पर खड़े–खड़े अहसास हुआ, सृष्टि संचालन के भी सूत्र हैं। नियम हैं। उससे महापुरुष या ईश्वर भी बँधे हैं।

संसार अगर सृष्टि के विधि–विधानों से भटकता है, तो काल या समय की अपनी नियति है। पुराने एक पत्थर पर यहाँ दर्ज है कि कृष्ण को भल्ल (बाण) से मारा। इसीलिए इस स्थान को भल्ल (भालका) तीर्थ कहते हैं। प्राचीन–पावन तीर्थ वेरावल से प्रभाष जाने के रास्ते में यह स्थित है। हिरण्य नदी के किनारे। यह भी लिखा है–'गोलोक धाम तीर्थ महाभारत, श्रीमद्भागवत, विष्णु पुराण, ईसा पूर्व 3102, चैत्र, शुक्ल पक्ष, प्रतिपदा के दिन, शुक्रवार (अंग्रेज़ी तिथि, 18 फ़रवरी) को दोपहर दो बजकर 27 मिनट, तीस सेकेंड पर हिरण्य नदी तट से योगधारण द्वारा निजधाम प्रस्थान।'

उसी भालका स्थान पर हम खड़े थे। बिल्कुल सामान्य जगह। कृष्ण के व्यक्तित्व के अनुरूप कुछ भी नहीं। द्वारका देखने की बार–बार ललक रही है। मन नहीं भरता। गहरे नीले समुद्र के किनारे सोमनाथ से कुछ ही दूर यह भालका तीर्थ है। यहाँ कृष्ण जैसे अद्वितीय पुरुष, सोलह कलाओं में पारंगत महामानव के अन्तिम क्षण गुज़रे।

मृत्यु, भगवान को भी नहीं बख़्शती। हर देहधारी की यही अन्तिम नियति है। यक्ष–युधिष्ठिर संवाद में यही बात युधिष्ठिर ने कही कि दुनिया का सबसे बड़ा आश्चर्य यह है कि हम रोज़ कन्धों पर शव लेकर श्मशान जाते हैं, पर कभी नहीं सोचते कि हमारी नियति भी यही है। मृत्यु का गणित या दर्शन, श्मशान का वैराग्य अगर समाज या देहधारी समझ लें, तो शायद संसार आसान हो। सुखमय हो। तनाव कम हो।

जीवन के पग–पग पर श्रीकृष्ण प्रेरित करते हैं। पर, उनके जीवन का अन्तिम अध्याय भी उतना ही मार्मिक, प्रेरक और सन्देशों से भरा है। प्राचीन ग्रन्थों का निष्कर्ष है कि महाभारत युद्ध के 36 वर्षों बाद यदुवंश ख़त्म हुआ। 'महाभारत', 'श्रीमद्भागवत', 'हरिवंश पुराण',

'विष्णु पुराण' आदि के अनुसार जीवन के अन्तिम 36 वर्षों में श्रीकृष्ण द्वारका में ही रहे। कहीं निकले नहीं। हस्तिनापुर तक नहीं गये। प्रिय सखा अर्जुन या पाण्डव या द्रौपदी से भी नहीं मिले। तटस्थ हो, जीवन की गति देखते रहे। इन अन्तिम 36 वर्षों पर उपलब्ध साहित्य में नियति की कथा है। जहाँ कृष्ण के पास गोकुल और मथुरा की यादें हैं। हस्तिनापुर–महाभारत का अतीत है, उस कालखण्ड की हर घटना के नियन्ता या उसे प्रभावित करनेवाले नायक। चरम प्रेम के उपासक, तो मृत्यु के फन पर भी नृत्य करनेवाले। महाभारत के युद्ध क्षेत्र में 'गीता' के प्रवर्तक भी। पर जीवन के अन्तिम अध्याय में काल व संसार की स्वाभाविक गति–नियति के मौन दर्शक।

पर, कृष्ण जगद्‌गुरु थे, ज्ञाता थे कि हर भौतिक चीज़ की एक सीमा है। देह की भी कालसीमा है। हर सम्बन्ध का एक अनिवार्य अन्त है। कृष्ण का तो दर्शन ही था कि जीवन के हर यथार्थ को, अन्त को सहज भाव से मान लें, तो दुख नहीं होता। इसलिए कृष्ण ने द्वारका में रहते हुए भी किसी चीज़ का स्वामित्व अपने पास नहीं रखा। राज्य चाहे मथुरा का हो या द्वारका का या हर वह दुर्लभ ऐश्वर्य, जो उन्होंने पाया, वह समाज को, यदुवंश को सौंप दिया। फिर भी उस द्वारका में, जहाँ ख़ुद श्रीकृष्ण रहे, सन्तोष नहीं रहा। सन्तोष का सुख नहीं रहा, प्रतिस्पर्धा, तनाव और अहं ने घेरा। ख़ुशी, आनन्द (हैप्पीनेस) की लय टूटी। यह नियति की गति थी। असन्तोष की ज्वाला धधकी। भोग, अनियन्त्रित इन्द्रिय सुख की कामना, मद्यपान, अनुशासन भंग– राजपुरुषों के जीवन के प्रभावी तत्त्व रहे। कृष्ण वीतरागी थे, कहीं बँधे नहीं, पर उनका कुल बँध गया।

भव्य स्वर्णमयी द्वारका नगरी में मदिरा का ताप घर–घर पहुँचा। जुए ने कुरुकुल को तबाह कर ही दिया था। फिर भी द्वारका के राजकुमार मदिरा सेवन में डूबे थे। ख़ुद द्वारका के राजकुमारों ने दुर्वासा ऋषि के साथ उच्छृंखल, अनुचित व्यवहार किया। तब कृष्ण ने भरे दरबार में कहा, 'विनाश का भय नहीं होना चाहिए। भय अनुचित एवं अधर्ममय व्यवहार का होना चाहिए।'

आज कृष्ण के हज़ारों साल बाद का समाज कहाँ खड़ा है? धर्म व मूल्य किस हाल में हैं? यह सार्वजनिक बहस का विषय नहीं, स्वानुभूति

का प्रसंग है। कोई भी इनसान, समाज या मुल्क बग़ैर मूल्य, बिना स्थापित मापदण्डों के दीर्घजीवी हो ही नहीं सकता। कृष्ण के द्वापर युग की तुलना मौजूदा कालखण्ड से करें, तो हम किस संकट में हैं? यह संकट बहुआयामी है। नैतिक संकट, मूल्यों का संकट, स्वधर्म पर न चलने का संकट, देश और समाज को चलाने के सही मापदण्ड और अनुशासन न होने का संकट। बग़ैर स्वानुशासन के कोई समाज जीवित रह सकता है?

रोज़ बननेवाले नये क़ानून हमें कितना अपराधमुक्त बना रहे हैं? क्या हमें अहसास है कि हमारे कर्मों में ही हमारी फिसलन, विनाश, पतन और आत्मविनाश के बीज होते हैं? कृष्ण ने जहाँ पार्थिव शरीर छोड़ा, वहाँ खड़े होने पर ये सारे प्रसंग, सन्दर्भ और सवाल मन में गूँज रहे थे। हिरण्य–कपिला नदी की उस धरती पर।

आज देश में मद्यपान, नशा और जुआ, दोनों के प्रति चुम्बकीय आकर्षण है। तब कृष्ण थे, जो अपने राजवंश को चेता रहे थे। आज देश के कई राज्यों में होड़ है कि किसे शराब से कितनी आमद हो? इनमें होड़ है कि शराब से अधिकाधिक आमद कैसे हो? जुए के नये–नये रूप दिखते हैं। दुनिया के मशहूर कसीनो में जाते भारतीय, मैच–फिक्सिंग जैसी चीज़ें...।

इस मानव प्रकृति या स्वभाव में ही श्रीकृष्ण आत्मविनाश के बीज देखते थे। मर्यादा भंग करनेवालों को वह राजदण्ड देने के पक्षधर थे। उन्होंने दण्ड भी दिया। स्वजनों को, ख़ुद के पुत्रों को, क्योंकि वह प्रकृति के सनातन नियमों को समझते थे। पर, मद्यपान और अहंकार द्वारका के राजवंश के पतन के कारण हुए।

तब कृष्ण को माता गान्धारी का शाप स्मरण हुआ। 36 वर्ष पूर्व माता गान्धारी ने जब यादव कुल के सर्वनाश का शाप दिया था, तब कृष्ण ने पूर्ण स्वस्थता से, सहज भाव से उसको स्वीकार करते हुए कहा था, 'हे माता! आपका शाप केवल उचित ही नहीं, बल्कि अनिवार्य भी है। यादव अति समर्थ हैं एवं उनका नाश अन्य कोई भी नहीं कर सकता। नाश अवश्यम्भावी है। महाकाल, जिसके नाश का निमित्त किसी अन्य को नहीं बना सकता। उसका नाश

स्वयं ही होता है। आपने यह शाप देकर महाकाल का ही कर्तव्य निभाया है।'

(साभार : द्वारका का सूर्यास्त, दिनकर जोशी)

दिनकर जोशी की पुस्तक, 'द्वारका का सूर्यास्त' में मार्मिक वर्णन है कि श्रीकृष्ण प्रभाष क्षेत्र में मरे पड़े यादव कुल के लोगों को देखते हैं। वहाँ उन्हें पुत्र प्रद्युम्न का अर्धमूर्छित शरीर दिखा। कृष्ण कहते हैं– 'हम ख़ुद अपने कर्मों का फल पाते हैं।' वह यह भी कहते हैं–'पुत्र, गणतन्त्र का मद्य–निषेध तुमने स्वीकार नहीं किया। राज के नियमों की यदि राजसभा के सदस्य ही अवज्ञा करें, तो वह सभा विनाश के मार्ग पर ही समाप्त हो जाये, इसमें क्या आश्चर्य! गण–परिषद् केवल शासन के लिए ही नहीं होती, बल्कि स्वयं को शासित करने के लिए भी होती है।'

(साभार : द्वारका का सूर्यास्त, दिनकर जोशी)

यह प्रसंग पढ़ते हुए संसद से लेकर अनेक राज्यों की विधानसभाओं की तस्वीरें उभरीं? क्या कभी हमारा शासक वर्ग ख़ुद को संविधान, नियम–क़ानून या मर्यादाओं की कसौटी पर परखता है? अपने आईने में ख़ुद को परखता है। कृष्ण काल में तो द्वारका के प्रतापी राजवंश ने ख़ुद को जाँचा, परखा अपनी ही कसौटियों पर? द्वारका राजवंश ने अपने नियमों पर अपने प्रतापी लोगों के आचरण की बात, सार्वजनिक सभा में की। कृष्णकाल का आशय साफ़ रहा, व्यवस्था के नियम या क़ानून एक होते हैं, चाहे वह कृष्ण का पुत्र हो या कृष्ण के भृत्य (नौकर)। जिस व्यवस्था में यह बुनियादी नियम टूटता है, वहाँ विनाश अपरिहार्य है। इस कसौटी पर आज की व्यवस्था को परखना और जानना ज़रूरी है। हम कितनी दूर आ गये हैं।

कहने को देश का क़ानून एक है, पर शासक पुत्रों, सम्पन्न पुत्रों और प्रभावशाली लोगों के लिए क़ानून और एक अशक्त, ग़रीब के लिए वही क़ानून, क्या इस व्यवस्था में सचमुच दोनों एक हैं? संजय दत्त का प्रसंग ताज़ा है। देश के समर्थ लोगों ने उन्हें सज़ा मुक्त कराने का अभियान चलाया।

यह क्या है? एक अपुष्ट सूचना के अनुसार, देश में आर्म्स एक्ट में 60,000 से अधिक लोग बन्द हैं, फिर वे सब क्यों न रिहा किये जायें? क्या देश ऐसे चलता है? सलमान ख़ान ने अपनी कार से सड़क पर सो रहे लोगों को कुचला, संरक्षित काले हिरणों का शिकार किया, उन्हें भी बरी कर देने की माँग की गयी? फिर क़ानून है ही क्यों? याद रखिए, कृष्ण के जीवन का सन्देश यही है कि प्रकृति व काल का अपना न्याय है। यह सम्पूर्ण तबाही का न्योता है।

कृष्ण कोरी कल्पना हैं या लीला या सच या आस्था, नहीं पता? पर, वह भारतीय मानस के सच हैं। भारतीय चेतना के यथार्थ हैं। जीवन, समाज, देश में जो भी सम्भव और कठिन चुनौतियाँ हैं, संघर्ष हैं, उन सबसे गुज़रे श्रीकृष्ण। भारतीय जनमानस के लिए उनका व्यक्तित्व हर परिस्थिति में प्रेरित करता है। सृजन की तरह ही नाश को भी स्वाभाविक कर्म माननेवाले। पर, यह बतानेवाले कि नाश के कर्ता तो हम ख़ुद हैं। प्रतापी कृष्ण के परिवार या राज्य का क्षय, बाहरी ताक़तों से सम्भव नहीं था। यह यथार्थ सब जानते थे। पर, अहंकार और मद्यपान (शराब) कैसे विवेक ख़त्म करते हैं और आत्मनाश को आमन्त्रित करते हैं। जीवन से प्रस्थान करते कृष्ण यह सन्देश भी दे गये। आज का समाज सिर्फ़ अहंकार और मद्यपान से ही नहीं बँधा है, भोग, छल–कपट, प्रपंच, भ्रष्टाचार, मूल्यविहीनता। न जाने कितने दुर्गुण और नये रोग हमने ढूँढ़ लिये हैं। क्या इन चीज़ों के अवश्यम्भावी परिणाम के लिए भी हम तैयार हैं? कृष्ण कहते हैं, 'कर्म का प्रतिफल मिलता ही है।'

(इस पवित्र स्थल (द्वारका) की यात्रा के समय प्रतिभाशाली गुज़राती लेखक दिनकर जोशी की पुस्तक 'द्वारका का सूर्यास्त' (हिन्दी अनुवाद) साथ थी। यह टिप्पणी लिखने में इस पुस्तक से मदद ली है।)

(2013)

गर्व बोध के क्षण!

उस कमरे में खड़ा था, जहाँ गाँधी जी जन्मे थे। साधारण कमरा है। गाँधी जी के माँ–पिता की बड़ी–बड़ी पेंटिंग्स हैं। कमरे की सादगी ही उसकी भव्यता है। कमरे की उस जगह को, जहाँ गाँधी जी जन्मे, सफ़ेद लाइन से घेर दिया गया है। स्वस्तिक का निशान है। मेरी आँखें भी वहाँ खड़े लोगों की तरह बन्द हो जाती हैं। सर झुक जाता है। अपने प्रिय उपन्यास हावर्ड फास्ट के 'समरगाथा' की (हिन्दी अनुवाद–अमृत राय) पंक्तियाँ–दृश्य याद आते हैं।

उपन्यास का नायक जूडस मकाबी (यहूदी उपाधि, लोकनायक के जनखिताब सदृश) बड़ी लड़ाई के बाद, सामान्य दिनों में, सामान्य खेतिहरों की तरह खेती के काम में लग जाता है। ताक़तवर रोमन सम्राट का दूत आता है। सत्ता देने, ताज पहनाने का प्रस्ताव लेकर। नायक जूडस मकाबी प्रस्ताव ठुकरा देता है। उस समय वह खेत में हल चला रहा होता है। धूल में डूबे युवा नायक और दुनिया के सबसे ताक़तवर साम्राज्य के मुख्य सेनापति की सार्वजनिक वार्ता होती है। खेत में होती है। वह दृश्य देखकर आसपास खड़ी भीड़ की आँखों में गौरव के आँसू थे। '...और वे लोग (भीड़, जो दोनों के बीच संवाद सुन रही थी) जब बात करते, तो उनकी आँखों में गर्व के आँसू होते कि वे भी उसी क़ौम के हैं, जिस क़ौम का वह (मकाबी जूडस) था, जिसके समान दूसरा कोई नहीं हुआ।'

मुझे भी फख्र हुआ कि मैं वह भारतीय हूँ, जहाँ की रहनुमाई गाँधी ने की। उस गाँधी ने, जिनके बारे में आइंस्टीन ने कहा, आनेवाली पीढ़ियाँ, शायद ही यकीन करें कि हाड़–मांस का ऐसा कोई इनसान

रहा होगा। 21वीं सदी के द्वार पर खड़ी दुनिया ने जिन्हें सबसे बड़ा नायक माना। जो ब्रिटिश हुकूमत में, संसार के सबसे ताक़तवर ब्रिटिश सम्राट के दरबार में सभी पूर्व परम्परा तोड़ते हुए लँगोटी (अपनी शर्त पर) पहनकर गये। भरे दरबार में ब्रिटिश साम्राज्य द्वारा भारत के शोषण की बात की। दरबार और दरबारी, इस साहस के आगे स्तब्ध थे। जिसके बारे में पश्चिम के दार्शनिकों ने कहा, दुनिया के इतिहासकार जब इस सदी की उपलब्धियों का आकलन करेंगे, तब वे अणु बम की शताब्दी नहीं मानेंगे, बल्कि यह सदी गाँधी युग मानी जायेगी।

यहीं खड़े–खड़े, अमेरिकी शान्तिदूत किरबी पेज याद आये। वह 1957 में मरे। शान्ति के लिए दुनिया में घूमे। '57 के पहले वह बीसवीं सदी के लगभग सभी जीवित महान इतिहास नायकों–राजनीतिज्ञों से मिल चुके थे। उन्होंने लिखा कि जब मैंने इन इतिहास नायकों से मुलाक़ात का ब्योरा लिखा, तब मेरी पुस्तक का शीर्षक था, 'इज़ महात्मा गाँधी द ग्रेटेस्ट मैन ऑफ़ द एज?।' अब मरने के करीब हूँ, पर बहुत पहले इस शीर्षक के आगे लगा क्वेश्चन मार्क (?, सवालिया निशान) हट चुका है।

गाँधी से जुड़े प्रसंगों की बाढ़ मस्तिष्क में है। हार्वर्ड, स्टैंनफोर्ड से लेकर भारतीय इंडियन इंस्टीट्यूट ऑफ़ मैनेजमेंट्स (अहमदाबाद, बेंगलुरु वग़ैरह) जैसे विश्व के टॉप 'सेंटर ऑफ़ एक्सीलेंस' में नये सिरे से गाँधी पढ़ाये जा रहे हैं। गाँधी के प्रबन्धन–मूल्यों की चर्चा हो रही है। ग्लोबल विलेज होती दुनिया के पास कोई अपने मूल्य–आदर्श तो हैं नहीं। ज्ञानयुग (नॉलेज एरा) और सूचना क्रान्ति ने भारी उपलब्धियाँ दीं, पर मूल्य, सिद्धान्त, आदर्श, विचार और मानवीय–पारिवारिक रिश्ते संकट में हैं। इसलिए बिल गेट्स से लेकर अज़ीम प्रेमजी और नारायण मूर्ति गाँधी की बात करते हैं।

सुबह पोरबन्दर से 65 किमी. दूर एक गाँव में (प्रांसला) युवा स्वामी धर्मबन्धु जी की सुनी बातें याद आती हैं। 10 हज़ार युवा लड़के–लड़कियों के शिविर को सम्बोधित करते हुए स्वामी जी ने कहा, 20वीं सदी में दो महापुरुष हुए। गाँधी और लेनिन। एक ओहसा

(अहिंसा) का पथ–प्रदर्शक, दूसरा शेहसा (साहस) का अनुयायी। गाँधी ओहसक क्रान्ति के सूत्रधार। लेनिन शेहसक क्रान्ति के नायक। 1916 में गाँधी बिहार गये। चम्पारण से शुरुआत की। 1916 में ही लेनिन रेल से मास्को गये। क्रान्ति की घोषणा करने।

दोनों की सादगी, ईमानदारी, सच्चाई, प्रतिबद्धता, इतिहास की उज्ज्वल धरोहर हैं। लेनिन तीन वर्ष में ही कामयाब हुए। 1919 में रूस में क्रान्ति हो गयी। गाँधी को 30 वर्ष से अधिक लगे, आज़ादी पाने में।

पर आज कहाँ है, लेनिन का रूस? कई देशों में टूट–बँट गया। 6000 से अधिक अणु बम रखनेवाली दुनिया की सबसे बड़ी महाशक्ति बिखर गयी।

पर गाँधी का देश? विभाजन की पीड़ा के बावजूद हज़ारों वर्ष बाद फिर एक सूत्र में बँधा। '60 के दशक तक दुनिया के बड़े देश कयास लगा रहे थे कि भारत अब टूटा–तब टूटा। भारत के अन्न संकट को देखकर तब एक मशहूर अमेरिकी पत्रकार ने भारत के बिखर जाने के कारणों को गिनाते हुए एक बहुचर्चित पुस्तक भी लिखी थी। पर, अब भारत के महाशक्ति के रूप में उदय की बात हो रही है।

स्वामी जी ने गिनाया, मार्टिन लूथर किंग के अलावा, गाँधी के रास्ते पर चलनेवाली दो महान जीवित हस्तियाँ हैं। नेल्सन मंडेला और बर्मा में कई दशकों से तानाशाहों की क़ैद में एकान्तवास झेल रहीं आंग सू की। वह यह भी बताते हैं कि दुनिया के बड़े देशों में प्रतिवर्ष कहीं–न–कहीं गाँधी की कई मूर्तियाँ लग रही हैं।

गाँधी की जन्मस्थली पर खड़े–खड़े, उनकी आत्मकथा, 'द स्टोरी ऑफ़ माई एक्सपेरीमेंट्स विद ट्रूथ' के अंश याद आते हैं। यहीं किसी कमरे में गाँधी ने 'ब्रह्मचर्य' का संकल्प लिया। अपनी पिता की मृत्यु के मार्मिक क्षणों को साहस के साथ लिखा अपने पाप–बोध के बारे में लिखा। अपनी ग़लती का पत्र पिता को लिखा प्रायश्चित्त स्वरूप। इस जन्मस्थल से जुड़े और भी अनेक तथ्य याद आते हैं। इसी घर में गाँधी ने सत्य का व्रत लिया। परिवर्तन का वह क्षण, जब गाँधी सामान्य से ऊपर उठ गये, यहीं घटित हुआ होगा। जो क्षण महान विभूतियों के जीवन को नयी दिशा दे देते हैं, वे क्षण गाँधी के जीवन

में यहीं आये थे। यहीं बुद्ध के 'महाभिनिष्क्रमण' जैसा बदलाव घटित हुआ। यहीं विवेकानन्द के कन्याकुमारी अनुभव की पुनरावृत्ति हुई होगी। क्रिस्टोफर ईशरवुड ने कन्याकुमारी में विवेकानन्द के अनुभव के बारे में लिखा है–'जब वह प्रार्थना कर चुके, तब उन्होंने समुद्र की ओर देखा, जहाँ एक चट्टान खड़ी थी। उनके भीतर सहसा कुछ उपजा और वह समुद्र में कूद गये और चट्टान की तरफ़ तैरते हुए बढ़ने लगे। वहाँ पहुँचकर वह उस पर बैठ गये और देर तक ध्यान में खोये रहे। यह जीवन का ऐसा क्षण था, जब कोई व्यक्ति कुछ देर रुककर अपने को तौलता है, अपनी नियति के प्रति सचेत होता है, उन निर्णयों को स्वीकार करता है, जो शायद अवचेतन में पहले से ही मौजूद थे, किन्तु जिन्हें अभी तक पहचाना नहीं गया था।'

वे क्षण, उज्ज्वल ऐतिहासिक धरोहर का वह बोध, जिसने गाँधी का जीवन बदल दिया, फिर देश बदला, इतिहास बदला, दुनिया को एक नयी रोशनी दी, वहीं मैं खड़ा हूँ। यह उदात्त बोध पुनः–पुनः होता है। गाँधी की आत्मकथा 'सत्य के प्रयोग' अद्‌भुत है। इसके पहले या फिर बाद में 'आत्मकथा' की विधा, आत्मप्रशंसा–स्व उपलब्धि का दस्तावेज़ माना जाता था, उस विधा को ही गाँधी की आत्मकथा ने बदल दिया।

गाँधी से जुड़े प्रसंगों की स्मृति से निराशा छँटती है। वर्षों बाद मन गौरव–बोध से भर आता है।

(2005)

मानो तो मैं गंगा माँ हूँ, ना मानो तो बहता पानी

कुछ स्मृतियाँ जीवन के साथ ही विदा होती हैं। गंगा के साथ ऐसी ही अविस्मरणीय यादें हैं। जन्मा, गंगा–घाघरा की गोद में। कई रूपों, भंगिमाओं और तेवर में देखा है गंगा को। करवट बदलते, विनाश करते, खेतों को आबाद करते, ऊँची–ऊँची लहरों की गर्जना, अशान्त नदी का शोर... न जाने गंगा के कितने रूप हैं। उस घाघरा के भी, जिसमें राम ने प्राण छोड़े। दोनों पावन नदियों के बीच जीवन पाना, इनके संगम की पवित्रता के प्रति लोक आस्था का बचपन से गवाह होना। भिन्न–भिन्न रूपों में देखना। विद्यापति की भाषा में कहूँ, तो बार–बार देखने के बाद भी 'नयन न तिरपत भेल'। आँखों की तृप्ति कहाँ हुई? मन कहाँ भरा? कहाँ अघाया?

'गंगा' पुस्तक, लेखक जूलियन क्रेंडल हॉलिक (प्रकाशक, रैंडम हाउस इंडिया) और 'द पेंग्विन बुक ऑफ़ रिवर राइटिंग्स' (नदियों पर लिखे लेखों पर पेंग्विन की पुस्तक), 'वाटरलाइंस' (सम्पादक, अमित बामिसकर) पढ़ते हुए न जाने गंगा के कितने रंग याद आये? पर, एक रूप, एक दृश्य, वह कुछ क्षण, जो सबसे अधिक याद हैं। लगभग चार दशक पहले की बात है। 12–13 वर्ष की उम्र। चैत्र का महीना रहा होगा। स्कूल–परीक्षा–पढ़ाई से मुक्ति के दिन। गर्मी की छुट्टी की मौज। घर के किसी बड़े के साथ सुबह–सुबह गंगातट जाना हुआ। कुछेक किलोमीटर पैदल चलकर। तब नदी नहाने का उमंग होता था।

सूरज के आने में देर थी। गंगा का पानी गहरा नीला दिख रहा था। शान्त। एक ओर रेत का मीलों फैला समुद्र। हमारी तरफ़ ताड़ बराबर ऊँचा तट। गंगा, कटाव के लिए मशहूर है। पर, ऊपर तट

पर खड़े होकर नील वर्ण की गंगा का सौन्दर्य बालमन में उतरता गया, गहरे। वर्षों बाद जाना, चैत्र की गंगा का सौन्दर्य, रंग, सुबह की मादक हवा कैसे यादगार होती है? पुरवइया हवा थी। ताज़ी बयार। सूर्योदय पूर्व का गहरा नीला आकाश। चाँद अभी लुप्त नहीं हुआ था। नीला पानी। यह सब मिलकर प्रकृति का अद्भुत सौन्दर्य रच रहे थे। कई दशक पहले गंगा का देखा वह दृश्य मन–मस्तिष्क और दिल में उतर गया, तस्वीर की मानिन्द।

तब से गंगा के न जाने कितने रूप देखे, पर वह रूप, वह सौन्दर्य तो जैसे अटक गया है। फिर बनारस में पढ़ते हुए भी गंगा का सान्निध्य बना रहा। गंगा लगभग 2500 किमी. की अपनी यात्रा में दो ही जगह उत्तरायण हैं। चुनार में फिर काशी में। उत्तरायण होती गंगा, दशाश्वमेध घाट की गंगा, अस्सी की गंगा, रामनगर (शास्त्री जी की जन्मभूमि) की गंगा, नगवा की गंगा, जहाँ बनारसी भाषा में दिव्य नहान और निबटान के लिए लगभग रोज़ शाम जाना होता था। मित्रों के साथ। घण्टों चुपचाप बहती गंगा को निरखना वहीं हुआ। और यह सुख भी छूटा, बनारस छूटते ही।

बाद में कृष्णमूर्ति फ़ाउंडेशन कुछेक बार जाना हुआ। गंगा किनारे बसा है, यह सेंटर। गंगा तट पर बड़े–बड़े छतनार पेड़, वहाँ बैठकर ध्यान या कृष्णमूर्ति दर्शन पर चर्चा, या मौन होकर गंगा को निरखना। शान्त बहती नदी। राजघाट का पुल। नावों पर सैलानी। जैसे लगता है, समय ठहर गया हो। काशी की एक मान्यता है कि वह शंकर के त्रिशूल पर है। काल से परे। जहाँ 'कालचिता' (मणिकर्णिका घाट) चौबीस घण्टे जलती है। गंगा किनारे। फिर प्रयाग की गंगा, हरिद्वार की गंगा, ऋषिकेश की गंगा और मेरे गाँव की गंगा। साल में छह महीने गम्भीर बाढ़ का प्रकोप।

भरीत (मिट्टी भरकर ऊँचाई पर डूब क्षेत्रों में घर बनते हैं) के नीचे डूबने जैसा पानी। बचपन में बाढ़ की उत्सुक प्रतीक्षा, नावों की चाहत। गंगा की पूजा। लोकगीत। नदियों से तबाही। बार–बार घरों का कटकर नदी में गिरना। फिर भी उसी नदी की पूजा। उससे अलग या दूर न होना। उसी में मरना और जीना। इसलिए गंगा

पर या नदियों पर साहित्य या वृत्तान्त पढ़ना, उन बीते क्षणों–दिनों को जीने जैसा है।

पर, भीष्म की जननी गंगा अपनी गोद में जन्मनेवाले को ही नहीं खींचती, कई हज़ार किलोमीटर दूर के लोगों को भी लुभाती है। उन्हीं में से हैं, जे.सी. हॉलिक। दुनिया के जाने–माने मीडिया हाउस के लिए काम करनेवाले। रेडियो डॉक्यूमेंट्री बनानेवाले। कई पुरस्कार जीतनेवाले 'प्रोड्यूसर'। बचपन में इंग्लैंड में दादी से कहानियाँ सुनीं। सुदूर के पहाड़ों, रेगिस्तानों और नदियों के बारे में। एमेजन, मिसिसिपी, नील, यांगत्सी जैसी नदियों के बारे में। पर, इन बड़ी नदियों ने भी हॉलिक के मन पर छाप नहीं छोड़ी, याद रह गयी बस गंगा की। उसकी पवित्रता की कहानियाँ। हॉलिक कहते हैं, गंगा से बड़ी 34 अन्य नदियाँ हैं, पर जो गंगा, गोमुख से समुद्र तक 2,510 किमी. की यात्रा तय करती है, वह भिन्न है।

नील, एमेजन, मिसिसिपी, यांगत्सी, ये सभी गंगा से दोगुनी लम्बी हैं। उसी गंगा को पहली बार 1986 में हॉलिक ने देखा, बनारस में। डॉक्यूमेंट्री बनाते वक़्त। पुरानी कहावत है, 'सुबहे बनारस, शामे अवध'। सुबह गंगा किनारे का बनारस अद्भुत होता है। यह अनुभव का प्रसंग है, बखान का नहीं। हॉलिक ने देखा, फिर वे गंगा के हो गये। पुनः कानपुर से देखा, बांग्लादेश से देखा, गंगा को। और बँध गये इस नदी से। अन्ततः बड़ा निर्णय किया। हिमालय (गंगोत्री) से गंगासागर (जहाँ गंगा समुद्र में मिलती है) तक की यात्रा। नाव से। दिन में यात्रा। रात में नदी किनारे टेंट लगाकर रहना या कहीं–कहीं किनारे बसे आश्रमों में पड़ाव।

बनारस जैसे शहर में होटल में। साथ ही दुनिया के जाने–माने रेडियो संस्थानों के लिए 'गंगा यात्रा' पर कमेंट्री। तीन चरणों में और 18 महीनों में सम्पन्न हुई यह यात्रा। पर, मुख्य यात्रा हुई अप्रैल, 2004 से (जब गंगोत्री में बर्फ़ पिघल चुकी थी)। फिर अक्टूबर, 2004 से जनवरी, 2005 के बीच। साथ में फ़ोटोग्राफर। अनुवादक, नाविक, ये बदलते रहते थे। जगह और ज़रूरत के मुताबिक़। अन्तिम 100 किमी. की गंगा यात्रा में हॉलिक की पत्नी मार्टिन भी

साथ रहीं। अब लम्बे समय से हॉलिक सपरिवार अमेरिका में रहते हैं। फ्रांस में भी।

इस अद्भुत यात्रा के अनुभवों का संकलन है, यह पुस्तक–लेखक के लिए पहेली है कि जिस गंगा को भारतीय पावन, पूज्य और मोक्षदायिनी मानते हैं, उसे ही 'पॉल्यूट' (गन्दा) कैसे करते हैं? गंगा कैसे ख़तरे में पड़ गयी है? लेखक की जिज्ञासा है कि क्या गंगा के ख़त्म होते ही उस 'गंगा माँ' (देवी रूप) का भी अन्त हो जायेगा, जिसे आज भारतीय पूजते हैं? पुस्तक में कुल आठ अध्याय हैं। लगभग दस नक़्शे। आकर्षक छपाई और सुन्दर कवर।

गंगा से जुड़े सवालों की गहराई से छानबीन लेखक ने की है। टिहरी बाँध, फरक्का बाँध, सिंचाई परियोजनाएँ, कानपुर से बनारस तक अत्यन्त प्रदूषित गंगा, किनारे–किनारे बसे मन्दिरों–आश्रमों के पुजारियों से भेंट। डकैतों, मछुआरों से मुलाक़ात। जिन गाँवों–बस्तियों को गंगा ने उजाड़ा, उनके बाशिन्दों से भेंट।

पर, हर एक के मन में गंगा के प्रति अगाध भक्ति और प्रेम। फिर गंगा के पानी की पवित्रता पर वैज्ञानिक दृष्टिकोण। यह जानकर आश्चर्य हुआ कि डेढ़–दो सौ वर्ष पहले गंगा के पानी को पेरिस ले जाकर परखा गया लेबोरेटरी में। पाया गया कि गंगा के पानी में कुछ तत्त्व हैं, जो कीटाणुओं को, बीमारी को, गन्दगी को कंट्रोल करते हैं। सबसे मार्मिक अध्याय है 'द रेप ऑफ़ गंगा' (गंगा से बलात्कार)। गंगा की गन्दगी–प्रदूषण का आलम। यह अध्याय पढ़ते हुए मेरे गाँव के सहपाठी किसान की बात याद आयी। गंगा सूख रही है। पाट (चौड़ाई) सिमट रहा है। उनकी दृष्टि में लोक मान्यता है कि गंगा सूखी, तो प्रलय होगा। मेरी नज़र में इस कथन का अर्थ है कि प्रदूषण से नदियाँ सूखीं, तो मनुष्य और धरती तो ख़तरे में होंगे ही। पुस्तक में गंगा के अलग–अलग सौन्दर्य का बखान, वनों, पहाड़ों और घाटियों में इठलाती, उफनती और हहराती गुज़रती। हरिद्वार की आरती का सजीव सौन्दर्य बखान।

'वाटरलाइंस' पुस्तक में भी 24 लेख हैं। नदियों से सम्बन्धित कहानी, लेख, कविता, यात्रा वृत्तान्त। जीवन में रचे-बसे नदियों के विवरण। हमारे देश, बसाहट और ज़मीन को नदियों की धारा गढ़ती रही है। और अब हम मनुष्य नदियों की धारा को बाँध या बदल रहे हैं। इस तरह जीवन और नदी एक-दूसरे से गुँथे हुए हैं। नर्मदा, गंगा और कावेरी के भव्य रूपों का वर्णन। टैगोर, अज्ञेय, अरुन्धती राय, अद्वैत मल्लाबर्मन, आनन्द पाण्ड्यन वग़ैरह के लेख। बनारस के घाटों का नीता कुमार का काव्यात्मक वर्णन। चैत्र में गंगा कैसे खींचती है अपने सौन्दर्य और रमणीक दृश्यों से। चैत्र की निंदिया, अलसाये हो रामा, छोड़कर लोग गंगा भागते हैं।

साथ में कार्तिक स्नान की भव्यता का ब्योरा। डायना एल. (हार्वर्ड की प्रोफ़ेसर) का गंगा पर बड़ा लेख। डायना ने बनारस पर दो विश्वप्रसिद्ध पुस्तकें लिखी हैं। बनारस की उत्तरायण गंगा का पहला दृश्य 80 में देखा था। विद्यार्थी था। रात को मुगलसराय से बनारस जाने के क्रम में राजघाट पुल से। दीपों से नहाते गंगा किनारे के घाटों का अक्षत सौन्दर्य। डायना का लेख पढ़ते हुए वे दिन याद आये।

इन दोनों पुस्तकों को पढ़ते हुए, फिर जाना कि नदियाँ कैसे जीवन और संसार का अभिन्न अंग हैं। पर, आज उनकी स्थिति क्या है? यमुना, दिल्ली में लगभग सूख चुकी है। गंगा, जो मन्दाकिनी, भागीरथी और माँ नामों से भी जानी जाती है, कई जगह सूखने की स्थिति में है। वे नदियाँ, जिन्हें हम 'मदर, फ़िलॉसफ़र और गाइड' (माँ, दार्शनिक और पथ-प्रदर्शक) मानते रहे हैं, आज बुरी स्थिति में हैं, शहरों के कचरे के कारण, औद्योगिक प्रदूषण के कारण, मरे जानवरों और लाशों के कारण। शहर आधुनिकता के प्रतीक हैं। ये क्या जाने नदियों का मोल?

'मानो तो मैं गंगा माँ हूँ, न मानो तो बहता पानी', बरसों पहले सुना था। पर, हमारा विकास दर्शन तो बहते पानी के ही ख़िलाफ़ है, उसे तो इस बहते पानी का 'कमर्शियल यूज़' करना है। पर, गाँवों में आज भी अलग दर्शन है। जिस गंगा नदी में पाँच बार घर कटकर गिरा (मेरे जन्म से पूर्व), एक बार डूबते-डूबते बचा, जिसके तट पर

स्वजनों की चिता जली, जो आज भी बाढ़ और कटाव से तबाह करती है, फिर भी वही गंगा पूजी जाती है। मुसीबतों के बाद भी उस गंगा का साथ कोई छोड़ने को तैयार नहीं। उसका पर्व मनता है। कामना होती है कि हर घर में गंगाजल हो और जीवन को जो अन्तिम बूँद मिले, वह गंगा का ही हो।

इसके पीछे न कोई धार्मिक आग्रह, न पाखण्ड, सीधा दर्शन 'जल है, तो जीवन है।' शायद यही कारण रहा होगा कि पश्चिमी मानसवाले पण्डित नेहरू ने भी लिखीं यादगार पंक्तियाँ। मरने पर अपनी राख इलाहाबाद के संगम पर बिखेरने की इच्छा जतायी। धार्मिक कारण से नहीं। इसलिए कि गंगा सदियों से भारत की पुरानी संस्कृति, सभ्यता के बदलाव, बहाव की साक्षी है भारत के लोगों की प्रिय नदी, जिसके साथ भारतीय जातीय संस्मरण, आकांक्षाएँ, सपने, भय, भारत के जय और पराजय के क्षण गुँथे हुए हैं।

इस गंगा का माहात्म्य, मिथ, नदियों में सर्वश्रेष्ठ होने का गौरव एक विदेशी ने फिर तलाशा। परखा, लिखा, लम्बी यात्रा की। इच्छा होती है, काश! उसकी यात्रा (गोमुख से गंगासागर) पथ पर चल पाता।

(2008)

शीर्ष से संन्यास

कवर ने ध्यान खींचा। बिना कुछ कहे, बहुत कुछ बताती कवर की पेंटिंग। किताब पर एक युवा सन्त की कमण्डल लटकाये आगे जाते की तस्वीर। अज्ञात, अदृश्य, अनजान भविष्य की अनिश्चित दुनिया में एक युवा के उठते पाँव। जीवन का मर्म जानने, रहस्य समझने के लिए प्रतीकात्मक पेंटिंग। पुस्तक के अन्त में, लेखक यानी युवा सन्त ओम स्वामी ने कवर डिज़ाइनर एलेक्ज़ेंडर वान नेस के प्रति आभार व्यक्त किया है। साथ ही कलाकार मिन वे आंग को इस पेंटिंग के इस्तेमाल की अनुमति देने के प्रति कृतज्ञता भी। पुस्तक का कवर, बिना कहे–बोले पुस्तक की विषयवस्तु के बारे में बहुत कुछ स्पष्ट करता है।

कवर की कलाकृति अर्थपूर्ण है। इस भागती भीड़ या मशीन बन चुकी दुनिया में जीवन का अर्थ तलाशती पुस्तक। आधुनिक भागती दुनिया के एक युवा की प्रेरक अनुभव यात्रा। हाल में बुद्ध पर एक पुस्तक पढ़ी। बुद्ध के जीवन के तीन पड़ाव हैं–युवा सिद्धार्थ, राजकुमार सिद्धार्थ, फिर भिक्षु गौतम। कठिन तप–साधना के बाद बुद्धत्व की प्राप्ति! शायद प्रकृति ने हर इनसान में सिद्धार्थ को जन्म दिया है। जीवन क्यों? या महर्षि रमण का यह सवाल कि मैं कौन हूँ? जीवन का मक़सद क्या है? ये सवाल जीवन के किसी–न–किसी पड़ाव पर मिलते ही हैं। युवा ओम स्वामी भी बचपन से ही इन सवालों से घिरे थे। यह पुस्तक ('इफ़ ट्रूथ वी टोल्ड ए मॉन्क'स मेमॉयर', हार्पर एलिमेंट) अपने होने का अर्थ जानने को बेचैन एक आधुनिक सफल युवा का जीवन विवरण है। आधुनिक यानी मौजूदा

दौर, जिसमें हर युवक करियर, सफलता और भौतिक उपलब्धियों को ही जीवन का चरम मानता है। लगभग 250 पेज की इस पुस्तक में 15 अध्याय हैं।

पुस्तक की शुरुआत में ऋग्वेद का एक मन्त्र है, जिसका अर्थ है कि हम हमेशा अपने कानों से अच्छी चीज़ें सुनें। अपनी आँखों से अच्छी चीज़ें देखें। हे परमात्मा! हम एक सन्तोष का जीवन जियें। स्वस्थ जीवन जियें और जो जीवन हमें मिला है, उसमें ईश्वर की यशस्वी चीज़ों का गुणगान करें। स्पष्ट है, ईश्वर की तलाश। यही इस पुस्तक का विषय है। यह एक सामान्य बालक की महज़ कथा नहीं है, जो धर्म, अध्यात्म और जीवन को समझना चाहता है या भौतिक चीज़ों के प्रति जिसकी रुचि नहीं है या जो ख़ुद अपनी तक़दीर की अलग कहानी लिखना चाहता है। यह एक साधारण परिवार में जन्मे बच्चे की कथा है, जो अपने होने का अर्थ तलाश रहा है। नब्बे के दशक में अट्ठारह वर्ष का एक युवक ऑस्ट्रेलिया की धरती पर पाँव रखता है। भौतिक सपनों को साकार करने के लिए। पास में मामूली पैसे हैं। अपनी राह बनाने के लिए कठिन संघर्ष ही एकमात्र विकल्प है।

दो वर्षों तक लगातार संघर्ष, श्रम, तप और अपने लक्ष्य के प्रति समर्पण से वही युवक, महज़ 26 वर्ष की उम्र में ढाई लाख डॉलर सालाना कमाने लगता है। वह करोड़ों–करोड़ का मालिक बन जाता है। जिसके पास अपने जीवन को रास्ते पर लाने के लिए मामूली पैसे, मामूली पूँजी नहीं थी, दो वर्षों में वह अपने श्रम से ढाई लाख डॉलर कमाने लगा, यह आसान चीज़ नहीं। यह पुरुषार्थ और अटूट संकल्प से सम्भव हुआ। पर, यह सफलता भी उस बच्चे के जीवन की अन्तिम मंज़िल नहीं है। आठ वर्ष की उम्र में ही इस युवक को सपने में झलक मिलती है। एक ऐसी अनुभूति, जिससे गहरे आनन्द और शान्ति का अहसास होता है। यह सपना अज्ञात की खोज, ईश्वर की तलाश, अध्यात्म की खोज के प्रति लालसा पैदा करता है। बच्चा शुरू से ही तन्त्र, ज्योतिष, गहरी साधना, ध्यान में डूबता है, पर उसे कहीं ईश्वर दिखायी नहीं देते। इन चीज़ों से निराश होकर वह भौतिक उपलब्धि पाने की दिशा में अग्रसर होता है, पर अन्दर बेचैनी बनी

रहती है। वर्षों तक अच्छा जीवन जीने के बाद भी यह बेचैनी क़ायम रहती है। सिलिकॉन वैली, अमेरिका, कनाडा, इंग्लैंड में वह अपनी पहचान बनाता है।

अपने बूते सब कुछ पाने में सफल होता है। कम उम्र में बड़ी भौतिक उपलब्धि। गाड़ी, घर, डिज़ाइनर कपड़े, आलिशान होटलों में रहना, जीवन का यह चरम सुख आज हर युवा की ख़्वाहिश है। कम उम्र में सब कुछ पाने का अरमान। पर, यह पाकर भी शून्यता का बोध, एक वीतरागी भाव और फिर भारत लौटकर सब कुछ छोड़ देने का संकल्प। फिर संन्यास तक का सफ़र। बनारस पहुँचकर गुरु की तलाश, ईश्वर को जानने की दिशा में एक निर्णायक क़दम। बाबाओं के संसार से दरस–परस। तरह–तरह के अनुभव। फिर बनारस में एक बाबा से मुलाक़ात। उनसे दीक्षा। पर उनके मन–मिज़ाज अलग थे। सांसारिक थे। इस बेचैन युवा का अत्यन्त संकीर्ण, अत्यन्त स्वार्थ से भरे लोगों से साबका हुआ। पाया कि अध्यात्म की दुनिया में जाकर गाली–गलौज की भाषा का इस्तेमाल होता है। इस युवा साधक का मन टूटता है। फिर भी इस युवा का समर्पण अद्‌भुत है। गुरु के इस ढंग की बातचीत–व्यवहार के बावजूद यह युवक अपने समर्पण के प्रति ईमानदार है। खाने–रहने में बहुत कठिनाई। जिस व्यक्ति ने भौतिक सुख का चरम देखा हो, वह अत्यन्त असुविधाओं के बीच गन्दी जगह रहे, सोने में असुविधा हो। बिच्छुओं का हमला, अँधेरे में चलना। ऐसी अनेक कठिन चुनौतियों के बीच भी अपने गुरु के प्रति समर्पण कायम रखना, मामूली चीज़ नहीं है। अपने ध्येय, प्रतिबद्धता के प्रति एकनिष्ठ समर्पण। गुरु के संग गाँव का जीवन मिलता है। गन्दगी, अव्यवस्था के बीच, गाली–गलौज करनेवाले गुरु यानी बाबा को आँखें बन्द कर, पास जो भी धन है, उसे देना। व्यावहारिक तौर पर ख़ुद भूखे रहना, यह गुरु भाव है। गुरु के साथ वृन्दावन यात्रा। उधर, मन में लगातार यह सवाल कि इसी परिवेश के लिए सब कुछ छोड़ा? मन टूटने पर बद्रीनाथ की अकेली यात्रा। भटकाव। इसी क्रम में एक भैरवी से मुलाक़ात। साध्वी भैरवी का इस युवा के भविष्य के बारे में बहुत कुछ कहना। फिर इस युवा की घोर तपस्या। हिमालय के जंगलों में, हिमालय की गुफ़ाओं में, घोर अस्त–व्यस्त

जीवन, लगातार साधना और फिर पुरी की यात्रा। लौटकर पुनः हिमालय की कन्दराओं में कठिन साधना। लगातार असुविधाओं के बीच ध्यान। फिर देवी दर्शन की अनुभूति का अद्भुत अहसास। अन्दर से इस दर्शन–अनुभूति के बाद ऊर्जा का प्रस्फुटन। उस पर नियन्त्रण। फिर कामाख्या दर्शन। बड़े साधु–तान्त्रिकों से मुलाक़ात। फिर परिवार से मिलना और हिमालय की तराइयों में संन्यास लेकर जीवन गुज़ारना। घर छोड़ना, पश्चिम में पायी पूरी सफलता छोड़ना। धन–दौलत, पूरा पैसा, पूरी सम्पत्ति, सब कुछ एक झटके में त्याग कर।

आज बाज़ार की दुनिया में, भोग के संसार में युवावस्था में इतनी सम्पत्ति और ऐसी सफलता हो, तो लोग कृत्रिम स्वर्ग में होने का बोध पालते हैं। इस शीर्ष से चीज़ों को ठुकराकर, हिमालय में रहने की कामना। जीवन का मर्म–अर्थ ढूँढ़ने की लालसा। तप, त्याग और साधना के पथ पर जीवन डाल देना। यही युवा आज ओम स्वामी के नाम से अपना ब्लॉग लिखते हैं। हर साल क़रीब एक करोड़ से अधिक लोग पढ़ते हैं, यह कोई मामूली बात नहीं। मनुष्य की आदिम भूख यह जानने की रही है कि हम इस धरती पर आते क्यों हैं? पैदा क्यों होते हैं? बड़े क्यों होते हैं? क्या संसार बसाना और फिर चले जाना, यही जीवनचक्र है? या जीवन का कोई और अर्थ या मक़सद भी है? जन्म, मृत्यु क्या यही भवसागर का चक्र है? ओम स्वामी इसी पुरातन खोज की एक आधुनिक कड़ी हैं। भौतिक सुख, उपलब्ध सम्पदा, कामनाओं के बीच होकर भी इनसे आगे निकल जाना। युवापन में ही इन सब चीज़ों को छोड़कर जीवन का अर्थ तलाशने के पथ पर यात्रा, एक सामान्य निर्णय नहीं है। इस असामान्य क़दम की कहानी, जो लगातार मन को छूती–भाती है, कुछ अलग सोचने को विवश करती है, यही इस पुस्तक की विषयवस्तु और सार है। शुरू से अन्त तक बाँधे रखनेवाली किताब।

पिछले कुछेक वर्षों में बाबाओं और अध्यात्म को व्यवसाय बनानेवालों के बारे में हमने बहुत कुछ देखा–पढ़ा और जाना है। ऐसी घटनाएँ, जो विश्वास तोड़ती हैं। उस माहौल में एक सच्चे युवा

साधक की आस्था का वृत्तान्त है, यह पुस्तक। इस जिज्ञासु या लेखक से बिना मिले, यह वृत्तान्त पढ़कर लगता है कि आज के भौतिक दौर में भी, जीवन के यक्ष सवाल या मूल प्रश्न यथावत हैं। और यह तलाश सबसे बड़ी जीवन साधना।

(2015)

ईश्वर है या नहीं!

पुस्तक के नाम से ही उत्सुकता जगी। लेखक का परिचय पढ़ा, तो पुस्तक से बँध गया। लेखक फ्रांसिस कोलिंस दुनिया के मशहूर वैज्ञानिक हैं। पर, ख़ुद विज्ञान समझता नहीं, अपनी सीमा से वाक़िफ़ था, फिर भी पुस्तक ली, क्योंकि शीर्षक में ही जादू है। सृष्टि के समय से ही यह सवाल है कि ईश्वर है या नहीं? सबसे अधिक चर्चित, विवादित, रहस्यमय या उत्सुकता पैदा करनेवाला प्रसंग? मुख्य दो धाराएँ हैं। एक अनास्थावादी, दूसरी आस्थावादी या कहें ईश्वरवादी या निरीश्वरवादी। बड़ा तबका संशयग्रस्त है। न वह इधर है, न उधर। जीवन है, इसलिए वह जीता है। धरती पर आने के पहले और जाने के बाद के सवालों में उसकी रुचि नहीं। यम ने नचिकेता से यही तो कहा था। बालक सब कुछ माँगो। दुर्लभ चीज़ें माँगो। ऐश्वर्य, धन, अलभ्य सुन्दरियाँ। वह भोग जो धरती पर उपलब्ध नहीं। वह सुख, जो स्वर्ग की कल्पना है। पर, मृत्यु के रहस्य न पूछो। न जानो।

शास्त्र या ज्ञानवान बताते हैं कि जिसने भी यह जानने या ढूँढ़ने की कोशिश की, उसे बेचैन होना पड़ा। विरक्त होना पड़ा। संसार छोड़ना पड़ा। इसी तरह ईश्वर के अस्तित्व का सवाल है। अभूतपूर्व वैज्ञानिक उपलब्धियों की चोटी पर दुनिया बैठी है। पर, आज भी सृष्टि रहस्यमय ही है और जीवन पहेली। विश्वास के साथ न हम ईश्वर के वजूद को स्वीकार करते हैं और न नकार पाने के ठोस तर्क हैं।

पर, जीवन रहस्य ढूँढ़ने में डूबा वैज्ञानिक जब आस्था की बात करे, तो गहरी उत्सुकता स्वाभाविक है। फ्रांसिस कोलिंस अमेरिका के अग्रणी जेनेटिसिस्ट (जीन विज्ञानी) हैं। लम्बे समय तक 'ह्यूमन

जीनोम प्रोजेक्ट' उनके कुशल नेतृत्व–निर्देशन में चला। कोलिंस पैदा हुए एग्नोस्टिक्स (अज्ञेयवादी/संशयवादी)। फिर केमिस्ट्री में पीएच.डी. करते हुए घोर नास्तिक (एथिस्ट) हो गये। पुनः मेडिकल स्कूल गये। वहाँ उन्हें गम्भीर बीमारियों से त्रस्त रोगी मिले, जिनकी आस्था ने कोलिंस के विचार संसार को प्रभावित किया। जेनेटिक्स (आनुवंशिकी) के क्षेत्र में कोलिंस ने बड़ा काम किया। कई गम्भीर रोगों को समझने और निदान की दृष्टि से।

फिर वह दुनिया के मशहूर सफल 'ह्यूमन जीनोम प्रोजेक्ट' के हेड बने। छह देशों के हज़ारों जीन–वैज्ञानिकों के बीच समन्वय व शोध का काम किया। ख़ाली समय में वह गिटार बजाते हैं। लम्बी दूरी तक मोटरसाइकिल की सवारी करते हैं। गीतों की धुन बनाते हैं। उनकी परवरिश अमेरिका में हुई। पश्चिमी छोर पर। 95 एकड़ के एक अनगढ़ फार्म हाउस पर। पथरीला, सुविधाविहीन लेकिन प्रकृति की सोहबत–सान्निध्य में। इसी फ्रांसिस कोलिंस की किताब है 'द लैंग्वेज ऑफ़ गॉड' (ईश्वर की भाषा)। कवर पर ही पुस्तक के शीर्षक के नीचे लिखा है–'ए साइंटिस्ट प्रेजेंट्स एविडेंस फॉर बिलीफ़' (एक वैज्ञानिक के प्रमाण जो आस्था–विश्वास को सही ठहराते हैं)। 285 पेजों की इस पुस्तक में तीन अध्याय हैं।

भूमिका और एपेंडिक्स (परिशिष्ट) अलग हैं। नोट्स (टिप्पणी), एक्नॉलेजमेंट (आभारोक्ति) और इंडेक्स (सूची) भी अलग से हैं। पुस्तक छपी है पॉकेट बुक्स से, जो लंदन, सिडनी, न्यूयॉर्क और टोरंटो में है। भारत में पुस्तक इंडिया बुक हाउस के सौजन्य से आयी है। भूमिका में कोलिंस लिखते हैं, नयी शताब्दी (21वीं) के छह माह गुज़रे होंगे कि मानव समाज ने एक पुल पारकर यादगार दौर में प्रवेश किया। पूरी दुनिया के लिए यह उपलब्धि सुर्खियों में थी। ह्यूमन जीनोम का पहला ड्राफ्ट तैयार था। मानव संरचना–बुनावट का इंस्ट्रक्शन बुक तैयार हो गया था। पढ़ लिया गया था। ह्यूमन जीनोम हमारी सभी स्पीशीज (प्रजाति) की सभी डीएनए का ब्योरा है। जीवन का 'हेरिडेटरी कोड ऑफ़ लाइफ़' (जीवन की आनुवंशिक नियमावली)। यह नयी जानकारी 'थ्री बिलियन लेटर्स' लम्बी थी। चार शब्दों में इसका कोड तैयार हुआ।

कोलिंस को पढ़ते हुए लगता है, मानव शरीर के प्रत्येक सेल (कोशिका) की स्तब्धकारी बुनावट, इसकी जटिलता और हर मानव कोशिका के अन्दर छुपे राज़ और जानकारी अद्‌भुत है। इस कोड के एक लेटर को प्रति सेकेंड पढ़ा जाये, बिना रुके दिन–रात पढ़ा जाये, तो 31 वर्ष लगेंगे पढ़ने में।

वैज्ञानिक कोलिंस के अनुभवों को जानकर बोध होता है कि मानव शरीर की एक कोशिका का संसार अगर इतना अद्‌भुत, विराट और सूचना सम्पन्न है, तो सचमुच यह संसार और प्रकृति कितने रहस्यमय, अनजाने और व्यापक हैं? अगर एक मानव कोशिका का यह हाल है, तो इस ब्रह्माण्ड, जल, थल, नभ यानी सृष्टि की सीमा क्या है? बहुत पहले हिन्दी के सुकुमार कवि पन्त ने लिखा था, जिसका आशय है कि नक्षत्रों से, आसमान में चमकते रात के तारों से न जाने कौन मौन निमन्त्रण देता है? क्या सम्बन्ध है, मनुष्य की सृष्टि का इस ब्रह्माण्ड से? कबीर ने पंचतत्त्व से बने इस शरीर के बारे में सही ही कहा है–अग्नि, जल, वायु, धरती, आसमान से बना और फिर उसी में लय–विलय। कोलिंस जैसा वैज्ञानिक जब यह सब रहस्य जानने की कोशिश करता है, तो वह अनास्थावाद से आस्थावाद की ओर बढ़ता है। भूमिका में ही कोलिंस छेड़ते हैं कि साइंटिस्टों का आध्यात्मिक विश्वास क्या है? वह बताते हैं, 1916 में रिसर्च करनेवालों ने जीवविज्ञानी (बायोलॉजिस्ट), भौतिक विज्ञानी (फ़िज़ीसिस्ट) और गणित विशेषज्ञों से पूछा कि क्या आप ईश्वर में यकीन करते हैं, जो मानव से लगातार संवाद करता है? 40 फ़ीसदी लोगों ने कहा, हाँ। 1997 में पुनः यह सर्वे दोहराया गया।

ऐसे ही वैज्ञानिकों के बीच विश्वास करनेवालों का फ़ीसदी कमोबेश यही पाया गया। इसलिए कोलिंस मानते हैं, यह धर्म और विज्ञान के बीच द्वन्द्व नहीं है। दोनों के बीच द्वन्द्व को लेकर दोनों खेमों में हुए बयानों का भी उल्लेख कोलिंस ने किया है। वह कहते हैं, इस किताब का मूल सवाल है कि ब्रह्माण्ड विज्ञान (कास्मोलॉजी) का आधुनिक दौर ज्ञान, इवोल्यूशन (क्रमिक विकास) और ह्यूमन जीनोम पर जाने के बाद कोई सम्भावना बनती है कि वैज्ञानिक और आध्यात्मिक संसार

के दो ध्रुवों के बीच आश्वस्त करनेवाला सामंजस्य (हारमोनी) क़ायम हो सके। वह कहते हैं कि मैं पूर्ण विश्वास के साथ मानता हूँ कि ऐसा ही है। वह दोहराते हैं कि घोर वैज्ञानिक होना और ईश्वर में विश्वास करनेवाला होना, इसमें कोई टकराव या अन्तर्विरोध नहीं है। विज्ञान का काम है प्रकृति के रहस्य जानना। ईश्वरीय क्षेत्र, आध्यात्मिक संसार को समझना। कोलिंस बताते हैं कि इस संसार को विज्ञान की भाषा, विज्ञान के औज़ार और तौर–तरीक़ों के बिना नहीं समझा जा सकता।

इसका परीक्षण–निरीक्षण दिल, दिमाग़ और आत्मा के सन्तुलन से ही सम्भव है। कोलिंस मानते हैं कि एक इनसान में ये दोनों पक्ष हो सकते हैं। वह बड़ा वैज्ञानिक भी हो सकता है और आध्यात्मिक भी। विज्ञान, प्रकृति और संसार को समझने का सबसे विश्वसनीय माध्यम या विधा है। इसके उपकरण–रहस्य प्रकृति को समझने–जानने में मदद करते हैं। पर, विज्ञान सृष्टि के गम्भीर सवालों के उत्तर देने में शक्तिहीन और अपर्याप्त है। यह ब्रह्माण्ड अस्तित्व में क्यों आया? मनुष्य के अस्तित्व का क्या अर्थ–मक़सद है? यह जीवन क्यों है? हम मरते हैं। फिर क्या होता है? इन सवालों को समझने के लिए ब्रह्माण्ड के ज्ञात–अज्ञात जानने के लिए कोलिंस की नज़र में वैज्ञानिक और आध्यात्मिक समझ दोनों ज़रूरी है। वह कहते हैं, इस पुस्तक का मक़सद है इन दो ध्रुवों के बीच एक अधिक सौम्य (सोबर) और ईमानदार बौद्धिक संयोजन या तलाश।

वह मानते हैं, मनुष्य सच जानने के लिए आज भी व्यग्र है। हालाँकि जीवन के दैनन्दिन सवाल–उलझनें और जीवन जीने के कोरस में वह डूबता–उतराता है। इस आपाधापी में बुनियादी सवाल ओझल हो जाते हैं। इस तरह जीवन बीतता है। पल–पल। सप्ताह–दर–सप्ताह। वर्ष–दर–वर्ष। फिर ज़िन्दगी ही गुज़र जाती है। पर जीवन के बुनियादी सवाल अनसुलझे–अप्रकट रहते हैं। कोलिंस कहते हैं कि यह किताब आत्मनिरीक्षण करने का अवसर देगी। शायद और गहराई से आत्ममन्थन करने के लिए भी प्रेरित करेगी। भूमिका के अन्त में वह पुस्तक का सार देते हैं, कैसे एक वैज्ञानिक जो आनुवंशिकी (जेनेटिक्स) के अध्ययन में डूबा हुआ था, वह ईश्वर में आस्था–विश्वास

रखनेवाला बन गया। वह ईश्वर जो काल और स्थान (टाइम–स्पेस) से परे है, जो मानव जगत् में निजी रुचि लेता है। कोलिंस यह भी कहते हैं कि कुछ लोगों को लगेगा कि मेरा लालन–पालन कट्टर धार्मिक माहौल में हुआ होगा। मेरे परिवार से, मेरी संस्कृति से गहरी आध्यात्मिक ऊर्जा–आस्था मिली होगी। पर ऐसा है नहीं।

डीएनए प्रोजेक्ट को याद करते हुए कोलिंस कहते हैं, इंटरनेशनल ह्यूमन जीनोम प्रोजेक्ट के लीडर के रूप में वर्षों तक हमने कठिन श्रम किया। डीएनए गुत्थी स्पष्ट होने में एक दशक से अधिक समय लगा। तब दुनिया को इसकी जानकारी अमेरिका के तत्कालीन राष्ट्रपति बिल क्लिंटन ने दी। कोलिंस वह दिन याद करते हैं। व्हाइट हाउस के ईस्ट रूम में हम खड़े थे। राष्ट्रपति क्लिंटन के साथ। उपग्रह से ब्रिटेन के प्रधानमन्त्री टोनी ब्लेयर जुड़े थे। पूरी दुनिया के कई हिस्सों में सृष्टि का यह रहस्य (डीएनए) जान लेने पर उत्सव का माहौल था।

तब क्लिंटन ने इस अवसर पर दुनिया से कहा, निस्सन्देह मानव समुदाय द्वारा तैयार अब तक का सबसे अद्भुत, सबसे पूर्ण यह नक़्शा (डीएनए अध्ययन) है। फिर क्लिंटन बोले, आज हम वह भाषा सीख रहे हैं, जिसमें ईश्वर ने जीवन को बनाया। रचा। इस जटिलता, सौन्दर्य को देख–जान कर ईश्वर के सबसे पूर्ण ईश्वरीय पवित्र वरदान व जीवन के प्रति आस्था का अतिरेक पैदा होता है। नोबेल पुरस्कार पाये डेसमंड टुटु जैसे मशहूर आस्थावादियों को छोड़ दें, तब भी दुनिया के जाने–माने वैज्ञानिकों–विचारकों ने इस पुस्तक की अद्भुत प्रशंसा की है। मानव सृष्टि का रहस्य या जीवन की गुत्थी समझने का यह प्रयास रोचक और पठनीय है।

(2009)

अमरत्व की तलाश!

अंग्रेज़ी पत्रिका 'टाइम' (फ़रवरी 21, 2011) में कवर स्टोरी है–'2045, द ईयर मैन बिकम्स इमॉर्टल' (वर्ष 2045, जब मानव अमर हो जायेगा)। फिर अमरत्व को स्पष्ट किया गया है। अगर आप यकीन करते हैं कि मनुष्य और मशीन एक हो जायेंगे, तो ऐसा होगा। पश्चिम में इसे 'सिंगुलेरिटी मूवमेंट' (विशिष्टता आन्दोलन) कहा जा रहा है। सारांश यह कि मानव काया में अमरत्व हो या नहीं, बात इस पर नहीं हो रही। मशीनें वर्ष 2045 तक मानव से ज़्यादा इंटेलिजेंट, स्मार्ट और प्रभावी होंगी। विशेषज्ञ कह रहे हैं कि इस 'सिंगुलेरिटी मूवमेंट' के परिणाम वर्ष 2045 में साफ़ दिखायी देंगे, जब तकनीकी बदलाव इतना तेज़, प्रखर और प्रभावी होगा कि यह मानव इतिहास के ताने–बाने को छिन्न–भिन्न कर देगा।

यह निष्कर्ष जाने–माने तकनीकी विशेषज्ञ रेमंड कुरजवेल का है। 15 फ़रवरी, 1965 के दिन कुरजवेल एक टेलीविज़न प्रोग्राम में आये। तब वह हाईस्कूल में पढ़ते थे। उस प्रोग्राम में कुरजवेल ने अपना बनाया कम्प्यूटर दिखाया। उस प्रोग्राम में बड़े व विख्यात लोग थे। मिस अमेरिका भी थीं। 17 वर्ष के कुरजवेल में लोगों की दिलचस्पी कम थी। पर, उस प्रोग्राम में इस किशोर ने जो बात की, उससे देखनेवाले कुछ समय के लिए अटक गये। आर्गेनिक इंटेलिजेंस (जैव/सहज बौद्धिक स्तर) और आर्टिफ़िशियल इंटेलिजेंस (कृत्रिम बुद्धिमता) की चर्चा।

आज 46 वर्ष बाद वह कहते हैं कि मानव इतिहास में वह पल आने ही वाला है, जब कम्प्यूटर इंटेलिजेंट होंगे। महज़ इंटेलिजेंट ही नहीं, बल्कि मानव से अधिक इंटेलिजेंट। जब ऐसा होगा, तब

हमारी सभ्यता, शरीर और मस्तिष्क बिल्कुल बदल जायेंगे। कुरजवेल के आकलन के अनुसार जिस रूप में हम अब तक मानव सभ्यता जानते रहे हैं, उसकी आयु अब सिर्फ़ 35 वर्ष ही शेष है। महज़ 30 वर्ष में हमारे पास वे साधन होंगे, जिनसे 'सुपर ह्यूमन इंटेलिजेंस' (अति मानवीय बौद्धिक प्रतिभा) का सृजन होगा। उसके बाद तुरन्त ही मानव युग ख़त्म हो जायेगा।

'टाइम' पत्रिका में इसकी लम्बी चर्चा है। विस्तार में गये बग़ैर ख़ुद से पूछें कि क्या यह या ऐसा सम्भव है?

याद करिए, मोबाइल के पहले की दुनिया। मोबाइल के बाद का संसार, जीवन–शैली और बदलाव। इस एक यन्त्र ने जीवन, संस्कृति और संसार को कितना बदल दिया है? उसी तरह अनेक दूसरे उपकरण हैं, जिनकी उपस्थिति ने जीवन और सम्बन्धों को बदल डाला है। लगभग 30 वर्ष पहले जब एल्विन टॉफ़लर ने भावी दुनिया की झलक दिखाते हुए कई चर्चित पुस्तकों की सीरीज़ लिखी, तो किसी को यकीन नहीं था कि बदलाव की गति, इतनी तेज़ होगी। आज उनकी पुस्तकें पलटने पर लगता है कि कोई भविष्यवाणी कर रहा है। अब पश्चिम में पढ़ाई की एक नयी विधा विकसित हो गयी है, 'फ्यूचरोलॉजी' विज्ञान, तकनीकी बदलाव, समाजशास्त्र और अर्थशास्त्र वग़ैरह जोड़कर भविष्य समझने का शास्त्र। किस नयी टेक्नोलॉजी का जीवन, संसार और सम्बन्धों पर क्या असर पड़नेवाला है, इसका अध्ययन।

राजनीति की दुनिया में इसका क्या असर होगा? एक दूसरे विशेषज्ञ का कहा याद आता है। वर्षों पहले, सत्ता सेनापतियों या योद्धाओं या तानाशाहों के हाथ थी। गुज़रे 100 वर्षों में 'मिलिट्री लीडरशिप' की जगह ले ली, लोकतान्त्रिक ढंग से चुने गये राजनीतिक नेतृत्व ने। पर भविष्य में एक बड़ा बदलाव होगा। सत्ता अब 'इकोनॉमिक लीडर्स' (आर्थिक नेतृत्व) के हाथ में होगी।

पूरी दुनिया में जिस तरह आर्थिक सवालों एवं विकास के मुद्दे ने राजनीति में केन्द्रीय जगह बना ली है, उससे क्या संकेत मिलते हैं?

पर, भारतीय मनीषा या चिन्तन से निकले सच अपनी जगह हैं। एक बार रिखिया (देवघर) में स्वामी सत्यानन्द सरस्वती को सुन रहा

था। उन्होंने कहा, संसार की जितनी चीज़ें हैं, उनकी तीन में से एक गति होती है। या तो वह चीज़ किसी को दे दो या उनका भोग करो, या फिर वह नष्ट हो जायेगी। दानं, भोगः, नाशः। यह तीन तरह की गति है। शायद गाँधी जी ने इसे बेहतर तरीक़े से भाँपा था। इसलिए उन्होंने 'मनुष्य बनाम मशीन' का सवाल उठाया। नये बनते यान्त्रिक संसार का यह सबसे बड़ा सवाल है। मनुष्य की भौतिक इच्छाओं का अन्त कहाँ है?

याद आता है, वर्षों पहले पढ़ा मराठी साहित्यकार विष्णु सखाराम खाँडेकर का उपन्यास 'ययाति'। ज्ञानपीठ पुरस्कार पानेवाली कृति। राजा ययाति वृद्ध हुए, तो यौवन की भूख जगी। उन्होंने अपने सभी बेटों से अपनी जरा (बुढ़ापा) के बदले तारुण्य माँगा। पुरु को छोड़ ययाति के सभी पुत्रों ने पिता की याचना अस्वीकार कर दी। उन्हें वरदान था कि कोई पुत्र चाहे तो उनका बुढ़ापा लेकर अपना यौवन दे सकता है। पर, फिर उस यौवन का भी अन्त आया ही।

भीष्म के पिता शान्तनु जब धीवर कन्या के आकर्षण से ही अन्न–जल त्याग बैठे, तब उनके पुत्र गांगेय देवव्रत ने कारण जाना। फिर पिता की इच्छा–मोह देखकर गांगेय ने जो प्रतिज्ञा की, इससे वह भीष्म कहलाये। वह भीष्म जिनकी मृत्यु ने भी 58 दिनों तक प्रतीक्षा की। वह शरशय्या पर रहे, सूर्य के उत्तरायण होने तक। वह असाधारण भीष्म भी नहीं रहे।

कठोपनिषद् में बालक नचिकेता का अद्‌भुत प्रसंग है। यम–नचिकेता के बीच का लम्बा संवाद। जीवन और मृत्यु के बारे में जब नचिकेता ने यम से पूछा, यम ने कहा कि दुनिया की सर्वश्रेष्ठ चीज़ें ले जाओ, जो देवताओं के लिए भी अलभ्य हैं। पर, यह न पूछो। पर बालहठ के आगे यम झुके। जो कहा, उसका सार है। स्वामी सत्यानन्द सरस्वती के शब्दों में, 'यह संसार चिता है। मानो अँधेरी रात में नदी के किनारे किसी की चिता जल रही है। गुज़रे हज़ारों साल का इतिहास देखो। कौन रहा? क्या अशोक रहा? क्या शेक्सपियर या वाल्मीकि या राम या कृष्ण रहे? कोई नहीं रहा क्या कोई अमर रहा?'

'महाभारत' में यक्ष–युधिष्ठिर संवाद अद्‌भुत है। एक जगह यम पूछते हैं, दुनिया का सबसे बड़ा आश्चर्य क्या है? युधिष्ठिर का जवाब शाश्वत सत्य है। रोज़ कन्धे पर हम शव लेकर श्मशान जाते हैं, पर यह नहीं सोचते कि हमारा भी यही अन्त है। भारतीय मानस में श्मशान वैराग्य की चर्चा है।

संसार में जो नये शोध हो रहे हैं, उनके केन्द्र में है–मनुष्य दीर्घायु कैसे हो? युवा कैसे रहे? बुढ़ापा कैसे न आये, जरा–जीर्ण से वह मुक्त हो, इसके लिए तरह–तरह की दवाएँ विकसित हो रही हैं। रोबोट और नैनो टेक्नोलॉजी से लेकर नयी–नयी चीज़ें आ रही हैं। पर, क्या कहीं इस पर भी शोध हो रहा है कि इनसान कैसे श्रेष्ठ बने? ईर्ष्या, द्वेष, षड्यन्त्र, परनिन्दा, ग़लत कामों वग़ैरह से इनसान और संसार कैसे मुक्त हो? अमरत्व की तलाश और यह मानव रुझान (ईर्ष्या, कलह, हिंसा, आत्मकेन्द्रित होना वग़ैरह) का समीकरण जोड़कर देखें? इसी स्वभाव के साथ मानव अगर अमर हो गया, तो भविष्य की दुनिया कैसी होगी?

(2011)

❐❐❐